M I N G M O U

明眸

云外天都 著

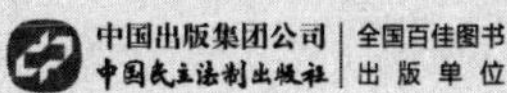

图书在版编目（CIP）数据

明眸/云外天都著. —北京：中国民主法制出版社，2018.3

ISBN 978-7-5162-1540-1

Ⅰ.①明… Ⅱ.①云… Ⅲ.①长篇小说-中国-当代 Ⅳ.①I247.5

中国版本图书馆 CIP 数据核字（2017）第 142423 号

图书出品人：刘海涛
责 任 编 辑：姜 婷
图 书 策 划：文 沛

书 名/明眸
作 者/云外天都 著

出 版·发 行/中国民主法制出版社
地 址/北京市丰台区玉林里 7 号（100069）
电 话/010-63055259（总编室） 010-63057714（营销中心）
传 真/010-63055259
http://www.npcpub.com
E-mail:mzfz@npcpub.com
经 销/新华书店
开 本/16开 710毫米×1000毫米
印 张/19 **字数**/294千字
版 本/2018年3月第1版 2018年3月第1次印刷
印 刷/北京中兴印刷有限公司

书 号/ISBN 978-7-5162-1540-1
定 价/39.80元

楔子

雨丝飘落，蕾丝窗帘掩上，但依旧有几滴雨自窗口飘了进来，落到了走廊里，使得走廊润湿了一片，地面成了深灰的颜色。

轮船破浪，隆隆地往前驶，破开海面，涟漪层层泛开，翻起的水浪如珍珠般散开合拢，飘着细雨的海面风平浪静，涡轮机的隆隆声不时吵醒中等船舱昏昏欲睡的人们，他们半开半合地睁了一下眼帘，又昏睡过去。

“没问题了吧？都准备好了？”昌荣压低声音，看着半莲。

半莲得意地说：“没问题，看我的。”

他们盯上那对小夫妻已经好久了，小夫妻买的是上等船舱的票，两人却像怕见人一般，连吃饭都是那男的出来买了端进去的，那女人除了上厕所外从不走出船舱门，两人带了一个好大的箱子，箱子沉重，想必里面装了不少好东西。

两人穿着高级的貂皮大衣，男人里面的西装是上海手工定制的高级货，女人戴了一顶法兰西新式帽子，脖子上的围巾是羊毛的。

“他们一定是哪个富贵人家的子女，私奔出来的，看他们的年纪，应当没见过什么世面，既然是私奔出来的，一定做足了准备，带足了银钱，这种人，吓一吓就害怕得要死！”半莲见昌荣面露忧色，安慰他道，“那女的这时候该去厕所了，我走了。”

昌荣看了看手表，点了点头，道：“行动吧！有什么不对马上发暗号！”

“好！”

半莲从座位上站起身，抚了抚旗袍上的皱褶，腰肢轻扭，沿梯而上，往高等船舱走，船上侍者见她衣着华贵，面容艳丽，双眼放光地扫了她几眼，一点儿也没有怀疑。

果然，她推开船舱门进去的时候，只有那男的在。男人靠窗坐着，似在看一本书，见她进来，不由得怔了一下，“小姐，你走错门了吧？”

半莲反扣上了门，说：“先生，没有错，我就是来找你的。”

她解开旗袍领子上的扣子，把衣服扯开，在男人目瞪口呆的时候，笑嘻嘻地说：“把钱包拿出来，箱子打开，不然，我就大声叫，说你非礼！”

年轻男人脸涨得通红，视线扫在手里的书上，“你，你先别激动，快快把衣服穿好，她，她，她要回来了！”

年轻男人长得俊眉秀眼，紧抿双唇之时嘴角边有一个小小的酒窝，脸红的样子显出几分学生般的青涩，半莲更加肯定了自己的猜测。

她如没有听见，扭着腰风情万种地向他走了过去，“先生，我只是求财而已，误不了你和你夫人的好事，她可快回来了，看见你趁她不在，这么饥不择食，小心她生气！”

年轻男人眼睛还是不敢看她，嘴角上扬，表情古怪，“她不会的。”

半莲年纪不大，却是个老江湖了，看他的神情，感觉隐隐不妥，她皱了皱眉，把那丝不妥抛开，“先生，何必呢？为了几个钱把你们的计划弄乱？婚姻自由，你们也不想被人捉了回去吧？我数十个数，你再不行动，我可就喊人了，我这衣服，可好撕得很！”

她拉住领口一扯，刺啦一声，大片雪白的肌肤露了出来。

“十、九、八……”她慢慢地数。

年轻男人嘴角苦笑依然，只看着她身后某处。

她身后清脆的女声响起，“咦？你是谁？干什么的？”

半莲一怔，缓缓转过身来，看清了面前比自己矮半个头的女子，她有一条细细的柳眉，皮肤白得透明，一双眼睛却幽深漆黑，瞳仁里可照得见自己的影子。

她身上的貂皮大衣已经除下来了，里面穿了一件藏青色的旗袍，脖子上围着围巾，衬得她脸上带了几分柔弱的病态。

她是什么时候进来的？明明自己已经算好了时间，扣上了舱门的。

半莲并不慌张，拿出手帕掩面哭泣起来，“夫人，您可得替我做主，我正往自己的房间走呢，无端端就被他拉了进来，又摸又亲，把我的衣服都撕破了！咱们同是女人，看你们也挺体面的，应当知道女人名节事大！”

女子怔了怔，似乎不知道怎么应付这种情况，看了男人一眼，低声说：“你想怎么样？”

她的神情有些不对，但听到她示弱的话语，半莲还是心底一喜，知道自己的推断正确，抹着眼泪说：“夫人，你可得替我做主，我被他这么羞辱，以后还怎么嫁人？我今日受此屈辱，不想再活了，我干脆跳进大海里去算了，夫人怎么也得给我点赔偿！”

女子叹了口气，神情古怪，声音清脆低柔，“你说是我的同伴把你拉进来的，可你手腕上没有任何红肿的迹象。你这件旗袍，想必是为了这次敲诈设局才买的，价值不菲。所以，你才那么珍惜，扯开衣服时小心得很，一点线缝儿都没拉开。你的同伙，就坐在中等船舱第三个船舱的椅子上等着！”

半莲一时间怔住了，眼泪收了，双手合拢在衣领上。

她这才发现，女子一双眼睛极大，极清澈。

女子冷幽幽的目光直视着她，双眉似蹙非蹙，“你家里有父亲兄长，他们是你们这个小团伙的头领，你想甩开他们，于是和你的相好独自出来设局，想干完这一笔就不干了，远走高飞。你看中了我们，在三天前就跟上了我们，这期间，你有十次在我们船舱门口来来去去，五次在我去洗手间时借口在附近游荡。”

半莲只觉自己被扒光了一般站在她面前，羞愧难当，“你，你是怎么知道的？”

轮船摇晃了一下，女子似有些头昏，扶了一下额头，年轻男人赶紧上前扶她坐下，担心地问：“还好吧？”

她坐下了，抬头看着半莲，只说：“嗯，都知道，还知道如果此时事成，你会发暗号给你的同伙。”

半莲惊骇莫名，“你，你们，到底是谁？怎么会知道的？”

女子没有回答她的话，黑溜溜的大眼睛望向窗外，问年轻男人：“你听，轮船是不是要停了？”

年轻男人跟着她的视线转头看窗外，“没错，好像慢了些。”

两人往窗外望去，却看见远远地，几艘小火轮滑开水波急速驶来，划出一道道白色的浪花。

半莲哪里还有脸待着，趁两人望向窗外，掩了衣领踉跄而出，昌荣半天没有等到她的暗号，急忙上前迎住，“怎么了？”

“别提了！”半莲羞愧难当。

两人合作多次，彼此都很了解，知道这次的事怕是黄了，昌荣没有问，只点了点头，疑惑着问："今天的事奇怪，这船才驶出码头一个时辰，怎么又要停了？"

半莲心神不定，"反正今天倒霉得很，我们可要小心些。"

油光锃亮的崭新小火轮拦在了轮船前头，小火轮船体铁青，船头各自架了一挺冰冷的机枪，让人感觉不安得很。

一声汽笛长鸣，哗哗的抛锚声响起，轮船竟然在水中央缓缓停了下来，船舱出现一阵骚乱，有人压低声音左右打听情况，船员们满脸紧张地各处奔走，大声吆喝让想出去看看的人待在原处不动，气氛无端凝重。

半莲与昌荣身处中等船舱，有带枪的船员守在门口，让众人不得在周围走动。

两人都是老江湖，却也弄不清如今情形到底所为何事，身处乱世，他们当然懂得明哲保身，两人识相地垂头缩在百姓堆里。

不知道过了多久，船又开始行驶，却是调了个头，往回而去，几艘小火轮却是呈押解之势围绕在大轮船四周，直接又驶回了码头。

在满脸惊惶的船员监视之下，所有乘客皆提着各自的行李依次下了轮船，按高中低等船舱在货运广场排队等候。

水面之上，军人却并不下船，小火轮在水面上一字排开，十多挺机枪瞄准了岸上的人。

黑洞洞的枪口散发着寒光，似乎随时会射出子弹。

人群自是动也不敢稍动。

忽然，马蹄声自远而近，紧接着，无数的骑兵飞奔而至，极其有序地把整个广场围拢并看守起来。

他们骑在马上，表情冰冷，每个人腰上都挎了军刀，配了驳壳枪，胯下的马更是膘肥体壮，一丝杂毛都没有。

配合着水面上那架着机枪的小火轮，格外让人心惊胆战。

骑马的士兵与小火轮上的军人打扮不同，穿着笔挺的黄呢戎装，马靴锃亮，军刀刀柄是青黄白三色。

半莲喉咙发紧，看了昌荣一眼，"怎么回事？"

昌荣说："别出声，这是两批人，水面上的是地方驻防水军，骑马的这一批不得了，仿佛是哪位大员的近卫队，你看他们的军刀刀柄，全都是特制的，小心些，有机会赶紧走！"

半莲身子颤抖着，用手挽住他的胳膊，点了点头。

两人正商量着，一名便衣男子和几名手按军刀的士兵走近了人群，视线在人群之中巡睃，精准地落在两人身上，那便衣手指一点，士兵走近两人身边，语气客气而冰冷："先生、夫人，请跟我们走。"

半莲怕得身子微微颤抖，却半仰着下巴说："你们做什么？光天化日之下想要劫人吗？"

那便衣冷冷地看着两人，却不答话，只一挥手，兵士拔出军刀指向两人，另几人迅速来到他们身后，其中一位把手枪顶在了昌荣额头上，吧嗒一声，保险打开，昌荣额头冷汗冒了出来。

半莲和昌荣被押着自人群中走了出来，那些人黑洞洞的枪口指着两人，把他们押到了货柜遮挡着的空地之上。

半莲这才发现，空地上已有好几对年轻小夫妻，个个脸色灰白，神情惊恐。

不断有一对对年轻夫妻被便衣从乘客中搜了出来，有看起来衣着华丽、身价不菲的，也有衣着普通的，在黑洞洞的枪口之下，全都神情瑟瑟，不敢出声，齐聚在了空地上。半莲推了一把昌荣，示意他往对面看，却见那一对私奔的小夫妻也在，那女子倚在年轻男人的怀里，小巧的脸靠在他的黑色呢大衣上，紧闭着眼、微蹙着眉，如易碎的玻璃。她似感觉到了半莲的目光，抬头朝她望了一眼，复又把眼眸垂下，她的眼睫毛极长，大大的眼睛此时微闭着，只余一道黑色半圆似弯月，美丽而奇异。

骑兵居高临下地坐在马上，并不下马，只团团将他们围住，勒马无声，似在等什么人。

时间一秒秒过去，周围静默无声，码头之上，刚下过雨的青石块地面，干净得很，如被水仔细擦洗过。

忽地，汽车马达响起，众人往远处看去，但见几辆小车列队而来，车轮子卷起的水花向两边飞溅。最后那辆车上架了挺机枪，机枪手表情冰冷，眼神警惕，手指扣在扳机之上。

转眼之间，车队就到了空地，士兵拉开了第一辆小车车门，一位身穿戎装的年轻军官下了车。他没戴军帽，漆黑的短发衬着俊美清冷的面容，嘴唇紧抿，面带戾气，冷冷扫向空地。

看清来者后，半莲脑中如遭巨震，昌荣脸色更是惊慌不安，两人互望了一眼，各自暗叫声倒霉。他们知道这人是谁，他的相片前几天还出现在各大小报之上，可不正是刚刚才成了新一任西北督统的皇甫沫华？

他半个月前刚刚成婚，正值新婚宴尔，报纸上连篇累牍地进行了报道，半莲记得，她还曾经对那嫁给他的白家女子羡慕不已，引起昌荣吃醋得很。今儿个，他怎么有空来到这里？

空地上的人皆惊恐不安，却不敢直视于他。

谁都知道，皇甫沫华对妨碍他的人有多狠，更有小道消息私底下流传，老督统和他的几位兄弟，都死在他的手里。

他眼光扫着空地上的人，大步向前，几步就走到了那对小夫妻面前。年轻男子脸色发白，却紧紧搂着那女子，倔强地抬起头来，直视着他。

他一伸手，就把那女子从男子怀里拽了过来，男子想要反抗，但早被几位士兵挟制住。

他双手握紧那女子的肩膀，冷冷地注视着她，“白静柔。”

那女子却始终低垂着头，只瞧得见眼睫毛微微颤动。

他摇着她，她头上的法兰西帽子跌了下来，一头乌黑长发顺势倾下，额前的美人尖衬着雪白的面孔，洋娃娃般精致美丽，眼睛却依旧半闭着，却也隐有流光滑出。只听他说：“你想去哪里？”

半莲骇然，她是白家二小姐白静柔，也是皇甫沫华的新婚妻子？她和皇甫沫华结婚，这世上女子，谁不羡慕？她却出现在了这里，还和人私奔了？她居然敢毁皇甫沫华的婚？给督统戴了顶绿得发亮的帽子？这是不想活了吗？

他们真是私奔的？还是毁婚私奔？半莲万万想不到，她猜中了事情的结局，却没有猜中开头。

此时，白静柔被握在皇甫沫华的掌中，像一个极易捏碎的玻璃器皿，任他摇着，缓缓抬起头来，幽幽的目光望着他，声音冰冷而清脆：“皇甫沫华，你还要杀多少人才算数？为了防我，你做了多少事？我们白家，该还的已经全还给你了！”

半莲浑身一震，为了寻找行骗机会，她也经常看报，皇甫沫华夺权那一日，老督统遇刺，几个儿子独独活下了皇甫沫华。而他，便理所当然地继任为督统，至于白家，报纸上却没有报道什么，这么说来，白家也有事发生？

她与昌荣对望一眼，各自感觉骇然。

皇甫沫华手指缓缓松开，却只冷冷地望定她。

看他沉默不语，白静柔看向他，“你瞧，皇甫沫华，我多么希望我还是个瞎子，才会瞎了眼看上你！已经到了这步田地，你以为，我们之间还会有可能吗？我还能心安理得地嫁给你？皇甫沫华，你别让我恶心了！”

皇甫沫华倏地捏紧了她的肩膀，浑身戾气暴涨，牙关咯咯作响，“你！”

他一把掐住了她的脖子，手指收紧，她的脸渐渐憋紫，眼睛却瞪得老大，似乎以前不认识他，要看清楚他一般。

纤细的脖子似乎转瞬就将被折断，半莲惊恐地发出一声尖叫。

皇甫沫华手一松，白静柔萎靡倒地，手抚着脖子，断断续续地咳着。

他凝视着她，指着那男子，嘴唇微启：“马踏踩死！”

便衣一挥手，几名士兵押住了那年轻男子，另外两个士兵抽出自己腰上的皮带，捆住了那男子的手脚，把他往场中央拖。

年轻男子惊惶大叫：“静柔姐，静柔姐。”

女子惊愕地抬头，喉咙发出沙哑的声音，“你，你敢！”

皇甫沫华冷冷地说：“你看我敢不敢！”

便衣一挥手，十几匹马往后退了去，一列排开。马蹄尥着蹶子，青草被踩出了草汁，男子被捆倒在地，绝望地看着白静柔。那便衣一声令下，十几匹马齐跃起来，往男子身上践踏而去。

倒在地上的小小身影，却瞬间爆发出了巨大力量，众人只见黑影一闪，她仿佛被风卷着一般，已经到了那狂奔的马蹄之下，张手拦住马头。

骑兵们忙齐齐勒住马头，却还是有一匹马收势不住，马蹄扬起，一蹄踢中她的胸口。她无声无息往后倒去，倒在了那年轻男子背上，嘴角涌出鲜血，纤细的手紧抓住胸口衣襟，却转眼望向皇甫沫华，蹙着的眉头舒展开来，笑意如满树梨花将落，炫丽而忧伤，“皇甫沫华，这下你满意了？白家的最后一个人终于也死在了你手里，我不会再碍着你了。我只愿，从此之后，无论前生后世，咱们碧落黄泉，永不再见！”

这番话如子弹般击中了皇甫沫华，他瞬间脸色煞白，身子微微摇晃。

旁边那便衣上前一步，低声说：“四少，白小姐恐怕不行了，早点送医院才行。”

皇甫沫华眼神冰冷地看着她，她仰着脸迎视，一双明眸似乎能反射出他的影子，鲜血却从捂着嘴的纤细手指间涌出，红得耀眼，大大的眼睛里无半分热情，静如死水，全是冰一样的冷漠。她眼底再也没有他，以往的含情带俏、蜜意柔情，已成过往。

他一向知道，白静柔，就如她的名字，可柔到极致，也可静如寒冰。

他忽然觉得喉咙里涌出一股咸腥，缓缓将那股咸腥咽了下去，走向她，“白静柔，即使你再恨我，你也是我的妻子，永生永世，不能改变。”

她却咳着，嘴里鲜血越涌越多，她的眼睛缓缓合上。

那年轻男人恐惧而悲伤，抱着她的肩膀，“静柔姐，静柔姐，你别死，别死啊……”

便衣忙挥手，“快，快抬担架来。”

两名士兵抬着担架如飞般奔至。

皇甫沫华却一把推开他们，走了过去，抬脚踹开那名年轻男子，弯下腰抱起了白静柔，吩咐：“让这些人走，叫医生来，至于他……”

他阴沉着脸看向那年轻男子，“先关起来。”

那便衣忙答应了，命令士兵遣走其他人。半莲被昌荣拉着离开，大着胆子回头望去，只见白静柔一头长发垂落，几乎委地，却双眼紧闭，面颊雪白，嘴角却似挂着丝讥讽的微笑。而他，一脸阴戾地看着她，眼睛眨也不眨。

两人的身影在斜阳之中拉得老长。

她嘴角鲜血一滴滴落下，滴在碧绿的草尖之上。

半莲不敢再看，忙跟着昌荣离开。

多少年后，半莲、昌荣已结成夫妻，再也不做那江湖行骗之事了，半莲却一直都没有想通，这位纤纤弱质的白静柔是怎么看出来她的所作所为的。

她犹记白静柔那一双明眸，大而幽冷，如镜子般反射着自己的一切，她甚至怀疑白静柔直看到了她的脑中，让她站在白静柔面前，无所遁形。

目录

【第一章】

让轲探长很烦恼的漂亮妹子

薄雪之后的宣城，寒冷的雾气弥漫于城市上空，租界的巡捕房外，却开了一树梅花，流光溢彩，更在冰露之中结出了果实，来来往往的人经过那里，总要驻足观望，欣赏赞叹，忘记了这是什么地方。

两年之前。

薄雪之后的宣城，寒冷的雾气弥漫于城市上空，租界的巡捕房外，却开了一树梅花，流光溢彩，更在冰露之中结出了果实。来来往往的人经过那里，总要驻足观望，欣赏赞叹，忘记了这是什么地方。

巡捕房的小轲一眼望向窗外，就看见了那位姑娘。

姑娘站在梅花树下，半仰着脸望着那树梅花，长长的辫子自她脑后垂落，几至腰际。忽地，有风吹过，一朵梅花自树梢飘落，缓缓跌在她白净的面颊上，她伸出手，双指轻拈，拿起那朵红梅，放在鼻端轻嗅。

红梅娇艳，佳人如玉……

似感觉到了他的视线，她转脸向这边望来。

小轲赶紧收回了视线。

旁边的同伴见了，打趣道：“小轲，白小姐又来了，还不去迎接？”

小轲暗叹了口气，这位姑娘，拍也拍不得，打也打不得，她就像一块豆腐，只能让他供着，他已经无计可施。

这种地方，她一名大家闺秀偏偏每天行走如常，来往得如同出入自家院子，简直把这里当成了她的家，小轲感觉也是醉了。

租界的巡捕并不比其他地方的警察局好多少，谁都知道这里是天底下最黑、最肮脏的地方，小轲自己手里也不干净。在四少默许的情况下，他手中握了好几个地下赌场、烟馆的供奉，在租界之中，被人尊称一声轲爷，可他偏偏对这位姑娘一点儿办法都没有。

“小轲，我支你个招，黄老板得罪了上头，咱们兄弟昨晚打秋风，捉了几个黄老板下面的人，等会儿要审呢！那些人，嘴巴不干净得很，可吐不出什么好货来……”周绅倚在桌边，腰上挎了驳壳枪，抖着腿，不怀好意地看着外边那位姑娘。

小轲明白了他的想法，一拍手，“吓吓她？”又有些迟疑，“可别真弄出什么事来，说到底，她也是白家的千金。”

周绅撇着嘴说：“白家？你不知道吗？过些日子，白家就不存在喽！”他又看了小轲一眼，“你放心，我们不会乱来的，说几句俏皮段子，又少不了她一块肉去！姑娘家脸嫩，这么一来，她哪还敢来？”

小轲摸着下巴想了想，点了点头。

姑娘已经推开门走了进来，左右看了看，径直走到他的面前，也不说话，在他面前的木椅上坐下，把手里的小布包放在膝上，“轲探长，四少今天有空吗？”

小轲一脸的忠厚老实，“对不起，白姑娘，四少忙得很，恐怕没空。”

白静柔瞧了他一眼，小轲从她的双眼中看见了自己的影子，她收回目光，双手放在了膝上，动作优雅，“那好，我等他。”

小轲额头上的青筋开始乱跳，她每天都来，比他们上班办差还要准时，也不过多纠缠，每日就这两句话，静静地坐在他办公桌前的椅子上，一坐一整天。她甚至不用喝茶、饮水，就像石像一般坐着。

小轲刚开始还找各种借口赶人，她只拿黑得瘆人的大眼睛看你，直视着你，让你将赶人的话默默收回。

白家现在还不能动，小轲无可奈何，只得跟她耗着。

她来找四少，小轲当然知道她为何而来，但是，四少岂是什么人都能见的？

走廊嘈杂吵闹，周绅押了几个痞子过来，朝他使了个眼色，他把痞子们铐到长椅之上，两人走到一边抽烟。

痞子都是黄老板下边妓院的打手，看见巡捕房有个容貌出众的妹子坐着，双眼发亮，嘴里不干不净地说道：“喂，美人，在哪里坐台？长得不错，不如跟了大爷我？我们那边，条件不错哦。”

见白静柔不理他，另一个流氓说：“盘子倒是亮得很，可奶子小了些，屁股也不够翘，姑娘，你还是个处吧？”

众流氓哈哈大笑。

周绅和小轲在阳台抽烟，听他们越说越不像话，小轲有些担心，想走进去，周绅一把拉住，“轲爷，你什么时候这么怜香惜玉了？放心，他们都锁着呢！动不了真格的。”

白静柔置之不理，越发惹得众流氓谈兴大浓，“瞧你那冷样，可要调教一下才行。得！等咱们放了出去，哥教教你！包你欲仙欲死……”

众流氓越说越下流，正说得高兴，忽听女声响起，带着股幽冷之气，“这位穿蓝衫的先生，你三年前就不能行人道，自家的儿子都是借种而生，想要调教别人，你有那本事吗？穿黄衫的先生，一个月之前，你被人打断左腿，家里的老母亲伤心过度，如今还住在医院，今天你又进了巡捕房，传到你那老母亲的耳里，你想她伤心至死？穿青衫的先生，你在外边养了三个小老婆，你猜猜，如果你的正房母老虎知道了，会不会拿刀来砍你……”

她如数家珍，把八个流氓每个人或多或少的隐私一一道出，巡捕房顿时鸦雀无声。

周绅与小轲在外边听得清楚，手上的烟头差点烧到了手指，两人互望一眼，同时把手里的烟头丢下，往屋里跑去。

那八个流氓哪还有半点儿刚才的得意张狂，惊恐万分，“你，你是什么人？”

白静柔一双大眼睛闪着幽幽冷光，淡淡地说：“我来找四少的。”

这句话含意深得很。

小轲不由得身子晃了两晃，扶着桌子稳定了一下情绪。

果然，小混混们马上想歪了，互相看了看，向她拱手，神色恭敬，“姑娘，是我们不对，对不起。”

白静柔垂头，不置可否，看着自己的手指头，“是吗？”

那小头目一咬牙，用未被拷住的另一只手，向自己嘴巴打了去，“都是这张贱嘴，让你胡说，让你胡说！”

他一开打，其他几个小的马上有样学样，周绅与小轲目瞪口呆，几个流氓“啪啪啪”地抽得极为虔诚。

白静柔表情不变，只淡淡地说：“行了。”

几个流氓这才停止了动作，每个人的脸都肿成了猪头。

周绅忙把他们押走，向小轲摊了摊手，无可奈何地走了。

小轲坐在她的面前，看着她，头一回不知道说什么好，只好问："白姑娘，这些事，你是怎么知道的？"

白静柔抬起头看他，"我能见四少吗？"

小轲这才发现，她一双眼睛除了极大之外，还极黑，就那么看着你，看得你遍体生凉。

小轲字斟句酌，硬着头皮说了句软话："我试试看，把你的情况向四少提一提，他如果答应见你，那咱们皆大欢喜了，我也不希望你等这么多天，等得一场空。"

巡捕房谁不知道四少的心肠有多硬，作为华人捕头，他不光对那些犯事之人心硬，连法国领事馆警备署长亦对他无可奈何。

他才是租界之中当之无愧的无冕之王。

她就不再问了，说："我还知道你。"

她黑幽幽的大眼睛看着他，小轲头皮一麻，不由自主地问："知道我什么？"

她却没有说话，只是拿了她放在桌上的那小布包过来，抓在了手里，把盖子扣上，又打开，再扣上，再打开，仿佛在思索该不该说。

在小轲等得不耐烦准备开口时，她忽然合上了布袋子的盖子，淡淡地说："你每个月收入一千三百大洋，大部分来自赌场收保护费，五百大洋送回乡下供养父母，其他的分三个地方放着；另外，最近你旧伤复发，晚上咳嗽不止，但有女朋友的悉心照顾，旧患慢慢儿好了……"

小轲一下子站了起来，左右看了看，关上办公室的门，这才走了回来坐下，压低声音说："你怎么知道的？"

她却没有回答他的话，只是说："你女朋友是某位富商的五姨太，一直想和你私奔，你却感恩四少的提携，不肯弃他而去。昨儿晚上，你们还吵了一架，你打了她一巴掌，事后又后悔自责，今儿订了一束玫瑰，准备向她赔罪。"

哐当一声，小轲跳了起来，椅子向后翻倒，他瞪圆了双眼，"你调查过我？"

可这样事无巨细地调查，太让人惊悚了。

她摇头，视线在他手指上扫过，"轲探长，我可以见四少了吗？"

又是这句话，差点让他抓狂。

"我……我马上安排你见四少，你老实告诉我，这些事，你怎么知道的？"

“你是指那些小混混的，还是你自己的？”白静柔听到了好消息，脸上依旧没什么喜色，反而神情认真。

小轲说：“都告诉我！他们的情况，你怎么知道的？还有我的情况，你又是怎么知道的？”

白静柔眨了一下眼睛，仿佛不太明白他为何这么激动，对她而言，知道这些消息只是小事一件。

她手指又把布袋盖子打开，又扣上，又打开，扣上，“轲探长，我在巡捕房坐了这么多天，当然什么都听得见，什么都会知道了，这又不是什么秘密。审那几个混混时，审讯房隔我不过几个房间。”

小轲看了看走廊尽头那个房间，难以置信地看着她，这叫隔了不过几个房间？

“你都听见了？”

“嗯。”白静柔黑漆漆的眼睛盯着他，“你们抱怨上司的话，晚上去哪儿喝花酒，哪位探长有几个外室，哪位探长怕老婆，都听见了。”

小轲心中生了丝不妙，“你刚才在那几个混混面前提起四少，到底是什么意思？”

白静柔依旧神情认真，说：“你想是什么意思，那就是什么意思！”

小轲转了一个圈，指着她说：“马上，我马上让你见四少！”

“好！”她答了这一句，就闭上了嘴，静静等着。

小轲手放在电话上，提起话筒，又放下，然后问她：“我的事，你是怎么知道的？我可没在周围乱说！”

白静柔说：“今天开工，你早来了半个时辰，我在外边看那梅花时，你已经喝了一杯咖啡了。我算过，你喝一杯咖啡，正好半个时辰，还有，你眼眶发黑，明显没有睡好，到走廊抽烟，喃喃自语：石榴，我对不起你，不该打你。我坐在这里，看见你走到隔壁花店订花。”

“那你怎么知道她是别人家的五姨太？”

“她送你一根项链，你藏在胸口，不敢示于人前，别人问你有没有媳妇或未婚妻，你从来不说有，引得巡捕房老纪向你介绍他的女儿。还有，她身上的香水沾到你的身上，是夜巴黎的味道，这种香水有调情之用，一般未婚姑娘不会用。”

小轲咬牙切齿，“你怎么知道她是老五？”

“我在这儿已经坐了十天，第五天之时，你对我放松了防范，她有一日打来电话，你当着我的面接的，我听到电话那头有人唤：老五，你在干什么？已婚之人，有人唤她老五，你说她是不是五姨太？还有，那条项链，极为出名，报纸上有登，某富商每娶一位姨太太，就送条项链给她，你那日打电话时，手指无意识地扯出了项链一头，我看见了。”白静柔静静地说。

小轲只觉全身被剥光了般暴露在她的面前，脖子上的项链更如火烧一般，他拉高衣领，把项链掩住。

白静柔脸上神色不动，拿黑溜溜的眼睛望着他，说：“我想，你女朋友送你这条项链，意思是让你替她卖了，让你们俩有钱逃走。没想到，你却会错了意，她也弄错了，你不是缺钱，而是舍不得四少的恩情。”

小轲认为她的潜台词是自己舍不得荣华富贵，这姑娘挺会说话的。

小轲直吸气，掐腰走来走去，“你，你，你，别说了！”

白静柔简单明了地答：“好！”

小轲再次拿起电话，警惕地看了她一眼，把电话放下，走到门边，再次警惕地看了她一眼。

白静柔一双眼眸黑得惊人，“放心，门如果关上，我只能听得见两三个房间里的动静。”

小轲走出房门，在长廊里左望右望，极不放心，走了五六个房间之远，才推开周绅的办公室门走了进去。周绅见他进来，以为他是来算账的，忙拱手说：“对不住啊，那姑娘有点古怪，是不是跟四少私下见过了？”

也难怪他这么猜测，除了四少，谁会有那么灵通的消息？只可能是四少提前把那些混混的情况告诉了她，让她敲山震虎，让黄老板老实点。四少这是想干什么？有什么大计划？可小轲又这样？他脑子里一片混乱。

小轲从他眼睛里读出了很多的内容，啼笑皆非，又不好否认，含糊应了，说：“打个电话，方便吗？”

周绅惊奇了，“你自己办公室没电话？”

“不方便。”

周绅便不多问，巡捕房的人谁身上没有几泡屎？他走了出去，到阳台抽烟。

小轲还是警惕地打开房门往外看了看，见自己的办公室房门紧闭，这才吸了口气，平静下心情，拨了四少的电话，他当然知道四少现在在哪里。

是仆佣接的电话，叫他等着，她去叫人。

电话里传来歌舞之声、搓麻将的声音、含糊不清的说笑，小轲等着，却忽然间想，如果白静柔在这儿，恐怕连对面几个人说了些什么笑话，都能听出来。

隔了一会儿，电话从桌面被拿起。

皇甫沫华想必嘴里叼了根烟，含糊不清地问："什么事？说！"

"四少，不得了了……"小轲先把她说的那几个混混之事向他汇报，末了说，"四少，我瞧，您还是见见她为好，白家之事，不就是您一句话的事？"

皇甫沫华语气之中没有半点热情，"会点小把戏，这种人多的是，不值得我帮忙。"

小轲郁闷了，只好说了几句她知道自己和别人姨太太偷情之事。

皇甫沫华吐了个烟圈，有了些兴趣，"这事你不是瞒得挺紧的吗？对谁说过？"

小轲把她的分析一五一十向他说了。

电话那边，有女人娇声唤四少，皇甫沫华漫不经心地应了一声，"你们先打着。"

小轲也不由得分析起来，这女人声音娇美，是歌星夜玫瑰，还是电影演员杜露梅？四少手底下新开了个电影公司，捧红了好几个影星，这是其中哪一位？

他思绪飘远，直至皇甫沫华凉凉的声音响起，"小轲，你在巡捕房也太不小心了一些！"

小轲精神一振，"四少，她可比我们那些荷官有本事多了！听力不错，是个人才，说不定对咱们有用，您今儿回巡捕房吗？她还在，晚上八点才走。"

"有用？耳目灵敏些而已，为达到震慑你的效果，她那几句话，不知道做了多少功课，她等着你发难，你倒好，自己把流氓送上门去！被人涮了还不知道！"皇甫沫华说。

与四少的精明寡淡不同，小轲还是个保留了某些忠厚品质的年轻人，"四少，这更说明她有些本事啊！您瞧，能忍、能等，懂得蓄劲后发，一击必中。"

皇甫沫华躲过了杜露梅凑上来的吻，眉头一皱，杜露梅倒不敢再上前纠缠，举了举杯子，让他快点过去。

"白家的事不好办，法国人看上了他们的铺子建领事馆，所以才设了这么个局把白荃英关了进去，白荃英能留一条命就不错了，这件事，我不管！你打发她走！"皇甫沫华语气凉薄得惊人。

小轲无法，只好放下电话，拉开房门，心想着怎么向白静柔说。

周绅抽完烟回来，见他一脸倒霉样，扯住他问："小轲，怎么了？遇上什么麻烦事儿了？"

小轲说："别提了！"

他走过长长的走廊来到自己的大办公室，白静柔依旧坐在木椅子上，连姿势仿佛都没有改。

他绕到她对面坐下，思索怎么委婉地拒绝，怎么不伤情面地将她打发走，却听她问："四少不愿意见我？"

他心惊肉跳，看了看房门，"你又听到了？"

"没有，不用听见，看你的表情就知道了！"白静柔说。

他舒了一口气，斟酌着说："四少忙得很，我看，你还是另找他人吧！"

白静柔好像没听见他的话，只说："你告诉他，我能查出黄老板偷藏的那批货在哪里。"

小轲接二连三地被她吓到，按道理说，他已经相当淡定，听到这话，还是差点蹦了起来，"这事压根没人在巡捕房提过，你是怎么知道的？"

我的娘啊！巡捕房在她这里还有没有秘密？

小轲深深后悔没早点打发她走，让她在这儿坐了十多天！十多天啊！多少内幕被她听了去！这要是被四少知道，还不剥了他的皮？他额头冒出了层冷汗。

白静柔奇怪地看了他一眼，语气依旧平静，"你怕什么？又不是你说出去的。周绅审那批混混，问得最多的是他们老板最近派了什么车？请了什么人？去了哪个仓库？让他们把黄老板的行踪说了又说，又问哪处仓库半夜添了什么东西没有。周绅听命于四少，如果没有四少同意，他敢这么明目张胆问这些事情？"

小轲咽了口唾沫，"就凭这些，你就断定黄老板偷藏了一批货？"

白静柔一双大眼睛在白净得有些透明的面孔上更显幽深，她语气低沉，"轲探长，天下熙熙，皆为利来；天下攘攘，皆为利往。无利可图，四少会让周绅扫荡黄老板的妓院？"

从这么一个年轻的漂亮姑娘嘴里吐出这些暮气沉沉的话，让小轲实在有些吃不消。

他想到刚才四少的语气，摇头，"四少不会同意的。"

白静柔脸上依旧平静，"哦，那就算了……"她拉长了语调，"不过，杜露梅要演一出新戏了吧？四少投了不少钱进去，可听说，她最近状态不好，脚还扭着了，经常称病不开戏，电影拍了一半，现在换角可不太容易。"

小轲以了然的语气问："这其中的原因，你又知道？"

"我不知道，但我能查出来。"白静柔说。

小轲有点动摇了，四少最近对杜露梅的确头痛得很，那女人性子泼辣，动不动就要死要活，一个混不吝的脾气。

取她一条小命，动动手指般容易，可她拍的电影，却投了不少钱进去！她半途不干，前面的片子全要重拍，这银钱的损失可不少。

四少为了哄着她，都亲自上阵了，刚才电话里那女人，莫不就是杜露梅?

小轲瞧了白静柔一眼，迟疑着。

白静柔说："我不求别的，只求四少给我一个机会，让我查清我哥白荃英的案子，至于结果如何，我只求心安就行！"

小轲一咬牙，硬着头皮说："好，我再去一趟！"

白静柔只答了一句："我等着。"

小轲再次拉开门走了出去，又走过五六间房门，推开了周绅的办公室，周绅一抬头，又看见他，惊讶地问："怎么了？轲探长，我哪儿做得不好？四少生气了？"

看小轲的表情，他不得不这么想，小轲的表情实在太严肃了。

小轲摆手，"没事，没事，我再打个电话，劳烦您还是在外边站站。"

周绅站起身来，把办公室让给他，走到门边，不放心地问："真没事？四少如果对我有什么地方不满的，你可得告诉我！"

"放心，放心，一定！一定！"小轲赔笑说。

周绅这才走了。

小轲吸了一口气，平复了一下心情，拨了号码，依旧是公馆下人接的电话，让他等着。

这一次，皇甫沫华的声音冷了几个调，"怎么？"

小轲生怕他挂了电话，把白静柔说的话加快语速告诉他，"四少，咱们查了许多日，都查不出那批货的下落，周绅审那批混混，也没审出什么有用的来。白小姐既然夸下了海口，咱们不妨让她试试，也没什么坏处不是？再者，杜露梅小姐戏都拍了一半了……"

电话那边传来微微的呼吸，小轲等得都快失望了，才传来了一句话："好，我过去一趟。"

小轲喜出望外，"四少，您什么时候过来？白小姐一直都在，我让她晚点走。"

皇甫沫华声音清冷，"小轲，她给你吃了什么药？"

小轲喜意一收，忙解释："四少，她都在我这儿坐了十多天了，这一天天坐下去，也碍事儿不是？”

他没敢提醒皇甫洙华，她在这儿十多天，听了些什么秘密去。

皇甫洙华挂了电话，沿着光滑如镜的大理石地板往前走，皮鞋踏在地板之上，很有节奏。

大厅门边上，倚着浓妆艳抹的杜露梅，他伸出了胳膊，她挽了上来，推开嵌着雕花的西式玻璃门，两人走进大厅。

作为华人总捕头，皇甫洙华在巡捕房当然不会坐班了，可哪有人敢说什么！没事之时，他一般会待在自己的公馆里。

浓荫掩映之下的法国洋楼，月光透过玻璃窗，室内一派谈兴正浓，男人西装革履，女人皆一身精工细制的旗袍，谈笑之中，间或夹杂着一两句洋文。

见他们进来，沙发上的人向他举了举酒杯，又各自谈天说地。

杜露梅倚着皇甫洙华坐下，拿了杯威士忌过来给他，含笑问：“四少真是忙，这一会儿工夫，电话来个不停？”

皇甫洙华摊开身子，往后靠，避开她挨过来的手臂，“巡捕房有点事。”

杜露梅就笑了，“四少手下这么多人，还用得着您亲自去？”

皇甫洙华扫了一眼她精致的脸，听着周围叽里咕噜的洋文，只拿起酒杯喝了一口，却问她：“昨晚上和亨利先生谈得怎么样？他给你的条件一定不错喽？”

杜露梅一怔，脸色一白，却是笑了，手指在他胳膊上一推，“四少，您说什么呢！一般应酬而已，我怎么会对不起四少？”

皇甫洙华只扯了扯嘴角，漫不经心地拿手指敲着椅背。

张宗林推门而进，一眼看见屋角处坐着的皇甫洙华，忙走了过来，杜露梅识趣地站起身来，找别人说话去了。

“白家的事，查得怎么样了？”皇甫洙华说。

“难办得很，上面要把这案办成铁案，要让白家老爷子清光家底，有人证、有物证。人死之时，白荃英就躺在凶案现场，手里还拿着凶器，墙上满是血手印，全是白荃英的，现场再无其他人。”张宗林瞧了大厅一眼，“亨利先生也来了？四少，他和大使走得近，多少知道些内幕，何不找他来问问？”

皇甫洙华不置可否，“白荃英有个妹妹，你知道吗？”

张宗林一拍大腿，“知道，他妹妹的事，早些年可传得满城都是，四年前的绑架案，四少您忘了？”

皇甫沫华挑眉，眼底闪过一丝意外：“原来就是她？”

张宗林点头，“剪刀帮盯上了白家，绑了白老爷子最喜欢的孙女儿，让老爷子拿上万大洋赎人，等老爷子准备好大洋送去，白小姐自己回来了！警察厅的人赶到那里，就发现剪刀帮的人在内讧，那一战，剪刀帮可谓损失惨重，三个大首领都死了！据活下来的小弟说，白小姐被关在三首领那儿，那天晚上其他两个首领进去商量事儿，就打了起来。”

“这件事后来调查出了什么没有？”

“没有，不过倒是有人传言，说这白小姐会蛊惑人心，传了一阵子便不了了之，白小姐被人绑票却是事实，因为这事，原来定了亲的人家坚持要退婚。说起来她也是个无辜之人，现在这世道，退婚的女人还怎么嫁得出去？”张宗林叹气。

皇甫沫华看了他一眼，“你倒挺同情她的？”

“说起这白小姐，也是命运多舛，她从小身体不好，生过一场大病，三岁那年失明了，一直到八九岁经西洋医生做手术才治好。后来发生被绑票之事，这样的女孩子也只有在白家才养得活，要到了稍微穷一点的人家，哪还能有命活？说起来白家也倒霉，接二连三地出事，白家大少爷自杀死在外地……就是白小姐的爹。白小少爷年幼的时候也被人绑架过，又轮到了白小姐，也不知道是不是白家风水不好。”

“其他的，你就没听说过什么？”皇甫沫华问。

张宗林不知道皇甫沫华想问什么，“四少，您指什么？”

“白家小姐的事，她有什么喜好？”

张宗林瞪圆了眼，嘴张得老大，“四少，您，您，对她……有兴趣？”

他扫了一眼厅里站着的几位美女，都是电影公司力捧的对象，身材火辣，前凸后翘，四少口味真是奇特，对她们都没什么兴趣，反而对未成年少女大感兴趣？他见过白静柔，矮矮的、瘦瘦的，一副竹竿样。除了一张脸长得还好之外，其余没一样好看，听说是生病那几年吃药吃的，不长了，他还想得长远起来……只怕以后生育都有问题。

皇甫沫华只瞧了他一眼，“说。”

张宗林忙说：“倒没有听说什么，她低调得很，每天待在家中，也不出门交际。白老爷子倒是挺疼她的，不喜欢白荃英，只喜欢她，听说还想把整个家业交给她。”

“她在哪里上学，老师是谁？这些你都不知道？”皇甫沫华问。

张宗林额头冒出层冷汗，当然不敢辩解白小姐这无关轻重的大家闺秀，谁耐烦去查？只说："四少，我这就去查？"

皇甫沫华语气懒散，"倒不用急，走，回趟巡捕房。"

两人站起身来。

亨利一眼瞧见，走过来打招呼："皇甫先生，您这就要走啊？派对才开了一半呢！"

杜露梅紧张地往这边望。

皇甫沫华似笑非笑地看了她一眼，"亨利先生，有杜小姐陪您，您还不尽兴而回？我嘛，天生忙碌命！这不，巡捕房有事，得过去一趟，你们好好玩，有什么需要找管家就成。"

亨利看了杜露梅一眼，笑了，"你可得尽快回来，少了四少，宴哪还成宴？"

皇甫沫华扯了扯嘴角，两人走出了大厅，上了车，直往巡捕房而去。

……

巡捕房里，小轲哪还敢到别处去，就陪着白静柔坐了一下午。他不问她话，她倒极为安静，坐在那里，连呼吸声都是轻轻柔柔的，让人几乎感觉不到她的存在。

有好几次，小轲都产生了错觉，那椅子上坐着的不是一个活人，是尊精美的雕像。

听到推门声响，见皇甫沫华走了进来，小轲舒了一口气，忙站起来，"四少，您来了？"

皇甫沫华点了点头，嗯了一声，视线落在背对他坐着的那个纤瘦身影上。她脑后结了一条极长的辫子，穿一身丹青旗袍，很普通的式样，没有半点花哨，只是那旗袍仿佛大了一些，套在她身上变成了长袍，一点儿身材也显不出来，哪比得上杜露梅等。

还真像根竹竿。

听到答话，她站起身来，脑后的辫子也跟着左右摆动起来，像个正在歪着头挑花戴的小姑娘。

皇甫沫华不知自己脑子为何忽然有这种想法，不由得想笑。

却对上一双极深极黑的眼眸，就仿佛她的整张脸上，其余的五官都没有了，只剩下了双眼。

瞳仁里清楚映出了他的影子。

她比他矮半个头，他站直，能看清她头顶的发际线，分开，在脑后合拢，结成一个长辫子。

她眨着眼看他，表情有些迟疑，似乎在想该不该跟他打声招呼，手抓紧了那小布包，打开又合上，合上又打开。

“你找我？”皇甫沫华绕过她，坐到办公桌前，把腿架上了桌子，皮鞋就在白静柔眼前晃动。

白静柔视线落在他脚上的皮鞋上，动也不动，点头，“是的。”

她瞳仁里反射出了他皮鞋的影子，皇甫沫华久经风浪，却也觉得被她盯着之处，皮鞋仿佛要烤熟了，便把腿从桌上撤下。

“听说你还有些本事？好，你倒是说说，我刚才见了什么人？从哪里过来的？”皇甫沫华简单地问。

小轲担心地看着她，这些她可听不到，四少的行踪，在巡捕房保密最严，从来没有人敢提敢问。

果然，白静柔摇头，“我不知道……”

皇甫沫华身子后仰，摸出盒烟来，准备打开，就听她说：“但我可以猜猜，看能不能猜对百分之七八十？”

皇甫沫华手指一顿，小轲忙拿打火机给他点燃了火。

“四少鞋底干净，只粘了些细绒毛和雪水红土，您是从一个极干净的地方直接上了车，来到巡捕房的。您身上还有酒气，胸前滴了一点红酒，领子上有一点胭脂，是女人蹭上去的。如果四少是去烟花之地，胭脂印不会这么浅，想必是女人想靠在您身上，您避开了。”她边说，边做了个头往一边靠的动作。

小轲担心地看了眼手指夹烟忘了吸的皇甫沫华，回头瞪她，“说重点。”

“您待的地方，我猜是一个较重要的酒会，您在会见几个重要的人，谈一些重要的事。而女人，也不是身份随便之人，据我这几天观察所得，四少是个极慎重的人……”

皇甫沫华打断了她的话，看了一眼小轲，“这几天观察？”

小轲喉结上下滚动了一下，结巴了，“她，她，她也没来几天，就坐在我办公室，哪，哪儿都没去！真的，哪儿都没去！”

白静柔点头确认小轲的话，“嗯，是哪儿都没去，所以只知道四少生性谨慎，这种重要酒会一般只会安排在自己的公馆，从小轲探长打电话出来之后的表现来看，那女人想必对您极为重要。事后我提及了杜露梅，小轲探长气息急促了些，我想，当时他想必从电话里听出了某些声音，猜出了您在会见杜露梅小姐？”

皇甫沫华烟盒啪的一声合上，再瞧小轲一眼，小轲额头冷汗滚滚，“我真没说，什么都没说！”

皇甫沫华忽然笑了，“猜得不错，除了这些，你还有什么值得我帮忙的？”

白静柔定定看着他，“我现在就可以告诉您，黄老板的那批货藏在哪里。”

看着她黑眼珠占了大半个眼眶的眼睛，皇甫沫华忽然间明白自己心底那奇异感从何而来了，这明明就是一双出生没多久的婴儿的眼睛。

嗯，脸也有点像婴儿，圆乎乎、肉嘟嘟的。

“好，你说说看。”皇甫沫华说。

小轲也竖起了耳朵。

【第二章】

洞若观火的明眸

小轲与上司此时福至心灵了，也跟着看了一眼刚好并排站着的两名女子，忽有一种惨不忍睹之感：高耸和平坦这两个词在此时此地如教科书般一目了然啊！

“黄老板的那批货，藏在他放棉花的那个仓库，那仓库是穿黄衣服的那位叫绅哥的男人管的。我估计，今天晚上会随那些军用棉花一起运走。”她看了一眼窗外的月亮，“我估计，现在他们就开始运了。”

小轲被她吓了许多次，已经处变不惊了，见皇甫沫华手上那根烟的烟灰长得快要落下来了，连忙拿起烟灰缸替他接住。

皇甫沫华瞪了他一眼，一下子站起身，摇起了电话。

小轲看了一眼白静柔那晶莹如白玉般的耳朵，很想提醒皇甫沫华去别的地方打，迟疑半晌，从自己的差使到四少的脾气，一直到工薪多少，月底还有没有钱使等，到底没说出口。

一迭声的命令之后，皇甫沫华坐下来，冷冷地说：“半个时辰就知道你说的话的真假了。”

白静柔点了点头，又安安静静地坐着，眼睛半垂，眼睫毛的阴影落在眼睑之处，使皇甫沫华想起了熟睡的婴儿。心想她如果捧个奶瓶，光看脸，还真有点像一个长着大脑袋的婴儿。

他顺着她的视线往下看，才发现她又盯住了自己那伸出来的一双皮鞋。

办公室的桌子对于皇甫沫华来说有点短。

他缩回了脚，膝盖碰得桌子底“嘭”的一声响。

她这才把视线收回，盯住了桌上的一支笔，又不动了。

皇甫沫华不由自主地松了口气，在心底骂了声娘。

被一双眼睛闹得心绪不宁，这可是第一次！

时钟嘀嗒嘀嗒响着，好不容易过了半个时辰，电话铃响起，小轲接起电话，嗯嗯了两声，脸上露出狂喜，“四少，找到了！真在那棉花仓库！”

皇甫沫华此时才坐直了身子，重视起来，“说！你是怎么知道的？”

白静柔黑黝黝的眼睛直视着他，“四少能让我查白荃英的案子吗？”

又来了，又来了。

见老大也遭受这种遭遇，小轲不由得感慨万千，心底略有几分激动。

皇甫沫华冷冰冰地说：“你说了再说。”

“如果我说了，四少能让我查白荃英的案子吗？”白静柔对他脸上的表情视而不见，静静地问。

“那要看你有什么资格，能说出什么来！”

小轲明显看到了皇甫沫华腮帮子都快鼓出来了。

“在你们的人审问那批人时，我偶尔去窗边透气，听到了那位绅哥的话。有人问他仓库里装的是什么东西时，他有极短的时间屏住呼吸。每当人们紧张或受到威胁时，都有这样的反应，他马上回答，仓库里装的棉花。语速加快，表现出一种想尽快摆脱这个问题的态度。还有，他坐在外边时，和别的人不同，尽量缩着自己的身子，隐藏自己，这是一种想隐藏某种秘密的表现。所以，他知道你们在问什么，也知道那仓库里有什么！”

小轲还是受到了惊吓，半张着嘴，先问道：“你，你连屋里人屏住呼吸都能听得出来？”

“要走近一些才能听出来。”白静柔说。

“可当时那房门是关着的！”

“房门厚度不够。”白静柔答得简短。

“那你怎么知道人受到威胁，会屏住呼吸之类的？”小轲问。

白静柔奇怪地看了他一眼，“如果你在黑暗中生活了十多年，你也会知道的。”

小轲喃喃地说：“放到我身上，生活二十年也不会知道。”

她把视线转移到皇甫沫华那儿，问：“我有资格查白荃英的案子吗？”

小轲默默抚头，同情地看了一眼自己的上司。

皇甫沫华倒是镇定得很，“就凭这个，还差了一点。”

小轲很懂自己上司那雁过拔毛的性格，转而同情起白静柔来。

白静柔毫不意外地说道，“四少想让我弄清杜露梅是怎么回事？”

皇甫沫华点了点头。

白静柔说：“能把杜露梅的照片先让我看看吗？”

小轲一想，自己抽屉里正好有一张杜露梅的电影宣传海报，爽快地点头，“可以，但是，为什么啊？”

白静柔脸上泛出些红意来，露出了少女般的羞涩，“她电影演得好，是一个大明星，我想看看她长得怎么样……”

小轲莫名其妙，“电影里不是有吗？”

“看电影隔得太远，我看不清，每次只能听。”

皇甫沫华灵机一动，拿手指在她眼前晃了两晃，她倒是一把抓住了他的手指，“您这样我还是能看清的，再远些，就只能看清您脸的轮廓了。”

她的手掌，光滑清凉，像上好的软玉，被她握住，有说不出的舒服，皇甫沫华抽回了手指。

小轲说：“所以，实际上，你认不清我和四少的脸？那他身上的酒和胭脂，以及鞋底，你怎么能看得清？”

“我闻了一下，再仔细瞧了瞧，再者，四少皮鞋放得离我近。”

“你不光耳朵灵，鼻子也够灵的。”小轲释然了，想到自己每次被她的一双大眼睛看得浑身不得劲儿，原来他一直在浪费无谓的感情啊！

他想了想，还是不敢相信，“你不是看到了我的项链吗？”

“我先听到你脖子上项链外露部分和纽扣相击之声，然后才看了一下。”白静柔说。

他怀疑地望她，那“看了一下”意思莫不是在诈他？

“你真看清了那项链上的花纹？”小轲觉得还是问清楚的好。

“现在看清楚了。”白静柔准确地盯着桌上小轲扯出来的项链一角。

小轲后悔自己问了，心灵老受伤了。

她倒是自己老老实实地说了：“我也只是猜的，本城娶了五房姨太太的富商虽然不少，但和您能打上交道的也只有那么几位而已。电话是个稀罕物，家里能装上电话的富商就更少了。能被您瞧上，和您年纪一定相近，加上能和轲探长说家乡话的，就只有那么一位了，报纸上登了，他娶了位籍贯河南……”

小轲生怕她把女人的名字都说了出来，忙打断她的话，说：“行了，行了，知道你厉害，现在不是有西洋眼镜吗？你配副眼镜戴着不好？”

白静柔脸上终于现了丝青涩，“我戴眼镜不好看。”停了停又说，“平时一般用放大镜，带放大镜来巡捕房不好，所以，放在家里了。”

小轲心中莫名柔软了起来，竟然同意了她的说法，“女孩子戴眼镜的确不好看，特别是你的眼睛这么大……”

白静柔默默点头。

皇甫沫华瞪了小轲一眼，咳了一声，站起身来，“明天，去见一见杜露梅。”

“好！”白静柔回答得干脆，又加上一句，“帮您弄清楚了杜露梅之事，我就能查白荃英的案子了吗？”

小轲清楚地看见皇甫沫华额角青筋在乱跳。

很奇怪皇甫沫华没发火，只嗯一声，推开椅子走了。

白静柔脸上笑容如水波般漾开，纯洁得让小轲瞬间移不开眼，她笑得可真美，像一个睡饱了醒过来的婴儿。

小轲不由得也笑了起来，心情陡然舒展开来，欣慰地想：她终于不用像点卯一样来巡捕房了，再来上几日，巡捕房还有秘密可言吗？迟早，他会因为这些秘密不成为秘密，而被四少剐了！

……

趁着等人的工夫，小轲觉得有必要提醒一下对面坐着的白静柔，他低声说：“白小姐，杜露梅是明星，脾气不大好，对我们四少又有点那心思，你明白的啦！所以，所有四少身边的女人都有点态度恶劣，等会儿你包容一下。”

白静柔大眼睛忽闪忽闪了两下，垂下头，从咖啡罐里拿了一颗糖出来，放进了嘴里，嚼得咯吱咯吱响，含糊不清地答：“知道了。”

像试味一样，她又从另外一个罐子里拿了颗酸梅，放进嘴里，脸皱成一团。

想象着甜与酸的极致感受，小轲腮帮子发酸，忘了想问什么，“好吃吗？”

“不好吃，就试试味。”白静柔兴致勃勃地说。

这是百乐门的小舞厅，专供身份不一般的重要客人往来会面，外面大舞厅隐隐的音乐声隔着门传了进来，玻璃门外，妆容精致的舞女时不时往这里望两眼，她们都知道，这里是皇甫沫华的专属包厢。

“来了，来了。”小轲坐直了身子，看到白静柔又拿了颗糖丢进嘴里，提醒，“别吃了。”

白静柔此时耳朵不灵了，像没听见，咔嚓咔嚓咬得惊天动地地响。

小轲闭了闭眼，只觉自己的耳朵也极度灵敏了起来，“丢脸”“失礼”两个词在他脑子里盘旋。

乍一开始，他怎么就认为她带了股文静神秘的气质呢？

和着她咯吱、咯吱地嚼糖的声音，杜露梅挽着皇甫沫华的胳膊，高跟鞋噔噔响地走进了包厢。

小轲心说，这两个声音还挺和谐的，一眼看见白静柔又把一颗糖丢进了嘴里，他决定……不管了。

两人坐在了对面，杜露梅好奇地瞪大了眼睛，“四少，这位就是您说的白小姐？”

小轲心说：咦？杜露梅头一次没对四少身边的女性表现出戒备……看来是个好开头？

皇甫沫华嗯了一声。

杜露梅往他身上倚去，“四少，您今儿找我来吃饭，就是见她？要我提携后辈？她想演什么？”

皇甫沫华不动声色地向后靠，避开了她的身子，“不是，你最近不是情绪不好吗？请你来散散心。”

杜露梅拿出把小扇子来，打开了又合上，用戴着精致的蕾丝手套的手掩住嘴，眼睛像钩子一样扫着皇甫沫华，“四少，您多陪陪我，我就开心了。”

见白静柔好奇地看着自己，杜露梅心情很好，“这位小妹妹，叫什么名字？想当演员？”

白静柔舔了一下手指头，从布包里拿了块手帕出来擦手，“您就是杜露梅？明星杜露梅？天哪！您长得真好看。”

她站起身来，绕过桌子走到她身边，直接拿起了她放在桌边上的右手，又握又摇，“今天能见到您本人，我真是太荣幸了。”

小轲见她大脑袋只差往杜露梅胸前凑了，默默地移开视线，见四少也是少有地抽动了一下嘴角，忽然心有戚戚焉。

杜露梅抽回自己的手，似乎想起她那手抓过糖，还舔过，表情有点扭曲，不过还保持着良好的风度，“过奖了，你看过我演的电影？”

白静柔弯着腰点头，“是啊！您真人比电影中的还好看呢！”

杜露梅漫不经心地答：“好说，小妹妹先坐下吧！”

白静柔不好意思地挠头，“我一看见喜欢的人就控制不住了，杜小姐，对不起。”

杜露梅含着笑回头问皇甫沫华：“四少，您这是给我介绍影迷来了？”

她含情带俏，皇甫沫华只看着在手里转着的打火机，不动神色，“杜小姐这些天情绪不好，没精神演戏，所以，请她来逗逗乐。”

杜露梅娇嗔地说：“哪有啊！四少，您是老板，我哪敢不卖力演？”

皇甫沫华说：“是吗？”

小轲转头看向白静柔，期望她说点什么，见她又拿起颗一糖丢进嘴里，感觉有点崩溃。

在白静柔咯吱、咯吱的嚼糖声中，忽然听到有人含糊不清地说：“杜小姐失眠好多天了吧？我猜，您的弟弟是不是出了点小麻烦？”

杜露梅瞪圆了双眼，紧紧抓住精巧的扇子，声音微微颤抖，“你，你怎么知道？”

皇甫沫华坐直了身子。

“杜小姐身上有股中药安息香的味道，想必是每天点燃了香料才能入睡；您眼眶上打了厚厚的脂粉，想来是用来遮盖黑眼圈的；您左手的那枚绿宝石戒指换成了不值钱的绿玻璃制的，想来是拿去典当了。我是杜小姐的影迷，知道您亲人不多，仅有一位弟弟在世，杜小姐事业如日中天，身边追求者甚众，不是感情问题，那就是亲人出了问题了，不是吗？”白静柔偏着头望着她，一副好奇宝宝的模样。

杜露梅右手掩住左手上的绿宝石戒指，“你，你胡说。”

白静柔点头，“看来我猜对了，有人控制了你弟弟，要求你在演戏时拖延？对了，四少，您那对头公司不也在拍一部差不多的戏吗？看来是了。”

皇甫沫华皱紧眉头看了杜露梅一眼，“你有个弟弟？”

杜露梅只是个小演员，如果不牵涉大笔投资，皇甫沫华都不会理，他不知道也是正常的。

一个人精力再充沛，也兼顾不到所有的事。

他需要一个像她这样的人。

白静柔忽然间对自己充满信心。

小轲一直盯着她，见她白净的脸泛起了一层红晕，比雪中的梅花还好看，不由得有些呆了，感觉到皇甫洙华冷冷扫了他一眼，这才收回视线。

杜露梅紧张地捏紧了手里精美的袋子，她当演员已久，在各式大佬的手里讨生活，哪里不知道面前这年轻男人心有多狠？

“是，是的，可这事和我弟弟无关，确实是我状态不好，压力大，又犯了头痛病，四少放心，我一定会好好儿演的。”杜露梅哀求着说。

她的视线落在白静柔身上，忽然间有些恨这小丫头。

白静柔却似乎没有看她，只把桌上的糖纸慢慢儿抚平了，自言自语：“看来杜小姐的弟弟非但被绑票，还闯下了大祸，被关了起来。杜小姐连四少都不敢求，对方想必来头极大，随时有撕票的可能。说来也是，租界巡捕房报了案的案子没几个侦破的，绑票案报案百分之百都会被撕票。去年油厂的王老板不就是个先例吗？王老板的家人花了不少钱打通巡捕房请求缉拿凶手，可王老板还是被撕票了，王老板家既丢钱还没了人，报纸上每年都有这种报道……”

小轲默默看了眼皇甫洙华平静的脸，想提醒白静柔：求人别揭短啊姑娘！你这是求人的态度吗？

杜露梅一下子站起身来，脸色发白，“你，你怎么知道？”

白静柔看着面前抚平的糖纸，仿佛沉浸在自己的世界里，“杜小姐通身的珠光宝气，可左手手腕却戴了只样式古旧的银镯子，镯子式样老旧，是十多年前吴越老银铺的款式。选的款也有趣，上面雕了只小老虎，如果是父母送，又怎么会选这种款？杜小姐十多年都没取下来过，我说起您的弟弟，您的手不由自主摸上了那镯子，这镯子是您弟弟送的吧？”

小轲却想，这白静柔到底是目光如炬啊还是视线模糊？这么细微之处的动作，她是怎么发现的？

如火烫一般，杜露梅把手从镯子上移开，“你，你……”

白静柔抬起头来，视线落在她的脸上，截住了她的话，“杜小姐，我能让你弟弟平安回来。”

杜露梅刚想鼓起勇气向皇甫洙华撒个娇，痛斥白静柔胡猜，听了这话，却一下子怔住了。隔了半晌才难以置信地问：“你真能？不，他们说了……”

白静柔说：“只要杜小姐把你弟弟失踪前后的行踪一五一十说清楚，再有，我想去你弟弟的房间看看。”

杜露梅不由自主地望向皇甫沫华，怯生生地承认："四少，我骗了您，我弟弟的确被人捉了，我不得已才在演戏上拖延。他们说了，只要我拖过了这个月，弟弟就会平安回来，四少，我只有这么一个弟弟啊！"

皇甫沫华不置可否地扫了白静柔一眼，"好，你若能找回她弟弟……"

白静柔眨着大眼睛接嘴道："四少就准我查我哥的案子了？"

小轲抚额。

杜露梅则看了看她，又看了看皇莆沫华，"白小姐，您的哥哥也出事了？"

白静柔感慨道："是啊！家里有个不成器的兄弟是很烦恼、很操心的。"

这老气横秋的劲儿，小轲再次看到皇甫沫华嘴角抽了抽。

小轲问："四少，咱们先去杜小姐家看看？"

杜露梅少有地期待，像皇甫沫华这种人是不屑和她们这些女演员扯上任何关系的，更别提去一个女演员家了，即使是因为这种事去的，以后提起，也会让她倍有面子，在同行之中高上一截。

皇甫沫华皱了皱眉，刚想拒绝，白静柔嚼着糖说："杜小姐弟弟的居室能传达出很多的线索，四少，您就不想看看我怎么找回她弟弟？"

她一边嚼糖一边侧着头看他，大眼睛忽闪忽闪的，嘴角因糖汁渗出显得晶莹剔透，一点儿也没感觉到这话有什么可忌讳的，就那么随随便便地问了出来。皇甫沫华那种正对着一个小朋友说话的无力感又来了，可偏偏这小朋友说出的话能把人吓死，这种奇异的冲突之感让他脑子微微发热，顺口就答了："好，去！"

作为皇甫沫华的亲信，小轲当然是深知自己这上司的脾气的，这可不是个好糊弄的主。所以，听到他的回答，他眼睛都快凸了出来！好不容易他才收回去，把表情调到正常，匆匆去开了车来，一行人往杜露梅家里驶去。

杜露梅家在西华路十三号，离租界巡捕房两三个街口，也属租界的繁华地界，旁边住的都是洋人，治安当然好。不时看见几个洋巡捕走来走去，他们当然都认得皇甫沫华的车子，隔着老远就笔直地敬礼。

几个人下了车，几名仆佣走出来迎接。

杜露梅吩咐用人拿了顶级的红茶出来泡，又让人拿法兰西蜂蜜点心来，殷勤地介绍："四少，这些还都是您送的呢！我一直没舍得喝！"

皇甫沫华依旧不置可否，只说："去看看你弟弟的房间。"

一转头，白静柔把毛茸茸的大脑袋差点戳进点心盒子里去了，杜露梅不由得咳了一声。

白静柔从盒子里抬起头来，鼻尖上还粘了点儿点心，眨着眼睛还对杜露梅解释："对不住，想看清这点心是由什么做的。"

小轲再次默默地想，你这是想看清啊，还是想啃个清楚？

皇甫沫华已经跟着杜露梅上楼了，小轲也跟上，没听见脚步声，回头提醒对那盒点心依依不舍的白静柔："白小姐，先办正事……"又实在忍不住说道，"这种点心，四少那儿有的是。"

白静柔"哦"了一声，腼腆地说："我真不是想吃，就想看看这种特制点心配方是什么样的，别的地方没有卖的。"

小轲对她明显的假话抽了抽眼眉。

见她一步一步小心翼翼地跟上，他还是忍不住问："你真看不清台阶？"

白静柔一脸的认真，"看不清。"又看了一眼他的手，"你牵着我？"

小轲很明显地看见前面和杜露梅一起走着的四少的脚似乎停顿了一下，他福至心灵，马上说："自己扶扶手上来！"

白静柔摸上了扶手，还很遗憾，"小气！"

小轲充耳不闻，看着皇甫沫华的后背，心底却略微奇怪，为什么自己在意四少对这女子的态度？

杜露梅推开了二楼最后一个房间门，脸上有丝凄然，"您瞧，这就是我弟弟的房间。"

这只是一个普通青年住的房子，一张书桌，简单的木板床，木板床下摆了几双球鞋，军校校服挂在门后。布置得简洁大方。

皇甫沫华并不进门，只瞧了两眼室内，便走到一边抽烟。

小轲陪着白静柔进去，死死盯住她的视线，看她望向哪儿，也就跟着望向哪儿，但跟着她绕了一圈，更加一头雾水。

看她每看一个地方头都离得极近，倒是明白了，她真的是视力不佳。

杜露梅却走到了皇甫沫华身边，拿出块帕子抹眼泪，"四少，您也瞧见了，我只有这么一个弟弟，好不容易考上军校，我出来演戏，都是为了让他能专心读书，如今他被人绑了，我能怎么办？"

皇甫沫华吐出个烟圈，看着那烟圈在空中消散，声音疏冷，"杜小姐，你瞧这烟圈，是大是小，成不成器，全在抽烟的人……"

杜露梅看着他冰冷的侧脸，身子微微颤抖，“四少，您给我一个机会，只要弟弟没事，我给您做牛做马都成。”

皇甫沫华把手里只抽了一口的烟弹走，那烟划过一条白线飞出窗外，他淡淡地说：“如果你弟弟有事呢？”

杜露梅流出泪来，晶莹的眼泪在洁白的面颊滑落，她半仰着头看他，“四少，我求您了……”

皇甫沫华面色未变。

杜露梅无法，缓缓屈身，跪了下去。

正在此时，清脆的声音自两人身边响起，听起来天真有趣，“咦？杜小姐，你跪在这里干什么？拜神拜佛啊？四少还没升天啊！”

小轲恨不得伸出手去，把她最后几个字捂回嘴里。

可他不能，所以只好抚额。

皇甫沫华适应力强，不过几个时辰，对这妹子种种奇谈怪论就习以为常了，又拿了根烟在烟盒上轻轻敲，“说吧！她弟弟去了哪里？”

白静柔说：“杜小姐，您还是站起来吧！我不习惯居高临下地对人说话，总觉自己仿佛站在神坛上。”

她怪癖还挺多。

杜露梅没动，小轲想扶她起来，可没听见皇甫沫华的声音，他哪敢？

白静柔对皇甫沫华的冷脸不知道怎么的就是免疫，还问他：“你说呢，四少？”

她这陷阱挖得……

这要是再让杜露梅跪着，就是说皇甫沫华把自己当神佛？

小轲默默垂头。

“起来吧！”皇甫沫华终于说。

小轲忙上前，扶了杜露梅站起来，劝慰道：“杜小姐，您先别着急，四少既然来了，一定会想办法把您弟弟找回来的。”

杜露梅含怯带泪地看向皇甫沫华。

皇甫沫华则示意白静柔，“说吧！你看出了些什么？”

“啪嗒，啪嗒，”布袋子开合扣子声音又响起，白静柔一边扣着布袋子，一边踱起步来，“你弟弟考上了军校，是一年级新生吧？现在正在放寒假，平日和什么人来往得较多？”

杜露梅回答：“还不是他平时军校的同学？都是年龄、家境差不多的，我虽是个演员，可也洁身自好，有谁敢瞧不起我们？”

“这么说来，如果他交了一个并非那么富贵的朋友，你是不会让你弟弟和其来往了？”白静柔问。

杜露梅吃惊地掩住了嘴，“你说什么？我们可是住在租界富华街的，他的朋友我都认识，哪会有什么穷朋友？”

白静柔点头，“果然如此，所以，他没有告诉你。”她再问，“这屋子附近经常有卖花姑娘来吗？”

杜露梅神思不定，点了点头，“有的，因为是租界，晚上这些穷鬼就要被赶出去的。”

“不知道你注意到桌上的那束干枯的花没有……”

“那束玫瑰？是弟弟买的，他看她们可怜，倒是经常买花送给我。”

“不，那不是玫瑰，是蔷薇，只不过长得和玫瑰相似，经常被人弄错，这种花在山上野生野长，并不值钱。”

杜露梅尖声说：“那个贱婢，居然敢骗我！”

“你弟弟失踪多长时间了？”白静柔又问。

“有十多天了。”杜露梅说。

“蔷薇枯萎得差不多了，瓶子里的水已经干涸，看来那束蔷薇是你弟弟失踪前买的。”白静柔说。

她再问：“你弟弟喜欢打篮球吗？”

杜露梅摇头，“不，并不喜欢，为什么这么问？”

“没什么，军校学生不都喜欢运动吗？”白静柔说。

“我弟弟是文职军官，学什么发报之类的，我也不懂，他不喜欢运动的。”

“不喜欢运动，鞋子却磨损得厉害。”白静柔拿起了那双鞋子，眼睛几乎凑到鞋子上面去了。

小轲看着她挺翘的鼻尖与那球鞋只有一毫米的距离，替美丽的鼻子同情了一把：臭吗？

“你管不着他的时候，他去的什么地方，看来你不知道了？”白静柔终于把鞋子放得离她远了些。

小轲替鼻子舒了一口气。

杜露梅一怔，“不可能吧！我弟弟可乖了，回到家就待在楼上的房间，也不出去。”

“鞋子前掌磨损极多，经常做上坡运动才会这样。再有，窗台上有一道磨痕，是吊绳子下去的痕迹。”

还没等屋子里的两个人反应过来，白静柔便趴下身子，钻到了床底下，拿出一大盘卷好的麻绳出来。

杜露梅吃惊地掩住了嘴。

“你平时对你弟弟看管得严，等你出去了，他把麻绳拴在床腿上，自窗口爬下去，而你们的房子，背街而建，房子后面一百米处就是棚户区。我想，他的朋友，就在棚户区里。”

小轲看了一眼站在门口连烟都忘了抽的皇甫沫华，替他问：“你怎么知道的？”

“木板床被拉得挨到了墙边，窗子边缘有被绳子磨损的痕迹，再有，这绳子长度刚好能让一个人爬到一楼。”

皇甫沫华丢了手里的烟，走过来问：“你是说绑架他的是棚户区的人？”

“非但如此，还有人做内应，把窗口上垂落的绳子收起来了。”白静柔指着床边的绳子，“你弟弟那天爬出去之后，就再也没有回来过，要想找到他，只有找到替他收绳子的那个人了。”

杜露梅咬着牙说：“谁？到底是谁？”

白静柔侧头看皇甫沫华，“四少，您说呢？”

皇甫沫华一怔，小轲却又想抚额，心说：姑娘，咱们四少可有好长时间没被人像考小学生一样地考过了！姑娘，你别一得意就忘了他的身份啊！

皇甫沫华摸出根烟来在烟盒子上敲，没回答她。

白静柔对他的冷脸视若不见，一伸手，他敲着的烟就到了她的手上，她还一本正经地说：“四少，烟抽多了不好！”

小轲看了看皇甫沫华平静的脸，默默地扭过头去。

白静柔却把烟拿在左手，在右手手心一下下地敲，“我们来的时候，杜小姐家里体面点的仆佣都迎了出来。一共有四位，两名年纪大点的，两位年轻些的，杜小姐对弟弟关怀备至，平时照顾弟弟起居的想必是家里手脚最麻利的用人，只有她有令弟房间的钥匙，是吗？”

杜露梅连连称是。

皇甫沫华却一伸手，把那根烟夺了过去，重放进了烟盒里，“你是说，是那个用人收了窗前的绳子？”

“很难说，要看照顾令弟的用人年纪大不大？照顾的时间长不长？”白静柔说。

小轲一怔，奇怪的问道：“这和年纪大不大有什么关系？”

皇甫沫华却只转向杜露梅，“杜小姐，是谁照顾令弟起居的？”

杜露梅忙说：“是良嫂啊！她照顾弟弟好多年了，贴心又懂事，弟弟最喜欢她的，她不可能帮弟弟收绳子的。”

皇甫沫华不置可否，只朝白静柔看了一眼。

白静柔知道他在考校自己，略挺起了胸膛，“良嫂是杜小姐的母亲那一辈留下来的老人？”

杜露梅点了点头，“是啊，她是我们的奶妈。”

白静柔手背在身后，挺胸，“奶妈啊！刚才没看见她出来迎接，想必是在厨房吧？”

皇甫沫华瞧了一眼她那几乎看不到胸的胸膛，面无表情地把视线移开。

小轲也跟着看了一眼刚好并排站着的两位女子，忽有一种惨不忍睹之感：高耸和平坦这两个词在此时如教科书般一目了然啊！

“是啊！她在厨房，她有一手好厨艺，我和弟弟都是吃她煮的东西长大的。”

说话间，空气中传来一丝香气，白静柔小巧的鼻子缩了两下，不等别人开口，循着那香味就往厨房走。

“走！去尝……去看看……”白静柔说。

没等几人反应过来，她已经弯着腰往厨房急奔去，只看见一条辫尾在后脑勺晃了几晃，不见了踪影。

小轲心说，这姑娘是属老鼠的吧？闻香而动蹿得也太快了。

等小轲陪着杜露梅款款生姿地走到厨房，白静柔已经和良嫂相谈甚欢了。看到几人走到厨房门口，她挥着筷子说：“良嫂炒的菜实在是太好吃了，杜小姐，你家里藏了个大厨啊！”

良嫂自然笑得见牙不见眼。

杜露梅倒没说什么。

小轲看了一眼她就没干净过的嘴角，提醒道，“白小姐，咱们不是来吃东西的。”

白静柔呵呵了笑两声，“我就尝尝味道，杜家大少爷失踪之谜，已经被咱们良嫂解开了，良嫂，你来说。”

小轲正看着那菜，被香气馋得口水直流，他可不好意思像白静柔这姑娘那么随便地吃起来。正忍得辛苦，听了这话，一下子抬起头来，嘴里含着的口水就往嘴角流了去，他忙吸溜着咽下，“什么？解开了？”

良嫂脸上露了讪讪之色，拿围兜擦了擦手，对杜露梅说：“小姐，对不起！少爷不让我说的，他去同学家住几天，说不让我告诉您，再过几天，他就回来了。”

杜露梅一声尖叫，“什么？你为什么不告诉我？”

良嫂不以为意，“小姐拍戏经常就住在戏场里了，也不在家，我心想着，少爷一个男孩子外出住几天，有什么打紧的？男孩子嘛，就应该调皮一些，暑假过完，他就回来了。”

小轲回头看着正偷偷伸出筷子夹菜的白静柔，“白小姐，你别忙着偷吃啊！解释一下，这是怎么回事？咱们四少正等着呢！”

白静柔筷子一缩，脸略微红了一下，“我也没打算吃……”

“知道，你就想研究一下这菜的配料……”皇甫沫华慢吞吞地说，“说说，你怎么推测出来的？”

小轲意外地看了四少一眼。

白静柔脸皮再厚，也不由得尴尬，咳了一声，讪讪把筷子放好，“四少您瞧，咱们进门之时，同有四位仆佣迎接咱们，她们在杜家应该帮佣一年以上了，时间不长也不短，接人待客却很有章法。杜露梅小姐拍戏事忙，她没空去管这些仆人，我想，一定有个老人常年协助杜小姐管家。杜家少爷失踪，仆佣们却没有表现出过多的惊慌，表情平静得很，仆佣们的表现常常代表着管理他们的上司的意向……”

听到这里，小轲紧张地拿眼角斜望着皇甫沫华，心说自己没表现出什么不得体的言行来，让这鬼般精灵的姑娘瞧透了去，由此而联想到四少的品行？

一想起她在巡捕房静静地坐了十多天，忽然间，他想买块豆腐自己撞死。

“再者，我们进门，良嫂并没出现，却如常在厨房忙着，加上杜少爷房间的摆设，那条被收好的绳索，这屋里如果有一个人比杜小姐还了解自己的弟弟，就只有这位良嫂了。”白静柔说。

杜露梅气得直哆嗦，几步走到良嫂面前，拔尖了声音，指着她，“良嫂，你就这么对我？说！阿建到底去了哪里！”

良嫂后退一步，愕然说：“小姐，您这是干什么？您做这样的工作，少爷跟着您都抬不起头来，好歹我们以前也是大户人家出来的，祖上还有人中过状元……少爷在学堂被人嘲笑，说自己的姐姐是个戏子，他哪受得了这个！所以才经常外出散心的，您老拘着他、管着他，他跟我说，他在外边和那帮朋友在一起都比和您待在一起好……”

良嫂唠唠叨叨地说着，杜露梅脸上乍红乍紫，气得哆嗦个不停。

小轲忙拦着：“良嫂，你家少爷到底去了哪里？”

良嫂撇嘴，说：“小姐您忘了，那天王老板来找您，小姐在客厅里招待他吃饭，少爷不想看见你们，就从我这里拿了两块银元，从窗户爬出去走了，只告诉我，假期过了就回来。”

“这么说，你也不知道他去了哪儿？”小轲愕然，他回头，见白静柔还依依不舍地看着那盘炒好的菜，问道：“白小姐，你倒是说说怎么办才好啊！”

白静柔眼睛陷在那盘菜里拔不出来，随口问：“良嫂还没说，你家少爷用完了钱，他让你把钱送到哪里呢？”

良嫂神色尴尬，“白小姐怎么知道的？我是真心心疼少爷的，小姐给少爷的零花钱不多，我要发了薪水才能给少爷钱的。他走时，身上只有两块银元，那怎么够？这不，小姐这几日发了薪水，我又托人给了少爷三块银元。”

白静柔就问：“托谁送给你家少爷？”

良嫂说：“也不是别人，我娘家的侄女小菜。”

杜露梅抓狂道：“小菜又是谁？”

良嫂眼神闪躲，“就是常来卖花的那个姑娘啊！我知道小姐不喜欢穷人，所以尽量让她在小姐不在家时来。”

杜露梅冷笑起来，“好个良嫂，枉我这么信任你，你居然把杜家当成自己的了！”

良嫂直呼冤枉，说道：“小姐这是说的什么话？我有哪里对不住小姐的？如果不是为了少爷，我才不留在这样的家里呢！大户人家的小姐，却做了戏子！有的是人请我出去做大厨，如果不是为了太太临终前的叮嘱……”

杜露梅气得不行，见她在皇甫沫华面前让自己丢脸，脸上更是恼火，咬牙切齿地说：“你老实告诉我，少爷藏在哪儿？要不然，我让巡捕要你好看！”

良嫂看了眼两个男人，脸上这才有了丝怯意，“少爷就在小菜家里住着，有什么要紧的！”

……

【第三章】

血手印与凶器

小轲见书房还有灯亮着，知道四少又是一夜没睡，他悄声提了厨房备好的夜宵走进书房，却听见半开的房门淌出隐隐的音乐之声，他敲了敲门走进去，却见皇甫沫华微闭着眼在躺椅上似睡非睡，手指上夹着的烟却只余长长灰烬。

没到两个时辰，杜子宁就被良嫂从那卖花姑娘家里找了回来，那是一个眉清目秀的少年，被找回来，还很心不甘情不愿的，双手插着裤兜走到杜露梅跟前叫了声姐，连抱歉的话都没有一句。

杜露梅气得揉着胸口“哎哟哎哟”直叫，“我演戏为了什么，还不是为了养活你们？你身上穿的、吃的从哪里来的？这都是我演戏的血汗钱！”

杜子宁撇嘴，“什么为了我，都为了你自己！就是你自己想出风头，想红！”

杜露梅被噎得直翻白眼儿。

皇甫沫华淡定得很，压根儿没有上前安慰一下的打算。

白静柔就上前拍拍杜露梅的肩膀，还揽了揽，叹气安慰道：“杜小姐，您也别伤心，家里头有这么一个半大小伙子是该担心一些的。您弟弟还好，只是躲了起来，不像我们家……唉……”

小轲被她一脸的感同身受刺激了一下，看清她半抱杜露梅肩膀的姿势，又实在有些怀疑她这是不是想近距离揩人家明星的油？

白静柔此妞，实在不能用常理判断。

杜露梅抬起泪眼望着她，“白小姐家里也有这种情况？”

白静柔点头道：“是啊，我家里那位，还杀了人呢！这不，我这个当妹妹的，还得千方百计把他捞出来，这就求上了四少……”

杜露梅同情地哭道：“咱们女人真难啊！”

白静柔把杜露梅的头往自己怀里带，“杜小姐，是啊！咱们女人从小到大就难啊！既要养家糊口，还要替不成器的兄弟擦屁股，还得忍受周围人的白眼去求人，世态炎凉啊。”

小轲与皇甫沫华嘴角同抽。

小轲上前打断了两人互相倾诉，“白小姐，白小姐，这不对啊！这杜家少爷既然是自己出去藏了起来，可怎么传到杜小姐的耳朵里，就是杜家少爷被人绑架，让杜小姐付赎金拖延拍戏时间呢？还有人威胁杜小姐呢！”

站在一旁的良嫂和杜子宁面现愕然之色，良嫂忙摇手，“我没有，我没有，可绝不敢这么做的！”

杜子宁也摇头道：“姐，我就在外面躲了两天，懒得看你应付那些男人，我可什么都没做。”

白静柔略带依依不舍的神情，松开了揽着杜露梅的手，“这个，我就推论不出来了，怕只有四少心底有数了。”

皇甫沫华淡淡地说：“杜小姐喜欢什么都向人说，有心人一调查，被利用了吧！”

白静柔也点头称是，感慨万分地劝说杜露梅：“杜小姐，您瞧，您这位老板还是把您放在心里的。也调查过了，相信即使没有我，四少也能将您的弟弟找回来。”

小轲也感慨：这马屁真是拍得一点也不着痕迹。

三人走出杜露梅家，才上了车，皇甫沫华就问：“说吧！怎么看出那良嫂有些古怪的？别故作神秘胡诌你那狗屁推论了。”

白静柔半张着嘴，大眼睛骨碌碌地转了两圈，垂头，老实回答道：“杜小姐带了我们回家，咱们进门就往杜少爷的住处走，我听有用人在楼下偷窥，显然是听着上面的动静。听了一会儿，往厨房跑了去，我跟着也走向厨房，正巧听见有用人向良嫂汇报，说楼上没查出什么来……”

小轲恍然大悟，“原来还是你听出来的？但先前那一大段推测……也很有道理啊！”

白静柔脸上现了丝青涩腼腆，“当然有道理，我家里也有倚老卖老的，偏心得很，对男孩子嘛，溺爱得很！”

皇甫沫华哼了一声，“知道了结果，再胡诌些推论，你这种马后炮一样的推断糊弄了不少人吧？”

白静柔黑玻璃般的眼珠在眼睛里转了一个圈，一本正经地回道，“四少，这怎么能算是糊弄呢？我这推断也是有理有据的！”末了凑到皇甫沫华跟前，“四少，可以让我见见我哥了吗？”

皇甫沫华眼前猛然出现一张肉乎乎的脸，纵使再处变不惊，也有点惊，他身子后仰，后背靠在椅背上，怒道：“坐远点！”

白静柔略微后退半寸，十分抱歉地说道：“四少，只有离得这么近，我才能看清您的脸。”又嬉皮笑脸地说：“四少，您长得可真俊。”

小轲准备起动车子的，一失手，一下子按在喇叭上，“嘀”的一声，把前面路上走着的老太太吓得差点摔倒。

他回头，看清白静柔与皇甫沫华的脸相隔不过几厘米，她倒还罢了，皇甫沫华脸上出现了少有的尴尬。小轲忙转过头去，心里嘀咕，四少难道被调戏了？

他摇头，把这不可思议的想法赶出脑子，手却颤了好几下才把车子发动起来，往前开了去。

车子一晃，白静柔收势不住，一掌抵在了皇甫沫华胸前，顿时掌心如火烫一般，忙后退坐好。

没得到答案，她又有些不甘心，嘟囔道：“四少，您让我做的事，我都做到了，您可不能说话不算数！”

皇甫沫华说：“你明天来巡捕房。”

白静柔脸上骤然出现了笑容，如阳光突破云层，小轲只觉整个车厢顿时如雾中荷花，仿有幽幽暗香袭来，不由得也脸现笑意。

开车驶过几个路口放下了白静柔，见她的辫子在屁股上一甩一甩地蹦跳着走进了白家大门，小轲收回视线，悄悄扫了一眼皇甫沫华，“四少，您真的答应？”

皇甫沫华脸上早没了刚才的尴尬，拿出根烟来，想要点火，却扫了身边的空位一眼，只把烟在烟盒上敲着，低声问：“小轲，你还记得当年我们是怎么逃出那儿的吗？”

小轲脸色渐渐沉重起来，微微点头，“四少，我一辈子也不会忘。”

车厢里的气氛凝重起来，小轲默默地开车往前，不知道隔了多久，皇甫沫华才轻声说：“我们会再回到那里的！”

小轲恍然道：“四少，当年的疑团，也许有了白小姐，就能查清。”

皇甫沫华点了点头，没有再说话。

……

小公馆。

小轲见书房还有灯亮着，知道四少又是一夜没睡。他悄声提了厨房备好的夜宵走进书房，却听见半开的房门隐隐的淌出音乐之声，他敲了敲门走进去，却见皇甫沫华微闭着眼在躺椅上似睡非睡，手指上夹着的烟只余长长灰烬。

书桌之上，檀木制成的音乐盒缓缓旋转，盒子之上，几个栩栩如生的古代仕女坐在状如厅堂的舞台中央，或弹琴，或吹笛，演奏着那首古老的曲子。

小轲也被那熟悉的音乐声吸引，连手上的夜宵都忘了放下，听着听着，只觉胸臆间悲伤莫名，直至一曲终了，这才吁了一口长气，轻声说："四少，您又在听这首曲子？"

皇甫沫华示意他把手里的东西放下，把手里的残余的烟灰弹在烟灰缸里，"睡不着？"

"见您没睡，过来陪您一起吃点夜宵。"

皇甫沫华转过头去，视线落在那音乐盒上。

小轲顺着他的视线，看着那音乐盒，"想当初，我和四少逃出来的时候，您手里拿着的、唯一的太太的东西就是这音乐盒了。这么多年了，只有它，依旧完好无损。可当年的谜团——太太生前到底遭受了什么？却依旧没能弄清楚，反倒那些人，却越来越好了……"

皇甫沫华声音轻淡道："总能弄清的。"

小轲点头，"我记得当年，太太临死之前，每晚被半夜突发的音乐惊扰，可那音乐只有她一人能听见，她说那音乐之声，就是从这八音盒内发出的。在庙里独住时，太太头发慢慢脱落，被诊断为疯病。更有流言四起，说太太命中带煞，是巫婆转世，会害死家人，而太太身边的八音盒被对头下了咒语，谁打开了八音盒，听到这音乐，谁就会死亡。八音盒在几个人手里辗转，那几个人就真的一一死去，一时间人心惶惶，连庙里的太太也受到牵连，太太终于不幸……"他似乎想起当年的惨状，眼底露出悲伤，"太太去世，也彻底没了四少的活路，还好当年我们逃了出来。"

皇甫沫华嘴角露出丝讥讽，"我却不相信，当晚就把这盒子偷了出来，可奇怪的是，它跟着我这么多年，许多人听到了它的音乐声，却再也没有死过人。难道说，离开了皇甫家，它就不再起作用？可见一切都是人为。"

小轲点头称是，又问："四少，您说，当年在庙里时，太太捂着耳朵说这盒子有声音发出时，我也在场，可这盒子当时是关着的，太太怎么听得到声音？直至今日，这依旧是个谜。"

皇甫沫华眼神冷淡，说："回到那里，才能找到真相。"

小轲想了想说："四少，白小姐的大哥？"

皇甫沫华脸色平静，只说："虽然是白家人，但这一次，就先放他一马吧！"

小轲想及他话语之中隐约的含意，不由得暗自吃惊，他悄悄看了皇甫沫华一眼，却不敢再往深想，就点了点头，"白荃英有个好妹妹，倒是能留条命了？"

皇甫沫华点了点头，"领事馆那儿，让他们另找地方建馆，这件事白荃英在其中的作用已经达到，案子也已引起注意，这就够了。"

小轲脑子里出现白静柔期望的笑脸，不由得也嘴角露出一丝微笑，"四少，我天亮就去打声招呼。"

皇甫沫华扫了他一眼，皱了皱眉。

小轲看到了他的表情，知道他不喜，忙辩解道："四少，我也是看她一个小姑娘，有情有义的，也可怜……"

皇甫沫华收回视线，表情冷淡，不置可否，只缓缓从烟盒中抽出根烟来，在金属盒子上慢慢敲。

他的凉薄、冷淡小轲不敢苟同，却也无话可说，只好喃喃道："四少，白小姐其实和杜小姐不同的……"却不知道为何要替她辩解，见皇甫沫华又皱起眉头，只好收声。

"咱们这种人，是不能栽在女人手上的！"隔了半晌，皇甫沫华才轻轻地说。

小轲读懂了他眼神中危险的意味，后背忽地冒出层虚汗，"四少，不会的，您放心。"

见皇甫沫华拿烟出来，忙殷勤地替他点着。

他抽了一口烟，弹了弹烟灰，小轲端详着他的表情，轻声问："四少，白荃英那案子，是直接让法国领事馆放人吗？"

皇甫沫华淡淡地说："那得看白静柔有没有本事了。"

小轲悚然一惊，知道此案还是未知之数，不由得又暗暗替白静柔捏了把汗。可他哪里敢再说什么，告辞出来，缓缓合上房门，却听见那首古老的音乐从门隙间又隐隐传出，凄凉悱恻，让人听而落泪，不由得叹了口气，默默地走开。

……

“你瞧，这就是白荃英留在墙壁上的血手印，他被巡捕房的人发现之时，躲在自己的小公馆里，房间里还发现了染血的长袍，陈老板和名妓赛月季双双被杀死在了床上。”小轲拿出个牛皮袋，抽出里面的黑白照片，“你看，还有这样东西，是从他的牛皮箱子里找到的。”

白静柔接过一瞧，怔了怔，“这东西是我哥的？”

“不是，是被杀死的陈老板的，听说这东西很贵重，是以前宫里流出来的。”小轲说，“材质是白玉的，可具体是个什么东西，我们还不知道。”

照片之上，是一个镶嵌了宝石的狭长扁形的玉器，即使是黑白照片，却也隐隐透露出价值不菲。

看见白静柔把照片举得离鼻子极近，眼珠差点就粘在那照片上了，小轲就问：“你的放大镜呢？”

白静柔怔了怔，拍头，“忘了拿出来了。”

说着，她从布袋子里拿出个放大镜来，离得远了些，看了起来。

小轲见她左手拿照片，右手拿放大镜，感觉她那姿势怎么看怎么别扭，建议道：“过来，过来，放在桌上方便。”

白静柔摇头，“不用。”

小轲丈二和尚摸不着头脑，“你不累吗？”

白静柔认真地说：“经过多方考证，我这姿势最好看了。”

小轲完全不明白这妹子脑子里在想什么，怔了半晌说：“难怪瞧着这么别扭，你这是打哪学来的？”

白静柔保持姿势不变，“从一个舞蹈动作中，说了你也不懂，你就说吧！我这拿放大镜的姿势怎么样？”

小轲不想做任何评价，但在那双眼巴巴地望着自己的大眼睛盯着之下，勉强地说：“勉强，凑合……还行吧……”

白静柔高兴了，举着放大镜看着那照片。

小轲觉得她拿放大镜看照片扭麻花般的姿势十分奇怪，提醒道：“白小姐，你别光关心你那姿势了，你倒是说说，从里面看出什么来了没有？”

白静柔翘起兰花指把放大镜放进布袋里收好，倒是恢复了正常，“啪嗒，啪嗒”地开合着布袋子的暗扣，“这东西做工精致，不像是平常人家能有的，陈老板只是个做布匹生意的普通商人，他手里怎么会有这东西？”

小轲说：“我们也奇怪得很，根据我们分析，你大哥白荃英和陈老板争赛月季，赛月季被陈老板金屋藏娇，你大哥没争赢，所以，这才起了杀心。他傍晚潜进赛月季的住处行凶，趁着两人睡熟，将两人杀死。逃走之时，还见财起意，把陈老板身上带的玉器也偷走了。”

他在这里介绍案情说得起劲，一回头，见白静柔手伸进布袋子里，忙说：“拿什么放大镜？用不着，用不着。”

他实在不想看白静柔拿放大镜的姿势。

白静柔一怔，伸手拿出一颗糖来剥了糖纸丢进嘴里，“果然，没有放大镜也好。”

小轲心说你正常点就好了！

“这赛月季，是人称花国总理的那位吗？”白静柔问。

小轲点了点头，“是今年刚选出来的舞女花魁第二名。”

白静柔脸上现了丝惆怅，说：“长得美的人就是占便宜，这第一名一定美得天绝人寰了。想当初，我那未婚夫就是和花国总统赛牡丹不清不楚的……”

小轲怔了，白静柔的生平他这几天也打听清楚了，知道她被人退婚，未免心生同情，“白小姐，这种男人不要也罢。”

白静柔大眼睛似含了些水意，粼粼若有波光，玉般的面颊露出些许怅惘，“轲探长，谢谢你，我早就想明白了。人生无常，我等凡人，怎么能控制别人不变心呢？”

小轲顿时感觉两人距离又拉近许多，不知道为何，有了倾吐的欲望，他也想把自己的感情烦恼交一下心，“说的也是，这人生在世谁没有烦恼？”

白静柔侧过脸望他，“像四少那样的人就不会有我们普通人的烦恼了。”

小轲说：“难说得很，四少嘛……”

话到此处却听门口有人咳了一声，小轲回头，就见皇甫沫华板着脸进来，冷冷地扫了他一眼，“说什么呢？”

这眼一扫，小轲后背顿时起了层冷汗，他心中一凛，看了白静柔一眼，说：“正说白荃英的案子呢！”

这妹子不光耳朵灵，哄人说话的本领也不差，俩人再待下去，估计他有可能把自己的祖宗八代连同四少的祖宗十代都交了出去。

这妹子，很让人烦恼啊！不出声坐着的时候让人提心吊胆，说起话来更让人提心吊胆。

皇甫沫华走进来后说："看出了什么？"

白静柔早收了脸上的怅惘，脸色一正，"四少，暂且没看出什么来，能让我去杀人现场看看吗？"

皇甫沫华扫了她一眼，"有些东西，的确光靠听是不行的。"

小轲知道皇甫沫华怎么想的，担心地看了白静柔一眼。

白静柔脸上现出一丝窘迫，眼神坚定地说，"四少，不会的，我已经有了眉目了。"

她大眼睛忽闪忽闪地望定皇甫沫华。

那小模样让小轲想起了自己以前养的一条小狗淋了雨时的委屈样儿。

他顿时义愤填膺，转眼把刚才的提心吊胆忘在脑后，附和道："是啊！四少，白小姐一定能查出真相的！"

皇甫沫华视若不见，垂下眼，拿了根烟出来在银制烟盒上轻轻地敲着，"案发现场，可再也没有什么能听到的东西。"

小轲知道他说的没错，案发之后，那座小楼里已经没有人居住了，无来由地又替白静柔担心起来。

她却站直了身子，挺起胸膛，嘭嘭地拍了两下，"四少放心！"

作为男人，皇甫沫华和小轲视线同时在她胸口停住，又同时转开，不置可否，朝小车处走了去。

……

小楼周围早已被拉起来的隔离带隔开了，赛月季虽然是花国总理，但她的住处，却在离主街极远之处。

几人走近洋楼，有巡警过来，向皇甫沫华行礼，替他们打开了楼门。

周绅负责的正好是这案子，好不容易有了个在皇甫沫华面前表现的机会，忙带着几个手下赶了过来，侧着身子殷勤地说："四少，这楼里发生命案之后，就被封了起来，绝没有人再来过，案发现场保存完整。"

正说着，只觉有道娇小人影"刺溜"一下自俩人中间穿过，把周绅吓了一跳，白静柔人长得矮被几个大男人挡着，他一开始没瞧见，于是拿眼神问小轲，"这是怎么回事，这姑娘为何跟了过来？"

小轲向他摊了摊手。

走进楼里，白静柔视线盯在了那血手印上，一动不动。

见没人理他了，周绅只好继续说："四少您瞧，这就是白荃英留下的血手印，有好几个呢！这边，这边，还有扶手！依我们推测，白荃英杀人之后，手上全是鲜血，仓皇逃走，惊慌失措之下手印印得到处都是。"

"听说一直没找到凶器？"白静柔在墙壁前站着，也不回头地忽然插嘴。

周绅怔住了，见皇甫沫华也看着他，只好点头，"没有，从法医鉴定的伤口来看，凶器是一柄五寸长的短刀，可在案发现场以及白荃英的家里都没找到，白荃英被缉拿之后神志不清，也说不清去向。我估计，他把那刀丢进河里去了，这要找，还真挺难的。"

"不对，凶器不在河里。"白静柔说。

周绅知道这妹子在巡捕房坐了十几天就为了她大哥的案子，为了赶走她，他还伙同小轲出了些阴招。可不明白这一眨眼的工夫，她怎么就搭上了四少，让四少亲自过问白荃英的案子？

如果不是看在四少在场的份上，他早就不给她好脸色看了。

瞧她不拿正眼瞧人没礼貌的样子！

巡捕房的人从来没有被人这么对待过。

周绅有些不耐烦地问："白小姐，你有什么高见？"

白静柔没回答他，直接偏过头，把整个左脸贴到了墙上，直点头，"好，真好。"直起身来还说，"这房子设计得真好。"

周绅实在不解，问："请问白小姐，房子设计得好不好和凶杀案有什么关系？"

白静柔这才偏过头，大眼睛黑沉沉地看着周绅，"周探长，您没仔细检查过这房子吧？凶器很有可能就藏在里面哦。"

周绅一门心思要在皇甫沫华面前表现，以得到他另眼相看，被这么个小姑娘一问，顿时觉得没面子至极，火直往脑门上冲，他忍住气说："这房子里三层外三层的我们检查了可不止一遍！凶器的影子都没见到！"话未说完又见白静柔把耳朵贴在了墙上，他忍不住讽刺地说，"难道要我们把房子拆开了一寸寸地查？那凶手杀人之后，把凶器砌到了墙里？"

白静柔头还是偏着，眼睛忽地睁大，一眨不眨，认真地点头，"你们是应该检查一下墙的。"

周绅顿时火冒三丈，皇甫沫华只拿出根烟来一下一下地在烟盒上敲，小轲忙上前打圆场，"白小姐，你说说，你发现了什么？"

白静柔说："这房子外表虽是西洋式的，但内墙可不简单。进来之时，侧旁的小杂房有一处鼓风机，那是夏天用来鼓风用的，这种通风管道，只有南边有，整个管道连接到整座房子。夏天天热之时，下人用鼓风机鼓风，管道连接着房间各处，整座房子都有通风口，到处都凉风习习。更奇怪的是，因照顾到西洋式房子的设计外形，出风口极隐蔽，比如说，这间房子的出风口就在这儿……"

她指着沙发后，墙上的西洋画布说。

小轲赶紧走了过去，伸手一探，"真的！这里还真有些风吹了进来。"

白静柔无视周绅，直接对皇甫沫华说："四少，那凶器，应该就藏在这通风管道里。"

周绅那个气啊，他是透明的吗？一个大活人站在两人中间，她仿佛就没看见他？

"四少，不可能！那柄刀从伤口看起来可不小，瞧这通风口，可小得很！"周绅挡住她的视线说。

白静柔收回视线，直走到了墙边，东摸摸，西摸摸，一揭西洋画布，一个方形通风口出现在众人面前，她哼了一声："轲探长，凶器就在里面。"

小轲知道白静柔为什么不搭理周绅，当初在巡捕房坐着时是周绅出主意让流氓调戏她来着。以她耳朵的灵敏程度，这还不被她听了去！这不她什么损失没有，流氓们反而吓得够呛！小轲认为小女孩就是小女孩，小气吧啦的！

他在心里摇头，走至墙边通风口处，挽起袖子伸出手臂掏了起来，掏了半晌，果真掏出一把带血短刀。

一看这凶器，几人心底同时一阵嘀咕。这短刀特征明显，像截断了的大刀，江湖上有个俗称——截刀，这刀可不是一般人能得到的。

小轲想及皇甫沫华那天晚上说的话，不由得看了他一眼，却又瞬间拧过头去。

周绅顺手拿起张报纸，隔着报纸把那柄刀拿过，仔细看了起来，"这就是凶器？"

白静柔此时才算正眼看了他一下，"周探长认出这柄刀的来历了吗？"

周绅心里有点儿明白了，四少在，看来这案子要反转？他斟酌着说："这样的刀的确不是个公子哥儿能拿到的。"

皇甫沫华冷笑，"有钱什么刀不能买到？"

周绅迷惑了，这到底是要翻案还是不翻案？马上附和着说："那倒是，光凭一柄凶器确实不能就此判定此案和白荃英无关，这满墙的血手印可都在这儿呢！我们找人对照过，血手印和白荃英的手一模一样。"

小轲心偏向白静柔这边，可他明白皇甫沫华的心思，只好跟着说："白小姐，确实如此，这凶杀案的证据，确实对你大哥不利。你瞧，这血手印又怎么解释？"

白静柔走到墙前，眼睛贴在墙上，一寸一寸地看，拿手掌比了又比，回头说："轲探长您来，假设您杀了人想要逃跑，惊慌失措，双手沾满了鲜血，不经意间，伸手在墙上一扶，就像这样……"

小轲还没反应过来，就感觉手腕一暖，他的手就被白静柔一拉，贴在了墙上，等他反应过来，赶紧先看了一眼皇甫沫华的脸色。四少虽脸上没什么改变，但不知道怎么的，小轲想还是赶紧从白静柔掌心缩回手来好，并怒道："好好儿说话，动手动脚的干什么？"

这妹子看起来弱不禁风的，实际上还有几把子力气！

白静柔拿大眼睛扫着他，"轲探长，我这是在还原现场！"

小轲把手背在身后，免得她再动手，说："还原现场？好，你说你说。"

"就像刚才那样，轲探长如果杀了人逃走，惊慌失措，沾满血的手印在了墙上，但在那种情况之下，怎么都不会是一个完整的血手印。常理之下，只可能是半个手掌，又或是缺少几个手指头，可你们看这墙上，完整的血手印还不少，就好像凶手仔细而小心地一个个印下自己的手掌印，宣告天下，我到此一游！人在惊慌之下，还是在杀了人之后，你们想，这有可能吗？"白静柔说。

她在几个大男人面前边开合着布袋子的盖子边踱步，"如果要形成这种情况，只有一种可能……"

她的眼神在几人脸上扫过。

三个大男人顿时感觉此时此刻他们倒有点像被老师考校学问的学生。

小轲举手插嘴："我知道了！你是说，有人拿了白荃英的手掌一个个地印下了手掌印？"

周绅也恍然大悟，合掌说："对对对，只有这样，手掌印才这么清晰完整。"

白静柔点头，毛茸茸的大脑袋上，黑琉璃般的眼珠映出三个人的影子，笑着说："孺子可教矣……"

小轲、周绅同时一怔。

皇甫沫华哼了一声。

白静柔马上一正脸色，小学生般站得笔直，"当然，这也只是推测而已，要想知道真相到底如何，最重要的，是找到真正的杀人凶手。"

皇甫沫华扯了扯嘴角，“就算血手印不足以为证，但除了你大哥之外，这栋小楼当晚没人进入。而且有目击证人证明你大哥当晚自后墙爬上了二楼居室。”

白静柔怔了一会儿，“四少，我能见见那目击证人吗？”

皇甫沫华拿手指敲墙壁，“你先说说，你到底是怎么发现墙里的暗道的？”

白静柔大眼珠子自左边滑到右边，低头说：“我，我刚才都说了啊！我看到下面的鼓风机……也看了一些书……推测出来的。”

皇甫沫华冷笑了一声。

小轲和周绅面面相觑，周绅就使眼色，“怎么回事？”

小轲摊手。

白静柔垂头，双手绞着，尴尬地“呵呵”笑了两声，然后再抬头，扫了皇甫沫华一眼，轻声说：“其实我是听到墙壁里有只老鼠跑过，再联想到刚刚在楼下看到的鼓风机，想起上次去老家，看到过这样的通风管道，这才联想起来的。”

皇甫沫华面无表情地说道：“以后在我面前，别搞这些神神道道之事！”

白静柔一怔，抬起头来，黑溜溜的大眼睛就成了一条缝，觍着脸说道：“那在别人面前可以吧？我还是觉得这么说上一说，更显得我神秘莫测！”

那样子，嘴角挂上点口水，就像个偷吃了还不抹嘴却被人逮了个正着，只好嬉皮笑脸想混过去的大头孩童。

小轲不忍直视，嘴角却无来由地牵出丝微笑来。

皇甫沫华皱了皱眉。

周绅看看两人，竖起大拇指夸奖道：“白小姐的耳朵可真灵，虽然是听出来的，但还是找到了凶器，帮了我们巡捕房大忙；再者，墙上的血手印，白小姐分析得也挺有道理的啊！”

白静柔对他还没消气，冷淡作答：“好说。”

周绅哪里知道自己早得罪人了，就觉这妹子对他跟别人不同，他又摸不清四少对这妹子的态度，只好使劲儿地想缓和气氛，“白小姐，这目击证人就是这幢楼的邻居，百货公司仓库的。那晚刚好店里来了些新货，那小二哥在店里清点，忙到了深夜，开窗透气，就看见了白荃英从后窗上爬了进去。”

他吩咐巡警把目击证人带了上来，那是个年轻小伙子，哈着腰点头，看见了白静柔，怔了怔，叫了一声：“白小姐，你怎么在这里？”

众人皆往白静柔那儿看去，却见她脸一下子垮了，几乎有点阴，“怎么是你？”

小轲问："你们认识？"

白静柔像不愿意提起，勉强说："他是恒庆百货的伙计小林，我以前经常在那儿买东西。"

恒庆百货？

小轲和皇甫沫华对望一眼，那是孟家的公司，孟家二公子孟获良就是她那退婚了的未婚夫，难怪乍一见面，她脸都黑了。

小轲同情心泛滥，同仇敌忾，顿时语气冰冷地道："说！深更半夜，你偷窥人家家里干什么？有什么不可告人的目的？是不是想对赛月季小姐图谋不轨？"

小林身子直往后缩，面现惊慌，"没，没有，绝对没有……"

见此情形，周绅明白一切行动紧跟小轲是没错的，也上前附和，趁热打铁，阴阴地笑，"你也对那赛月季有想法？你是不是做假证，因妒成恨，这才诬告白荃英？"

小林腿一软，跪倒在地。见几个男人对他完全不假辞色，膝行至白静柔面前，"白小姐，白小姐，不是这样的！看在我家少爷的份上，您替我说句话！那天晚上的事，我真的看到了，但如果知道是白少爷，我就不应该说！"

说完，他抽了自己一巴掌。

白静柔的大眼睛眨巴眨巴的，睫毛一颤一颤的，看起来不知所措，语气也略带点茫然，"你先起来再说。"

小林被吓得不轻，哭得一把鼻涕、一把眼泪，"白小姐，少爷对您那么好，您可不能见死不救……"

小轲气了，这不是睁着眼说瞎话嘛！退了婚还是为人家妹子好？上前就踢了他一脚，"叫你起来就起来，号什么号！快把事情说清楚！"

小林哆哆嗦嗦地站起来，抹着眼泪说："我确实偷偷喜欢赛月季，那也是藏在心底的。她出入的时候，咱们店里的伙计，哪一位不偷偷地瞄上两眼？但我心里明白得很，她哪看得上咱们？"

周绅打断他的话，"别扯些有的没的，说重点！"

小林忙点头，"就是那天晚上，我一直清点货物到了半夜，偶尔往窗外看去，就看见有个人攀后窗进了小楼里，人虽然没看清，但那身衣服我认出来了，就是在我们百货成衣柜买的，一共才两套。这不，我全告诉这位周大爷了，周大爷一查，就查到了白少爷身上。白小姐，我不是故意的，要知道是白少爷，我绝对不会这么做的！如果少爷知道了，一定活剐了我不可！"

白静柔的眼睛眨巴了两下，神情奇怪，倒是没说什么。

小轲就怒斥："这和你家少爷有什么关系？"

如果有可能，他还真想替白静柔出口气，把那位孟获良也拖下水，让他也成为杀人嫌疑犯，恶心他几天！

居然退了这妹子的婚！

小轲觉得像退了自己妹子的婚一样让人不可容忍！

多好的妹子啊！

小林哪里知道小轲脑子里的弯弯绕绕，他继续抹眼泪，"我家少爷要是知道我这么做害了白家，一定把我赶到乡下去的，呜呜呜……"

小轲一腔热血正盛，不禁盘算了起来，要怎么引着他把话引到孟获良身上，只要略有牵涉，就可以把孟获良弄到巡捕房来吃两天牢饭，也算为白静柔出了口气。

"你家少爷那晚来过这里？"小轲试探着问。

小林茫然摇头，"没，没有啊。这只是个仓库，我家少爷怎么会来这种地方？"

小轲倒有点无计可施了。

他正绞尽脑汁想法子，就听皇甫沫华问："你家少爷和白荃英熟吗？"

小林点头，"熟，熟得很！以前经常来往，一起吃饭打牌的。后来嘛，白小姐不高兴，这才没了来往。"

当然不会来往了，自己妹子被人退了婚！见白静柔垂头站着，小脸皱成一团，长长的眼睫毛微微颤动，柔弱无助得很，小轲更加同情。

被皇甫沫华一提醒，小轲豁然开朗，"正因为如此，你是否受了令少爷的指使，这才诬告白荃英？"

小林愕然抬头，双手直摇，"没，没有的事！哪会有这样的事？"

他的求饶，当然没有人理了。

周绅感激地向小轲道谢，"轲探长，你真是目光如炬，此案的确疑点甚多！看来除了白荃英之外，这孟获良也很值得查上一查！"

小轲说："剩下来的事，就交给周探长了。"

周绅兴致勃勃地和几位巡警一起，押了小林出去，顺便请孟获良来一趟。

【第四章】

退婚需要理由吗？

白荃英和您是旧识，您和白小姐有婚约后又退婚，就有了反目成仇的可能。再者，又恰巧是您的伙计在凶案当晚看到了白荃英爬上凶案现场的窗户，您说这凑不凑巧？

小轲间接替白静柔出了口气，很有几分成就感，发觉白静柔好半天没出声了，知道她想起往事，还伤心呢！于是走过去安慰：“白小姐，别担心，你大哥这案子疑点既然这么多，我们会尽快找到真正的凶手……”

白静柔此时才缓缓抬头，黑葡萄般的瞳仁在眼眶里滚来滚去，神色有些慌，“轲探长、四少，今儿就到这儿吧！我回去再想想大哥的案子。”

可怜的姑娘，被人退婚，产生了自卑心理，连前未婚夫都害怕见了。小轲忙柔声安慰道：“白姑娘，不用怕，有我们呢！再者，人生漫长，坏的不去，好的不来……”

白静柔眼波盈盈，似有眼泪将溢，“谢谢你，轲探长。”

静默之中，打火机的声音响起，皇甫沫华低头点燃了根烟，吸了一口，看那烟圈越飞越远，表情淡漠，“没完没了了？”

白静柔肩膀一抖，大眼睛眨巴两下，又垂落。

小轲顿时觉得让她与前未婚夫相见实在残忍，这不是把人家刚愈合的伤口强行撕开吗？

他忙说：“要不，你先回去吧！剩下的事交给我和四少。”

白静柔怯怯地转脸，“四少？”

皇甫沫华没有看她，只垂头吸了口烟，“不行！”

小轲头一次心底有些怪皇甫沫华冷漠无情，又知道他决定了的事没人能改。正绞尽脑汁地想着该怎么办，忽然间，周绅喜气洋洋的声音响起，“四少，这可凑巧了，人家孟公子正巧来巡视百货仓库，听说了这件案子，配合得很，愿意协助调查。”

小轲也喜道：“倒不用再回巡捕房了。”

白静柔的身子往后缩，四处张望，正找后门。皇甫沫华一伸手，揪住了她长辫子的发尾，她捂着头龇牙乱叫，想夺回头发。

正怔神间，孟获良走了进来，他穿一身铁灰色的衣服，长身玉立，头发梳得一丝不乱，小麦色的皮肤，俊秀中带了几分稳重，一副世家子弟出身的大家长派头，让这阴冷屋子凭空添了几分优雅贵气。

他的视线落在白静柔身上，语气轻柔，“小柔，你又干了什么？”

皇甫沫华早收了扯住白静柔发辫的手，她梗着脖子挺起胸，“干了什么也不关你的事！你又不是我什么人！”

孟获良摇了摇头，无可奈何的样子，“小柔，我都说了，你大哥的事，我正在想办法……”

小轲觉得屋内气氛十分的诡异，但他又想不出这诡异从何而来。

周绅早上前介绍：“孟公子，这是我们四少。”

孟获良这才把在白静柔身上的视线转了过来，向皇甫沫华拱手，“久仰大名，如雷贯耳啊！四少。”

他伸出手去。

皇甫沫华没有握他的手，懒洋洋地又拿出根烟来在银烟盒上敲了敲点燃，“白茎英的案子原来是孟公子在背后一直出钱出力。”

孟获良不以为意地缩回了手，“只可惜一直没用到点子上，如果早来求四少，也许白兄不用在巡捕房缉留这么多日了。”

皇甫沫华弹了弹烟，“白茎英犯下杀人重罪，一切证据皆指向他，孟公子如果没有其他证据，求我也没有用。”

“四少，您今日来，是找到新证据了吗？”孟获良问。

“这还多亏白小姐了。”皇甫沫华夹着烟的手指指向了缩头缩脑向后退走的白静柔。

白静柔一下子僵住，缓缓转过身来，勉强点头，“是的。”

孟获良叹气，“小柔，你真是的！怎么就不相信孟大哥？你一个女孩子，身体又不好，和这些人混在一处成何体统？”

小轲怒了，“孟公子，你说什么呢！我们这些人怎么了？”

孟获良教养良好，忙道歉：“这位探长，是我说错话了。可巡捕房是个什么样的地方，咱们都是知道的，小柔一个女孩子，你认为她适合和你们打交道吗？”

他彬彬有礼，语气却不容置疑，倒让小轲无话可说，他倒有点明白自孟获良来了之后，那诡异之感从何而来了。他们两个，哪像退婚了的男女？

退婚男女反目成仇、老死不相往来的见得多了，可这两位，半点没有啊！

一开始是孟获良登报退婚，接下来白老爷子愤而登报同意，两家婚姻就此作罢。小报之上各种离奇古怪的猜测都有，有说孟家不喜白静柔身体不好，不能生育的；又有说孟获良浪荡子一个，四处留情，和多名女子不清不楚，还特别提及了那花国总统。

想及白静柔提及自己婚姻状况时的那股子委屈，小轲心说这孟获良那一往情深的样子演得真好。

“白小姐为了她的兄长而来，求到了巡捕房头上，她提出了合情合理的要求，我们自当竭尽可能帮忙，白小姐是性情中人，为了亲人也没什么合不合适的。”小轲回答。

孟获良责怪的眼神落到了白静柔身上，“小柔，你瞧你！”

小轲被他那状似亲热的口气恶心得浑身起了层鸡皮疙瘩，直接问道：“孟公子和白荃英看来挺熟的？”

孟获良点头，“当然，他是我未来大舅子，怎么不熟？”

白静柔扁了扁嘴，却没有出声。

小轲代为出头，讥讽地说：“孟公子，您弄错了吧？您和白小姐之间不是已经没什么瓜葛了吗？”

孟获良皱紧眉头，“探长，家务事和这案子无关吧？”

小轲被噎了一下，冷冷地说：“您的家务事之中如果隐藏了栽赃动机，当然和此案有关了！白荃英和您是旧识，您和白小姐有婚约后又退婚，就有了反目成仇的可能。再者，又恰巧是您的伙计在凶案当晚看到了白荃英爬上凶案现场的窗户，您说这凑不凑巧？”

孟获良扯了扯嘴角，眼睛眯起，盯着角落处，“退婚？反目成仇？小柔，你说呢？”

白静柔后退一步，几乎缩到墙角去了，“我怎么知道？你的事我不管，你也别管我的！”她黑葡萄般的大眼睛左看右看，就是不看孟获良。

小轲有些迷惑，还是问：“孟公子，请您解释清楚，您和白荃英是否有旧怨在身，所以才伙同您的伙计诬告于他？”

孟获良回头，看了一眼皇甫沫华，“四少，您是明白人，您认为我会这么做吗？”

皇甫沫华将手上的烟灰弹走，只说：“孟公子，麻烦您了，手下人不懂事，让您见笑了。”

小轲愕然，周绅也一头雾水，这是要放人了？可这还什么都没问呢！

四少出手，当然有他的道理。

可两人无可奈何地互使眼色询问。

孟获良就拱手，“不妨事，有什么需要，四少尽管找我。”之后他向白静柔招手，“回去吧？”

白静柔半仰着头，眨着眼看屋顶，研究房梁构造，装没听见。

皇甫沫华就说：“对不住，白小姐还不能走，她得协助我们破案。”

孟获良脸上出现了一丝紧张，“这怎么成？她是个女孩子。”

白静柔跳起来指着他跺脚，“孟木头，你走不走？走不走！都说了，我的事不用你管！你管不着！”

孟获良脸上又出现了那种无可奈何的神色，好声好气地说：“小柔，唉！你不能这样！好好好，我走，我走，可你要早点回家！女孩子，不可以在外边待得这么晚的！”

屋子里的人全起了身鸡皮疙瘩。

最夸张的是周绅，还公鸡抖毛一般狠狠地抖了两抖。

孟获良还向皇甫沫华拜托：“四少，小柔就麻烦您了，等完事了，您给我打电话，我来接她……”

“咣当”一声，一个杯子砸在孟获良脚边，摔得粉碎，把他的裤脚都给打湿了。孟获良却像没看见，十分之淡定，朝鼓着嘴像奓毛小猫一样的白静柔笑了笑，风度翩翩地离开了。

小轲此时才大喘一口气，批评白静柔：“白小姐，你这么做可不淑女，怎么能扔个杯子到人家脚边？要扔，也得正中他的头才行！如此，才可以让他一个月下不了床！”

白静柔垂头，左脚在地上踢，良久抬头，扑闪着眼睫毛、眨着眼睛，十分之没有骨气，“我不敢！”

真可怜，小轲愤怒了，“白小姐，您别怕啊！他孟家有权有势，咱们四少也不是吃素的……”

皇甫沫华扫了他一眼，他把剩下的话咽了回去。

周绅老狐狸一个，知道将要发生的事他不便参与，赶紧说：“四少，我派人去盯着孟获良。”

他说着，脚底抹油，马上溜了。

皇甫沫华抬起眼睛，看着白静柔，直到她的头越来越低，才问：“说，你那退婚，到底是怎么回事？”

白静柔如蚊子般哼哼，很不愿想起前尘往事的样子，“就，就是被退婚了。他娘嫌我长得瘦，不好生养；他爹嫌我被人绑架过；他嫌我不够大……”

说完，她又怯怯然抬头看了两人一眼，迅速垂下，眼底似有些水光。

看得小轲心里那叫一个柔软，四少心狠无情，他是知道的，生怕她被皇甫沫华吓着了，忙打圆场：“四少，您就别问了，白小姐被人退婚，本来就够伤心的了。”

白静柔带了些哽咽，吸着鼻子，很委屈地说：“后来，后来，他又后悔了，说什么我们打小的情分，不应当就这么了了，又想重拾婚约……”

小轲勃然大怒，“看那孟获良斯斯文文的，想不到这样无耻，他以为他是谁！对人呼之即来，挥之即去！女人的名声何等重要！”

皇甫沫华扫了小轲一眼，把他剩下的话封在喉咙里，吸了口烟，冷冷地说：“我身边不留不值得信任的人，你大哥的案子，你不用参与了。”

白静柔愕然抬头，眼睛瞪得溜圆，“四少……”

小轲不敢再插言。

皇甫沫华把手里的烟头弹向窗外，往门外迈去。

小轲只好叹了口气跟上，心说四少的心可真是铁做的，对一个小姑娘也像对犯人一样，这种揭人伤疤赶尽杀绝的事也做得出？唉！

两人走至门口，白静柔忽然说：“好吧！说就说。”

皇甫沫华停了脚步，倚在门口，又拿出支烟来，小轲赶紧拿打火机替他点上，他却不抽，只看着燃烧的烟头漫不经心地说：“说吧，你是怎么自导自演退婚的？”

小轲愕然，按着打火机忘了松手，火焰噌噌上冒，差点烧到手指，他这才“刺溜”一声熄火。

白静柔吸了口气，眼帘扑闪了两下，“孟木头那个人你们也见到了，自以为和我订了婚，什么都管着我。吃饭也管、穿衣也管、睡觉也管，就差管着上茅房了！我才不要他管着呢……”

皇甫沫华语气冰冷，“说重点！”

白静柔眨巴着眼睛，很委屈，“也没有什么出奇的，我找人偷出他的私人印章，模仿他的笔迹写了篇退婚书，给记者钱让他登了出来。然后再让记者写几篇报道，说说白家的事，再说说他的事，还找人拍了两张他和花国总统吃饭的相片。爷爷看了气得不行，一怒之下，亲自下笔写退婚书，爷爷这边承认退婚。一切就成定局了。”

小轲半张着嘴合不拢，这妹子可真能刷新人的认知下限，每当你以为你已经了解了她一星半点时，她总能搞出些新事情让你再次大开眼界，三观尽毁。

他感觉他刚才的怜悯与同情可真是吃饱了撑的，还不如喂狗。

同时，他陷入了对人生深深的怀疑之中。

皇甫沫华“嗯”了一声，瞧了小轲一眼，似谑似讥，让小轲更是想找个地缝钻进去。

“这么说，你这退婚，孟获良并不承认？”皇甫沫华慢吞吞地问。

白静柔满脸惆怅，“是啊，爷爷知道了之后，训了我大半天，还罚我站院子里大声说‘我错了’。可他老人家死要面子，也不好当即反悔，毕竟前面的退婚书是假的，后面承认退婚的文是他自己写的！如假包换，板上钉钉！所以孟木头才无可奈何得很。”

她越说越高兴，嘴角上翘，眼睛月牙儿般弯起。

小轲忽地走开几步，来到墙边，把头往上撞，咚咚有声。

白静柔还一脸同情，“小轲探长，您别伤心，您还年轻，被女人骗是正常的。我爷爷这么老了，都经常被我骗……”

小轲再“咚咚”两声，抬起头抚着额前散发，吸了一口气，自认倒霉，“白小姐，你说得对，和你相处几天，以后被女人骗的机会肯定少了！”

皇甫沫华表情不变，弹了一下烟灰，扯着嘴角问：“嫌你不够大是什么意思？”

白静柔下巴内缩，目光垂下，扫了自己胸前一眼，这才抬头，“我瞎编的，总得有理有据才行。反正，我说的也没错，他们家长辈就是嫌我瘦，嫌我被人绑架过！看在我爷爷的份上才没退婚！我帮他们达成心愿又有什么错？孟获良才不孝呢！”

小轲额头红肿着，此时倒福至心灵了，“原来是那里不够大，白小姐，你不觉得你这理由编得太过牵强？”

“牵强吗？孟木头的娘就说我屁股不够大，瘦巴巴的，以后不好生养，有事没事老煲些药汤让我喝，真让人烦！退婚之后，我就不用喝那些苦药了！哈哈哈！”

她眼睛更弯，如两弯新月。

小轲附和哈哈了两声，摸着额头的红肿感慨万千，“白小姐，你还真是一出手就把两家长辈闹得鸡飞狗跳、心惊肉跳。”

白静柔偏着头看他，一脸的无辜，“我这是让他们皆大欢喜，各得其所！”

小轲只好抚额。

皇甫沫华不置可否，迈开长腿往门口走，白静柔迈着两条小短腿紧赶慢赶，“四少，我可什么都对您说了，再没有什么事瞒着您了，能得到您的信任了吗？”

皇甫沫华冷冷地嗯了一声，“暂时可以。”

白静柔拍胸口，“那就好，那就好，我能见见我大哥吗？”

皇甫沫华没理她，上了车，她紧跟着上了车，完全没有说谎之后的心虚内疚，也照常将皇甫沫华的冷脸视若无物，兴致勃勃得很，“我想，如果想找到真正的杀人凶手，弄清楚我大哥当晚遇到了什么也很关键。小轲探长给我看了大哥的供词，说当晚一醒来，就看见了床上躺着两个浑身是血的人，紧跟着惊慌失措地逃走，一直躲到公寓里不敢回家，直到几名警察找上门来……”

小轲内心继续倒海翻江，磨蹭了半天才把车钥匙找出来发动。

“四少，一定有什么地方被你们忽视了！等我见到大哥，肯定能问出来。”

皇甫沫华背往后靠，舒舒服服地坐着，“是吗？你大哥关在牢房，可没有什么能听到的！”

“有，有，当然有！你们尽管问他话，我大哥一说谎就会紧张屏气，我就能听出来！”白静柔说。

小轲提醒自己保持冷静，以后绝不随便信她，听了这话，却还是忍不住问：“有这么神吗？你是天生的测谎仪？”

白静柔摇头，“不是，不是。小轲探长你别紧张，我听不出你说谎了没有，只听得出我大哥的。我们从小一块儿长大，他说谎时的语气我熟，听着听着，当然就知道了。”

小轲松了握方向盘的一只手，拍胸口，“原来这样啊！”

白静柔转头看向皇甫沫华，“当然，像四少这样沉着冷静不动声色的人物，我再怎么听也听不出来的。”

皇甫沫华对她的马屁压根免疫，只对小轲说：“送她回家。”

白静柔一怔，摇手，“不用，不用，在前面街口放我下来就行了。”

皇甫沫华目光冰凉，扫了她一眼。

小轲也明白了，在驾驶位说：“白小姐，你别是偷着跑出来的吧？”

白静柔“呵呵呵”笑了三声，举起左手发誓：“没有，没有，他们都以为我出门拿旗袍了……”

小轲叹气，“这还是偷跑出来的。”转头问皇甫沫华，“四少，咱们在哪停车？”

白静柔眼睛睁得老大，黑黑的瞳仁映得见人的影子，急迫地望着皇甫沫华。

皇甫沫华慢悠悠地说：“正巧，我也想拜访一下白老爷子。”

白静柔肩膀一下子垮了下来，眼珠一转，“四少，要不您独自拜访，您在这儿放我下来，我从后门进去，和您再在前堂偶遇？”

“不行！”皇甫沫华就俩字。

白静柔只好坐了回去。

……

白世周在堂屋里拿起一杯茶喝，见孙女儿在堂屋门框边伸了一下头又缩了回去，“啪”的一声把茶杯放下，“小柔，叫你在屋里反省，这些日子不准出来，谁把你放出来的？”

白静柔从门口贴着墙根走进去，把面颊扁进去，“爷爷，您看，我反省了，真反省了，反省得脸都瘦了。”

白世周板着脸，眼角却溢出丝笑意来，勉强掩饰，低头咳了一声喝茶，“一天到晚没正形，你大哥的事，你不准插手，知道没有？你孟大哥正管着呢！隔不了几日就办好了，说起获良那孩子，可被你害苦了……”

白静柔老实垂头，“好的，爷爷……”

“等这件事过了，这订婚还得重新操办。如果不是你年纪小，干脆办了结婚算了，省得我老操心！”

“好的，爷爷……”

白世周看着她的头顶，忽然有股不祥的预感，边哄她边说：“小柔，平时你不是这样的啊，说起你的婚事你就要和爷爷吵……”他忽地站起来，“不对！小柔，你又闯什么祸了？”

白静柔还是垂头，老实地说：“就闯了点儿小祸。”

白世周身子摇晃了一下，看起来就要昏倒，可他早晚练太极拳，身子骨好得很，重新坐下，“这祸一定不小，说！”

“就，就是大哥的案子，我跑了一趟巡捕房，查得差不多了。我估计，大哥没几日就放出来了。”白静柔尽量轻描淡写。

白世周悚然，颤着手指指她，“你，你，你，你去巡捕房？和那帮流氓在一起？说！去了多少次？还干了些什么？”

白静柔抬头看了白世周一眼，扁着嘴，看起来一副想哭的样子，头又垂到了胸前，“爷爷，没去几次，就两三次，也没干什么，就听了些他们的内幕。”

白世周捶胸顿足，“那地方黑得很，那些人知道了，还有你的活路！说，只是两三次？”

“四五次吧……”

“嗯？”

“七八次，不多……真的，爷爷，我也没听什么！”

“你，你，柔啊……你怎么就不听话呢！你知道现在什么世道？那地方哪有干净的事儿让你听！不行，赶紧收拾行李，去乡下，不，订船票，去美利坚！”白世周白胡子一颤一颤地说。

白静柔不以为然地说道：“爷爷，你不管大哥了？”

白世周怔了半晌，下定决心，“你先出去，你大哥的事有小孟管呢！”

白静柔慢吞吞地说：“爷爷，迟了！四少也跟来了，想要拜访您。”

白世周想了想，忽然想起一个最近风头正盛的年轻人，短短时间就在租界一飞冲天，任职华人总捕头。在他们租界算是一个传奇，因为复姓皇甫，让他想起了故人，还找人查过，那人人称四少。他吃惊地问：“皇甫沫华？”

白静柔点头。

白世周再问：“就在咱们府上？”

白静柔略不好意思，闪动眼眸看了白世周一眼，扭捏地互握双手，“就在门外，爷爷，您刚才太失礼了，人家在外边都听着呢！”

说话间，皇甫沫华与小轲已经走了进来，向白老爷子拱手，“白老爷子，久仰了。”

白世周气急败坏地朝白静柔瞪了一眼，含笑向皇甫沫华拱手，“久仰四少大名，今日一见，果然风华绝代啊！”

皇甫沫华轻轻一笑，“白老爷子，您放心，您孙女的事，不会有人知道的。只要有我皇甫沫华一天，就没有人伤得了她的性命。”

白世周最紧张的就是他这个孙女，听了这话，顿时对这个年轻人另眼相看。见他一脸正气，一副好相貌，看起来竟和孟获良不遑多让。和以往相传的巡捕房流氓全不相同，顿时点头拈须而笑，“那麻烦四少了。”

皇甫沫华礼貌地弯腰点头，“白小姐可帮了我们不少大忙，令孙的案子，我们毫无头绪，但经白小姐一番查证，令孙之案大有突破。”

白世周瞧了白静柔一眼，呵呵笑道：“是吗？”

白静柔大脑袋直点，扑闪着眼睛很乖的样子，“是啊爷爷。”

白世周冷冷地扫了她一眼，回头对皇甫沫华说：“既如此，白荃英那案子？”

皇甫沫华点头，“有令孙女帮忙，我想，令孙很快就能放出来了。”

皇甫沫华和白世周又应酬了几句，才和小轲告辞出去。他们一走，白世周脸色沉了下来，冷冷地扫着已弯着腰走至了门边的白静柔，“又去哪儿？”

白静柔站定了，回头，笑，“爷爷，雅文来了，我去招呼一声。”

旁边丫鬟忙点头，“是的，老太爷。”

白世周脸色这才缓和了下来，拈须笑道：“小柔啊，你就该多和雅文在一起，学学她，那才是女孩子该有的样子。瞧人家，斯斯文文的，别一天到晚往外跑！”

白静柔垂头站定，瞅着地上的花砖不动，她知道，爷爷这一训，没个一时半刻的工夫是不会停的。她无聊地看着地上花砖上的花纹，爷爷的声音有一搭没一搭地进到耳朵里，看着看着，花纹变成了皇甫沫华的眼睛，冰冷清凉，吓了她一跳，使劲儿揉眼。

忽然，她倒真看见了一双眼，还有一对白眉往上竖着，褶子脸凑得极近，“小柔，你干什么呢？眼睛怎么了？”

白静柔赶紧眯起眼来，抽着鼻子，“爷爷，听了您的话，我好感动，感动得都流泪了。”

“哧哧”的笑声从屋子角落传来。

白世周回头瞪了那丫鬟一眼，转过身来，刚刚还站着孙女儿的地方空无一人。

门外传来娇脆的女声：“爷爷，我先去了啊！雅文该等急了，等我回来再听您教训。”

白世周无可奈何地叹了口气，摇了摇头，看着门口却笑了。

才刚想走进屋里，风声忽起，白静柔偏过头，避开了那本砸过来的书，忙一闪身，缩在了门框边，“雅文，雅文，你听我解释。”

苏雅文在屋里冷笑，“有什么好解释的？今儿我不上门，你打算躲我躲到什么时候？”

白静柔尴尬地哈哈了两声，“不会多久的，等个一两个月，你气消了，我就去找你赔礼道歉。”

白静柔伸了一下头，又迅速缩回，再次闪开擦脸而过的一本书。

“白静柔，你对得起我吗？你瞧你都干了些什么！”苏雅文在屋里尖叫。

白静柔咽着口水说：“雅文，这本书可贵了，是上次你送给我的《宋史》绝版。瞧瞧，被你一扔，线都散了。”

屋里停了一下，估摸她是在找本便宜点的，白静柔赶紧伸出头快速朝屋子里看了一眼，又缩回去，“雅文，小宣病又重了？正好，我给他找了服药……哈，就用你手里的那盒子装着，可千万不能丢！”

苏雅文看了门口一眼，迟疑地打开了盒子，看里面真是一服草药，拿近了在鼻端闻了闻，叹了口气，缓缓坐了下来。

见白静柔在门口探出脑袋又缩回，苏雅文冷冰冰地说：“还不进来，要我请你？”

白静柔一小步一小步地移到她的跟前，伸出两根手指，扯了她的衣袖一下，快速缩回，“雅文，我承认是我不对，你原谅我好不好？”

苏雅文沉着脸坐定，一言不发，面颊在灯光下洁白如玉，她穿着一身青布学生装，厚厚的刘海将她前额挡了大半，斯文而优雅。

白静柔坐在她的身边，又扯了她的衣袖一下，闪动眼睛看她，“雅文，我也存了不少钱了，要不……”

苏雅文一下子甩开了她，烦躁地站了起来，背对着她，“不行，我说过了，我自己会解决的。”复又坐下，此时才回头看她，“你说清楚，那天到底怎么回事？为什么小报会那么写？”

白静柔头垂得很低，委委屈屈地说：“雅文，没……没……没有！就……就是你们俩出去，正巧被个小报记者看到了，这才登了出来。”

苏雅文讥讽冷笑，“白静柔，你还在撒谎！”

“没，没撒谎，雅文，我从不对你撒谎……最多夸张了点！”

“夸张了点什么？”

“就夸张了点‘正巧’两字。那天，我正巧遇见了个小报记者，一不小心说漏了嘴。正巧他有空，就跟踪而至；正巧瞧见你跌进了孟获良的怀里；正巧拍了你俩的相片，登上了报纸。”白静柔抬起头来，满脸真诚，“雅文，这一切真的纯属巧合，绝没虚假。”

苏雅文气得笑了，“白静柔，你好啊……”

白静柔见她笑，马上打蛇随棍上，顺手就揽住了她的胳膊，脸往她胳膊上蹭，“雅文，你对我最好了，知道我最不喜欢孟木头了！为了这婚事，你瞧，我愁得有半年没睡好觉了，额头皱纹都多了许多。”

苏雅文看了一眼她光洁的额头，抽手，“坐好，老实跟我说，姓孟的有没有发现？”

白静柔摇头，“没有，没有，放心，他哪能认出你来？他从来不上舞厅的！俞记者说，他发现有人拍照，跟着就追了出来，差点把俞记者的相机抢回去，逃得小俞的腿都差点跑断，哈哈哈……”

苏雅文嘴角也现了丝笑意，一现即逝，“哼！这下好了，你这婚也退了……”

白静柔马上眨着大眼睛真诚地望着她，“雅文，这都是你的功劳，你瞧，退婚之后，我马上吃得好、睡得香，脸上的肉也长回来了。”

她鼓起面颊，两团圆圆的肉马上显现出来。

苏雅文无奈地摇头，“小柔，你可真狠得下心，孟获良哪里不好？你这么对他？”

白静柔垂下头去，“雅文，我就是说不出他哪里不好，所以才感觉他哪里都不好。”

苏雅文没办法劝她，又知道孟获良不会这么死心，白静柔想摆脱这桩亲事，难得很，便幸灾乐祸，“小柔，依我看啊，孟获良可不是那么好打发的！”

白静柔也皱起了脸，“我知道，可我就是看他不顺眼，想想以后要和他结婚，我头皮发麻，发丝儿都立起来了！你看看我的头皮！”

她把大脑袋直拱到苏雅文眼皮底下。

苏雅文一伸手，抵住了她的额头，顺手一推，推得她坐下，娴熟地拉开桌子，取出烟盒来，白静柔马上狗腿子似的拿了打火机替她点上，她优雅地吸了口烟，左腿架上右腿，“小柔，我现在不想别的，只想攒够替小宣到美利坚治病的钱，到时什么都好了。”

白静柔点头，“雅文，我支持你，爷爷藏起来的东西，我快找到了，到时咱们把它卖了，一起出去！”

苏雅文失笑，抚了下前面的刘海，露出光洁美丽的额头，优雅地把烟灰弹在白静柔递过来的水晶烟灰缸里，“小柔，你跟着瞎起什么哄？好好儿做你的大小姐。对了，你大哥的案子怎么样了？我打听的那些消息有没有用？”

白静柔点头说：“有用，有用，再加上我从巡捕房听到的，唬得那姓轲的一怔一怔的，老老实实给我引荐了皇甫沫华，哈哈。”

“轲强？那倒是个有情有义的，可那位余老板也不是个善茬儿，我看啊！他们俩，迟早会出事。”

“他才不怕呢！有四少罩着，说不定那余老板早知道了，睁一只眼闭一只眼而已，五姨太嘛，多一个不多！”白静柔说。

“难说，余老板我知道，小气得很，如果知道五姨太把项链送给了情郎，杀了她都可能。”

“不会，不会，余老板哪会知道？轲强把那项链当宝贝般藏着，如果不是你，我怎么会知道？”白静柔拍马屁。

苏雅文再抽一口烟，吐了口烟圈出来，拿起烟在烟灰缸里磕了磕，表情慵懒而神秘，连带着屋子也似增了丝浮华精致。

朦胧的烟雾当中，她脸庞有些模糊，却更添了丝妩媚，“你如愿以偿，见到了四少，这下子满意了？说说，他是不是报纸上说的那么传奇？”

白静柔脸上现了丝回忆，“他那个人嘛，复杂得很！我弄不懂他，可我有点佩服他，他仿佛知道我弄的那些小手段。而且，我看也没有人能揣摩得了他的心思。”

苏雅文弹了一下烟灰，意外地瞧着她，“咦？很少见你这么评价一个人的，你大哥的案子有眉目了吗？”

白静柔摇头又点头，“有点眉目了，我说过的，大哥胆子那么小，他怎么可能杀人？如果四少帮忙，大哥的案子应该很快会了结了。”

苏雅文看着指间细细长长的女式香烟，“我也听说过这个人，心思莫测，私底下的手段极为厉害的，你小心些。”

白静柔点头，“知道了，你放心。”

苏雅文见她不以为意，有些担心，但知道她本事大，从无败绩，就丢开到一边去，说："孟获良那里你就这么拖着？以后怎么办？"

白静柔说："我还小呢，怕什么？孟获良可拖不起，他那娘恨不得马上让他娶妻生子，我拖过一两年，他不娶，他娘都会替他找人！"

看着她摇头晃脑得意的样子，苏雅文犯愁了，她是知道白静柔的，父母去世之后，兄妹俩和祖父一起生活。曾经失明，又被绑架过，正因为如此，白老爷子才将她当成眼珠子看的，但她有听力过人这么一项特殊才能，胆大包天得很。

她们在同一所女校读书，因缘际会，白静柔发现了她的秘密，她俩由此成为最好的朋友。

不对，是不得不成了最好的朋友。

苏雅文想起她发现自己的秘密时要挟自己的话，"有两个选择，要么咱们成为朋友，你的秘密成为咱们两个人共同的秘密，要么你勒死我！毁尸灭迹！"

小小的个子，却不知道为什么有那样的底气。

苏雅文能在许多男人面前运筹帷幄，可在白静柔一双大眼睛的凝视下却只能迅速地心软，无可奈何。

只好任由她缠了上来，两人分享秘密。她这才知道，原来这个富家千金也是个寂寞的人，试问这个世界里再没秘密，没有了懵懂无知、新鲜刺激，生活还有什么乐趣可言？

可她就是这么快活，即使听了那么多不应该听的。让人羡慕得很，苏雅文忽然伸出手去，将白静柔肉嘟嘟的脸揉捏得变形。

白静柔哪里是个吃亏的主，马上伸手还击，一把掐在她腰上，"天哪，雅文，你的腰怎么这么细？"

两人笑闹了一阵，喘着气停了下来，苏雅文又点燃了根烟，"小柔，你没想过你在报纸上这么一闹，还有人有胆向你求亲吗？还真准备一辈子不嫁人？"

白静柔认为这个问题是最不值得担心的，"放心，我长得不差，只要那人不像孟木头一样是个管家婆，我都会嫁。"

苏雅文兴致大了，"孟获良你都不想嫁，那要嫁什么样儿的？"

白静柔举着手指头数一二三，"第一，最好他不是出身于那种旧式大家族，那种人麻烦；第二，他不能管着我，当然，我可以管着他；第三，他不能蠢……"

"你这要求还真挺难的。"苏雅文嘴角噙出丝微笑来，拿烟指着自己，"依我看，这天底下只有我才合你的要求。"

白静柔故作遗憾，“是啊，要是你是个男人就好了！小宣的病如果好了，咱们三个人一起环游世界，那该多好！”

提起小宣，苏雅文眼底露出少有的温柔，两人却沉默了下来。

青烟袅袅，苏雅文看着青烟说：“日子总能过下去的。”

白静柔也点头，“是啊，小宣那么好的人，一定会好的。”

“你胆子也大，就这么在巡捕房坐了十多天。还好你们家老爷子没空管你，要不然啊……”苏雅文一眼看见白静柔偷偷从烟盒里取了根烟来，翘着兰花指学着往嘴里戳，“啪”地一巴掌打下去，烟跌进了烟盒，“找死啊！”

白静柔抚着手痛得龇牙咧嘴，“雅文，我爷爷刚才还让我跟你学呢！说你斯文又大方，这样才像个女孩子。”

说着，说着，她自己也觉好笑，双眉弯弯。

苏雅文也跟着笑了两声，把余下的烟熄灭丢进了烟灰缸里，说：“你大哥的案子，还真有个人很可疑，可我还拿不定。”

她一伸手，似在白静柔的头上摸了一把，手上却忽然变出个钱包来，递给她。

白静柔羡慕地看着她，“雅文，什么时候教教我这个？”

苏雅文鄙视，“你那小胳膊小腿，受不了那个苦，学不会！什么时候都不教！”

白静柔只好撇嘴，拿起那钱包翻看，拿出张纸来，“这是什么？一张清单？”

苏雅文点头，“对，你看清单上列的东西。”

“扁方，玉簪子？镶金玉戒？”白静柔拿了那张纸翻来覆去地看，“上面暗红色的像血迹？”

“陈老板是做古董生意的，他死在赛月季的床上的时候，丢失了一个箱子，最后那箱子在你大哥那儿找到，听说还找到一个玉器。那箱子里应该不止那件东西，这位李老板以前和赛月季也有来往，前晚来舞厅逍遥，和以往不同，大方得很。”

“于是你就偷了他的钱包？”白静柔问。

苏雅文懒洋洋地说：“一般情况下，这种小偷小摸之事，我才懒得动手，还不是为了你！”

白静柔马上上前把脑袋往苏雅文胸前拱，揽住她的腰上下其手，“雅文姐，你对我真好，让我报答你吧！”

苏雅文被恶心了，直接扯她的辫子把她拉开，“站好。”

白静柔揉着后脑勺嘟嘴，“你们怎么都这样，老扯我辫子！”

苏雅文意外地看她，“还有谁敢扯你辫子？”

白静柔眼前出现皇甫沫华冰冷的眼眸，忽然打了个寒噤，晃着头说：“没谁！雅文姐，咱们接下来怎么办？”

“我拿不定主意，这姓李的鬼得很，套了他几次话，他滴水不漏。”

白静柔瞪圆了眼睛，“你拿不定，让我去啊！”

“不行，那地方怎么是你能去的？”苏雅文断然拒绝。

白静柔脸马上耷拉了下来，恳切地望着她，“雅文姐，巡捕房我都去了，还有哪里去不得的？”

苏雅文看了一眼她骨碌碌转动的大眼有些迟疑，心里头明白，你不让她去，她自己也会想办法偷偷混进去，还不如让自己带着。

她勉强地说：“去可以，但在里面，你可不许胡来。”

白静柔马上点头，兴致高了起来，“雅文，你说我穿什么好呢？上次那件白旗袍好不？做好了一次都没穿过。”

苏雅文看了一眼她胸前，嫌弃，“那件你撑不起来。”

“那件粉绿的？”

“不行，领太低。”

“粉红的？”

“胳膊露太多！”

白静柔怒，“你为什么就能穿？”

苏雅文站起身来，摆了个姿势，风情万种，回眸看她，“我和你一样吗？我有的，你有吗？”

白静柔默默走到衣柜前，翻找了起来。

【第五章】

暧昧与查案

那人一看是两个小情人隔着几间房拥吻，男的衣服半敞，放浪形骸；女的光露出了一头直溜长发，站得离他们这里远得很。他暗呼晦气，又缩头回去。

皇甫沫华摇着酒杯漫不经心地应酬着几名围上来的熟人，小轲忽然碰了碰他的胳膊，低声说：“四少，您看那边。”

顺着他的指向看去，皇甫沫华忽然放下了手里的杯子，眯起了双眼。

轲强说：“我瞧着有点眼熟吧，还真是她？她跟在赛牡丹身边干什么？”

舞厅灯光之下，花国总统赛牡丹含情带俏，半恼半笑地和几个男人说笑，丝竹般动听的声音引得满场的男子皆向她行注目礼。她绾了发髻，光洁的额头露了出来，鬓边娇艳的牡丹花让她的容貌更添几分娇美，身形更是婀娜。

她的身边，白静柔盘了个发髻，打扮成熟许多，浓妆艳抹，乍一看差点没认出来！还是看清她那骨碌碌转动的大眼睛，这才能辨认出。

她眨着眼睛四处乱瞟，好奇得很，还小耗子般偷拿起旁边的香槟来饮。

轲强痛心疾首，“四少，白小姐怎么能来这种地方？”

又想及白静柔提过，向往花国总统的风姿。这姑娘别真为了满足自己的好奇心跑到舞厅里来观摩舞女吧？想及她在巡捕房都可以坐上十多天的劲儿，他越想越觉可能。

他站起身来，欲往那里走，皇甫沫华扫了他一眼，他只好讪讪坐下。

又坐了一会儿，轲强不停地扫着那两位姑娘所站之处，见皇甫沫华只顾和人应酬，实在忍不住，低声说："瞧瞧，瞧瞧，林之桦，著名的花花公子，换女人比换衣服还快，他凑上去干什么？你和赛牡丹说笑就说笑吧，逗人家小姑娘干什么？"

皇甫沫华眼眉都没抬一下。

轲强继续播报："死矮胖子孙国富，家里都有三房姨太太了，还往人家小姑娘面前凑！"

皇甫沫华继续抽烟，冷冷地说："看不惯就滚！"

轲强只好住嘴。

又隔了一会儿，见一名五十岁的秃顶男人伸手想把白静柔拉进舞池，轲强再也忍不住，愤而起身，正想行动，身边人影一闪，皇甫沫华大踏步走了出去。

白静柔一抬头，面前的矮胖子油光发亮的脸变成了一张阴阴的英俊的脸。蒙了，再一怔神，她已经被他带着往包厢里走。

苏雅文一回头，白静柔不见了踪影，待看清她从皇甫沫华侧边探出头来，也怔了。她当然知道皇甫沫华是谁，她们这些舞女，有谁没有私底下谈论过？

赛月季更是明言，能让皇甫沫华请跳一支舞，她倒贴钱也干。

却没有想到他和小柔不是普通的一面之缘。

苏雅文微微失笑，摇动酒杯，敷衍着走过来打招呼的李成章，顺手把钱包偷梁换柱放了回去，却是有些失神。

白静柔跌坐在沙发上，看着皇甫沫华阴沉的脸，不明所以，"怎么了，怎么了？四少？"

她蹦了起来。

皇甫沫华坐下，架起两条长腿，指了指沙发，她左瞧右瞧，又规规矩矩坐下。

"说，你来这干什么？"

"不干什么，就是跳跳舞、听听歌之类的。"白静柔左看右看。

"你和赛牡丹什么关系？"皇甫沫华问。

白静柔有点后悔，心说苏雅文的身份可不能让他知道，含糊地说："她和我大哥相熟，顺带和我也熟，所以我让她带我过来散散心。"

她有点紧张，和皇甫沫华虽然只打了一次交道，她就知道这人目光如炬，不比常人。

"赛牡丹和你大哥不熟，只和你熟，说吧，你们是不是发现了什么？"皇甫沫华也不拐弯抹角。

白静柔抬起头来，一脸莫名其妙的表情，“没发现什么啊！四少，您弄错了吧？”

皇甫沫华语气冰冷，“这里是全租界最豪华的舞厅，可也奇怪，自开业之后，就不停地发生失窃事件，所丢无一不是贵重物品。更奇怪的是，每次失窃，赛牡丹都在现场，因失主大都是黑吃黑的主，丢失的也是赃物，失主只能吃个哑巴亏，没人报案，我这才让人睁一只眼闭一只眼的。白静柔，你说，我该不该让人仔细查查？”

白静柔愕然，“四少，没人报案，您还查什么？这不是浪费人力物力吗？”

皇甫沫华把双腿放下，站起身来，居高临下地扫了她两眼，转身往门口走去。

她无奈，只好认栽，“好吧！我说，我们是在查些东西……”

她迟疑了一下，也不知道这人知道了多少，挑些无关紧要的告诉他？

“咔嚓”一声，皇甫沫华拿起打火机点燃香烟，任其在指上燃烧，“李成章确实可疑，表面上是个杂货商人，私底下也做些见不得人的勾当。说吧！赛牡丹从他身上偷了什么？”

白静柔怔了，刚才那点小心思抛到九霄云外，“四少，您知道他有问题？”

皇甫沫华淡淡地看了她一眼，“你那套故作神秘的推测，并不难，无非事先了解、八方查证而已。今天看来，赛牡丹是你的帮手，你能知道小轲和五姨太的事就不出奇了。”他讥讽地看了她一眼，“装神弄鬼的推测确实唬住了轲强。”

白静柔咽了口唾沫，嘟囔道：“有些的确是我听到的。”

皇甫沫华眼神收回，语调低沉，“真中掺着假，假里边掺着些真，所以才能故作神秘，出奇制胜。”

白静柔眼睛顿时明亮许多，面颊微微发红，“四少，您也认为我这方法好？”

皇甫沫华冷冷地道：“你说呢？”

得到他的肯定，白静柔心情顿时好了很多，很配合地说：“牡丹从李成章手里偷了个钱包，钱包里夹了张字条，是张清单……”

她把字条上列的东西说了出来，问：“四少，警察在我哥那里搜到的那东西是不是就是清单上的羊脂玉扁方？”

皇甫沫华说：“很有可能。”

白静柔双眼发光，“这姓李的很可能是真正的凶手？”

皇甫沫华面上神情不改，“难说，单凭一张清单，怎么能确定这姓李的是凶手？”

身上没有小布包，白静柔就拿出块手帕在膝盖上折来折去，却想不出什么好办法，有点犯愁。她最擅长的听力在这儿起不了作用，只要李成章不说，她就无能为力。

白手帕在她手里折来折去，变成了一只小老鼠，她举起小老鼠对着自己，“怎么才能让他说呢？”

皇甫沫华看了她的手一眼，弹了一下烟，“打草惊蛇，他不说也会说的。”

白静柔双目放光，“四少有办法？”

皇甫沫华只抽了一口烟，看着烟圈慢慢升起。

白静柔万万想不到皇甫沫华所谓的办法就是这办法。

她目瞪口呆地看着小轲拦住了李成章，一把夺过了李成章揽住腰的舞伴，两人大打出手，李成章的几个手下一哄而上，整个舞厅成了战场，拳来脚往，打得热闹非凡。

小轲手脚利索地放倒几个人之后，李成章仓皇逃走。

“走吧。”皇甫沫华一把拉开白静柔，避开了两名醉汉挥舞过来的拳头。

“去哪儿？”白静柔心惊肉跳地看着皇甫沫华一拳放倒一个。

皇甫沫华还有空拿手帕出来抹了抹手，只一个字：“走。”

说完往门口而去。

白静柔有点迟疑，心说这大半夜的跟着个男人从舞厅出来，到未知之处，如果被人瞧见，传到爷爷耳朵里可怎么得了？

她左看右看，寻找苏雅文，却见苏雅文也正忙着把几名姐妹从混乱的人群中救出来。

她扬声想叫，皇甫沫华走了几步回头，见她一脸纠结，迟疑着未动，上下打量了她一眼，讥讽道：“放心，没人会打你的主意的。”

白静柔气往上冲，“哼”了一声跟上。

两人上了小车，小轲却早等着了，车开过了几个街口，来到了百国酒店，皇甫沫华脚步不停。有侍者迎了上来，意外看了白静柔一眼，问：“还是原来的房间？”

皇甫沫华点头。

白静柔被那侍者一脸了然的目光看得浑身不自在，咬牙忍了。

三人往楼上走。

白静柔清晰地听到侍者在下面和人议论：“你说，这位老板的眼光怎么这么差，看样子挺有钱的，住咱们天字第一号房间……”

“别说了，还有人真就喜欢搓衣板类型的。”

“也不嫌硌得慌。”

她脸上微微发热，忍得好辛苦。

好不容易挨进了房间，房门合上，一张西洋式的大床出现在她的面前，再一看，小轲消失了。屋里只有她和皇甫沫华，她再淡定，也手足无措起来，无数次拔脚想逃。

看见皇甫沫华脱了身上外套，白静柔结巴着问：“你，你干什么？”

皇甫沫华冷淡看她，顺手拿起椅子上的衣服，“去洗手间换上。”

白静柔伸手接过，一件睡袍，西洋人常穿的那种，她坚决摇头，护住胸口，“说，说清楚！”

皇甫沫华看了她一会儿，解起了皮带，自己拿了件睡袍来换，淡淡地说：“这里是701房，李成章的房间在710，他连同手下一共有十个人，每个人都身藏武器，包了整层楼房。也许因为天字一号房价钱贵，离得远，这才留下了唯一一间。”

白静柔半张着嘴看着他把全身上下脱得只留裤衩后才极优雅地披上长袍，她吸着气问：“但……但……但是有必要脱得那么干净吗？咱们又不出去！”

皇甫沫华眼眸琉璃般一点温度也没有，“你在巡捕房时，能隔几个房间听到小轲打电话？”

白静柔猛然明白，“咱们要出去？”她声音发抖颤悠，“穿成这样出去？”

皇甫沫华点头，“李成章已经回来了，现在正在屋里。舞厅大战，小轲在故意打斗之中搜遍他的全身，必会引起他的怀疑紧张，回到大本营，他们一定会议论今日之事的始末。”

他不耐烦起来，眼神越发疏离冷漠。

白静柔只好拿起外袍走进了洗手间。

他还在外面冷冰冰地吩咐：“记得把该脱的全都脱了。”

白静柔穿好睡袍出来，拉紧衣领委委屈屈地走至他的身边，他上下打量一番，一伸手，解开她的发髻，任由她一头长发垂下。再看了看，很是嫌弃，一脸烂泥糊上墙也只能这样了的神态。

白静柔被他的眼神刺激到，倒把窘境略微忘了，哼哼唧唧地说：“不高兴别叫我啊，叫牡丹来不好？我就是这样儿的，怎么了？”

皇甫沫华没接话，拉开房门，忽地一把揽住了她，几个旋转，带着她往长廊尽头走了去。他嘴里忽然间深情款款，脚步摇晃，“玉兰，小玉兰，跟我回家好不好？我娶你，我一定娶你！”

他冰冷的眼眸忽然变成炽热，嘴角含笑微扬，情意几乎要溢出来，活脱脱一个富家浪荡子的模样。

白静柔愕然得嘴都合不拢，这是同一个人吗？鬼上身了？

直至腰上传来一阵刺痛……他掐的，她这才清醒，忙回忆赛牡丹哄男人时的模样，眼波一横，娇声媚气，“公子，您就喜欢糊弄我……”

710的房门一下子打开了，有人探出头来。

白静柔还没来得及反应，已经被皇甫洙华抱进怀里，整个人抵在了墙上，他的头垂了下来。

那人一看是两个小情人隔着几间房拥吻，男的衣服半敞，放浪形骸；女的光露出了一头直溜长发，站得离他们这里远得很。他暗呼晦气，又缩回头去。

他虽然没有吻下，白静柔却感觉幽暗角落的气温陡然上升，整个人如着了火，正不知所措，就听他不耐烦地说：“干什么呢？”

白静柔身上如有冰水泼下，旖旎感消失，侧耳倾听了起来。

可不知道怎么的，她心神总是不定，觉得他半敞的胸肌碍眼得很，都能看清上边的小汗毛了。

还微卷着！

房间里的声音就时断时续起来。

像是觉察到了她的不专心，他头垂了下去，嘴唇贴近了她耳边，表情冷漠，“白静柔，你想你大哥被枪决？”

如冰水从头至脚泼下，她一下子清醒过来，定了定神，却忽地抬起头来，双手一伸，揽住了他的脖子，身子蹭着墙头拔高，把他的头按进了她的怀里。

房门再次打开了，却正是李成章，他朝外看了一眼，果然像手下所说，那对小情侣还是没走，却更加离谱。男的把头埋进了女人胸口，他仔细看了一眼，放下心来，合上房门重走了回去。

皇甫洙华把头挣开，面色绯红，眼眸冷淡，将她的双手从脖子上扯下来，说：“听仔细点！”

近距离接触白静柔也有点尴尬，解释道：“我听到他怀疑咱们了，要出来看看，所以才……”

“知道！”皇甫沫华看了一眼她胸前，淡然，“有跟没有一样，有什么好误会的？”

白静柔怔了半晌，才明白他说什么，差点跳了起来，咬着牙死忍，侧耳倾听。

隔了好一会儿她才冷冰冰地说：“行了，他们要走了。”

说完，从他胳膊底下钻了出来，往房间里走。

皇甫沫华看了她愤愤背影半晌，拿出烟来，却忽然间，刚刚肌肤的触感自脸部传遍身体各处，他略微失神，跟着走回房子。

换好衣服，白静柔这才感觉自在了些，见对面坐着的皇甫沫华早已衣冠楚楚，手里拿着香烟磕烟盒，于是平铺直叙地汇报刚刚屋子里听到的：“有人认出了轲强，说他是巡捕房的，李成章很紧张，和他们商量回去的事，又说东西既然已经到手，回去拿给巩爷看看，就知道真假了。”

她边说边朝皇甫沫华看，却只见他拿着烟慢慢地敲，他衣服整齐，领子在脖子上扣得严严实实，冷淡悠然，哪还有半点刚才的迹象？

她收回目光，心说还真会装。

见他只拿着烟磕，半晌不出声，她也跟着坐定，眼观鼻、鼻观心地等着。

白静柔正觉屋里沉闷，敲门声起，轲强进门，向他点了点头，“四少，走了。”

皇甫沫华点了点头，站起身来，直接往门边走。

白静柔愕然，“这就结束了？”

轲强答：“是啊，白小姐，可多谢你了。”

“这到底是怎么回事？”白静柔问。

见难住了她，轲强赫然有些报了前仇之感，“白小姐，你猜？”说完，他紧跟皇甫沫华脚步而出。

白静柔眨巴眼睛站在堂中没动。

轲强回头好心提醒道：“白小姐，这间总统套房中午十二点就到了退房时间了，您还不出来，想付房钱？”

白静柔紧赶跟上，当然不敢去问皇甫沫华，缠着小轲，“轲探长，说说，四少有什么安排？这到底怎么回事？李成章是不是杀人凶手？”

轲强还是俩字，“你猜？”

白静柔紧跟几步，想起屋里的对话，“李成章带了那么多人来，清单落到了他手里，还有那几样东西，林老板被杀不是偶然，李成章是为财而来？我哥当了替死鬼？难道还有更多内情？”

皇甫沫华继续往前走。

轲强见她愁眉苦脸，凑到她面前笑，“白小姐，您再猜。”

转眼间，皇甫沫华已经走下了楼梯。

白静柔心底如猫抓般痒，急追几步，鬼使神差地，她伸手抓住了皇甫沫华的胳膊，“四少，您倒是说啊！我哥的事到底怎么办？”

皇甫沫华垂头看她，从她的脸看到她的手，她想赶紧松开，可瞧见迎面走来那人，一失神，忘了。

就这么挂着。

楼下，孟获良带了几名掌柜的衣冠楚楚而来，看清楼梯上站着的两人，倏地停住了脚步，同时，他的视线精准地落到了白静柔挽了皇甫沫华的胳膊上。

白静柔忘了抽手，但没忘先发制人，先吃惊道：“孟大哥，你来酒店干什么？”

看他身边除了几个男人和一个扫地阿姨，并无其他女性，她略觉遗憾。栽赃嫁祸一回生二回熟，白静柔尖声，捂嘴，悲愤欲绝，“孟获良，好啊！你对得起我，退婚还没多长时间呢！你就，你就……嗯嗯嗯……这一回是谁，花国总理还是部长总理？”

从上至下，连同侍者皆愕然，齐刷刷朝孟获良望去，又齐刷刷回头，看着她挽了皇甫沫华胳膊的手。

白静柔此时才醒悟，忙想松手，可迟了。皇甫沫华手一缩，一甩，她失去平衡，“噔噔噔”地后退几步，扶着栏杆站定。

他这还不算，弹了弹她握住胳膊的地方，面无表情，扯了扯衣服，向孟获良微一点头，往门外走去。

白静柔后腰硌得生疼，但做戏绝不能半途而废，于是脸皱成一团，指着孟获良，“都怪你，他，他生气了。”

她说完，追了出去。

此时侍者们才吸了一口冷气，脑补无数画面：这位孟公子就是报纸上登过的和花国总统不清不楚的那位？今天又来私会？还被前未婚妻捉了个正着？看来这位前未婚妻对他还是旧情未忘啊，可惜了她身边那位新任。也难怪新任会生气的，新欢旧爱纠结难舍。

唉！世风日下啊！

看着白静柔顶着一头散发消失，孟获良半天没反应过来。

他身边几名掌柜走也不是，不走也不是，每个人都脸色古怪。

有位熟知他们之间恩怨的老掌柜小心翼翼地上前，“当家的，要不然我替您向白小姐解释解释？咱们只是来开会的？”

孟获良苦笑，“没事，别管她了，我们上去。”

白静柔气喘吁吁地赶到屋外，看见车子等着，吁了口气，忙钻了进去，指挥轲强，“快开快开。”

她回头，见孟获良没有跟出来，抚胸口松了口气。

轲强一踩油门，把车子开得飞快。

皇甫沫华冷脸坐着，轲强知道他不高兴了，很替白静柔捏了把汗。确实，今儿这事，她有点蹬鼻子上脸。

皇甫沫华可是有好久没让不熟的人接近到身边一米范围内了，杜露梅这样的女人也不敢贴上来的，可白静柔不光贴，还挽上了，他没当场把她掀到楼下去跌断胳膊摔断腿，轲强倒挺替她庆幸的。

白静柔也知道皇甫沫华不高兴，想了想，认为他脸色变变就是刚才那会儿工夫。或许因为刚才太急，解释得太过浅显粗糙，没有显示出足够的诚意，有许多误会就是互相不沟通造成的。

她还求着这位大爷呢！不能让他心里有一丝不满，于是白静柔详加解释道：“四少，刚才真不怪我，我真听见李成章那手下进去，向他汇报说长廊外一男一女抱着，说的就是我们。李成章警觉得很，马上拉开门出来查看，我想啊，您与李成章在舞厅里打过照面，说不定他能认出你来。可我没有啊！我一直在暗处，没和他打过照面，所以情急之下才把您的头按在我胸前的，我真不是故意……”

轲强手一抖，差点把车开到沟里去。

皇甫沫华眼神冷淡，“下去。”

白静柔死扒住车门，“还没到地儿呢，这大晚上的，您让我走回去？”

轲强赶紧把车开得飞快。

皇甫沫华脚踢驾驶位座椅。

轲强只好“吱”的一声把车停下。

白静柔知道犟不过皇甫沫华，半打开车门，转头商量，“四少，明天我还来巡捕房？”

皇甫沫华作势欲踹，她赶紧下车。

看着小车一溜烟开远，白静柔摇头叹气，望着月亮惆怅了一小会儿，这位四少还是怪上了她啊。

希望这半路把她踢下车可以让他略微消消气。

她这个姑娘，向来是好了伤疤忘了痛的，走了两步，觉得凉风习习，再抬头，天幕上挂了一轮明月，天气好、空气好，顿时把皇甫沫华的冷脸抛在了脑后。

白静柔左右看了看，发现此地离家里不远了，更加高兴起来，如以往一样，蹦蹦跳跳地往回走。

忽然间闻到了前面煎饼的味道，她走到小摊前，扬声说：“孙大爷，来个煎饼……”

清脆的男声同时响起，她回头，吃惊地说：“小宣，这么晚了，你出来干什么？”

面容清秀的少年男子目光温和地看她，上下打量了她一眼，皱眉，“静柔姐，你怎么穿成这样？干什么去了？”

白静柔伸长胳膊就去揉他的头，说：“好看吧？”

苏益宣脸上现过一丝窘迫，偏头躲过了她的手，“静柔姐……”

白静柔举手，“好，不弄你的头。”又问，“你姐回来了吗？”

苏益宣摇头，“还没有，或许学校有事？”

白静柔知道，他只以为苏雅文在女子学校当助教，就点头，“对了，她跟我说过，学校确实有事，我忘记告诉你了。”

苏益宣眉头没有舒展，脸色在月光下更加苍白，“可惜我帮不上姐姐。”

白静柔说：“当然帮得上，走走走，去看看你又做了什么新东西，上次做出来会唱歌的八音盒，可稀奇了，人家抢着要呢！你这脑子，怎么想出来的？这种东西也会做？”

得到白静柔的肯定，苏益宣苍白的脸略现了丝红润，眼底也现了兴奋之色，“静柔姐，我给你也做了件东西呢，你一定会喜欢的。”

白静柔大感兴趣，把天色已晚几个字抛到脑后，跟着苏益宣往隔壁而去。

孟太太觉得每次来白家一趟总会让她脑子嗡嗡响上好几天，可为了儿子，她却不得不再跑上这一趟。

把该拿的汤水让丫鬟放进食盒提好，她走进白家大门。

对白世周她倒是尊重得很，也不是瞧不起那失了父母的孩子，可每次一进白家门，看见白静柔，她就感觉浑身不得劲儿，老想把这孩子规整规整。

多好的孩子啊！可毛病就是多。

坐没坐相，站没站相，穿衣打扮，没一样好的。

身材不好，就得用打扮妆容来描补，再加上汤水养着，女孩子珍贵，就得这么精心，身体才会好。日后才能做得了当家主母，子嗣才能繁盛。

孩子的娘那么好，怎么到了她身上，就成这样子了？

曼文也不替孩子想想，为什么要走？她这一走，这孩子成了什么样儿？

她都是为了未来媳妇好，可人家就是不领情，每次让她喝汤水，比让她喝苦药还难受。

可前段时间不是自己家理亏嘛，儿子不知发了什么疯，忽然登报退婚，说实在的，听到这消息，她还高兴了好一阵子，虽说儿子名声不好了，可现在这世道，男人那么点儿寻花问柳的名声算什么？

曼文虽是她的手帕交，可她离开了白家，这情分自然慢慢地淡了，孩子们的婚事，还是让他们自己做主的好。

退婚退得好，退了婚，她还能给儿子重找个更好的，不用她每日端着汤水求神告佛地让人喝了。

她也是为了未来媳妇调理好身子好生养，可偏偏这丫头一点也不领情。

可儿子后面又反悔了，唉！

孟太太是旧式大家族的媳妇，一切都听家里男人的，儿子想重拾婚约，她只好觍脸再上门求去。

还好白世周老爷子好说话，几趟下来，基本都谈定了。

今儿个白老爷子更好说话，言语亲切，慈眉善目，让孟太太都有点受宠若惊。

可与老爷子谈来谈去的，孟太太渐渐也无话可谈，于是问："小柔呢？怎么不见她过来？"

白世周端起茶杯喝茶，含糊说："去请了，她啊！知道要见孟太太，在屋里打扮好了才来。"

孟太太更高兴，"正是这个理儿，女孩子嘛，就得打扮得端庄大方，可惜您家里没个长辈女性，小柔如果不会，我有空，我来教她！"

白世周点头表示同意，一抬头，看见从门外走进来的白静柔，一口茶喷在了前面的地板上。

他以为门口又走进来一个孟太太。

她一身青灰色对襟旗袍，头发绾起，在脑后梳了一个发髻，插的还是孟太太同款发簪。

再往下瞧，连鞋子都是一模一样的。

白世周一边眉毛挑到了额头上。

孟太太初看还颇觉满意，再瞧恍然大悟，倏地站起身，颤着手指指她，“你，你，你这是干什么？”

白静柔一脸无辜，“孟太太，我和孟大哥就快成婚了，我知道，您是经验丰富的长辈，我穿着打扮和您一样，这就不会出错了……”她向爷爷行礼，“爷爷好，您老今儿个气色可好？”

这是孟太太初进门时，向他问候的话，她倒学了个十足十，连眉眼间的委婉端庄都一模一样。

白世周顿时感觉心脏怦怦乱跳，头发都立起来了。

孟太太端庄惯了，无言以对，脸色开始发青。

白静柔关切地问：“伯母，来，我扶您坐下。”

她掏出手帕来，先在嘴角按了按，再来扶她。

孟太太只觉碍眼，这动作是她做惯了的，此时对面仿佛有了面镜子，她气得冷笑，“不用了。”

白静柔嘴角含笑，温婉不变，“以后啊，我和孟大哥成亲之后，我得改称伯母为婆婆了，伯母是最讲养生的，您让我吃什么我就吃什么，穿的衣服鞋子，伯母照样给我来一件就行了，我们这一走出去，人家还以为是母女呢，咯咯咯……”

那拿手帕掩嘴的笑声都神似孟太太。

孟太太扶着小丫头的手落荒而逃，连汤都忘记给她了。

白世周乱跳的青筋好半晌才归位，见白静柔蹑手蹑脚地要退走，怒喝道：“白静柔，你给我站住！”

他左看右看，摸起桌边拐杖就打了去。

白静柔却没像以往那样闪避，这拐杖结结实实地受了。

白世周心疼得眼眉直跳，“你，你为什么不躲？”

白静柔眼泪珠儿直冒，脸皱成一团，迎着白世周的目光，“爷爷，您打了，就不生气了？”

白世周一把丢了拐杖，捶着胸口，“你真要气死我！”

白静柔抽着鼻子，“爷爷，您瞧，我嫁给了孟木头，伯母一定会把我管得死死的，不照着她的话做吧，肯定会把她气死，照她的话来做，我只能变成这样，您高兴吗？”

白世周眉毛胡子乱颤，想了半天，竟觉无话可说。

白静柔趁热打铁，“爷爷，您看我成了伯母这样儿，您也觉得牙疼是吗？要不，我去换回来？咱们还是做回原来样子？”

白世周挥手，眼不见心不烦，“滚！”

白静柔转身跑得没影儿了。

白世周跌坐在椅子上，叹气，孟家这门婚事此时才算真的黄了。

即使孟获良想娶，他也不愿意嫁了，把未来婆婆都给得罪了，她嫁过去还有好果子吃？还真以后成为现在这样子？

他又猛然惊觉，这鬼丫头不是连这个也算在里面了吧？

死丫头！

……

白静柔换了身日常穿的蓝布长袍，把发髻解下，又梳成两个大辫，背了她那小布包，出门叫了辆黄包车，往巡捕房去，想起爷爷气得胡子直翘的样子，她未免有几分愧疚。

可谁叫她听得清楚呢！孟太太不喜欢她，她是知道的，她这么做，是日行一善。她认为，为了桩婚姻而闹得他们母子不和，这太造孽了，以后的日子每天在婆媳大战中度过也大可不必。

生活嘛，就是要只顾眼前，得过且过。

这才快活。

才走了没两步，黄包车被拦了下来，她一怔，齐耳短发的苏雅文上了车。

她意外地看着她，“雅文姐，今儿你有空？”

苏雅文坐直，踢了车厢一下，黄包车继续前行，“陪你一起去，说说，昨晚上，怎么回事？”

昨晚她追出去的时候，白静柔已经上了皇甫沫华的车走了，到晚上她回到家里，才知道这丫头早已回来了，还和小宣吃了夜宵才回去，这才总算放心，可她与皇甫沫华走得那么近，却让自己无来由心生惊慌。

白静柔当然不会把当晚的糗事告诉她，只说："我们跟着李成章出去，到了他住的酒店，听到了些消息，肯定李成章拿了那箱子。"

苏雅文眉头微皱，侧脸看她，"就这样？"

白静柔眉毛都不动一下，"还能怎样？当然就这样。"

苏雅文直视着她，见她双目明亮，毫不退缩，这才收回视线，伸手揉乱她额头散发，"以后不准随便上别人的车。"

白静柔松了一口气，点头，"知道，知道。"又笑嘻嘻地说，"雅文姐，以后不得到您的准许，我保证哪儿都不去。"

苏雅文只扯了扯嘴角，见她眉开眼笑不当一回事的样子忍不住说："你也别老倚仗着你那耳朵，以为什么事都瞒不过你，人心难测，有时候连听到的东西都不一定是真的。"

白静柔挽住了她的手，头靠在她的肩头上，"有雅文姐你在我身边，我就什么都不怕。"

苏雅文嫌弃地抵住她的额头，推开她的脸，冷冰冰地说："坐直。"

白静柔额头抵在她的手指上，大脑袋直往她的肩头凑，"雅文姐，你就让我再靠靠吧，我累，我困……"

苏雅文哪会理她，两根手指稳稳撑住她的额头，让她半分也不能前进。

白静柔知道她手上功夫好，只好作罢，老老实实坐回去。

正往前行，黄包车忽然一顿，停了下来，车夫回过头来，"两位小姐，前边好像被人堵着了，我们要不要绕路过？"

【第六章】

巡捕房发生的凶杀案

看来这里面发生了什么，老孙恐怕也没能听见，但如果他确实是半夜还查过房，监房之中又只有老孙一个人有钥匙，那么，的确只有白荃英杀人嫌疑最大。

苏雅文欠起身子往前看，果然见前边停了十多辆黄包车，一大群人围着，不知道发生了什么，她正想让车夫绕路，白静柔却一下子跳下了车，往人群里钻。

苏雅文一看她满脸兴奋，顿感不妙，忙拿出钱来给了车夫，跟着追了上去。

可等她赶到，白静柔已经挤进了人群。

空地之上，几名头戴毡帽、衣着长衫商人打扮的男人团团围住一名青年男子和他的随从不让他们走，青年男子脸色窘迫，着急地解释着什么。

小汽车和黄包车撞在一起，黄包车上滚落了一个大皮箱，箱子打开，瓷器散了一地。

苏雅文一眼看清白静柔正兴致勃勃往中央挤，赶紧也跟着挤进去，在她想冲进场子去的时候一把拉住了她。

白静柔急了，使劲儿想挣脱，可苏雅文从小练的就是手上功夫，她的手像铁钳子一样牢牢拉住，让她动弹不得。

“不准多管闲事！”苏雅文低声警告，“那是铁老三！”

白静柔只好老实，“我不管，我就看看热闹。”

场子里，年轻男人白皙的脸憋得通红，“你们也不能不讲理，明明是你们先冲上来的。”

他那随从拦在众人身前，保护着主子，一脸紧张。

铁老三冷笑，“怎么，撞坏了我们的东西想拍拍屁股走人？天底下哪有这么便宜的事！”

围观的大都是地痞，起哄道：“有钱了不起吗，有钱就可以用小车撞人？”

铁老三和几名地痞团团围上逼近。

青年男子皇甫规看形势不好，不想横生枝节，只好自认倒霉，“好好，你们说，要赔多少？”

铁老三得意非凡，知道今日这单生意成了，他朝身边两人使了个眼色，两名地痞忙去抬那大箱子，忽见箱子那边冒出个梳着两条长辫子的姑娘，吓了一跳，“你是谁？干什么的？”

“不是谁，就来点点箱子里装了多少个瓷瓶，这瓷瓶从花纹上看，肯定是古董，老古董了。”她摇头晃脑。

铁老三也得意，“那当然，这是明朝永历年间的花瓶，我好不容易淘到的，正想和洋人做交易，卖个大价，就被这车子撞了，这不是要我的老命吗？”

他捶胸顿足，悲伤得很。

皇甫规深感不妙，暗悔自己没有事先打声招呼，独自跑了过来。

铁老三朝他冷笑，“我这三个大花瓶，是二三百年的老古董，今天算我自认倒霉，你赔我一个本钱，一千个大洋就成。”

围观的人起哄，“年轻人，你赚大发了，三个古董花瓶只要你赔一千，这位老板可真善心。”

皇甫规无计可施。

却听那小姑娘“咦”了一声，蹲下了身子，从碎片里拿出块瓷片来，很为铁老三打抱不平，“老板，不对吧！怎么才让他赔三个花瓶？你这里面还有一只碗呢！”

铁老三一怔，看清姑娘手里真拿了个碗的半边，只好说：“要说我大方呢。”

姑娘再扒，“还有个杯子。”

杯耳怎么也连不到花瓶上去。

铁老三瞪了身边手下一眼，怪他塞瓷片进箱子也不捡捡，只好再装大方，“杯子也不要他赔了。”

姑娘抬起头来，铁老三才发觉她一双眼睛极大、极幽深，像能反射他的影子。

让人顿生凉意。

她摇头，“那不成，怎么能让您吃亏呢！我瞧着，这箱子除了花瓶之外，有十个杯子、五个碟子、三个碗，你家厨房全搬进了箱子被碰瓷了，您晚上都没碗装饭了，当然得让他赔！”

周围人哄笑起来。

铁老三面色尴尬，手下却惊讶了一声，为了压住箱子重量，让黄包车撞过去顺利拦住小车，他的确是放了那么多东西进去，可这姑娘怎么知道的？

铁老三却是恼羞成怒，一挥手，两名地痞往白静柔围了去，苏雅文暗叫倒霉，只好上前，把早捏在手里的沙子一挥，向几人撒去，拉着白静柔就跑。

白静柔被她的手铁钳子般拉着往前奔，还不忘回头提醒那冤大头，“还不走？”

皇甫规和司机这才赶紧上车，把小车倒出来。

两人气喘吁吁地跑过了两个街口，后面没人追来。苏雅文指着她边喘边骂，“白静柔，你能让人省省心吗？都告诉你他是铁老三了，有名的翻戏党，你怎么就是不听！”

白静柔一本正经，“我这是在教他们骗人这行当也需要用心，该花的钱还是要花，不能为了节省资金马虎了事！”

苏雅文掐腰指着她，无语得很。忽然间，小车“刺”的一声停在了两人身边，刚才那冤大头从车里探出头来，“两位小姐，你们要去哪儿？我送你们。”

他自车里探出头来，早没了刚才的狼狈，面红齿白，温和有礼，生得一副好相貌。

两人上了车，他才介绍，“我是皇甫规，刚才多谢两位了。”

白静柔谦虚，“不用不用。”

眼睛却得意成两条月牙儿。

苏雅文不忍直视，掐了她一把，让她收敛些。

皇甫规对她兴趣高涨，问她：“这位小姐，你可真聪明，知道从箱子找到破绽，你是怎么知道他箱子里装了那么些东西的？”

他回头，白静柔此时才看得清楚，他一张脸白皙英俊，眼神不经意间有股冷冷的傲色。视线移到他的头上，却没好感了，原来他梳了个孟获良式的小分头，她冷淡地说：“知道就是知道，这是常识而已。”

皇甫规不以为意，解释说：“原以为租界治安会好一些，想不到一进来就遇上了这群流氓，早知道多带些人来。”

苏雅文听出了他语气中隐隐的炫耀，只扯了扯嘴角。

果然，白静柔压根不接话。

皇甫规只好无话找话，问：“今儿多亏你们了，这样吧，我请你们吃顿饭答谢？”

白静柔语气极淡，“不方便。”

皇甫规无奈，又问：“你们想去哪儿？”

白静柔简单地答：“前面路口，放我们下来。”

皇甫规一瞧，前面正是巡捕房所在，说：“你们要去巡捕房吗？我也要去那，咱们一起？”

白静柔表情更冷，“和你不熟。”

苏雅文意外，心说小柔这是干什么？视线落到皇甫规头顶，了然，得，这丫头又闹小性子了。

皇甫规哪里知道自己已被划入不来往名单，起劲地说：“不熟不要紧啊！你瞧，什么都是一回生二回熟的。我是皇甫规，姓皇甫，单名一个规字。”

白静柔干脆视线扫向窗外，充耳不闻。

苏雅文只好接话，“皇甫先生，您怎么惹上了那群流氓？”

皇甫规从没被女孩这么忽视过，越发兴致高涨，目光灼灼地望定白静柔，解释，“我们开车一路过来的，天还没亮就赶路了，或许路上雾大，没看清打横里蹿出来的黄包车，这不，就打翻箱子了。”

苏雅文“哦”了一声。

皇甫规逗白静柔说话，“小姐侠肝义胆，在下敬佩得很，您怎么称呼？”

白静柔垂目，“不用了，以后咱们江湖再也不见，停车。”

皇甫规头一次被人拒绝得这么彻底，怔了怔，司机停车，她们拉开车门往外走，他也跟着下车，几人一前一后走进巡捕房。

小轲迎了上来，先跟白静柔打了声招呼，“白小姐，你且等等，四少很快来了。”

他一眼看清两人身后跟着的人，不由得一怔，越过她们笑着说：“大少，您这么快来了，怎么不直接去公馆？”

皇甫规笑了笑说：“知道四弟要得急，我连夜赶了来，要能帮到他就好了。”

小轲摸着鼻子呵呵笑了两声，说：“走，先去我那儿坐坐。”

白静柔倒是意外，回头看了他一眼，皇甫规马上迎着她的视线，向她微微一笑。

白静柔收回眼光，黑眼珠子翻出眼白来，不和他视线接触。

不等小轲答话，白静柔便拉了苏雅文熟门熟路地走到小轲的办公室坐定了。

小轲和皇甫规后到，见白静柔两人把屋里两张椅子全占了，他只好向皇甫规告了声罪，出去搬椅子。

皇甫规见白静柔拿后脑勺对着他，笑，“小姐，你瞧，咱们江湖再见了，是不是很有缘？你现在应该告诉我名字了吧？”

白静柔脑袋都没转动一下，只观察前面桌子的花纹。

皇甫规绕到她侧面来，倚着桌子笑吟吟地看她，“其实你不告诉我也没关系，我知道你是谁了。”

白静柔干脆闭上了眼睛，养起神来。

“你是白静柔，对不对？你大哥因杀人罪在牢里关着，你来巡捕房，是想救你大哥出来？”

白静柔这才睁开了眼，看了他一眼，“猜得不错。”

皇甫规被她懒洋洋的、爱理不理的样子逗得直发笑，“你想救你大哥，咱们可不能江湖永远不见。”

白静柔微微坐直了身子，眼神似乎聚焦了一些，“怎么说？”

皇甫规拍了拍手里的箱子，“因为我这里有证明你大哥是不是凶手的证据。”

白静柔看了他手里的箱子一眼，似乎更感兴趣了，“原来你是个医生。”

皇甫规怔了，双目灼灼，“这你都猜了出来？”

白静柔懒得解释，正巧，小轲搬了两张椅子过来，请皇甫规坐下，听了这话就笑，“白小姐，不如你再猜猜，这位皇甫公子从哪儿来的，箱子里到底放了些什么？”

皇甫规含笑看她，把箱子抖动了两下。

他发现随着箱子抖动，白静柔的眼眸似乎更明亮了一些，黑色的瞳仁因箱子反射变成了棕色。

像猫的眼睛。

白静柔慢吞吞地说：“我只能说出一两样来。”

皇甫规笑了，“只要说准了。”

白静柔看了他一眼，呵呵笑了两声，“您最近可能有点肾虚，箱子里大华药店的固本丸吃一小半了。”

皇甫规脸色顿时发绿。

小轲掩嘴，背过身去，双肩直耸。

苏雅文脸色微微发红，扯了她的衣袖一下，“说别的！”

白静柔说：“我就知道这两件。”

小轲转过身来问：“另外一件呢？”

皇甫规神色没有恢复，忽然间想起临时起兴替小表妹买的东西来，忙阻止，“不用说了，我佩服。”

白静柔摊手向小轲说：“你瞧，他不让我说。”

小轲心如猫抓般痒，但他知道白静柔性子是好的不提，坏的仔细说，专揭人短处隐私，为免皇甫规尴尬，只好作罢。

门一响，皇甫沫华走了进来。

皇甫规迎上前去，和他拥抱了一下，拍着他的肩膀笑道：“四弟，可有好些年没见你了，长高了不少。”

皇甫沫华脸上现了丝微笑，捶了他一下，“过来也不打声招呼？”

皇甫规说：“知道你要得急，还不赶紧送了过来。”

白静柔此时倒正常了，像猫睡醒了的样子，眼珠子轮流在两人身上滚来滚去。

见皇甫沫华视线落到苏雅文身上，她殷勤介绍：“四少，这是我的同学，陪我一起来的，叫苏雅文。”

皇甫沫华目光在苏雅文身上一滑而过，只点了点头。

苏雅文怔了怔，和白静柔一起，跟着他往外走，心里忐忑不安，她总觉得他那双眼睛一扫，仿佛什么都一目了然。

皇甫规倒有几分意外，把白静柔看了又看，心说这姑娘还真会看菜下碟，对四弟倒殷勤得很。

正在此时，周绅急匆匆地来到皇甫沫华身边，低声说：“出事了。”

众人皆是一凛。

牢房里，警察正在勘察现场，见有人抬着盖了白布的尸体离开，皇甫沫华让他们停下，揭开白色尸布看了两眼。

担架之上，老者双目睁得老大，嘴张开，舌头伸出，死状恐怖非常。

白静柔咽着唾沫后退了一步。

皇甫沫华看了她一眼，把尸布盖上。

周绅一脸晦气地介绍说：“今儿早上，老孙来查房，就发现他被人用皮带勒死在了铁栏上，法医临时检验，顾瞎子死在半夜一点至三点之间，而当时，只有他隔壁的白荃英有机会作案。”

两间铁笼子般的牢房紧紧相连，相隔的铁栏之上，依旧挂着那根皮带。

皇甫沫华看了他一眼，“重犯之旁，怎么能安置其他人？”

周绅忙解释，“最近几日也不知道怎么了，犯案的人多，其他的房间全都关满了，只剩下了这间。听守卫说，那犯人晚上十点多钟才押来的，是个街头卖唱的盲老头，说是被酒楼的人捉住偷了客人的东西，才被投进来的，都那么晚了，所以才临时关在白荃英旁边。”

老孙是个一脸愁苦的中年人，发生了这样的事知道自己怎么都逃脱不了责任，软着腿上前认责，“四少，都是我的错，可谁会想到两人无瓜无葛的，白荃英就忽然发疯杀人？”

轲强问：“顾瞎子半夜被人杀了，你都没听见？”

老孙摇头，“巡捕房人手不够，后面监牢只有我一个人看守，我半夜才睡的，睡觉之前，还检查了一遍，他们正常得很，都在躺着睡觉，我也没听见什么响动，第二天起来查房，这才发现顾瞎子死了。”

他眼神闪烁，垂下头去。

轲强明白了，冷冷地问：“晚上是不是又喝多了？”

老孙惊慌地回答：“没，没有，就喝了两口暖暖身子。”

周绅厌烦地挥手让老孙滚，小心地端详皇甫沫华的神色，生怕他将此事怪在自己头上。

“看来这里面发生了什么，老孙恐怕也没能听见，但如果他确实是半夜还查过房，监房之中又只有老孙一个人有钥匙，那么，的确只有白荃英杀人嫌疑最大。”轲强边分析边提出疑问，“可为什么啊？对一个素昧平生的人白荃英也无故下毒手？”

周绅也想不明白，“是啊！我们这边也百思不得其解，还反复查了那顾瞎子的身份，就怕他以前和白荃英是不是有什么恩怨，但事实证明，他就是个普通的卖艺人，和白荃英一点儿瓜葛都没有。”

轲强就赞道：“周探长，这不一会儿工夫，你就查出这么多事来，真不错。”

周绅悄悄打量皇甫沫华的神色，表功，“这是兄弟分内之事。”

皇甫沫华不置可否。

皇甫规插言，“难道他犯病了？”

白静柔身子微微一颤，苏雅文了然，轻轻上前揽住了她的肩膀。

皇甫沫华扫了她一眼，只问："白荃英在哪？"

"关在隔壁的房间里，可他显然也吓得不轻，问他什么都不答……"周绅一边说着，一边把几人往隔壁房间领了去。

白荃英长得和白静柔有几分相似，也是面容清秀，眉目极好，眼睛却没有他妹妹大，身材当然高大了许多。

见白静柔等走了进来，他一下子站了起来，想向前走，却被巡捕按下。他脸上露出孩子般的慌张，铐着的双手挥动，白净的脸涨得通红，"妹妹，妹妹，不是我做的，我没杀人！我一醒来，他就变成那样子了，我真没杀人。"

周绅看了眼沉默的白静柔，上前叹气，"白公子，也不是咱们想要为难你。你瞧，顾瞎子死的时候，就你躺在旁边，牢房里又没别人，不是你杀的会是谁？"

白荃英嘴唇发白，只看着白静柔，"妹子，妹子，你一定听到了什么，是他们冤枉我对不对？"

他祈求地看着她，简直把他妹妹当成了神仙。

白静柔却是后退了一步，有些无措，"哥，我没听见什么。"

白荃英紧张摇头，"不，不会的，妹妹，你是不是不想救我？咱家只有咱们两个人了，我是你唯一的亲人，你真不救你哥了？"

苏雅文柳眉倒竖，白静柔轻轻拉了拉她的手，茫然垂下了头。

皇甫沫华却视若不见，只拿了根烟出来，周绅忙殷勤地替他点上。

皇甫规摇了摇头，想不到这兄妹俩完全不同，一个精明至此，一个却是这样的秉性。

轲强最见不得白静柔受屈，上前打断白荃英的话，"白荃英，在我们四少面前你胡说些什么？想要洗清罪名，你先好好说话，回忆一下昨晚的情形，要不然谁也帮不到你。"

皇甫沫华大名，白荃英也听过，眼神一缩，怯怯然垂头，脸上孩子般的慌张更甚。

周绅冷声说："轲探长问你话呢！你还不好好回答？你可想清楚了，你这身上刚背了两条人命，又添上一条！赶快事无巨细，仔细说个清楚，昨晚上到底发生了什么？"

白静柔轻声说："哥，你就好好儿说吧。"

白荃英茫然睁眼回忆起来，“那老头进来的时候，我惊醒了，等守卫走了之后，他就跟我说他是被冤枉的，他不会偷人家的东西，唠唠叨叨的没完，我让他闭嘴，可他还是说个没完，我怒了，伸手抓过他的衣领把他在铁栏上撞了两下，他这才住嘴。我们就各自睡了，第二天早上，哪知道他就死了呢？”

周绅问：“白荃英，你的皮带到了顾瞎子的脖子上，这又做何解释？”

白荃英说：“我怎么知道？我没杀就是没杀！”

周绅说：“皮带系在你的腰上，你就一点也没感觉？”

白荃英拼命摇头，“我不知道，晚上睡觉时还系得好好儿的，早上醒来就到了他脖子上，我怎么知道？”他转头向白静柔求救，“妹妹，你都知道，我从不说谎的。”

白静柔轻声说：“哥，我知道。”

皇甫规说：“怎么关押犯人的时候，巡捕房没有没收他的皮带吗？”

周绅忙赔笑，“咱们这里是临时监房，白荃英还没定罪，算不上犯人，他们只是普通人，当然有某些权利。您是知道的啦，咱们这里是租界，洋鬼子做主，他们讲人权，我们也只是暂时羁押，不能等同犯人。而且这儿不比正式牢房，没那么多讲究，他们身上衣服鞋袜以及配件都让他们自己带着。”

轲强见白静柔很长时间没说话，问她：“白小姐，你怎么看？”

白静柔就问：“周探长，那间监房的灯是不熄灭的吗？”

她看着头顶的灯泡不语，大眼睛染上了些金色。

周绅点头，“不灭的，整晚都开着，这也是让犯人好好反省的意思，咱们巡捕房可不比他们家里，不能让他们怎么舒服怎么来。”

白静柔垂头，“哥哥是最不喜欢开灯睡觉的，这些日子，他肯定睡得不好。”

周绅一怔，摊手，“那这没办法，这儿都是这规矩，如果定了罪名押入正式牢房，当然作息正常了，可白小姐肯定也不愿意不是？”

白荃英挣着脖子叫：“对，对，我好多天没睡好觉了！妹妹，你可一定让孟大哥救我出去。”又向苏雅文说，“雅文，雅文，你帮我劝劝妹妹，别和孟大哥闹了，孟大哥如果生气了，不会帮我的。”

看在白静柔面子上，苏雅文只好安慰他，“白大哥，你放心，咱们这不是在弄清楚真相吗？我相信你不会杀人的。”

白荃英憔悴的脸显出几分红润来，他看向她，“雅文，还是你对我好。”

苏雅文面色冷淡了下来，收回视线，只看白静柔。

“哥，除了这些，晚上还发生过什么不同寻常的事？”白静柔说。

白荃英受了苏雅文一个冷脸，有些讪讪，认真回答道：“妹妹，晚上做梦算不算？我晚上做了个奇怪的梦……”

其他人倒没什么，皇甫规却倏地抬头，急问：“什么梦？”

白静柔和苏雅文是知道白荃英有什么病的，互相望了一眼，眼底有了丝隐忧。

白荃英脸上有一丝恐慌，说：“我有好几天没睡觉了，好不容易睡着了，可睡梦之中，听见瞎子在唱歌，我惊醒了一次的，那瞎子睡得好好儿的，根本没唱。我一睡着，那歌声又起了，我知道一定是在做梦，像小时候一样，小时候在梦里我还追着妹妹跑呢！可把她吓坏了，可那歌声太凄惨了，听得人汗毛都竖了起来。后来，后来我还做梦朝那瞎子大骂，让他别唱了，可他一边笑一边唱……”

皇甫规急问：“在梦里，你还做了什么事？”

白荃英眼神闪躲，“我，我，我伸手掐住他的脖子，让他别唱了，他终于不唱了……”

皇甫规叹息了一声。

来到隔壁房间，皇甫规把手里的箱子打开，拿出了箱子里的那瓶药，看着白静柔说：“白小姐，这瓶药，你猜对了，这正是大华药店的固本丸，可不是我吃的，是你哥吃的。当晚，你哥就是吃了这药之后，才半夜出去，爬上了赛月季的小楼后窗。四弟把这药寄给我，让我检查，我找了洋人的化验机构，这不，刚出了结果，马上赶了过来。”

白静柔只垂了头，看着脚尖不说话。

苏雅文看了她一眼，艰难地问：“这药我也听说过，只有一些固本培元的作用，您说他吃了药之后才爬上了赛月季的小楼后窗，是因为这药的效用吗？”

皇甫规说：“大华药店卖的这东西，分为两种：一种是普通药效的，价钱便宜；一种却是加强药效的，价钱却贵了许多。白荃英吃的这种，就是加强药效的固本丸，对一般人来说，只会让人感觉精神振奋，对于某些人却不同了。”

周绅问：“对什么人？”

皇甫规说：“一些原本身体就有病的人，这种药就是一种发物，能引起旧病复发……”他忽然间没办法说下去，白静柔抬起了头，大眼睛一眨不眨地望着他，黑黝黝的眼眸反射出他的影子。

皇甫沫华坐在沙发上，身子后仰，点燃了一根烟，淡淡地说：“你自己来说，你哥有什么旧患？”

白静柔转头看他，眼眸之中瞬间蒙上层水光。

皇甫沫华哪会为之所动，只垂头吸了一口烟，缓缓喷出烟圈。

白静柔无法，只好说：“哥哥小时候确实得过病，经常无缘无故发怒打人，可后来爷爷送他到上海治病，治好了。”

她似回忆起了什么，身子微微一颤。

皇甫沫华问：“你哥小时候做梦，梦见追着你跑，这是梦还是真实？”

白静柔身子微微发抖，隔了好半晌才说：“是真的，哥哥和我玩，他说他要当将军，我是土匪，他让我逃，他拿着刀在后边追，但他的病后来都好了，真的好了。”

众人皆默然。

失明的小女孩在黑暗中奔跑，后面有人无止境地追赶，这是怎么样的恐惧和无助？

她如果有这么一个哥哥，那可真是无处可逃，她后来能练出那么一身听风辨音的本领，是不是也和这有关？

苏雅文过去，握住了她的手，声音拔高，“白荃英的病早就好了，十多年都没有发过病，和这次的事有什么关系？”

连周绅和轲强都觉得，四少这么直直地询问，太过残忍。

皇甫沫华却只把香烟在烟灰缸里轻磕，朝皇甫规点头。

皇甫规再同情，却也不想违背皇甫沫华的意思，叹了口气说：“我找人检验过这种加强药效的固本丸，里面有不少使人精神振奋的药物，对普通人没什么作用，但对有间歇性精神病的人，那就能引发旧患。我看令兄双目发直，言语迟钝，自我们进门之后，不时嘴角抽搐着痴笑，自己却不觉，再加上其产生了妄想幻觉，依我诊断，他已经有复发迹象。”

周绅吃惊地问：“您是说白荃英是在精神病复发时杀人？”

皇甫规点了点头，“很有可能，间歇性精神病平时举止和正常人没什么两样，但发起病来自己都不知道自己做了什么。”

周绅脸上带了丝喜气，“这下就能解释得通了，顾瞎子一个街头卖艺的，会有什么仇家？原来是飞来横祸！好了，可终于能结案了，这凶杀案一单接着一单的……”感觉屋子气氛诡异，几人皆用不赞同的眼光看他，他又勉强说，“白小姐，我不是那意思，我其实也不想你哥是凶手的，可这查来查去的，嫌疑人只有你哥一个。”

轲强看着白静柔垂头一言不发，想及她为了这哥哥在巡捕房坐了那么些日子，最后还是功亏一篑，同情得很，“白小姐，你也别担心，你哥既然有那种病，可以从轻发落的……”

她抬起头来，黑色眼眸幽幽发着暗光，直走到皇甫沫华身边，“四少，不对，不应该是这样的！我哥发病时什么样子我是知道的，他从来没有伤害过什么人！”

皇甫沫华声音冷酷而清凉，“你听力非凡，能避开他，别人却不能！”

白静柔眼神一暗，坚持摇头，“不是这样的，如果真是他行凶，墙上为何会那么整齐地印满了手印？那把刀从何而来？还有这次的凶杀，一定有什么我们忽视了。”

轲强说：“白小姐，如果你哥有那种病，一切就都合情合理了。”

“不，不会的，我哥不会伤害任何人！”白静柔眼神黑得惊人，从轲强脸上滑至众人身上，轲强不由自主避开。

“是不是冤枉，不是光说说就行的！”皇甫沫华声音更冷。

“好，我一定能找出证据。”白静柔直视于他。

皇甫沫华眯起了眼睛。

周绅一看清那表情，就觉不妙，忙上前打圆场说：“白小姐，你也不能偏帮着你哥，你哥既然有那种病，自己可能也不知道自己做了什么。大青精神病院不知你去看过没有，那些病人的行为可奇怪了，有的甚至还能在墙上画图，画得整整齐齐，在墙上印血手印算什么？”

白静柔摇头，“不，不光如此，那顾瞎子之死，也有疑点。”

皇甫沫华收回了视线，修长的手指在烟上轻磕，烟灰落下，他往后靠了靠，坐得更舒服一些，声音清凉，“还是那句话，那要看你能不能找出证据证明。”

周绅等熟知他习性的人皆松了一口气，知道他到底给白静柔留了余地。

白静柔说：“四少，我想看一下犯罪现场。”

皇甫沫华点了点头，向周绅示意。

周绅只好领了她往隔壁牢房而去。

苏雅文左右看看，紧跟着说：“我也去。”

轲强跃跃欲试，看了皇甫沫华一眼，却不敢动，皇甫沫华挥手，他赶紧问：“四少，我也跟去看看？”

皇甫沫华只扯了扯嘴角。

轲强紧追了出去。

皇甫规在他身边坐下，“四弟，少见啊！对这个案子特别关心，不是看在白小姐的份儿上吧？”

皇甫沫华说：“你说呢？”

皇甫规失笑起来，“谁不知道咱们的四弟是心肠最硬的？”

皇甫沫华没有接话，只把身子向后再靠一些，把烟在景德镇烟灰缸里磕了磕。

“你啊，还记着当年那些事？这么多年了，一天也没回去过，也不给家里传个消息。”皇甫规停了停说，“爹嘴里不说，但我知道，他心底始终惦记你的，你又何必和娘那么计较？”

皇甫沫华拿嘴叼起烟，吸了一口，似笑非笑，“你说错了，是大娘。”

皇甫规看了他一眼，当年的事，他知道得并不是很清楚，皇甫沫华出走之时，他还在学院读书，等他回来，屋里的人都避而不谈，爹也只当没了这个儿子，娘更不必说了，提起皇甫沫华就厌烦头痛，他知道这是因为二娘的关系，也不好再问。

爹曾经那么宠着二娘，一娶她回家，当场宣布二娘的地位和娘相同，娘当然不喜欢了。

可谁也没想到，多年未见，皇甫沫华成了租界华人捕头。

家里边这才渐渐有了联系。

娘听说他还没娶亲，最近还张罗着让他回去，给他定一门亲事。

皇甫规试探着问：“你也老大不小了，老这么独自一人哪行？有人照顾还是好的，有心仪的人吗？”

皇甫沫华垂了眼眸，“哪有空想这些？”

“再不想可就迟了，玉绯表妹一直记着你呢！知道我来见你，还向我打听你的消息。”皇甫规说。

皇甫沫华将烟按熄，又重新拿了根出来点燃，“她还没定亲？”

“听说家里边给安排了几个人相亲，她都不同意，咱们那地儿谁不知道她心里只有你？”

皇甫沫华嘴角叼着烟笑了笑，“小时候的事，哪做得了数？”

皇甫规见他无动于衷，心里失望得很，可爹娘交代的事，他不好不打探清楚，

“什么时候回去一趟？爹年纪大了，近几年身体时常出毛病，几个月前把胳膊折了，好长时间都没好。家里事儿又多，他刚刚接手督统之职，难免需要帮手，我又帮不上他，你在外边既然做得这么好，为什么不回去？在自己的地方总比在外白手起家打拼强。”

“把手里头的事儿忙完再说。”皇甫沬华说。

皇甫规见他松口，松了口气，笑了起来，“这才对嘛，一家人有什么不能说开的？”

皇甫沬华眼眸垂下，不置可否。

很久没有相见，皇甫规只觉这个四弟心思难捉摸得很，不知从何说起，沉默了下来，皇甫规又不抽烟，只能看着皇甫沬华吞云吐雾，只好无话找话，问起白静柔，“白家小姐和白荃英倒是全不相同，可她哥这案子想要脱身难了。”

皇甫沬华弹着烟灰笑了笑，说：“布局周密，但依旧有隙可寻。”

皇甫规愕然，“你是说，这案子另有凶手？可白荃英真有那种病，又有药物引发，他杀人的可能性大得很！单就说巡捕房这案子，这还不是当场捉住，物证俱足？”

皇甫沬华把烟放在嘴角，任烟雾冉冉升起，眯起了眼，“表面看到的不一定是事实，世上之事，莫不如此。”

对破案之事，皇甫规不熟，可他熟悉医务，说：“白荃英有明显的旧病复发迹象，他这病平常看不出来，可严重之时行为不可控制，尤其在他所谓的睡梦之中出现了杀人情形，是很明显的意向倒错，由此很可能不能控制自己的情绪而杀人，还会有什么其他内情？”

皇甫沬华淡淡地说：“如果找不出来，那么白荃英只能按凶手处置。”

【第七章】

皮带杀机

在顾瞎子死时，他曾经做梦，梦见了杀人，皇甫医生都说了，这是什么什么的意向错置，把自己真杀了人当成做梦了。牛皮皮带确实是一处破绽，但除此之外，其余皆符合案情，合情合理。

看清他眼底的凉薄无情，皇甫规却是无话可说，他这位四弟，已经不是原来的样子了，不由得失笑刚才还以为他会对白静柔另眼相看，对她暗生同情。

皇甫规又有点后悔帮他的忙，对白荃英作出那样的判断。

开门声一响，轲强一脸兴奋首先走了进来，“四少，有眉目了。”

皇甫规站起身来，略紧张地问：“什么眉目？”

轲强意外地看着他，“白小姐查出了些疑点。”

皇甫沫华只把身子欠了欠，眼眸微抬，扫了皇甫规一眼。

目光如有实质，似乎能穿透他的心。

皇甫规这才发觉自己的行为太过异常，忙收了脸上的急迫，定了定神。

轲强说：“咱们检查了那根皮带……”他一眼看见白静柔等走进来，说，“白小姐，你来向四少说明。”

白静柔点了点头，“我查看了那根勒死顾瞎子的皮带，发现有些异常，已经向周探长询问了，让周探长向您说明吧。”

周绅一脸晦气上前，“四少，就如白小姐所说，这皮带确实有点不同寻常，它是金福来手工制作的。金福来的皮带用上好的小牛皮制成，皮层柔软，内层坚硬，可这一根，却是内外都硬如铁丝，白小姐怀疑它先被人用水浸湿，使其形状拉长，然后用它勒住人的脖子，牛皮水分蒸发，自然收缩，这才勒死了顾瞎子，所以牛皮的材质发生了改变，杀人时间延后，凶手也有了不在场的证明。四少，这都是白小姐的推论……”

他一大段话下来，有点喘气，拿手抹了抹额头的虚汗。

案子出现逆转，可能牵涉内部作案，周绅想一想就觉头痛，再想及皇甫沫华的手段，只求神保佑这一切可别牵涉他手下什么人，让皇甫沫华有借口将自己换下去，毕竟，他可不是什么嫡系。

他不由得有些羡慕轲强。

这小子命好，跟着四少一起出来的。

轲强兴冲冲地说：“就是如此！白小姐还说了，巡捕房开着几盏上百瓦的大灯，隔壁的监控室烧着火炉，因此，牛皮的水分才能一个晚上全都蒸发了。”

周绅叹气附和说：“是啊！顾瞎子头上有个大包，确实是白荃英弄的，但如果照白小姐的推断来说，顾瞎子之死，的确另有内情。”

看风使舵，顺着轲强来说，总不会错的。

皇甫规倒是替白静柔高兴，“这么说，白荃英很有可能没杀顾瞎子？”

周绅问：“皇甫先生不是说过，白荃英有暴力倾向？”

皇甫规说：“我这只是作为一个医生的判断而已，只能确定他有病，但实际上他的具体行为，只有由你们来断定了。”

周绅点了点头，倒是无话可说。

轲强见白静柔良久没有出声，凑到她的面前，“白小姐，如果真如你所说，杀人凶器皮带有问题，凶手很可能是内鬼。你说，凶手会是谁？”

白静柔抬起头来，摇了摇头，神情带了些迷茫，“我不知道。”

苏雅文护着她，瞪眼说：“这当然得你们自己去查了，小柔又不是神仙，随便猜猜就能猜到！”

轲强被她当头呛到，神色讪讪，心说他这不是一开始就被这位姑娘吓着了将她神化了吗？

说的也是，巡捕房凶杀案才发生了一个时辰，凶手当然隐匿无踪，怎么会自己暴露，让她听出什么来？

轲强有些失望，却听白静柔慢吞吞地说：“但我相信，我哥一定知道什么，皇甫医生说的没错：有一种可能是我哥神志不清时杀了人；但还有另一种可能，凶手用了某种方法让监牢里的人睡了过去，再行凶杀人。但有一点他不知道，我哥与正常人不同，他很难入睡的，就算用了安眠药也是半睡半醒，他睡也是醒，醒也是睡，有时旁人看他睡着，实则他却是醒着的，只是有时候他自己都以为自己睡了。皇甫医生不是说我哥有幻想之症吗？幻想自己掐住了那瞎子，但也许是我哥看到了凶手行凶，却幻想成自己行凶呢？”

众人皆向皇甫规看去。

皇甫规想了想，“这也的确是一种可能，精神……”他看了一眼白静柔，换了一种说法，“脑子有病的人行为复杂，这也是一种意向错置。”

周绅问：“我们要怎么才可以确认白荃英看到了凶手？”

白静柔大眼睛一闪，“我哥虽然不知道自己的行为，但是，我是知道的。”

似不经意间，她看了皇甫沫华一眼。

皇甫沫华只背靠沙发坐定，悠闲抽烟，听了这话，脸上不改神情，却说：“轲强留下，其余人先出去。”

他这般不客气，周绅当然认定理所当然，说了声是，转身出去了，皇甫规和苏雅文不知道怎么的，也跟着走了出去。走至休息室苏雅文才醒悟，他是谁啊，为什么我听他的？

回头一望，皇甫规也一脸纠结，想及他毕竟是皇甫沫华胞兄，年纪比他长，辈分还比他高，顿时心平气和。

“说吧，你有什么猜测？”皇甫沫华把烟在烟灰缸里掐灭，坐得舒适了些，直视白静柔。

轲强殷切地看着她，心说这可是四少给你天大的面子，可得把握机会。

白静柔若有所思，踱来踱去，踱至皇甫沫华身边，在两人还没反应过来时，老熟人般径直在他身边坐下，而且两人之间只留一个拳头距离，“四少，您也发现了吧？”边说还边顺手把他搁烟灰缸上的烟拿了起来。

皇甫沫华眼神一扫，她才老老实实把烟放下。

轲强没空儿去想白静柔的行为适不适当，看着打哑谜的两人，自诩为皇甫沫华肚子里的蛔虫，也觉脑子不够用，“发现了什么？”

白静柔说：“四少早就知道我哥不是凶手了，对不对，四少？”

她侧过头看他，头微微歪着，目光殷切。

皇甫沫华指了指对面沙发，白静柔左顾右望，垂头站起，走到对面坐下。

“你只有一次机会。”皇甫沫华语调淡然。

白静柔眼光灼灼，拍手，“果然，和我猜的一样，四少也认为凶手另有其人，这种栽赃嫁祸手段太过拙劣了。”

轲强觉得自己在四少“肚里的蛔虫”的地位受到了威胁，怔怔地说：“拙劣？怎么会？你哥有间歇精神失常，这是真的。在顾瞎子死时，他曾经做梦，梦见了杀人，皇甫医生都说了，这是什么什么的意向错置，把自己真杀了人当成做梦了。牛皮皮带确实是一处破绽，但除此之外，其余皆符合案情，合情合理。”

白静柔拿一个手指摇，“错了，错了，这桩凶杀案处处破绽，四少，您说对吧？”

她急迫地看着他，脸色微微发红，像极了想得到肯定的孩子。

轲强也看着皇甫沫华。

他却如常吐烟，不置可否，只说：“说！”

轲强对此已经习惯，再看白静柔，怔了，她也满脸明媚。心情顿时复杂，除感觉自己在四少“肚里的蛔虫”地位受到威胁之外，又甚喜之，终于也有同伴把四少冷脸当成常态了。

“从看到顾瞎子的尸体之时开始，我想四少就已经肯定，所谓的白荃英旧病复发杀人，就是无稽之谈，是有凶手故意栽赃嫁祸。只不过手段极为高明，一般人如轲探长、周探长之类的，见到这样的情形，很容易地就把我哥定为凶手，顺利结案。可四少不同，四少早就已经知道了这案子纯属有人故意为之，如以往所有案件一样，四少只是想把握限度，权衡利弊，是准还是不准罢了。”

这马屁真会拍。

轲强又惴惴望向皇甫沫华，这姑娘理所当然地揭露咱们一向行事的黑手段，可别惹怒四少啊！杀人灭口也是有可能的。

他实在有点偏心白静柔，不希望她出什么意外。

皇甫沫华脸上并无表情，只说了俩字，“没错。”

这到底是认同还是不认同？

轲强实在摸不准，四少的心思不好捉摸，有时嘴里称兄弟，手上拍肩膀，亲热得很，底下却是赶尽杀绝，不留情面。

这样的行动，他跟着都参加好几次了。

所以，他看向白静柔。

这姑娘有时还挺天真的。

白静柔哪里觉察到他的百转千回，兴致高得很，“这里面破绽太多了！首先，顾瞎子死的表情就不对，他死时舌头伸出，眼睛睁得老大，左手指甲缝有血痕，双手似想向前抓住什么，说明他与凶手曾经处于面对面的位置，他曾经抓伤过凶手。脖子上的皮带越勒越紧，他以为凶手还在前面，想要抓住他，可如果是我哥杀了他，从背后用皮带勒住他的脖子，是绝对不可能面对面的。”她大脑袋直点，“这是第一个疑点。”

轲强听得入神，反驳道：“难说，人都要死了，行为怎么可能控制？说不定他就乱抓一通。”

白静柔“哼”了一声，“还有第二点。”

轲强说：“第二个就是那皮带？”

白静柔鄙视之，“那只是让你们这些人能明白我提出来的最明显的疑点！”

轲强怒想，心说在她眼里，我们这些普通人智力有问题还是怎么的？

他忍气，带笑，温润而又憨厚，“说，您说，您请……说。”

“第二点就是，顾瞎子死的地方不对，他死在了那铁栏杆的中央，是两个隔间的正中央，也是灯泡照得最亮之处。但凶手怕是不知道，我哥睡觉时最不喜欢光亮了，要他在灯泡照得最亮之处杀人，也不可能。”

轲强就说：“你哥脾气还挺古怪。”

白静柔答道：“那当然，我们兄妹脾气都古怪。”

柯强对她把什么都当表扬着实无语，只好问：“有第三点吗？”

白静柔说：“凶手一定调查过我哥，知道他的一切秘密，所以才设了这么一个凶杀案来让他百口莫辩。我想凶手不光是巡捕房内部的人，也熟知四少的一切操作，当他得知我哥的案件会有转机，我们查找到了新的证据，一定急了。知道了顾瞎子被关到我哥隔壁，临时起意，所以才实施了这最后的凶杀，让我哥百口莫辩，把凶案实。因为在普通人的心里，罪犯杀了第一个人，一定会杀第二个！反过来说，后面的凶杀被查清了，前面发生的凶案也一定有关系，他这种做法，就是用顾瞎子的案件来证实赛月季和陈老板被杀之案，并给我哥找了个合情合理的动机，就是旧病复发！而精神病患者杀人的不确定性，也就能解释凶案现场那些不合理的证据了。比如说墙上的血手印，正常人来说很不正常，可对精神病患者来说就很正常了，他可以自己一时兴起印了一个个血手印上去！”

“你怀疑周绅？”皇甫沫华直接问。

轲强视线轮流在两人身上滚，实在不明白他们怎么就怀疑上周绅的？前边还和周绅讨论案情，有说有笑。

白静柔点了点头，“但事实证明，周绅没有嫌疑，他只是在担心自己饭碗不保。”

轲强惊讶，“这你都知道？”

“我站在周绅身边，听他口述案发经过，他呼吸平稳，并不紧张，如果是他犯案，在四少面前，或多或少会呼吸急促，流露出紧张之意。”

轲强在她对付那群小流氓时就知道了她的本事，此时还是忍不住质疑，“靠呼吸来判断一个人是否说谎还是冒险了些，有些人就是不动声色。”

白静柔点头，一脸正经，“那是，有些老奸巨猾之辈当然就听不出来的。”

她双眼微微眯起，顿成月牙儿，望向皇甫沫华，轲强也跟着望去，忽觉不对，这丫头不是在说四少老奸巨猾吧？这可千万不能赞同。

他忙把视线收回。

轲强又感叹和她在一起，连个眼神都得防着被带入陷阱，得罪人，着实烦恼。

他忙把眼神也收敛了。

皇甫沫华只慢声问：“你哥为何会和赛月季扯上关系，半夜爬入她的闺房？也是因为你们兄妹俩脾气古怪？”

白静柔一怔，忙摇头，“没有，没有，我可从来不喜欢爬窗。”

皇甫沫华直视于她，“你哥爬上赛月季的后窗，这是不争的事实，说，什么理由？”

白静柔眼神闪烁，“我哥，我哥对人执着，他喜欢苏雅文，但你也瞧见了，苏雅文压根不会理他！有一次他偶然遇到赛月季，说她眉眼之间和雅文相似，马上追求了起来。”

“真是如此？”

“真的，真的！”白静柔举右手发誓。

皇甫沫华垂下眼眸，“三年之前，白荃英和做纺织的陈家二小姐定亲，但未隔半年，陈家退婚，皆因定亲之后，白荃英半路拦截骚扰陈家小姐，后来发展到了半夜爬墙潜进陈府。两年之前，白荃英和做纸的李家三小姐定亲，同样半年之后退婚，理由同样如此，还要我说下去吗？”

白静柔垂下头来，盯着脚尖。

皇甫沫华冷笑，“三番五次如此，早有前科，加上有那种宿疾，你那些猜测推论并无实证，不堪一击。”

轲强口齿欲动，皇甫洙华淡淡扫了他一眼，他只好闭紧了嘴。

白静柔紧紧地捏住了布袋子，抬起头来，“不，不是的！我哥性格单纯，她们是对他误会了。”

皇甫洙华抬起眼睛，眼神淡成了棕色，“不是因为你的父母？”

白静柔浑身一震，抬起头看他，又瞬间垂下头去，左手把布袋子捏得极紧，轻声说：“我不知道。”

她可怜巴巴的样子让轲强怜悯到了极致，白家长子白孝清和李婉言的一场婚变，省城谁人不知谁人不晓？这等时势，离婚算是个稀罕事儿，可正值当时发生了一件大事，一个身份高贵的大人物小妾在洋人的帮助下离婚成功。李婉言便效仿他们打起了与白孝清的离婚官司，使得白家成为全城笑柄，后白孝清不堪压力在外地自杀身亡，李婉言远走国外，白氏兄妹自此跟着爷爷成了孤儿。

有时想想，这白静柔还真和咱们四少一样可怜。

他又道了声罪过，怎么能拿他们两人类比？

“不知道？”皇甫洙华冷笑。

白静柔忽然向前抬起头看他，眼睛里泛起了水光，“四少，您……别问了。”

皇甫洙华只淡然地说：“我只是告诉你，你哥的案子，会遭遇什么样的质疑，我能查到的，别人也能查到，巡捕房再次发生命案，一定会惊动法国领事馆，你若拿不出确凿证据，找到真正的行凶者，只有所谓的猜测，这案子就不用查了。”

白静柔深深垂下头去，洁白的发际线在灯光下清晰可见，良久，她才抬起头来，“四少，我一定会查清楚的。”

轲强再也忍不住了，“对啊！四少，您瞧，从皮带到现场，这巡捕房案子的破绽这么多，也能证实白荃英杀人案另有内情啊！”

“那得找到真正的杀人凶手才行，洋鬼子才不会有闲心听你什么猜测推断！”皇甫洙华冷冰冰地说。

“我想，真正的杀人凶手一定就在我们周围，能接触到这桩案子的少数人之中，只有四少、轲探长，还有周绅……”她一个个地数了起来。

“是啊，就这么几个人……”轲强说。

皇甫洙华脸上神色未变，“要真能找出来才行。”

“好，我一定能找出来。”白静柔仰起脸，眼睛一眨不眨地望着他。

皇甫洙华没有接话，只站起身来，往门外走了去，吩咐轲强道：“我还有事，你盯着点。”

轲强怔了怔，看着他走出去，没敢问，回头宽慰白静柔道：“放心，四少给了你一个机会呢！”

白静柔垂头看着脚尖，又抬头看屋梁，头一次脸上露出了一丝惊慌。

这可从没见过，轲强心惊肉跳，心说这姑娘不是在四少面前说大话吧？

轲强送走了皇甫规，走到皇甫沫华身边，他指了指面前的椅子，示意轲强坐下。

“四少，大少爷这次来，是想让您回去的？”轲强坐下了，把烟灰缸递到他的面前。

皇甫沫华弹了一下烟灰，点了点头，看了他一眼，“你愿意回去吗？”

轲强说：“四少去哪儿，我当然就去哪儿。”

皇甫沫华拿出烟盒，递了根烟给他，轲强沉默地抽了起来，两人坐在那儿吞云吐雾。

“轲强，你乡下还有个姐姐吧？”

“早嫁人了，我回去，恐怕她连认都不认得我了。”轲强垂下头吐了口烟，苦笑。

“也该回去了。”皇甫沫华身子后仰，靠坐在了椅子之上。

轲强就问：“白家这案子，能结案了？”

皇甫沫华点头。

轲强使劲抽一口烟，“早该了结了，他不听使唤，私底下收了钱，也不知会四少一声，就让人干下了这票案，谋人钱财谋到咱们这里，连码头都不知道拜！还让个傻子替他顶罪，白荃英倒还真是冤枉。”他弹了弹烟灰，“他布置得倒还周密，让巡捕房无迹可寻，咱们虽然知道是谁做的，也暂时拿他没办法，还好白荃英有个好妹妹，有些本事，查出些线索来。”

皇甫沫华“嗯”了一声，皱眉吸了口烟，狠狠地在烟灰缸掐灭，“那批东西丢了几件？”

“三件，两件都在他那儿找到的，他还没察觉，还有一件不知去向，估计是李成章手下趁机浑水摸鱼了。”轲强说。

皇甫沫华冷笑，“想钓出大鱼，反而引出不少小鬼。”

“四少，虽然节外生枝，但咱们这次的行动还算成功，这批东西一现身，您瞧，老家马上有人来了。”

皇甫沫华抬起头来，灯光自屋顶洒落，在他脸上镀上了层金色，却如金屑撒落，冰冷尖锐，“没错。”

沉默半晌，轲强就问：“四少打算怎么处置他？”

皇甫沫华冷淡地说：“他只是个小人物，起不了什么作用。”

轲强明白了，“四少的意思，趁这机会，压压周绅？”

皇甫沫华点了点头。

“周绅是巡捕房老人，和洋人关系好，四少刚接手的时候，周绅有点不服，近些日子倒有投靠过来的意思，他如果真投到咱们这边，能让那些老油条老实，能帮咱们不少。”

“要看他懂不懂事了。”皇甫沫华垂下头来，脸隐在了阴影里，眼眸黑得没有一丝光亮。

轲强知道其中的严重性，点头，又抽了一口烟，弹着烟灰说：“四少，陈老板那里，要不要给家属提个醒？那些东西一出，他家里怕是不太平了。”

皇甫沫华只说：“他家里现在哪会没人盯着？”

轲强知道这个道理，于心不忍，“陈老板贪是贪点，被那批东西蒙了心去，可和他家人没有关系。”

皇甫沫华冷淡地说：“城门失火，哪有不殃及池鱼的？”

轲强想及以前，点了点头，“也是如此，想当年的那些事，和四少又有什么关系？却逼得咱们远离故土，漂泊在外。”

“你明白就好。”

轲强坐了一会儿，忍不住问：“白小姐那边，您要怎么安排？”

皇甫沫华弹了一下烟灰，看着烟灰散落，“哪些该让她知道，哪些不该，你明白怎么做了？”

轲强手一颤，烟灰跌落，“四少，您打算用她？”

皇甫沫华点了点头。

“她听力不凡，可有时候实在让人难以把握。”轲强迟疑起来。

门口新装的两个金制龙头溅出晶莹水花，水珠滴落银盘，发出金鸣之声，滴滴答答地响。

这是四少命人新装的，是在扰乱视听，以防万一，但对她，能起多少作用？

轲强心里质疑，面上不显，四少筹谋之事，风险极大，白静柔虽然有那样的本事，但到底是个姑娘。

可四少决定了的事，有谁能阻止？

皇甫沫华看了他一眼，“去准备吧！白荃英在巡捕房待的时间也够长的了。”

轲强只好掐熄了烟，站起身来，往门外走了去。

苏雅文左右望了望，见有路人狐疑地向这边望过来，忙把手搭在白静柔的肩头，一脸关切，“妹妹，妹妹，你还好吧？你瞧瞧，早上怎么能不吃饭呢？这才没走两步，脚就发软。”又向路人解释，“我妹子，身子有点虚，在墙上靠靠。”

路人散去。

苏雅文使劲拧了白静柔一把，“好了没？”

白静柔把贴在墙上的耳朵收回，直腰站起，一脸遗憾，“这里离主屋还是太远了，而且主屋声音嘈杂，里面滴滴答答老响着水声，听不清人说话。”

苏雅文压低声音说：“听不清赶快走，你瞧，那个老伯来来去去已经三回了，再不走，他肯定过来了！”

果然，一老者犹犹豫豫地往这边走。

两人垂着头往小巷深处走了去，老者在后迟疑地问：“姑娘，你没事吧？”

苏雅文回头，“多谢老伯，我妹妹没事了。”

老者这才转头走开。

“四少的公馆怎么这么大？找了半天才找到这么个后墙，却什么都听不到。”白静柔抱怨。

苏雅文说：“你迟早会闯出祸来的，皇甫沫华是什么人，你也敢随便听？”

白静柔踢着小石子往前走，看着小石子一路滚远，双手捏着布袋子不说话。

苏雅文拉了她一下，盯着她说：“白静柔，你到底明不明白？”

白静柔忽然抬头看她，大眼睛亮得吓人，“雅文，你说我哥在这案子里，到底起了什么作用？”

苏雅文看见自己的影子在她眼睛里明晃晃地映着，吓了一跳，“你想到了什么？”

“不知道，我总觉得这案子不会那么简单，皇甫沫华太平静了，我站在他的身边，什么都听不出来，他的心跳、呼吸无论何时何地都是平稳的，没有一丝波动。”白静柔说。

苏雅文吃惊地说：“你听他干什么？不对……”她上下打量了她，“你怎么听到他的心跳和呼吸的？”

白静柔垂头，“站得近些就知道了。”

苏雅文狐疑，“只是站得近？”

白静柔眼神左摇右晃，指着她身后，“看，那老伯跟着咱们，快走快走。”

两人手拉手在街道上飞奔，跑过了几条街停下了，苏雅文想到刚才没谈完的话题，想继续问她，刚想开口，她却来到一名年轻人身后，拍了他的肩膀一下，“小宣，你怎么在这？”

苏益宣转过头，清秀的脸上现了一丝欣喜，“静柔姐、姐姐，这么巧？”

苏雅文看见弟弟，哪还记得审问白静柔，眼底全是温柔，责怪地说：“叫你在家好好休息，怎么又出来了？”

苏益宣说：“我在家里没事可做，出来找点材料。”

苏雅文不问她了，白静柔吁了口气，兴致勃勃地说：“小宣，上次那音乐盒做出来了吗？”

苏益宣摇了摇头，“只有一张图纸，想要还原它原来的样子可难了。”

苏雅文知道弟弟就这么一个爱好，也不好全都阻止，他有一双巧手，能做出复杂至极的道具，以前身体略好的时候，连教堂里的钢琴师都请他去修钢琴。

“走，走，我去给你听听音，看哪儿做得不对。”白静柔兴冲冲接过苏益宣手里的道具，往前走了去。

苏益宣温柔含笑看她，“静柔姐，你走慢点。”

白静柔响亮地答了一声，过来就牵他的手，“走，走，走，去看看。”

苏益宣迟疑不动，看着两人交握的双手，腼腆地笑，白静柔又拉了一次，他才迈动脚步跟了上去。

苏益宣回头，见苏雅文没跟上，向她招手，“姐姐，走吧！”

白静柔也跟着回头，“怎么了？雅文。”

两人脸上相似的纯净与明媚的笑让苏雅文微微叹气：俩傻孩子啊！真让人操碎了心。

她这才跟上，和他们一起，往家里走去。

“我有时候都怀疑，皇甫沫华那个人就像一个走得极为精准的钟表，只要上紧了发条，自动运行，心跳呼吸就不再改变，一点差错都没有。”白静柔拿起那盒子，看着里面的机芯说。

苏雅文倒是一怔，这一路上她还是一直想着皇甫沫华的事？

苏益宣忙从她手里拿过那机芯，小心摆好，“别乱动，这可是我拆了座法兰西座钟取出来的，可难找了。”又好奇地问，“就是查办你哥案子的那个警察捕头？”

白静柔背着手在苏益宣的收藏中间走来走去，“对啊，我哥的案子，明摆着是他们巡捕房内部人作案，我老觉得他知道些什么，可怎么试探，却什么也听不出来。无论这案子怎么发展，他的呼吸从不改变，换作周绅，案子有了新线索，他会紧张、担心，呼吸会变，轲强不必说了，喜怒都挂在脸上，可这个人，像个木头人一样！”

苏益宣停下手里的动作，瞧了她一眼，“静柔姐，这位皇甫沫华……真有你说得那么厉害？”

白静柔拿起拆出来的一个钟表机芯，拿手指去拨机芯转轮，“他啊，就是这巡捕房的核心，就像这东西一样，少了他，巡捕房就不成气候了。”

苏益宣一怔，见她双目迸发光彩，手里镊子一颤，忙握紧了，笑着说：“有这么厉害的人插手白大哥的案子，白大哥一定会很快放出来。”

白静柔点头，把手里的机芯放下，觉得自己是来参观他的作品的，老说自己的事太不懂人情世故了，问他：“你拆这么些钟表，想把这些机芯用在音乐盒上？”

“是啊，要能演奏出那么复杂的音乐，宫商角徵羽一点都不差，这些机芯可不能少。”苏益宣一提起他做的东西，脸上就放光，“到时要你帮忙听音。”

“是吗？来，先试试做好的部分。”

苏雅文见他们凑在一起讨论，于是出去做晚饭，走到长廊上回头，看见两人头靠头凑在一起，轻轻叹了口气，这才离开。

白静柔看见苏雅文离开了，神神秘秘地朝苏益宣挤了挤眼，“小宣，你敢不敢去一个地方？”

苏益宣伸手弹了她的额头一下，“还以为你专程来看我，原来又想让我替你做事，说吧，去哪儿？”

【第八章】

夜探凶案现场

现场东西多，这物件最小，下了也无人发觉，最好私吞了。那人先放在现场，事后寻机取出，谁也不会知道，这些天现场一直有周绅派人守着，他不好去拿，可巡捕房又发生凶杀案，周绅今晚上把人手全调开了，那现场只留一个人。

白静柔抚着额头，把嘴凑到他的耳边，“咱们夜探凶案现场。”

苏益宣洁白的脸顿时泛起红色，微微侧开，又觉耳朵发痒，拿手揉了揉，耳朵也红了，“去那里干什么？”

白静柔揭开随身带的布袋子，往里一掏，掏出样东西来，举着给他看，“你瞧。”

苏益宣接过拿起来看了看，悚然一惊，“你这是从哪儿拿来的？”

灯光下，一只翠雕鱼形佩静静地躺在掌心上，碧绿莹翠，好像一颗水滴。

白静柔神秘不答，“你猜？”

“这鱼形佩是老坑满翠玻璃种，材质就极为难得，更别说这雕功了，鱼身活灵活现，上面的鳞片皆片片清晰，这东西价值不菲，你们白家也不可能有这样的东西……”苏益宣迟疑地看着她，“静柔姐，你别是从哪里偷来的吧？”

白静柔一怔，怒道：“苏益宣，你想什么呢？你家静柔姐是这样的人吗？”

苏益宣口齿嚅动：“一、二、三……”手底下还算着，大惊失色，“真是你偷拿的？”

白静柔眼睛瞪得溜圆，“当然不是！”

“如果在两秒之内你眨眼超过了五次，就一定是心虚，我看得清清楚楚，你有七次眨眼！”苏益宣表情平静。

白静柔愕然，走过去关了一盏灯，都怪光线太明亮，他眼睛太尖，这下他还怎么看清，她说："知道你眼睛厉害，好吧，这是我拿的，可不是偷的，这东西可是无主之物！"

苏益宣侧头看她，"无主之物？死人的东西？"再淡定的他也差点跳了起来，"你从凶案现场拿的？"

"呵呵呵。"白静柔伸手去揉他的头，"小宣，你的推理能力见长啊，差不多就赶上我了。"

苏益宣头一偏，脸色泛红，"你，你，这种东西你怎么能乱拿？这么贵重，一定有人盯着死查，你也不怕惹祸。"

白静柔缩回手，老气横秋，"小宣，这你就不懂了，有人把一个玉扁方栽赃在我哥头上，那东西还没这东西值钱呢！那案子我老觉得没那么简单，凶杀缘由起于这批东西，又仿佛不是，皇甫沫华一定有什么东西瞒着我。"

苏益宣停了半晌，迟疑着问："这事，你真没告诉皇甫沫华他们？"

白静柔说："逢人不可全抛一片心，我还是懂的，所以，我只告诉了你。"

苏益宣垂下头去，说："静柔姐，你放心，我不会乱说的。"

"知道你乖。"白静柔伸手就想去揉苏益宣的头，他偏过头去，责怪望她，她讪讪收回。

"对了，皇甫沫华那儿你打探不到什么，轲探长那儿呢？也打听不到？"

白静柔摇头，"他什么都会向皇甫沫华汇报，我不敢多问，这个东西就藏在案发现场的一个小花瓶里，我估计，是有人故意放进去的。现场东西多，这物件最小，黑下了也无人发觉，最好私吞了。那人先放在现场，事后再寻机取出，这些天现场一直有周绅派人守着，他不好去拿，可巡捕房又发生凶杀案，周绅今晚上把人手全调开了，那现场只留一个人。这东西这么值钱，我估计，有这样的良机，今天晚上那人一定会回去！"

她拿过那玉佩，一上一下地抛，苏益宣赶紧从她手里接过，小心放好，问："这消息准确？"

"当然了，你还不信我？"白静柔说。

苏益宣看了一眼她的耳朵，点头，"看来他们什么都瞒不了你。"

白静柔得意，"只要我在巡捕房，就能听到些有用的东西，防也防不住。"

苏益宣兴致也高了起来，"今晚上真会有人来？"

白静柔说："所以咱们才去守啊！守了才知道那人会不会来，我的猜想准不准！"

苏益宣有点迟疑，"姐姐说的不会不准的！"

白静柔蛊惑人心是把好手，"你姐今晚要出去，学校有学生要补课，等她走了，咱们再出去，哪会被发现！到时候，有你的眼睛，我的耳朵，那人是谁还能不查个清楚？"她又拍他肩膀，"放心，有我罩着你，不会出事的，咱们就只躲在后头看清那人是谁，不，不用看清，听清他的声音就行了，不出去！"

苏益宣知道她认人本领独特，避开她的魔爪，脸色暗红，"静柔姐……"

"好吧好吧！男女授受不亲，你长大了！"她把手背在背后，"这下行了吧？去吗？"

苏益宣侧脸看她，"静柔姐，你不找别人，就找我，就是把我当你的眼睛？"

"啊！那你去不去？"

他勉为其难，摊手，"为了不让你跌个头破血流，我只好去了。"

白静柔跳起来就想挂他的脖子，他忙往后退，"静柔姐，我已经是大人了！"

"一时间忘了。"白静柔哈哈干笑两声。

苏益宣说："我们得准备点东西，以防万一。"

白静柔兴趣满满，"什么东西？"

"暗器！"

"你还会做暗器？小宣，你可真是咱们现代的鬼谷子、诸葛亮！"

苏雅文端着菜盘子悄悄隐身于墙后，咬牙切齿了半晌，转身离去。

小楼之上。

因为发生了凶杀案，隔壁邻居都早早熄灯睡觉，只有街道上一盏路灯散发着微弱的灯光，自窗子里飘了进来，把屋子照得深绿深绿的，更增几分阴森。

苏益宣却觉得这阴森恐怖的地儿，成了老鼠洞。听着身边咯吱咯吱的咀嚼声，他忍了又忍，实在忍不住，说："静柔姐，你到底带了多少东西来？"

床底下空间极少，但两人身旁已有了一大堆的花生瓜子皮。

白静柔摊开掌心，让他拿，"放心，有人上来我早就知道了，吃吧！"

苏益宣迟疑了一会儿，从她掌心拿了颗花生，放进嘴里嚼着。

忽然间，白静柔停了动作，"有人来了。"

苏益宣忙停了下来，把花生吐了出来。

他没有听见，只得等候白静柔吩咐。

又不知隔了多久，才有脚步声从楼梯口传了来，由远至近，木制楼板轻微地响，脚步声似乎有些迟疑，在这间发生凶杀案的门口停了停，隔了一小会儿，这才慢慢走近。

床帘垂落，只看得清是个穿了西装裤的男人，却穿了双千层底的布鞋，踩在地板上几乎悄无声息。

见他往博古架上的花瓶放置处走了去，似乎在那儿停了下来，苏益宣有些着急，这人一言不发，身上的衣服鞋子都是新的，显然经过改装，如果他拿了东西就走，这要怎么知道他的真实身份?

他回头，再老实的人也怒了：白静柔拿了块蛋糕放进嘴里无声地嚼。

他不能发声，只能用责备的目光瞪着她。

白静柔也拿大眼睛回望他，黑色瞳仁反射出他的影子，无辜得很，嘴巴却一刻没闲。

两人大眼瞪小眼半晌，苏益宣败下阵来。

花瓶声响，有东西跌落，似乎是有人掉转花瓶底部，将玉佩倒出。

白静柔大眼睛眯起，抹了把嘴，似乎意犹未尽，再伸手去拿纸上放置的糕点，苏益宣忙一伸手，把她的手腕握住。

忽地，惨叫声起，花瓶跌落地板，一迭声的方言咒骂发出，苏益宣听不懂他在骂什么，吃惊地望向白静柔。

白静柔点了点头。

他就明白了，白静柔已经认出他是谁了，兴奋之下，苏益宣松手，白静柔顺理成章伸手拿了块糕点来吃。

只要等那人离开，今晚算是成功了，苏益宣无可奈何之余，也只得听之任之。

“啪嗒”一声，有物跌落，几个翻滚，竟向床底下滚了来，莹莹有绿光闪耀，可不正是那只鱼形玉佩。

瞬间那人弯下腰拾那玉佩，和白静柔俩人对了个正面，大眼瞪小眼瞪了半晌，白静柔抓了一把瓜子皮往他脸上砸去，一个转身，从床侧面滚了出来。

苏益宣忙跟上，知道白静柔晚上视力更差，一把拉了她的手腕，拖着她就往楼梯口奔。

那人连声冷笑，顺手拿了个小凳子，一扔，直中苏益宣后背心，苏益宣身子原就不好，顿时口喷鲜血。

那人已经面目狰狞急奔而至，看清是谁之后，更是目露凶光，“原来是白小姐！”

还好他不想惊动周围，只拔出短刀，向两人追杀而至。

苏益宣小时候虽然跟姐姐练过几手，可生病之后，身体极差，哪是他的对手，几个回合，就被他一推，撞到了墙上。

那人步步向白静柔逼近，手里的短刃冒着森森寒光，既已打了照面，他眼见他们只不过是两个身体虚弱的男女，却不打算离开，准备杀人灭口。

巡捕房的差事他不想丢，这批财物，他也想留下。

屋里视线昏暗，但他走得近了，白静柔依旧看清了他的面容，果然是他。

周绅的副手孙铁，从不引人注目，跟在周绅身边，像个隐形人，甚至她连他的面容都有点记不清了，只记得他的声音，低沉、冷酷，带着锅铲刮过铁锅的沙哑。

“白小姐，谁叫你多管闲事的？”他冷冷地问，有些惊慌。

“四少，四少早知道是你了！”白静柔压抑着心慌说。

他反倒放心了，哈哈笑了两声，“如果他知道，我还能在这里？原来只有你们两个！”

他几步向前，左手伸去，想要抓住白静柔的脖子，右手却是举刀就向白静柔砍去。

白静柔腰一弯，头一缩，从他胳膊底下钻出，拔脚往楼梯口冲，可后脑勺一痛，被他顺手抓住了长辫子，一扯，就扯至胸前，掐住了脖子。他正想动手刺下，手腕一痛，“当”的一声，短刀跌落，一抬头，却是另外一个女人，于是冷笑，“全都到齐了！”他手一缩，白静柔被掐得脸色紫胀，“你是那个姓苏的小姐？看不出啊，一个教书匠，也有几手？”

苏雅文厉声说：“放开她，你现在自己离开，还有一线生机。”

孙铁略一松手，却从后腰拔出把驳壳枪来，指着白静柔的头。

白静柔咳了两声，大声说：“雅文，你怎么来了？我没听见你上楼啊！”

苏雅文紧紧盯着孙铁，回答：“我早就来了。”

“咦？难怪我听不到，你早知道我们会藏在这里？”她尖叫了一声，“不好，这楼里还藏有人！”

孙铁被她吓了一跳，四顾而望，手一紧，又把她勒紧，“白小姐，别想拖延时间。”

白静柔伸舌头狂咳，嘶哑嗓门说：“孙铁，铁大哥，你还不明白吗？今儿这事，是个圈套，是四少做的圈套，我们能在这里守你，他们还不能？四少比我还蠢？你再不快走，他们就上来了！”

孙铁手松了些，惊慌四顾，楼下却一点儿动静也没有，“你胡说！”

“我听到三楼有人悄悄下来了，四个，弯着腰，两个拿短枪，两个拿长枪的……”白静柔说。

轲强正领人弯腰接近门边，听了这话，差点歪倒，忙一挥手，四人蜂拥冲进，看见屋里情形，也怔了，面面相觑。

孙铁看清轲强，再扫过他带来的人马，果然两长两短，顿觉胳膊上勒着的是个烫手山芋。可事已至此，他松也不是，不松也不是，只说：“轲探长，让路，让我走。”

说完他一使劲，白静柔龇牙咧嘴。

轲强说：“你还走得了吗？”

孙铁强自冷笑，“我走不了，她也别想活命！我只求财而已，轲探长想要闹出人命？把车钥匙留下！”

轲强迟疑，拿出了口袋里的钥匙，“孙铁，你这是何必呢？大家同事一场。”

“车钥匙给我！”孙铁的声音尖利如锅铲刮过锅底。

轲强递过了钥匙，孙铁一把抢过，把白静柔挡在胸前，弯着腰往门口退走。

白静柔吸了口气建议：“孙探长，那鱼形玉佩您拿了？那东西早在巡捕房露了相，四少肯定早命人严厉追查，可不好出手了，目标大，东西贵重，换不来钱了，您身上有钱吗？”

如此气氛紧张场合，众人皆面面相觑，轲强被她友好的语气刺激得头皮都麻了。

苏雅文把苏益宣扶到一边更是眉心直跳。

孙铁一怔，手松了松，又瞬间勒紧，“不关你的事！”

白静柔说：“怎么不关我的事呢？孙探长在巡捕房鞠躬尽瘁，一直得不到升迁，薪水极少，长年劳累之下还患上了颈椎病，这都是要用钱的。您这一逃亡，四少那人您是知道的，好面子得很，才新上任，巡捕房出现内贼，那还不倾尽全力追捕？您手上钱也没有，身上有病，巡捕房您得罪了人吧？此时此刻，那还不趁机下手？再者，您这次任务失败了吧？偷藏了这件玉佩，外边的人如果知道，会不会找您索命？就算不是为了这玉佩，他们不杀人灭口？如果有人下了死活不论的命令，您的性命丢得更快了。”

轲强听得怔了，听出她话语间隐含的意思，心说她这“有人”是意有所指啊？

其他人心里竟有几分同意，有个拿长枪的新人还微微点起头来。

孙铁一想，还真是这个道理，手上更松了几分，不由得问：“你怎么知道这些的？”

“你的病还是其他？”白静柔有商有量地问。

“我的病！”孙铁大声说。

“哦，你动手之时，头转动大了些，颈椎那里轻微作响，是颈椎出现问题的症状。”

众人皆面面相觑，他们这是看诊？

孙铁倒是个聪明人，“早知道白小姐耳朵灵敏，原来你躲在床底，就是为了听到我的声音！还好这玉佩跌落，要不然，我就会不明不白地栽在你手里了！”

他手一紧，似乎把她的脖子都快掐断，见轲强跃跃欲试想上前，冷笑一声，手枪抵上了白静柔的太阳穴。

轲强忙挥手让几人停住。

白静柔说：“何必呢？孙探长，您即使杀了我，也逃不了命。依我看，您这么逃走，还不如弃甲投降。您想啊，在外边，您凶险十分，关进牢房，起码一条命暂且保住了。再者，巡捕房办案您门儿清得很，只要有机缘，凭您在这儿多年的人脉关系，案子大事化小、小事化无也不是没可能，您就是在这儿拿了块赃物，其他尚未查清，这事犯得上丢了性命吗？”

轲强心里嘀咕：我怎么听你这话前后矛盾啊？

他听着前后矛盾，却打动了孙铁的心，孙铁知道这小丫头说的无一不中，如果就此逃走，死得更快，慢慢地，他松开了手。

苏雅文屏息静气看着，忙想上前拉开白静柔，可此时，白静柔意犹未尽，居然伸手拍了拍他的胳膊，“老孙，这就对了……”

“不对！”孙铁忽然面目狰狞，一伸手，又勒住她的脖子，“我不是皇甫沫华的人，现在巡捕房皇甫沫华做主，他不会放过我的！”

这下他下手更重，勒得白静柔直翻白眼，雪白的脸顿时紫胀。

苏雅文和轲强同时叫出声来：“住手！”

孙铁喘着粗气说：“差点被个小丫头骗了，如果是别人，我可能还有活路，可如果是皇甫沫华，我死得更快！”

轲强默然，孙铁说得不错，四少哪会让他有机会翻盘？

白静柔吐着舌头去掰他的手，却哪里能够掰开。

孙铁情绪激动，手却越勒越紧，眼里出现濒临死亡般绝望的光芒，“叫皇甫沫华来，他答应了，这丫头能活！要不然，我们一起死！”

轲强一见不好，孙铁已经处于崩溃边缘，可没有四少开口，他哪敢随便做主。

白静柔只觉眼前视线渐渐模糊，脑子仿佛要炸开一般。正感绝望，却见几个模糊的人影自门口而来，在性命攸关之时，她的耳力特别清晰，那脚步一分不多，一分不少，对，是皇甫沫华。

她只觉脑子有道光划过，仿佛周围一切都明亮了起来，“四少，救我……”

轲强迎了上去，“四少？”

皇甫沫华摆手，脚步不停，直走至屋子中央，视线下移，在白静柔脸上一滑而过，略停在了孙铁掐紧她脖子的手上，语气清冷，“好，放开她，我让你走。”

孙铁一怔，手没有松，脸上带了丝犹豫，“四少，您真让我走？”

皇甫沫华冷冷地说：“你不走也可以，我保你性命。”

孙铁面色渐渐松了下来，松开了掐住白静柔脖子的手，缓缓跪下，“四少说话要算话。”

皇甫沫华只向轲强点头。

轲强忙让人上前替他上了手铐。

苏雅文和苏益宣两姐弟扶起白静柔在椅子上坐下。

白静柔抚着脖子悄悄向皇甫沫华望了去，他站在暗暗的灯光之下，一身铁灰色西装，眉目清冷，脸上没什么表情，额头抹汗的周绅不停地向他禀报着什么，他却是不置可否，只微微点头。

那一瞬间，白静柔觉得灯光自他头顶铺下，照得他那么好看，周围杂乱不堪，可他就像青玉雕成，自带光芒。

声音也好听得不行，即使只有简单的几个字，却让她明白什么是天籁。

他果断命令放人的声音似乎还在她脑子里盘旋。

这才是真的绕梁三日。

“静柔姐，静柔姐？”忽有手指在她眼前晃过。

她回头，苏益宣的脸在她面前放大，她吓了一跳，“干什么？”

“吓傻了吧？”苏雅文冷冷地说。

白静柔眨巴了两下大眼睛，掩饰住了刚才那从来没有过的情绪，吸气，咳了两声，“脑子有点晕。”

苏益宣急了，“脖子有没有事？看，都红肿了！不行，快去医院看看。”

苏雅文也担心，嘴里却阴阳怪气，“怎么会？她有九条命呢！死不了。”

白静柔怔了怔，垮着脸看她，“雅文，真有点晕，真的，你说，我会不会被掐傻了？”

说完她伸舌歪嘴。

苏雅文忍俊不禁，到底笑出了声，拍了她的头一下，“以后不准这样！”

白静柔老实答应：“不会了。”

她悄悄再望向皇甫沫华处，却见那里早没了人影，忙侧耳倾听，连他的脚步声都没有了。

她一下子站起身来，就往门口跑了去，却见他和轲强站在长廊尽头抽烟，这才站定。

苏益宣紧跟而至，“怎么了，静柔姐？”

“没什么。”白静柔有些迟疑，不知道该不该走过去。

皇甫沫华微微侧着身子，朝窗外望着。

她微微有些失落，正想转身，却听轲强叫：“白小姐，白小姐，过来一下。”

白静柔一怔，朝两人走了去。

苏益宣看清她脸上那一瞬间迸发的光亮，偏过头去，心口发闷。

窗台上也有一只烟灰缸，正是屋里那只，显然是拿了出来放上去的。

白静柔看着他修长的手指在烟上轻弹，烟灰无声跌落，心跳无端加快，问：“找我有事吗？”

手指停了停。

轲强怔了，“白小姐，你没事吧？你说找你有没有事？还不向四少解释清楚？”

白静柔低声答：“你们也看见了，今日之事就是这样的，我知道周探长把守在这里的人都撤了，想那凶手或许会回犯罪现场，所以来看看，不巧遇了个正着。”

轲强看了皇甫沫华一眼，见他眉头皱起，已经不耐烦了，忙问：“白小姐，那玉佩是怎么回事？你从哪儿得来的？”

“是，是上次我从这里拿的。”白静柔垂了眼眸。

皇甫沫华此时才把烟按熄，转头看她，“私拿赃物？”

白静柔忙摆手，“四少，我不是故意的，那时轲探长走到墙边看那血手印，正巧碰到了花瓶，我听到里面有响声，这才拿了出来。”

她正迎上了皇甫沫华的眼睛，一如既往，鬓发如漆，衬得他眼眸黑冷无比，此时她却心中一跳，手足无措，只好再垂头。

轲强上前打圆场：“四少，白小姐为了她的哥哥，这也是误打误撞，到底捉到了咱们巡捕房的内鬼。”

皇甫沫华直起身来，只说：“好好审审孙铁。”

轲强知道这一篇算是揭过去了，朝白静柔挤了挤眼，紧跟着拿出只小巧的圆形铁器来，铁器之上，布满了尖刺，问：“这东西是什么？”

白静柔似乎活了过来，向苏益宣招手，炫耀地说：“这是铁刺猬，小宣做的暗器。你瞧！和那玉佩一起放进花瓶里，只要手碰到了它，它身上圆孔里的刺就会刺出来了。”

皇甫沫华很意外地看了苏益宣一眼，“就是他？”

白静柔点头，“是的。”

苏雅文一向为她这个弟弟骄傲，赶紧上前介绍：“是啊，我弟弟手巧得很，什么都会做的。”

皇甫沫华拿起那铁刺猬看了一眼，却没有说什么，径直走了。

……

【第九章】
萌动的春心

你瞧，我知道我自己是什么人，伯母说的对，我没有一点女孩子的样子，脑子里全都是稀奇古怪的东西，咱们的婚约如果真的成了，只会给你添麻烦。孟大哥，你说是吗？

“咱们新任华人总捕可真厉害，这么短时间把一桩迷案查得一清二楚，还了白家少爷一个公道，要是以前，这白荃英可就当了替死鬼了。”

“没错，巡捕房内部人为谋财而作案，他可一点也没手软，谁不知道官匪一家？说不定皇甫沬华上任之后，倒能给租界一片新天地。”

“那可难说，这还是新老交替必要的步骤，我看，那犯案巡捕肯定不是他自己人！”

“唉，这世道，别说了别说了！”

苏益宣听了隔壁桌的对话，愤愤不平，“静柔姐，如果不是你，这案子能破得这么干脆？可报纸上一句也没提。”

白静柔拿筷子夹菜，吃得眼睛眯起，“不提更好。”

苏雅文赞同，“小柔的名字如果出现在报纸上，白老爷子要气得中风。”

正说着，吃饭的人忽然都站了起来，往窗子外望去，“是囚车来了，皇甫沬华亲自押解。”

“前边小车坐的就是皇甫沬华，想不到他这么年轻。”

“年少有为，后生可畏啊！”

白静柔也跟着挤到了临街窗户边。

车子停下，小报记者围上了从车上走下来的皇甫沫华，他站在台阶上，一缕阳光自墙边倾斜，洒在了他的鬓角，下边人声嘈杂，他却眼神淡漠。

他说了些什么，她却一点儿也没听进去，只听到了他的声音，自嘈杂的人声中传了过来，传至她的耳里。

隔得远，她只看清一个模糊人影，忙拿出放大镜来，朝那边望去。

苏益宣侧过脸来扫了她一眼，又转过头去，手指却不自觉地抠着窗沿。

好不容易他说完了话，人群散了，记者们却没有散去，围着他询问，轲强一身军装与几名巡警替他拦着，他弯腰钻进了小车里，车队继续前行。

窗台上趴着的人群这才散去，纷纷转过身来坐下。

“难怪皇甫沫华要杀一儆百，巡捕房里面那些蛀虫是该清理清理了，这姓孙的监守自盗，知道陈老板手上有那批东西，居然暗下毒手，趁着公职便利进去谋财害命，也是那白荃英倒霉，差点当了替死鬼。”

“喂，听说了没有，那死去的陈老板是做古董生意的，那好东西可不少！”

一中年人说：“巡捕房做这事也不是一次两次了，去年那桩油铺绑架案听说过没有？那家人报了案，钱使了不少，人却还是被撕票，摆明了就是官匪勾结，要不然，一桩简单的绑架案都破不了？”

“如今这世道，唉！”一老者又叹了口气。

“皇甫沫华新上任，首先拿自己人开刀，看来巡捕房风气会改变一新啊！”

“那得看他后台怎么样了，那里面关系复杂，龌龊得很！后台不硬，三两下就会被人弄下来。”

“能当得了这个，后台肯定差不了！”

“可我听说，他只是个外乡人，十多年前独自来埠打拼，无权无势的。”

“他一表人才，又有手段，眼下那些世家大族缺的就是这种人，待字闺中的女子不知多少，你还怕没有人看上？”

“没错，没错，听说他这总捕头的位置，就有人花了大价钱替他捐来的，能够让洋人看上，光有才能可不行。”一位商人模样打扮的人故作神秘。

“也不知哪家闺女这么好命，能让他求娶。”

“是啊，看他如今这势头，娶了谁家闺女，那谁家真钓了个金龟婿了。”

苏益宣见白静柔把个筷子咬在嘴里半天不动，敲着她的碗边，“静柔姐，别听了，有什么好听的？”

白静柔净白的脸隐隐现了丝红润，眼神有丝迷茫，抬起头来，“不吃了，不吃了，我先回去了。”

说完，她推开碗就往门外走。

两姐弟愕然，苏雅文忙丢了个银元追了上来，来到屋外，就见白静柔坐上黄包车已经走远了。

“姐，静柔姐怎么了？”苏益宣说。

苏雅文叹了口气，又看了自家傻弟弟一眼，“没什么，你先回去吧！我去学校一趟。”

白静柔看着手里的布包，轻轻抚着布包上的花纹，心里像长了草，不知道为什么那么烦，连车子停在了自家门口，她都不觉，黄包车司机只好回头问她：“小姐，您到地儿了，就是这里吧？”

她这才下车，无精打采地往宅子里走。

翠儿早从门里迎了出来，小心告诉她：“小姐，小心点，老太爷知道您的事了，正发火呢。”

白静柔懒洋洋地说：“知道了。”

翠儿看她拖着脚步往门里走，急了，一把拉住她，“小姐，老太爷正在气头上，您可不能和他正面撞上，走，先到后院避避。”

白静柔看了她一眼，“迟了。”

就听一声怒吼响起，“白静柔，给我过来！”

小翠浑身一哆嗦，松手，一转身跑得没了踪影。

白静柔觉得什么都提不起劲，对爷爷的怒火也无所谓起来，慢吞吞走到正堂，叫了声“爷爷”。

白荃英跪在地上，半低着头用眼角扫白静柔，朝她挤眼，要她自求多福。

孟获良正弯腰扶着白世周坐下，看见她来了，皱眉，“怎么不多穿点，就这么出去了？”

如果是平日，白静柔一听这话就炸，今天却无所谓起来，叫了声：“孟大哥好。”

孟获良意外，眉头皱得更紧。

白世周把拐杖在地上顿得惊天动地，“你，你老实告诉我，你哥是怎么回来的？那案子怎么就破了？”

白静柔有气无力地承认：“爷爷，您都知道了，还问我干什么？”

白世周怔了怔，复又大怒道：“你这是什么态度！”

“孟木头告诉您的吧？哥回来不就好了，我也没什么损失，您瞧，报纸上半点没提，您还有什么好担心的？”白静柔说道。

孟获良就责怪：“小柔，你怎么能跟爷爷这么说话。”

白静柔抬起眼睛，大眼睛眨也不眨地看他，似笑非笑，“孟大哥，你是我什么人？”

孟获良一滞，心底忽涌起了股不安，以往的信心消失得无影无踪。

“好了，爷爷，我不想解释了，心累。哥，你向爷爷解释吧！”

众人看着白静柔消失在了大门外。

白世周这才反应过来，指着她，“她还累？她骨头都没长齐她累什么？”又担心，“这孩子，她这是怎么了？”

白荃英跪在地上嬉皮笑脸，“爷爷，我知道，凭我对女人的了解，妹妹这是思春了！”

白世周一拐杖就打在了他的屁股上，“我叫你思春！”

白荃英皮虽然厚，这一杖也有些吃不消，惨叫着呼冤道，“爷爷，您太偏心了，明明是妹妹不对，却打我？”

“你妹还不是为了你！”白世周又是几拐杖。

屋里下人见怪不怪，个个垂首站定，一个上来劝阻的都没有。

孟获良心神不定，也知道他们爷儿俩这场教训一时半刻没完，悄悄走出了屋外，朝白静柔的住处走了去。

白静柔的住处是一个小小的院子，她就坐在院子中央的小水池旁边，一下又一下地逗着水里的金鱼。

孟获良见她头都没回一下，重重走了几步，却又失笑，她怎么会不知道自己来了？

他走过去，坐在了她的身边，“怎么了？”

白静柔拿手舀着水说：“孟大哥，对不起！”

孟获良的心渐渐沉了下去，勉强地笑，“你这是要我们俩生分了吗？”

白静柔回过头来看他，认认真真地问：“孟大哥，我这个人，在你眼里，是不是一个专门只会找麻烦的？”

孟荻良心头苦得发涩，“小柔，你为何这么说？”

白静柔长长叹了口气，眼底闪过一丝迷惑，“你瞧，我知道我自己是什么人，伯母说的对，我没有一点女孩子的样子，脑子里全都是稀奇古怪的东西，咱们的婚约如果真的成了，只会给你添麻烦。孟大哥，你说是吗？”

孟荻良看着她，黑色眼眸一动不动，“小柔，无论怎么样，我都会娶你的。”

白静柔无奈地笑了，“你瞧，孟大哥，在你心里，我确实不是你最理想的妻子人选，只是你应该忠诚的婚姻对象。”

她站起来，拉直了衣襟，“孟大哥，你走吧！”

孟荻良看着她缓缓往屋里走去的背影，慢吞吞地说：“小柔，我会证明的，我一定会是你理想的对象。小柔，皇甫沫华那个人，不适合你。”

白静柔停顿了一下，没有回头，“他适不适合，关我什么事？”

她缓缓走进屋里。

【第十章】

大手笔的求婚

牛郎织女鹊桥会，喜鹊牵得有情人，两位想抽个签吗？看两位红光满面，喜上眉梢，一定是喜事快近了，抽着上上签，指点迷津，前程一片大好。

白荃英在白静柔身边绕了一个圈，“妹子，你可好几天没出去了，怎么了？”

白静柔盘腿，睁开眼睛看了他一下，“我修身养性。”

白荃英上下打量了她一眼，也在她身边盘腿坐下，“妹子，你瞧，我被放了出来，多亏了四少，也没有去感谢他，要不咱们今天到巡捕房走一趟，向他说声多谢？”

白静柔双手合十，闭目，“你是应该向人家好好道谢，我就不去了。”

白荃英疑惑得很，只好站起身来，往门口走了两步，“妹子，你真的不去了？你这么待在家里，怎么能见得到皇甫沫华？”

“嗖”的一声，一个枕头砸在了白荃英头上，白静柔指着门口，“出去！”

白荃英捂着脑袋往门口走，委委屈屈地说：“我有说错吗？嘴硬！一点也不坦白，哪像我，喜欢人家就去追求，爬窗送花也做，虽然结果有点儿惨……”

白静柔跳下床拿了个衣架子往他后背挥，他只好抱头鼠蹿到了长廊外，“妹子，我这就去了啊，你有什么话带给皇甫沫华吗？”

一个杯子从屋里飞出，摔碎在他脚下。

白荃英这才跳脚去了。

他走后，白静柔觉得更加没劲，换好衣服出来，想寻白世周说说话，想不到白世周也出去了。她在院子里转了一个圈，百无聊赖，想及后门有个卖糖炒栗子的小吃摊子，拿了钱便慢吞吞地往后门走。

拉开后门出去，见那小吃摊子围了不少人，香气扑鼻而来，她这才高兴了些，买了些糖炒栗子吃着，却又不想回到冷清的屋里，于是沿着街道往前闲逛。

路两边纷杂吵闹，可这些声音，和她有什么关系？周围人的喜怒哀乐，忧愁恐惧，她知道，可也无能为力，她从布袋子里拿出了两团棉花，塞进耳朵里。

天空中忽然飘起了细雨，一丝一缕沾在她的发丝上，她伸出手，接着雨丝，只有依稀的声音传进她的耳里，人们纷纷打开了雨伞，她停住了。

不远之处，年轻男子撑着雨伞，手放在女孩的腰上，小心地呵护着女孩。

白静柔心中忽地一跳，似曾相识的背影映入她的眼帘，左手撑伞，右手食指中指却夹着一根烟，手指纤长。

铁青色的西装，灰色皮鞋。

两人身边，停着一辆别克汽车。

黑色铁壳，和他往日里坐的一模一样。

她忽然一阵慌乱，抹开脸上的雨水，想看得仔细些，可还没等她看清楚，男人拉开了车门，撑伞把女子送进了车里。

女子回头，脸上笑容明媚灿烂。

他也跟着坐进了车里，车子飞溅着水花开走。

此时，她才记起把耳朵里的棉花取了下来，可是，她只能听见车子轮胎在地面摩擦走远。

她忽然觉得心里好像也下了一场大雨，倾盆落下，砸得她的心拔凉拔凉的。她缓缓缩在墙角，双手抱住了自己的胳膊，凉气却透过湿透的衣衫袭来，让她浑身发冷。

她抬起头，天空灰蒙蒙的，雨丝细细滑落，地上如染了层墨汁。

蜿蜒汇成的墨样小河逼近她的脚下，似乎要爬上她的青白鞋袜。

她缩起了脚，只觉自己如站在一个孤岛上。

没错的，案子结了之后，他们就是两个世界的人，从此再无交集。

她还能找什么借口去寻他？

忽地，阴影罩在了头上，眼帘之处，是一双黑色皮鞋，静静踩在污水里。

她懵懂抬头，头上被遮了一把雨伞，他自上而下地望着她，脸孔隐在阴影里，双鬓染了些水汽，黑色眼眸带着莫名情绪。

身上，却穿着件棕色夹克。

左手依旧夹了一根烟。

烟在指间袅袅。

雨虽然还在下着，天空依旧灰蒙蒙的，她却感觉似乎有道亮光自云层中破出，原来，他今天穿的不是灰色西服？

她也有错了的时候？

他把烟弹了出去，向她伸出了左手。

她有些迟疑，却还是把右手放进了他的掌心。

“走吧！”他把伞撑过她的头顶，慢吞吞地说。

雨丝飘落，把他的右肩打湿了，他却似乎不觉。

“你，你怎么会在这里？”白静柔看着白色水花在鞋袜两边溅开，轻声问。

伞底下有两双鞋，一双男式皮鞋的，一双青色布鞋，布鞋不一会儿就湿了，袜子也染了水渍，污秽不堪，她却只觉两双鞋子踩着水花走，连水花都好看了许多。

“你哥的案子结了，你也不出来了？”皇甫沫华似乎无意般问。

白静柔的心便扑通扑通地跳了起来，“案子既然结了，我还去干什么？”

他没有出声，似乎在想着怎么说。

白静柔拿眼角偷偷扫他，水汽在他鬓角凝成了水滴，沿刀雕般的面颊流下，滑向了喉结处，她忙收回视线。

“听说你和孟家，已经退婚了？”皇甫沫华问。

白静柔都听到自己的心脏停止跳动了，“你，你问这个干什么？”

“没什么。”皇甫沫华往前走。

白静柔只默默跟着他往前。

也不知道走了多少步，他忽然停下了脚步，看着前边蒙蒙雨丝，“你说，如果我向你爷爷提亲的话，他会答应吗？”

她顿时觉得那声音如从天边传了过来，钻进她的耳里，飘飘忽忽的，似梦似幻，又似晴天霹雳在她脑中炸开。

“你，你说什么？”

他侧过身子看她，“你瞧，你未婚，我未娶，我也没有别的不良嗜好，以后也不会三妻四妾，你看我行吗？”

凉风吹来，却不能缓解她脸上忽然生出的热意，她结结巴巴地说：“四少，大，大街上，你，你，你，干什么呢？”

他眼眸不动，瞳仁似乎染上层晶亮的墨色，“我喜欢你，想娶你。”

雨丝似乎更密集了，雨伞越来越多，天也越来越黑，白静柔却只觉雨丝如有银色光华，水花四溅，似开了满地绚烂的花朵，四周围都明亮了起来。她想笑，却只沉着脸转身，“四少胡说什么？”

他绕到她的身前，蹲下了身子，拉开她的裤脚看了看，“都湿了。”又看了看天空，“雨会越下越大，女孩子的脚不能受凉。”

他把雨伞递到她手上，掉转身子蹲下，“上来吧！”

她还没答应呢。

这算怎么回事？

可不知道怎么的，她就已经到了他的背上。

雨果真下得大了起来，一滴滴砸在雨伞上，哗哗地响，她直着腰，不敢贴得他太近，看得清他小麦色的脖颈，一行鬓发深入颈中。

水汽自伞外飘进，染湿了她的面颊，她把雨伞打得正些，随着他上下颠簸。

“是真的。”他忽然说。

她这才醒悟，原来刚才她问了他，怎么能这样，女孩子的矜持呢？

“四少怎么没开车？”似乎没什么话好问，她只好问起了这个。

“车子在你家后巷。”他说。

她的心又是一跳，“你，你一路跟着我？”

“嗯。以为你会知道。”皇甫沫华说。

“有时候，我也不想知道的。”白静柔轻声说。

“天下熙熙皆为利来，天下攘攘皆为利往，是没什么好知道的。”他轻笑了一声。

“轲强怎么什么都说？”白静柔恼火。

“我让他说的，想知道你是怎么想的。”他停了停说，“我以前没和女孩子打过交道……这几天，你都没出来？”

“是啊。”她不知道他问这个干什么，还是回答，“累了，想休息一下。”

“嗯。”皇甫沫华应了一声，没有再说什么。

两人沉默地往前走，来到了后巷，果然，别克车停在了后巷僻静处。

初夏的雨来得快，去得也快，他把她放在屋檐底下，白静柔拉正了衣服，见他站着犹豫，“四少去我家坐坐？”

他“嗯”了一声，似乎又迟疑起来，“我去车里拿点东西。”

还没等她反应过来，他就往车边走了去。

小翠正在门边守着，看见了她，忙打开后门，“小姐，下这么大的雨，怎么不早点回来？”

“爷爷呢？”

“早回来了，正问起您呢。”小翠顺着她的视线往车边望，“咦，这辆车还在？这几天天天在这儿停着，也不知道是谁的。”

白静柔先是一惊，后又一喜，“真的？”

“是啊，像等什么人。我去买菜，还看见车里坐了个年轻人，长得可俊了……”小翠忽然捂着嘴，吃惊地望向她身后。

皇甫沫华俊冷的脸上闪过一丝尴尬，“你好。”

小翠一脸羞红，垂头缩到墙角去，“小姐，先，先生，我去通知老爷，说有客人来了。”

她一溜烟小跑，转眼不见了踪影。

异样的气氛在两人之中弥漫，白静柔只好没话找话，“你来好几天了？”

“也没一整天在，有空就来一趟，以为你会出门，想找你谈谈。”皇甫沫华停顿了一会儿说。

“既然来了，就进来，我们白家又不会赶客。”白静柔低垂着头。

“也不知道你愿不愿意，还没想好怎么说，所以不敢进去。”皇甫沫华说。

“是吗？”白静柔拿脚尖踢着青石板地面，眼角余光之处，看见他拿着个盒子，就问，“你拿的什么？”

“给你爷爷的，他会答应吗？”皇甫沫华问。

“我怎么知道……”白静柔声音像蚊子嗡嗡。

“走吧。”他自然而然地牵起了她的左手。

白静柔想甩开，手却不听使唤了，心扑通扑通跳得厉害，耳朵也听不清楚了，任由他牵着，往正屋走了去。

白世周一口茶喷在了白荃英身上，左右寻找拐杖，但听到皇甫沫华说的话，拐杖也来不及拿，一屁股坐下，呆了。

白荃英来不及抹干身上的水珠，直走到两人面前，手一挥，把两人拉着的手挥开，“皇甫沫华，你说什么？”

白静柔眼珠子左右滚动。

他直视两人，语调却如在雨中对她说时一样，“我喜欢令孙女，想娶她，白老爷子，您看行吗？这个，是我的聘礼。”

木盒子打开，是一整套的金镶玉首饰，映得堂上众人眼都花了。

白荃英半张着嘴合不拢，隔了半晌才问：“四少，皇甫沫华，连个媒人你都不找，皇历也不看……”他指着外边，“这外面还下着大雨，乌漆墨黑的，你自己就提着东西上门来提亲？至少你得派人试探一下有个前奏吧？”

白世周拿拐杖顿了一下地，头一次简直不知道从哪儿开始教他做人道理。

皇甫沫华眉毛都没动一下，黑眸晶亮，“我十多年前独自来到这里，算得上举目无亲，没人替我做主，但白老爷子您看，经过多年打拼，我算有了一定身家，不会埋没了令孙女。”

白荃英首先点头，“这倒是的。”

白世周瞪了他一眼，好不容易忍住了没举拐杖。

“我知道今天来确实有点唐突，却是我深思之后的结果，这么多年了，我见过女人不少，但从没一个女子像令孙女一样令我动心。”皇甫沫华转头瞧向了白静柔，麦色的脸颊有微微暗红，他轻轻握住了她的手。

白静柔头几乎垂到了胸口，感官却无比地灵敏，通过手腕相接，她听到了他心脏剧烈的跳动，似乎血液都流快了许多，那声音如在唱歌，传至她的耳里，让她心上盛开了一朵花。

白荃英几步上前，又挥手打断两人相握的手，“干什么，干什么？还没答应，干什么？”

白世周只好问白静柔：“小柔，你自己什么意思？”

白静柔沉默不语。

白荃英就说：“这还用问，她当然是……”

白世周瞪了他一眼，白荃英摸了摸鼻子。

“皇甫先生，你是知道的，小柔和孟家原有婚约，虽说是登报解除了，但那是一场大乌龙，这俗话说得好，好女不嫁二夫，小柔……”白世周思索着怎么婉转解释。

皇甫沫华说："这件事我知道，但我想，您应当遵循小柔自己的意见，婚姻自古以来都是凭父母做主，依媒妁之言。但现在时代不同了，您又只有小柔一个孙女，如果我是您，我不会舍得她婚后掉一滴眼泪的。"

白世周胡子颤动了两下，抚着拐杖龙头不语。

白荃英点头，"爷爷，孟大哥虽然好，但他那娘可麻烦了，小柔要是真嫁过去，有她哭的。"他又紧盯着两人的双手，指着，"事情还没定，不准牵手！"

白静柔白净的脸起了层红晕，把偷偷伸过去的手缩回。

"您瞧，白爷爷，我单身一人，日后小柔就没有和长辈打交道的机会，并且我家业算不少了，不会让小柔受苦。而且，爷爷家的情况，小柔的情况，我也了如指掌，并不是没有准备而来，我更知道，好女百家求，所以这才唐突上门求娶。"皇甫沫华说。

白荃英听得眼睛直眨，感叹："我要是个女人，也想嫁啊！"又说，"皇甫沫华，还没定呢！你这称呼从白老爷子变成爷爷不大合适吧！咱们没那么熟！还不是亲戚！"

白世周瞪都不想瞪这二愣子了，把拐杖龙头摸来摸去半晌，"皇甫世侄，这件事，关系着小柔的终身幸福，你总得容我考虑考虑。"

他扫到白静柔垂头站着，肩膀都垮了，在心底叹了口气，只说："小英，送客。"

皇甫沫华倒没多大失望，把盒子盖上，重提到手里，点头，"打扰爷爷了，我下次再来。"

白世周怔了，不由得也暗暗赞赏他的淡定。

白荃英倒是明白了，"皇甫沫华，你这准备长期作战？"

白静柔扑哧一笑，身子也站直了，说："我送你出去。"

白世周顿拐杖，"小柔！"

她只好停住了脚。

白荃英欠着身子挥手把皇甫沫华让到了门外，两人走了出去。

白世周坐在宝椅上抚着拐杖沉默着。

白静柔也不出声。

仆佣们见势不妙，茶都不上了，一个个溜了出去。

白世周皱着眉头看了她一眼，斟酌着说："皇甫沫华这年轻人确实和他自己说的一样，配你确实够了。"

白静柔脸上一点高兴的样子都没有，眨巴着大眼睛望他，“爷爷，您就直接说‘但是’吧。”

白世周指着她，“你这孩子，再怎么说，你也是个女孩子，总得保持点矜持，我们白家的女儿，怎么能这么简单的就让人求娶了去？”

白静柔嘴角微露出丝笑意，马上又收了，“爷爷，您不是在偏心孟木头？”

白世周叹了口气摇着头，看着白静柔光洁、年轻的面颊，“小柔，你这自作聪明的性子什么时候能改改？”

白静柔嘟起了嘴，“爷爷，您总是看低我。”

白世周长长的寿眉皱成一团，“你别把你那些小聪明当成灵丹妙药，以为听到的就是事实，就弄得明白了。”

白静柔说：“我怎么就不明白了，至少我知道，他对我一定是真心的，我听到了他的心，爷爷，您放心。”

白世周慢吞吞地看了她一眼，“小柔，人心是最难测的，光听可不行。”

白静柔眨巴着大眼睛笑，“只要爷爷不偏心孟木头就行了。”

白世周又叹了口气，“孟获良四平八稳的，才是最适合你的人。”

白静柔眼睛波光盈盈地看他，“爷爷，您真想我嫁过去后被孟伯母管成那样？”

这是一个无解的死结，白世周也不好回答了。

两人沉默半晌，他只好说：“你哥回来，皇甫沫华确实出力不少，但你们才认识多少天？他这么贸然上门求娶，总得让爷爷再想想。”

白静柔听他语气松动，脸上明亮起来，“爷爷，知道了。”

苏雅文一把抓住白静柔，“别走，你还想躲到哪里？”

白静柔被她的手箝子般握住，挣脱不开，只好说：“雅文，雅文，我没躲，先换身衣服行吗？”

苏雅文把她往门里拽，另一只手合上了房门，抱臂守在门口，“换衣服。”

白静柔无法，开柜拿衣服，走到屏风后面换，气呼呼地说：“雅文，你不帮我！”

苏雅文冷笑两声，“你和谁定亲我管不着，但你可不能把麻烦往我这儿引。”

白静柔在屏风后窸窸窣窣地换衣，“我可什么都没说，他自己查出来的。”

“他找不到你，就来我家守着，再这么下去，小宣一定会起疑心！”苏雅文说。

“放心吧，孟获良是个君子，他不会对你怎么样的。”白静柔呵呵笑。

“君子就该被你这个小人欺负？”苏雅文怒。

屏风后不出声了，只窸窸窣窣地响。

苏雅文以为她也感觉惭愧，吁了口气劝道：“我说你啊！也得和人家解释清楚才行，你老说孟获良不适合你，搞出这么大件事来和人家退婚，还登上了报纸，皇甫沫华的事儿传到了他的耳朵里，他这还不急？”

她说得口干舌燥，屏风后一声不出，只窸窸窣窣地响，她忽觉不对，急步走至屏风后，后窗半开了，凳子搭在窗户上，却哪里还有人影。

她一把抓住挂在椅子上摇晃响个不停的牛皮纸袋，打开一看，尖叫一声，纸袋子跌落在地，一只小老鼠在地上打了个滚爬起来，小眼睛看了她一下，倏地爬过屏风跑了。

苏雅文气得笑了，咬牙切齿看了窗户半晌，跟着爬了出去。

后巷外。

白静柔跑了两步，缓缓停住了脚，她抬起眼睛，前面身姿修长的男子背靠着树抽烟，迟疑着该不该走过去。

他穿着棕色夹克，浓翠的树叶使得他的脸明暗未定，却出奇地轮廓分明，清俊无比。

两个女学生打扮的人半垂着脸从他身边走过，走了几步，却忍不住回头偷偷望，垂头笑着跑开。

他却只是抽着烟，烟雾在指尖萦绕，他微皱着眉，不知道在想些什么。

她慢慢走了过去，极尽耳力，倾听着，周围的声音似乎都在渐渐远去，细不可闻的声音自他那里传来，渐渐扩大，她听到了他的呼吸声，平稳沉静，他手指间烟火在燃烧。

忽地，她听到从他身上传来的呼吸变了。

被发现了？

果然，他抬起头来，朝这边望，看见了她，直起身子，朝她走了过来。

她想笑，却板着脸忍住，“你来干什么？”

“今儿没什么公事，来看看，也许你会出来。”他说。

“我要是不出来呢？”白静柔觉得自己身上每处毛孔都被蜜糖涂了。

“不要紧，我下次再来，总会遇得着。”他向她伸出了手。

白静柔看着他的手掌迟疑了一会儿，他似乎想收回了，她忙把手放到了他的掌心，说："你让小翠来叫我啊？"

他笑了一下，"走吧！"

"去哪儿？"她问。

"随便走走。"他说。

她觉得无论到了哪里，只要有他在身边，周围纷繁的嘈杂吵闹仿佛不像平日里那么烦了。

不知道走了多久，有朵花戳在了她的鼻尖下，她才从恍惚中清醒，却只是个卖花的小丫头笑嘻嘻地把花塞进了她的手里跑了。

原来到了广场之上。

这是她以前最不喜欢来的地方，对她来说，这里的声音太过嘈杂吵闹，总有些声音不经准许地突兀而至。

可今儿个，却只听得见欢声笑语。

她偷偷地看他，他发角整齐，头发似乎刚刚梳过，胡子刮得干干净净，她微微笑了，是因为来见她吗？

他回头看她，眼眸黑得惊人，神色有些尴尬，"笑什么？"

"四少真的从来没有追求过女孩子？"她轻声问。

"没有，我们这种人，哪会有空？"他似乎又想抽烟了，摸了摸口袋，看了白静柔一眼，却没有拿出来。

"依我看，挺多女孩子喜欢你的，就像上次那位杜小姐。"白静柔闪动眼眸看着地面。

他轻笑一声，"她们啊！都不是良配。"

"什么叫良配？"白静柔声音越来越低。

"像你这样的。"他说。

她听到了他瞬间屏息，紧跟着呼吸变得急促，像哥被爷爷训着时，他也紧张得很。

她有些窃喜，又有点害羞，不知道怎么和他说下去，正巧，前边围了一大圈人，她忙拉着他往那里走，却原来是个用喜鹊抽签的摊子。

"牛郎织女鹊桥会，喜鹊牵得有情人，两位想抽个签吗？看两位红光满面，喜上眉梢，一定是喜事快近了，抽个上上签，指点迷津，前程一片大好。"中年男子捧起个鹊笼子笑容满面，“我这喜鹊是最灵验的，鹊儿一叫，灵签来到。”

小小的签筒凑在两人跟前，白静柔平日里不会相信这些的，今天却有些跃跃欲试。

她朝皇甫沫华看了一眼，他嘴角上扬，轻轻点头。

中年人满脸都是笑，把签筒递到白静柔手里，向喜鹊轻轻吹着口哨。

喜鹊叫了两声，跳跃着去叼那竹签，红签放进白静柔手里，中年人高兴地说：“第十签，上上签啊……”

话音未落，白静柔却听到了尖利的哨声，直刺进她的耳里，让她一瞬间什么也听不到。

白光乍起，前面挂笼子的竹竿炸开，无数碎刀状物飞向了两人。

皇甫沫华一个转身把她拉开，顺手提起那鸟笼砸向那些碎片。

她捂着耳朵蹲在地上，笼子翻滚落到她脚下，笼里的鸟儿却已浑身染血。

她再望过去，只看得见那中年人面目狰狞，拿出一把刀来，刺向皇甫沫华，他手捂左腹，一手一脚，把中年人掀翻在地。

“走！”他向她冲了过来，拉着她往小巷奔逃，无数短打装扮的人追踪而至。

此时，她才又听到了声音，却是破空而来的刀枪之声。

子弹的尖啸如在面颊耳边，击打在两边的墙上地上，皇甫沫华粗重的喘息声就在她的耳边。

她听到了他的生命正在流逝。

他拔出手枪还击，后面的人却没有见少。

“你，快走，他们找的是我！”皇甫沫华甩开了她的手，向后打了两枪。

她摇头，“这种时候，我怎么能走？”

看着她，他有些怔神，脸色复杂，忽然间一把揽住了她，嘴唇在她额角印了一下，低声而坚定，“白静柔，你走，去叫人，轲强在附近。”

嘴唇的温热由额角瞬间传遍全身，她浑身发烫，似没有听见他的话，枪林弹雨中，她仔细倾听，“没有，他没有来。”

她左右望了望，细细地听，“他们在左边巷子里，我们走右边。”

她扶着他往右边小巷走，摸到了他身上濡湿一片，血腥味隐隐袭来，她回头一看，滴滴鲜血在路上滴成一线。白静柔咬了咬牙，脱了自己的外衣，按在他的伤口，又抓了把泥土急速跑了回去，把血迹掩盖。

她扶着他往右边巷子走，行人早已恐慌奔逃，留下不少杂货摊没收，他的身子越来越沉重，虽竭力保持，却也把大半个人的重量压在了她身上，豆大的汗珠滴落在她脸上，喘息声却越来越沉重。

忽地，她又听到了脚步声，纷至沓来。

她左右看了看，把他扶到摊子后面坐下，低声说："四少，你在这儿坐着，我去引开他们。"

他一把抓住她，摇头，"你去叫人，叫轲强，别管我。"

又是这句话，她怒了，"我怎么能不管？"

她想了想，从他衣襟上撕了块染血的布下来，飞快地跑出了巷子。

皇甫沫华捂着腹部的伤，他知道自己伤成了什么样，这不是普通的谋杀，对方有备而来，他垂下头，鲜血已经染湿了她那件月白色的外套，他呆呆地看着那外套，脸上现了一丝茫然，视线逐渐模糊，脑子里却想：傻姑娘，我该拿你怎么办？

他缓缓地合上了眼睛。

白静柔飞快地跑着，把从皇甫沫华身上取下的那块染血的布拧出血水，滴在路上，忽地，她似乎听到了汽车隆隆开过来的声音，她侧耳听了一会儿，脸上露出喜色，忙往汽车发声处跑了去。

走没几步，她听到左侧巷子有脚步声传来，忙避进角落里，那群人停顿了一会儿，似乎看见了地上的血迹，往另一边追了去。

她忙跑出角落，继续往前奔逃，却暗暗奇怪，这些人怎么一声不出？他们不说话，她只能从脚步声判断，好几次差点弄混，还好有惊无险来到了汽车边。

轲强从车里走出，见她满脸汗水，一身血迹，吓得不轻，急奔至她跟前问："四少呢？"

"长安巷内，那卖烧饼的摊子旁。"她脚一软，差点跌倒，轲强忙扶住了她，一挥手，几个人从车上走下，拿出驳壳枪，往小巷里跑。

白静柔跟了几步，轲强说："你在车里等，车子进不去。"见她满脸担忧，他忙劝慰，"别怕，四少命大，不会有事的。"

她只觉自己浑身发软，力气仿佛都已经抽空了，扶着车门站定，点了点头。

轲强意外地看了她一眼，脸上虽然忧愁至极，却朝她咧嘴一笑，"真是我们的好嫂子。"

说完，他带着人急奔而去。

白静柔扶着车门缓缓瘫在了车脚踏上，司机递过来一杯水让她喝，她接过来，却见白色陶瓷杯都染成了红色，她摊开手，这才发现满手都是鲜血，整个前襟都被染红了，这都是他身上的血，他的伤，比她想象的还要严重。

想及在如此危境，他还让她走，让她不用管他，眼泪一滴滴流下，滴在衣襟上，把浓稠的红色晕开，一朵朵，如浅红玫瑰。

司机也不知道怎么劝她，只递了块手帕过去，说："咱们四少早预料有这么一出了，你别担心。"

白静柔一怔，仰起头来，"早预到了？"

司机摸了摸鼻子，样子却深悔失言，什么也不说了。

两人沉默而坐，巷子里传来断断续续的枪声，正等得焦心，小巷尽头，轲强等几个人扶了皇甫沫华过来，急步走至，白静柔忙上前帮着扶他上车，这才发现，苏雅文也在。

她来不及问苏雅文详情，轲强急叫："快走！"说完伸出身子，往后打了两枪。

车门合上，急速开走。

皇甫规伸出手指来，在皇甫沫华脉门上探了探，轻声说："已经陷入深度昏迷，得马上做手术才好。"

轲强见他一脸为难，问："怎么，有问题吗？"

"他的受伤情况，不好把握，弹片不止一个，形成大出血，虽然伤的不是要害，但手术做起来就麻烦了，最好进大医院。"

轲强脸色铁青，扫了一眼趴在床上照料皇甫沫华的白静柔，说："四少吩咐了，不能进医院。"

皇甫规愕然，"为什么？"

轲强咬了咬牙，"他不想让人知道受了重伤，还请您代为保密。"

皇甫规睁圆了眼，"他这是干什么？为了躲避什么人？还是在查些什么？他不要命了？"

轲强苦苦一笑，说："大少爷，咱们这么多年，都是这么过来的，四少现在看起来风光，但哪一次不是在刀口上舔血过来的？"

"那好吧！我来给他做手术，可能需要大量输血。"

轲强眉头一展，"输血不怕，我们有的是人。"

皇甫规点了点头。

轲强就对白静柔说："白小姐，出去吧！我们在外边等着。"

白静柔站起身来，走到门外，苏雅文无言地握住了她的手，低声说："我们去那边坐。"

轲强就不管她们了，吩咐叫了几个血型相同的人过来，等在外面准备输血。

苏雅文感觉她手指冰冷，浑身似乎在微微颤抖，轻声宽慰："你别怕，他会好的。"

白静柔抬起头来，眼睛瞪得大大的，望着她，"雅文，还没多谢你带了他出来。"

苏雅文说："你一声不响跑走，我找了个遍，等找到时，广场上发生了爆炸，就看见你们俩逃进了小巷子，这才跟了过去，还好我熟知你，找到了皇甫沫华，正巧遇上轲强，一起把他救了出来。"

"你看清那批人了吗？"

"全是陌生面孔，从没见过，可他们有一个特征，腰上都别着一把截刀。"苏雅文看了她一眼，慢慢地说。

白静柔怔了怔，"截刀？陈老板和赛月季被杀的凶案现场，就有一把截刀，可孙铁后来承认了，那把刀就是他行凶的凶器。"

苏雅文说："也许吧！"

"雅文你知道吗？当时在那儿，我看见他被枪击中，听得到他的血慢慢流出来的声音，可我不知道该怎么办，一点也听不到那些人说话，不知道下一步该怎么走。我忽然觉得，我是个废人，只会给他添乱，那东西爆炸时，如果不是因为他拦在我面前拉了我一把，他不会受伤那么重……"

苏雅文思索着说："我也没听见他们说过话……小柔，不知道你有没有听过衔枚疾走这个成语？"

白静柔茫然，"什么意思？"

"古人夜晚行军，为了让士兵悄无声息行走，嘴里会含一块木块，这便叫衔枚疾走，我和他们之中的一两个人交过手，他们嘴里都含着木条类的东西。"

白静柔脸上闪过一丝困惑，"为什么？"

苏雅文瞧了她一眼，"人多嘴杂。"

白静柔摇了摇头，"不，他们防的是我，这怎么可能？"

两人对望一眼，却从对方眼里皆看出了骇然之意。

苏雅文慢吞吞地说："小柔，看来那个人对咱们十分了解。"

"那会是谁？"

"我也不知道，孙铁虽然被抓了，你哥也放了回来，按道理说，那案子算是完结了，可我总觉得，事情没这么简单。"

"不，今儿这事和那案子应该没多大关系的，或许就是因为皇甫沫华破了孙铁的案子，人家报复上门来？"白静柔心底隐隐生了丝害怕，却不敢多想，喃喃地说。

"你也别多想，现在救四少要紧。"苏雅文轻轻抚在她的手背上。

白静柔顺势伏在她的膝上，语气中带了哭腔，"雅文，他如果挺不过去，我该怎么办？"

苏雅文劝慰："不会的，他不会这么倒霉。"

忽地，灯光闪了几闪，一下子熄灭了，脚步声起，有人大声说："快，快，快开电闸！"

听出是皇甫规的声音，两人一下子站了起来。

蜡烛亮起，照出轲强铁青的脸，皇甫规戴着手套的手满是鲜血，"怎么这个时候停电？手术正是要紧关头，还有弹片没有取出，所有仪器都停了。"

轲强咬牙说："摇电话去电局询问，这一片线路故障，都停电了，要到明天早上才会有电。"

"怎么会这么凑巧？有发电机吗？"

轲强摇了摇头。

白静柔咬了咬牙，上前，"皇甫大哥，我来帮你。"

皇甫规有些迟疑，"你？"

轲强眼睛一亮，"对了，白小姐耳力极好，但是……"他也怀疑起来，"这种情况下，要看得见才行吧？"

"我可以用听筒监听心跳和血液流速。"

众人皆愕然，皇甫规更不可相信，"心跳能监听倒还罢了，血液流速……你行吗？"

白静柔垂下了头，又迅速抬起，"能行的。"

轲强说："大少爷，现在没有别的办法了，只好试试。"

皇甫规点了点头，叫轲强再多点蜡烛，和白静柔走了进去。

【第十一章】

四少遇险与大爆炸

白老先生，你们中国有句话说得好，择日不如撞日，今日既然是您的大好日子，何不趁热打铁把此事定了下来？让有情人终成眷属？

皇甫沫华欠过身子，把手里的书本放在床头柜上，看了趴在床头的白静柔一眼，她左边脸压在床边，肉乎乎的脸变了形，嘴角挂着丝晶莹的口水，长长的眼睫毛影子投在雪白的脸上，他伸过手去，拭去她嘴角的口水，目光却不舍得移开。

可这一动，白静柔就惊醒了，茫然睁开双眼，对上了他的双眼，大眼睛略微睁大，又垂落，轻声问："四少醒了？"

她避开他的视线，走到桌子边去。

皇甫沫华点了点头，自床上坐直，看她左摸右摸的不知道干什么好，说："水也已经喝了，药也吃了。"

"嗯？"白静柔抹了抹衣服边上，"那……四少你伤口痛吗？要不要我去叫皇甫大哥过来瞧瞧？"

"伤口不痛，哪儿都好。"皇甫沫华轻轻笑，拍了拍自己身边，"过来坐下吧！"

白静柔垂着头坐在了他身边，把床头桌上放的书拿过来，又问："四少也喜欢看诗集？"

皇甫沫华把书从她手里抽了出来，直视于她，"小柔，谢谢你。"

他眼睛黑得发亮，漆黑发角闪着微光，神情却前所未有地认真，白静柔脸孔慢慢热了起来，垂头嘟囔："谢我做什么？"

他慢吞吞地说：“动手术时，我听到你哭了。”

“哪有？”

“小柔，从来没有女人为我哭过，我很高兴。”皇甫沫华说。

白静柔只觉得他眼光明亮，亮得都能把她的脸烤煳了，她摸着床沿边想笑，却忍着说：“有什么好高兴的？”

“小柔，我说话算话，不会再让你流一滴眼泪的。”皇甫沫华声音在房子里慢慢扩散而去，几不可闻。

白静柔却不知道如何接下话头，只垂头说：“谁让你让了？”

她自己也觉这句话绕口，于是想笑。

皇甫沫华只轻轻笑。

两人沉默了下来。

“你两天没回去了，爷爷会不会罚你？”他说。

白静柔此时才觉担心，站了起来团团转，“我得回去一趟。”

“轲强让人送了信回去，你别担心。”皇甫沫华手指摸向了床头的烟盒，却只是把银制烟盒拿在手里转来转去。

“哦。那爷爷也会唠叨个没完的！”白静柔瞧着他的手，低声说。

“要不，我陪你回去？他要是罚你，我们一起受罚。”皇甫沫华背往后靠，舒适地坐着，手在烟盒上磕，笑。

白静柔瞪着他半晌，忽然也笑，却莫名有些跃跃欲试，“好啊，只要四少愿意。”

皇甫沫华垂眸，声音像叹息，“当然愿意。”

白静柔却不知道怎么接下去了，抿着嘴笑，应了声：“是吗？”

屋子里沉默了下来。

皇甫沫华似乎也有些尴尬，“嘭”的一声打开了烟盒，取了根烟出来，刚叼在嘴上，白静柔一伸手，把他嘴里的烟取下了，责怪：“伤还没好，不想活了？”

皇甫沫华手举在半空，怔怔看她，看了半晌，忽然间就笑出了声，声音在胸腔中共鸣，“真像我的媳妇儿。”

白静柔丢了烟，扑上去打他，才打了两拳，他一阵闷哼，她忙收手，“痛吗？让我听听！”

她把头伏在了他的胸前。

皇甫沫华举在半空中的手慢慢滑下，迟疑半晌，才缓缓落到了她的肩头，目光复杂。

轲强推门而入，又迅速合上房门，“我等会儿来！”

白静柔坐直了腰，白净的脸庞上桃花泛滥，瞪着门口，“轲探长，你想进就进，干什么？”

轲强这才探头探地脑走进来，并合上房门，笑，“巡捕房有点事，要四少做主，我不能不回，真不是故意打扰的。”

白静柔朝他翻了个白眼，往门口走，替他们合上房门，冷笑，“鬼头鬼脑！”

轲强尴尬地笑。

一回头，见皇甫沫华倚在床上满脸疲惫，轲强忙走过去扶他坐好，“四少，还好吧？”

皇甫沫华扫了他一眼。

他忙闭嘴，拿出张纸递了过去。

皇甫沫华看完，轲强拿了杯子过来，他把字条丢进杯子里，看墨迹在水里化开，轻声说：“就这样吧！”

眉眼之中，却有说不出的倦色。

轲强深知他在想什么，轻轻叹口气，看了门口一眼，只说：“四少，多亏了白小姐，要不然，那次停电我们还不知道怎么应付。要不是她啊，皇甫医生也没办法下手！要知道，您好几次血压不稳，都是白小姐听出来的，您说，她的耳朵怎么这么灵？”

白静柔站得离那房子很远，也隐隐听到了屋子里传来的对话，喃喃地说：“那是，我那是什么耳朵？”

说完，她笑了，脚步轻快，朝楼下走了去。

白府。

白静柔见翠儿端了盘点心过去，伸手就拿了一个塞进嘴里。

翠儿笑着说：“小姐，您就不能等我端进去再吃？人家还以为是我偷吃的。”

白静柔含糊不清地说：“你放心，有谁敢说你？”

翠儿见她高兴，打趣说：“小姐，我可得提醒您啊！今儿个老太爷寿辰，不光皇甫公子来，孟公子和他妈也会来，等一会儿打起来了，我看你怎么办！”

白静柔才不在意，把点心吞了进去，瞪她，“你就想看热闹。”

翠儿说：“当然了，小姐这么受欢迎，我这当丫鬟的说出去都有面子，最好他们打了起来，我才好有事儿替我家小姐宣扬啊！”

白静柔指着前边，很直接，“滚！”

翠儿这才掩了嘴角笑了两声，去了。

白静柔脑子里忽然出现了那人似笑非笑的面孔，低头笑了笑，拉了拉衣服，又从衣兜里拿出面小镜子来照了照。

白荃英从隔壁房闪了出来，看了看天，又看看她，笑，“哇！天上下刀子了？妹妹你居然照镜子？”他摇头，苦脸，“这明显的发春的征兆啊！我这得替你准备彩礼了？我没钱啊！我穷！”

白静柔一挥手，那镜子朝他挥了去，擦着他耳边滑过。

他抱头而去，不忘告诉她：“妹子，皇甫沫华今天穿铁灰色西服，我看你这身就挺配的。”

白静柔垂头看了眼自己的衣服，忽然间便笑了。

灰色配月白，配吧？

她缓缓朝大厅走了去。

孟获良扶着孟夫人前来，孟夫人脸色不好，咳了一声，看了她一眼，只朝她点了点头，“白小姐好。”

白静柔有点惴惴不安，收敛心情，向她行礼，“孟夫人好。”又问孟获良，“孟大哥好。”

孟获良点头，“进去吧！”

白静柔实在有些怕孟夫人，收了脚步，让他们先进去。

孟夫人咳了一声，拿手帕出来掩了掩嘴角，扫了她一眼，只说：“怎么不穿前几日见客的那身衣服了呢？那身衣服端庄。”

白静柔尴尬地笑。

孟夫人“哼”了一声，倒没说什么，先进去了。

来到正堂，向几名叔伯长辈问了好，白静柔便规规矩矩地坐下。

隔不多一会儿，苏雅文两姐弟来了，向白世周送礼之后坐到她身边，低声问：“小柔，回来没被你爷爷骂吧？”

白静柔摇头，得意地说：“我回来时，有几位叔伯在，爷爷才不会在外人面前骂我，等叔伯们走了，他的气也消了。”

苏雅文拿眼斜她，“你瞅准时间进去的吧？”

白静柔笑嘻嘻地说：“你猜？”

苏益宣一声不出地坐着，白静柔把桌上瓜子递了过去，“小宣，吃瓜子。”

苏益宣勉强地笑，“不用，我吃了东西过来的。”

苏雅文把茶杯往他面前移了移，他默默地握在掌心里，垂头喝茶。

正在这时，小丫鬟急匆匆地跑了进来，走到白世周跟前，说了句什么，白世周眉毛皱在一处，“有请她吗？”

管家权叔上前，“老太爷，没有。”

“她来干什么？风马牛不相及的。”白世周嘟哝着站起身来。

曹植清和白世周是几十年的老伙伴，闻言就问：“怎么了，老白？”

“没什么，说是杜露梅来向我祝寿。”

曹植清倒没什么，他那侄儿曹潜顿时瞪圆了眼睛，兴致陡涨，“电影明星杜露梅？白老爷子，您可真有面子，连她都能请来，她的新电影这就要上演了。”

听到这消息，桌子上几位年轻人抻长了脖子往门口望。

白荃英更离谱，直接走到门边迎接去了。

白世周眉头皱得更紧，百思不得其解，忽想起一事，往白静柔处看去，果见她缩着脖子趴在桌子上吃瓜子，他一顿拐杖，“小柔，过来！”

白静柔只好拍干净手上的瓜子壳，慢腾腾地走到白世周跟前，茫然道：“爷爷？有事？”

白世周挑眉看她，“说！杜露梅又是怎么回事？”

白静柔大眼睛忽闪忽闪的，“爷爷，我帮了她一个小忙，她可能趁这机会感谢我一小下？”

白世周一听到这个“小”字，就想晕倒。同样，他身体倍儿好，这次也没能晕成，只嘴往下撇，挑眉，“说。”

曹植清等老伙计喜欢白静柔得很，忙打圆场道：“老白，别吓着孩子了。”

白静柔眨巴着黑葡萄似的大眼睛扁起嘴，眼底瞬间聚起水光，“爷爷，我真没做什么。”

这小模样让这些老人心软得一塌糊涂，个个儿柔声说：“好好儿解释清楚就行了，别怕。”

白世周气得眉毛乱颤，“她会怕？她会怕就好了！”

白静柔浑身一颤，后退一步。

诸位老人又劝：“老白，瞧你把孩子吓得！”

活到这么大岁数，白世周此时忽然有了种无力之感，都不知道说什么好了。

白静柔就再小心上前，拉他的衣袖，低声说：“爷爷，我真没做什么，就是替她找到了弟弟。”

白世周咬着牙，压低声音，“叫你别到处显摆你那耳朵，你怎么就不听？”见周围老伙伴全支棱起耳朵听动静，随时准备上前相劝，他只好说，“过了今日再收拾你！”

白静柔默默垂头，扁嘴委屈，“爷爷……”

诸位老人口齿欲动，曹植清还紧盯着他那根拐杖，以防他随时跳起伤人。

白世周只好挥手，“走走走。”

白静柔垂头垮肩坐回到苏雅文身边。

苏雅文嗑着瓜子向她祝贺，“小柔，又糊弄过去了？你爷爷没气得中风？”

白静柔边剥糖纸边挑眉说：“那是。”

苏益宣就说：“静柔姐，你吃这么多糖，不怕牙坏？”

正说着，门口传来一阵骚动，白荃英满脸放光地领了杜露梅缓缓走进来。

虽然在电影上见过杜露梅那张脸，但在现实中这么近距离见到，当然引得厅内众人兴奋。

白世周站起身来迎接，“杜小姐光临敝舍，倒真是蓬荜生辉。”

杜露梅穿一身得体的旗袍，妆容精致，抿嘴而笑，看起来清纯至极，哪有半点风尘之气，她把礼盒呈上，“白老爷子，我祝您寿比南山、福寿绵长。”

白世周拄杖拈须，“好说，好说。”

她眼睛往白静柔那儿扫，走过去亲热地拉起她的手，“小柔，可好久没见了。”

白静柔被她摸得起了一身鸡皮疙瘩，望见自己大哥转来转去，忙说：“大哥，给杜小姐找个位子坐下啊！”

白荃英满脸堆笑上前，杜露梅却一嘟嘴，“小柔，还找什么座儿，我就坐在你旁边不就行了？”

说完，她自顾自拖了椅子过来，紧挨着白静柔坐了。

白静柔只觉她身上一股香味直往鼻孔里窜，这桌也成功地成了所有人的焦点，顿时感觉浑身不自在。

心说自己替她找到了弟弟，她也没这么热情，今儿个是怎么了？

可没想到这才只是开始，杜露梅更殷勤了起来，又是替她夹菜又是拿汤的，她实在忍不住，问：“杜小姐，我自己来。”

杜露梅拿调羹替她舀汤，“白小姐，四少等会儿过来，给你一个大惊喜。”

白静柔吃惊地看她。

她叹了口气说：“别这么看我，白小姐可真是好运气，初一见面我就觉得奇怪了，四少很少对人这么客气的，却原来如此，我早该看出来的，还好我没做出什么失礼的事来，得罪白小姐。”

白静柔垂眸，咬筷子头，“你说什么呢？”

杜露梅看了桌上的人一眼，咬着她的耳朵说：“白小姐，四少今日求了个大人物来保媒，这喜上加喜，是肯定的了。”

白静柔一丝红晕自下巴爬起，直延伸至面颊，“是吗？”

杜露梅亲热道：“你呀，可别矫情了！没错，我们这些人啊，是想巴上四少来着，可四少是什么人，哪会看得上我们！这下子好了，白小姐做了我们的老板娘，正是实至名归。”

白静柔被她的热情弄得浑身不得劲儿，从脚板心升起甜蜜来，只好死不承认，“没有的事儿。”

杜露梅嘻嘻笑，也不反驳，只给她添菜，差不多把整桌子的好菜全堆在了她碗里。

白荃英来去了好几趟，终于忍不住凑了上来，递上个精美皮本子，“杜小姐，能否给我签个名？”

杜露梅就问：“您是谁？”

白静柔愕然，心说刚才两人还手挽手进来，忙介绍：“这是我大哥。”

杜露梅露了丝笑，“白小姐，原来这就是你那个不成器的兄弟啊？”

白静柔支吾了两声，眼睛不由自主往门边扫。

翠儿一脸通红跑了进来，在门口停了停，看了白静柔一眼，才向白世周走了去，低声禀报什么。

周围虽然嘈杂得很，白静柔却只听见了翠儿结结巴巴的声音，“老太爷，四少来，来了！一起来的还有法国领事，一大帮子人，我，我认不全……”

白世周一下子站了起来，脸上喜忧莫辨。

曹植清等几个老人也跟着站起来，四顾互望，左右打听。

几人匆匆出席，来到门前迎接。

这边，那一群人却已经来到了门口，众人这才倒吸一口冷气，目光莫名往白世周望了去，曹植清低声问白世周："老白，你面子好大啊！几个领事全到齐了！我记得市长前些日子过寿宴，去了两个领事，报纸上报道了好几天呢！"

一众金发碧眼当中，皇甫沫华居中而立，长身玉立，特别惹眼。

他手里还是提了那个盒子。

白世周等人迎上来，众人一阵寒暄，几个领事僵着舌头向白世周恭贺寿辰，一时间堂上全是叽里咕噜的声音。

分主次坐下之后，亨利就上前拱手，"白老爷子，今儿四少请我们来，一则为您祝寿；二则替四少为令孙女保个大媒。喜上加喜，双喜临门，白老爷子，您瞧怎么样？"

白世周拄着拐杖不语，几名老伙计也面面相觑。

亨利哈哈笑了两声，回头对皇甫沫华摊手，卷着舌头说："四少，看来我们的面子不够大啊！"

白世周忙说："哪里的话，你们能来参加老朽的寿宴，就是给了我天大的面子了，可是这婚事……"

亨利说："白老先生，你们中国有句话说得好，择日不如撞日，今日既然是您的大好日子，何不趁热打铁把此事定了下来？让有情人终成眷属？"

白世周沉吟不语。

苏雅文凑在白静柔耳边说："别急，今儿这场面，你爷爷还能不答应？"

白静柔咬嘴唇忍笑，"我哪有急？"

苏雅文说："不急你把瓜子皮吞进去，把瓜子仁吐出来？"

白静柔怔了怔，连声呸呸。

"好的，让小柔自己来说……"

众人皆往她们所在之处望去，不由得愕然，白世周倍感丢脸。

白荃英直接问："妹妹，你掐自己脖子干什么？喜欢得要上吊啦？"

满堂大笑，那几个洋人一开始反应不过来，等翻译翻了过来，也跟着掩嘴笑。

白静柔红着脸埋头。

正在此时，一个尖利女声响起，"白老爷子，我要提前恭喜您了，又得佳婿。"

众人皆听清语气之中的讥讽，不由得愕然。

白静柔也吃惊地抬头，却有些心虚，看向孟太太，却见她脸色苍白，不由得一惊。

孟太太拍开孟获良的手，来到堂前，把一个盒子拿在手里，平举到了白世周面前，冷笑，“白老爷子，您还记得咱们两家当初的誓约吗？这盒子里装着的东西，您还记得？”

她一伸手，把盒子递了过去。

白世周胡子颤动两下，接过盒子，“孟夫人，令郎之事……”

忽然间，白静柔听到了盒子里咔咔的声音，怔了怔，心里忽涌起个不可思议的想法，再看向孟太太，只觉她脸色一瞬间似乎变了，带着冷酷僵硬，无比诡异。

她的心忽地急速跳动起来，掌心狂涌出了冷汗，“爷爷……”

白世周捧着盒子，白发须颜，朝她望了过来，那一瞬间的样子，却就此定格，永远留在了她的脑子里。

“轰”的一声，爆炸声起，气浪翻滚，盒子炸开。

人们在尖叫，声音自四面八方传来，她的耳朵嗡嗡作响，有椅子断腿从她耳边飞速划过，让她脸上一痛，她抚了抚脸，满手都是鲜血。

爷爷站立之处，已是一片狼藉。

她茫然四顾，周围人影憧憧，有人在尖叫，有人在大声哭泣。

她只觉自己的脚都仿佛不是自己的了，缓缓地往前走，竭力想睁大眼睛，想看得清楚，一定是烟雾太大，所以看不清了，爷爷还站在那里的。

她倾尽了耳力，声音纷至沓来，可她听不见熟悉的咳嗽与喘息，听不见一点儿爷爷活着的气息。

她听到了白荃英，听到了苏雅文，听到其他人等，他们在紧张地大叫，叫她不要过去。

可就是半点儿也听不到爷爷的气息。

她拖着腿往前，双手颤抖，告诉自己，不会的、不会的，一定是她的耳朵坏了。

对，刚才的声音太大，把她的耳朵震聋了。

走近些，走近些就能听到，也能看到了。

她睁大了眼睛往那里望，却依旧浓烟滚滚，模糊一片，她在脸上抹了一把，却发现满是水渍。

忽然间，有人拉了她一把，将她扑倒，“轰”的一声，房梁从屋顶跌落而下，她抬起头，看清了皇甫沫华担心而着急的面孔。

“走，房子快塌了。”他站起身来，把她护在怀里，往门外走。

“不……”如同忽然惊醒，她剧烈地挣扎，“爷爷在里面，我要救他，他还在里面！”

火光当中，皇甫沫华的眼眸黑得吓人，他看着她，一把握住了她的肩膀，“看着我，白静柔，你爷爷已经死了！”

那话语如雷电般击中了她，让她浑身僵硬，嘴唇止不住地哆嗦，“不，不会的……一定是我没听清楚。”

她小小的脸上全是泪水鲜血，浓烟之中，眼眸却还是那么黑，那么圆，像两颗大大的葡萄，黑得反光，像个孩子，皇甫沫华只觉一股难以抑制的悲伤击中自己，让他几乎站立不稳。他抬手，拭去她脸上的泪，忽然间把她拥在胸口，语调僵硬地说：“小柔，别哭，还有我呢。”

她伏在他的胸前，全身哆嗦，把泪水蹭在他的衣襟上，“不，不会的，爷爷不会死的。”

她在他怀里挣扎，脚踢着他。

他只好将手移向了她的大动脉，暗暗使力。

她缓缓软倒，眼角泪水依旧，身子轻轻地抽动，他手指拭过她的眼角，心口却忽然间传来一阵刺痛，让他差点跌倒。

轲强急赶过来，护着两人，“走，快出去！”

皇甫沫华吸了口气，将她抱起，往屋外跑了去。

身后，屋梁倒下，灰尘忽起，浓烟翻滚而来。

三月中，谷雨。

白静柔把手伸至檐下，接着屋檐处滴落的水珠，晶莹的水珠溅起，青袖衣口，露出了她纤细的手腕，如一截白玉，却失了前些时候的浑圆，瘦骨嶙峋。

苏雅文看见，把一碗粥水推到她的面前，“小柔，别玩了，你又没吃东西。”

白静柔摇头，“雅文，你就别老硬让我吃东西了，我饿了，会吃的。”

苏雅文唠叨：“你吃？你什么时候吃了？昨天一整天就喝了几口汤，今天又一整天没吃饭，你要当神仙吗？”

白静柔接着水珠玩，“雅文，我当不了神仙，但你要成为老妈子了，再这么唠叨下去，谁还敢娶你？”

苏雅文怒视于她，指着桌子，“过来吃！”

白静柔甩了甩手上的水，慢吞吞地走来，坐在椅子上，慢吞吞地舀了两勺进嘴，慢慢地咽，东张西望。

苏雅文看得恼火，“小柔，你这是在吃毒药？”

白静柔慢慢地看她，“雅文，我在吃着呢。”

苏雅文看她乌龟般慢吞吞地舀粥，偏过头不看她，隔了好一会儿回头，她还在舀，无可奈何，“小柔，你要四少过来喂你吃吗？”

白静柔怔了怔，把一勺粥送进嘴里。

“这些日子你也看到了，法国领事受伤，四少忙个不停，听说省会都有责文下来了，报纸连篇累牍的报道，所有的压力都在四少身上，他差点儿引咎辞职。还是民众自发起来游行示威才保住了位置，可他这么忙，依旧抽空来看你，哄你吃饭，你能不能让他省心点儿？”

白静柔皱着脸看她，“雅文，我吃不下。”

她小心翼翼的样子让苏雅文又心痛又心软，叹气，“吃不下也要吃啊！小柔，你瘦得都差点没人形了，白老爷子如果知道，会心痛的……”

白静柔眼睫毛颤颤，垂下眼眸，慢慢地说：“雅文，每天早上醒来，我都只期望那是一场梦。梦醒之后，爷爷还在那里，坐在堂屋的宝椅上，我想要偷溜出去，就只能踮着脚，悄悄地走，可我试了，试了好几次，踮着脚往外走，却再也听不到他在后面大声呵叱了。屋子还是那屋子，你们帮我修得一模一样了，可这有什么用？”她的声音渐渐几不可闻，重复说，“这有什么用？”

苏雅文鼻子发酸，转过头拭了一下眼角，“小柔，你别这样。”

白静柔茫然抬头，“这时我才知道，原来我这双耳朵没什么用，如果我能早点听到那嘀嗒声，就早那么一点儿，早点发现孟夫人的异样……”

“小柔，至少还有四少帮你，他一定能帮你查清真相的。”苏雅文说。

白静柔苍白的脸上显过一丝红润，她垂头轻声说：“是啊！还好有他。”

“所以啊，你得好好儿吃饭，把自己养肥了，有了精力，才能帮他找出当时的真相啊。”

“真相？”她满脸疑惑，一下子握住了苏雅文的手，“是不是因为我？我退了孟获良的婚，所以她记恨上我，恨上了爷爷，才会那么做的？”

苏雅文摇头，“小柔，退婚而已，哪能有那么大的仇？要闹出人命，同归于尽？”

“那是因为什么？”白静柔茫然看着外边的水帘子，雨越下越大，水溅起，细小的水珠飘进了窗台，她伸指接住，指尖一片冰冷。

苏雅文想了想，决定还是说些东西来转移她的视线，说：“事发之后，我找人问过孟家的情况，原来孟夫人身体一直不好，整夜睡不着觉，常年头痛。”

“是吗？那……”她停了停问，“孟获良呢？”

“爆炸案后，他就失踪了，不知去向。总之，这整件事透着蹊跷，并不像咱们看到的那样简单。”苏雅文说，“我看，你就别管了，四少正四处派人手查找，迟早会找出真相的。”

“雅文，我就怕，怕是我的任性，才害死爷爷的。”白静柔慢吞吞地说。

苏雅文艰难地说：“不会的，小柔，你别把所有过错都揽在自己身上。”

白静柔转过头去，望着窗外的雨丝，“我不知道，到现在为止，我什么都闹不清楚了，原以为什么事只要我听见了，就如明镜般清楚，天底下没有我不知道的事，却原来只是个笑话。爷爷说的对，人心最难测，纵使你有再好的耳朵，也听不清人心在想些什么。”

苏雅文不知道怎么劝她好了，默默拿起碗，站起身来，想去给她盛一碗粥，一回头，却看见皇甫沫华就站在门边，目光莫测。

她一怔，望向白静柔，她却似乎没有察觉，只伸手又去接那雨丝，嘴角却微微上弯。

她轻轻叹气，向他点头，“四少。”

皇甫沫华微微点头，视线没有移开，“辛苦你了。”

苏雅文轻轻说：“不会，她是我的好姐妹，应该的。”

她悄悄退走。

他站在门边，而白静柔，就在屋里，两人相隔只有几张椅凳，她就在灯光氤氲之中。屋外水汽飘进，她身上似乎被润了层淡光，玲珑剔透，让他有一丝的恍惚，仿佛身形单薄的她如水珠般在被蒸发消失。

那一瞬间，他竟然有些空虚怅然。

“你来了？”她回过头，甩着手上的水珠。

她脸上有两三点水珠，他伸出手指，拭去那水珠，看着她的脸，心才落到了实处。

“嗯。”他走至她的身边坐下，轻声问：“又不吃饭了？”

“吃了吃了，当然吃了，你瞧……”她鼓起了双颊。

皇甫沫华垂眸，扫了一眼，伸出两根手指，捏了捏她的面颊，手指到处，温暖滑润，把指尖刚才摸着枪械时的冰冷似乎都给化开。

他缩回手指，把指尖弯在掌心，让它在掌心摩挲，陪着她看雨，“要不这样，我陪你在周围走走？”

白静柔摇头，“四少没空的，算了，你不用担心我的。”

他想了想说：“那件事，查出了些眉目，和截刀帮有关，那些人不知道怎么找上了孟夫人，把礼物盒子换了，里面装了改良的炸弹，设计精巧，孟夫人拿出礼物递给你爷爷，炸弹刚好爆炸。”

“多谢四少查了出来。”

“只是凶手有些难找。”他停了停，有些迟疑。

“找出来又能怎么样？爷爷都已经死了。”白静柔轻声说。

皇甫沫华沉默下来，看着她的发顶，发际线黑白分明，在脑后合拢梳成一个长辫子，他忍不住伸出手去，摸了摸她的后脑勺，又迅速收回，说：“还有我呢。”

白静柔眼睛眨也不眨地望着他，忽然间笑了笑，慢吞吞走了几步，走至他的跟前，把头靠在他胸口，听着他平稳的心跳，环住了他的腰，“是啊！还好有四少。”

皇甫沫华把手从衣服袋子里抽出，缓缓抬起，隔了半晌，才放在了她的后背。

两人沉默地相拥。

“四少可不要再离开我了。”听着他的心一下一下地跳动，她睡意袭来，有些困，含糊不清地说。

皇甫沫华轻声答应：“好。”

“不要学爷爷，前一秒还在骂人，下一秒就不见了。”

“好。”

“真的？”

“真的！”

【第十二章】
静安寺鬼剃头事件

她在迷雾之中奔跑，树影婆娑，浓雾扑面而来，冰冷阴凉渗入骨中，四周寂寞无声，只听得见她自己的脚步声，清晰可辨。这个世界，只剩下她一个人了？

谨城。

看着街道上有车子驶过，街道两边的行人意犹未尽，坐回到了茶馆，老者说：“看到没有，那就是皇甫家二公子，内定的督统接班人。”

“你说，皇甫家怎么不立嫡长，反而培养了老二？”

隔座的中年人过来凑趣，“这你就不清楚了，皇甫家一共三兄弟，老大外出学医，老二从小跟着督统打天下，能文能武，最为能干。再说了，现在新时代，以能者居之，还论什么嫡长？至于老三嘛，听说身体不好，常年居于后院。”

一个外乡模样的人就问：“不对啊，皇甫家不是有四兄弟吗？”

中年人脸色一变，神色晦暗起来，支支吾吾着说：“这，这我没听说过。”

外乡就问老者：“您在谨城多年，也没听说？”

老者看了窗外走过的士兵一眼，不耐烦地说：“没听说。”

外乡人见众人神情古怪，只好坐回喝茶，不再打听。

也许是外乡人提了话头，这桌不说，另外一桌却说了起来：“听说没有，静安寺又现鬼剃头了。”

外乡人大感兴趣，移动屁股凑到那桌前，“什么鬼剃头？寺庙里不都是和尚尼姑，还用得着剃头？”

那桌子人不是本地的，移民来不过几年，因此没那么多忌讳，只看了他一眼说：“你懂不懂啊！我们说的可不是什么和尚尼姑，是去静安寺借宿居住的人。几天前半夜，一个个被人剃了头去，半边头发都没有了，还有两个姑娘家！可惨了，据逃出来的人说，头发掉的时候，寺院半夜出现了音乐声，就像给人送葬时的葬乐，恐怖至极！”

一位老人满脸惊惧，“他们这是撞鬼了啊！那静安寺可不是一般的地方，是阴间和阳间相通之处，修这座庙，就是为了化解怨气，每隔二十年，阎罗王要娶一房新娘，静安寺是必经之路。阎罗王娶新娘时，要收集世人的头发给新娘编织发髻，那两位姑娘头发那么长，这可不正合适？半夜的乐声，那是给出嫁队伍伴奏呢！”

商人模样的人压低声音问：“老丈，这事二十多年前就发生过？”

老人摇头，“我不知道，别看我年纪大，我也才搬来几年，你要问王老丈才行。”他指着邻座老者。

王老丈却连连摇手，一拉中年人，站起身来，往门口离走。

商人莫名其妙，“怎么了？”

老人压低声音说：“这事儿啊，我也只知道一星半点的，听说和皇甫家一位小妾有关。那位小妾二十多年前被送往静安寺常住，也被鬼剃了头，后来发疯死了，就是这个日子！”

听说涉及皇甫家，这桌子的人互相望了望，不再说了，谈天说地，说起了别的。

可别的哪有皇甫家的传闻吸引人，有个另外一桌的年轻人压低声音神秘地说：“我跟你们说啊，二少这几天天天往静安寺跑，说是查什么人，静安寺戒备森严，听说里面还出现了怪事儿！我一兄弟，在二少驻防营里当兵，最近被调到了近卫军，这几天就在静安寺……”

外乡人忙凑了过去，“静安寺真那么邪？”

那年轻人一看是生面孔，却什么也不说了，只挥手，“去去去，你打听这些干什么？”

外乡人讪讪地退回，见听不到什么有用的来，离席往二楼包厢走去。

忽地，茶馆门口传来一阵骚动，众人皆往门口望去，却见一列兵士奔跑而至，在茶馆门口列成两队，一辆小车跟着驶到，车上走下了一位年轻的军官，只见他未戴军帽，黑发如漆，脸上略带了些微笑，可不正是刚才还坐在小车里驶过去的皇甫少安，几人在议论的皇甫家二公子。

众人一见，面面相觑。

茶馆老板见他大驾光临，软着双腿上前，“二少，小的，小的……”

皇甫少安一挥手，两名兵士拦住了他。

他看都没看老板一眼，拔脚往楼上走了去。

商人那桌的人这才发现，楼上仅有一桌人，可不正是刚才打听消息的几个外乡人？

皇甫少安走至门口，理了理军衣，这才轻轻敲门，包厢“吱”的一声打开，开门的正是轲强，他们从小一起长大，虽然多年未见，当然一见面就认了出来。皇甫少安笑了起来，捶了他的胸口一下，“小轲，回来也不通知一声。”

轲强捂着胸口咳嗽，“二少，您拳头还是这么硬。”

皇甫少安越过轲强的身子往屋里望，就对上了一双大大的眼眸，黑幽幽地看着他，仿佛在品评着什么，显而易见对见到的东西不感兴趣，又把眼睛垂下，视线落到桌上的吃食去了。

其他陪坐的几位少年男女，倒还礼貌些，虽然没站起身来打招呼，却个个点头示意。

皇甫少安暗暗想，这就是老四要娶的妻子？瘦了吧唧的，会不会太寒碜了？一双眼睛还挺大，和玉绯比起来可就差远了，也不通人情世故，我这么个大活人站在这儿，她只注意桌上的吃的？

四弟好歹算是皇甫家的人，如今也名震一方，身居高位，以后的妻子怎么也要能打理后宅，应酬八方。她？行吗？

轲强侧着身子让他进来，见白静柔眼睛还粘在桌子上，咳了一声，提醒道：“白小姐，这是皇甫二公子，四少的二哥……”

白静柔“嗯”了一声，总算眼睛从桌上某样菜肴上拔了出来，漫不经心看了他一眼，“知道了，坐吧！吃了吗？没吃再添双筷子？”

皇甫少安军服笔挺地在屋子中央站着，忽然觉得自己一年四季穿着的这身正装太过正式，太不适应此等场合了。

桌上几人除了白荃英那二百五之外，皆感觉到了他的尴尬，略同情。

轲强心有戚戚焉，心说自己是经过了多少的残酷脸皮训练，才能在白静柔面前保持一份淡定的？二公子能这样，算是处变不惊。

他忙拉了把椅子过来，示意皇甫少安坐下，“二少，都是自己人，咱们就别这么拘着了。”

皇甫少安坐下，松了松领口，想及以后可能是亲戚，只好想方设法和这少女拉近关系，问："白小姐，一路过来，可还辛苦？"

白静柔没回答他，叫轲强，"给二哥添双筷子，这车前草是你们这里才产的，做的肉馅儿包子好吃得很，来，二哥，试试。"

皇甫少安笑了笑，身杆笔直，顺着她说："这东西我们这里到处都是，白小姐多住几天，吃法还多得很呢。"

白静柔一双筷子把那包子夹进他面前的盘子里了，又一拐胳膊收了回去，很自然地放进了自己嘴里，鼓着腮帮子嚼，"二哥吃过啊，那我就不客气了啊！小轲说啊，这茶馆每日只卖百笼车前草制的肉馅儿包，这是最后一个，别浪费。"

桌上几人齐刷刷看她鼓着的面颊，又齐刷刷地看皇甫少安，垂头，各自盯碗。

皇甫少安身经百战，也如坐针毡，想及来此目的，勉强说："白小姐初到，还没找好住处吧？家母已经在府内备了住处，白小姐如果能光临敝舍，一定让皇甫府蓬荜生辉。"

白静柔摇头，"不必了，我们啊，喜欢清静，静安寺就不错，就住在那儿。"

满座震惊，桌上几人全齐齐停筷，扫着白静柔。

轲强眨眼说："白小姐，咱，咱们什么时候定的？"

"就刚才，你有意见？"白静柔侧脸瞧他。

轲强缩脖，不出声，只望桌上其他几位。

白荃英就表态，举双手赞成，"静安寺好，妹子，我陪你。"

轲强看苏雅文，"苏小姐，静安寺潮湿阴暗，令弟身体不好，住在那儿不太好吧？"

苏雅文还在沉吟，苏益宣说："没关系的，我没那么娇气，静柔姐去哪儿，我就去哪儿。"

苏雅文摊手，表示没办法帮轲强。

轲强只好对皇甫少安说："您瞧……"

皇甫少安想了想说："白小姐，静安寺虽然清静风景也好，但您初来乍到，怕是不知道静安寺发生的事，最近有些传言在民众之中更是离谱得很……"

白静柔此时才表现了些兴致来，双眸闪闪发光，"知道知道，我们就是冲着那传言去的！您瞧啊，有人半夜被免费剃头，还有音乐声三更半夜地响，听说还有阎罗娶新娘，这我们可一定得去看看。"再者，她慢吞吞地看了皇甫少安一眼，"这还不是有您保护吗？”

皇甫少安心底一警，只觉得她那双眼眸黑幽幽的，似乎能照得清人的灵魂，他愣然半晌，艰难地说：“白小姐，这些都只是传言而已，做不得数，怕就怕有匪徒在静安寺里作祟，装神弄鬼。你们如果出了事，我可不好向四弟交代。我虽在静安寺，但也是为了查清此事的来源，以防有人扰乱视听，愚弄民众，引起诸多不必要的猜测。”

白静柔眼睛眨也不眨地看着他，忽然间一笑，不答他的话，拿起筷子寻桌上的东西吃。

皇甫少安又有了那种他心里在想什么，她一如明镜般的感觉，那感觉让人不舒服得很。

就像有一面镜子，把他五脏六腑都照得清楚。

众人看白静柔吃，各自垂头，也拿筷子吃了起来。

桌上气氛尴尬，轲强只好上前打圆场道：“二少，静安寺大得很，要不，咱们就住在半山腰的客栈里？”

皇甫少安摇头，“不行，不行，静安寺出了那些事之后，和尚走了，客栈老板也走了，没人打理招呼，你们既来到我这里，我便有义务……”

白静柔放下了筷子，拿手帕抹了抹嘴，看他，仿佛在思索该不该说。

桌上几人皆露出似笑非笑的神情，也跟着停了筷子。

皇甫少安忽然有了种不祥的预感。

“二公子，您有好几天没睡好觉吧？那个女人找到了吗？”白静柔轻轻地问。

脑子如遭巨震，皇甫少安惊得一下子站了起来，手摸向腰间之处，似乎意识到没带武器，缓缓松开了手。

“你，你……白小姐胡说什么？”皇甫少安意识到自己失态，把手缓缓松开。

白静柔视线略在他腰间停留，复又落到了桌上，见桌上还有一只鸡腿，夹了过来，放在自己面前的碟子里，笑了笑，歪头看他，“二公子，我能帮您找到她。”

皇甫少安脸色阴晴不定，环顾桌上另外几人，他们都在看着自己碗，特别是轲强，把头埋到碗里，而且是空碗，还拿双筷子使劲儿扒。

“白小姐消息真灵通。”皇甫少安只好回过头来，勉强说。

白静柔歪头看了他一眼，又转头盯那鸡腿，仿佛在想应不应该吃它，吃了会不会胖上三斤之类，轻轻地说：“昨儿晚上，二公子找到了她的一部分，却弄不清楚，是不是她的？”

椅子被踢翻，皇甫少安后退几步，脸色铁青，目光冰冷，看着她，手又摸上了腰间，“你，你，你怎么知道？”

白静柔这次视线没在他腰上停留，拿起鸡腿来，放在鼻子边闻了闻。与此同时，掐了掐自己的腰感觉到了肥肉，叹气，又放下了，“如果不去，我只怕二公子还会找出其他的部分来。”

皇甫少安再退两步，背靠上了墙，军服微微颤动，脸色由铁青转而雪白，额头上冒出冷汗来，“你，你真能查得清？”

白静柔依依不舍地把视线从鸡腿上移开，看他，“能。”

她的大眼睛里映出了他的影子，狼狈仓皇。

皇甫少安站直了，定了定神，“好。”

他拉开门，连招呼都不向轲强打，转身离去。

听着楼下兵士皮靴脚步声远了，轲强才从碗里抬起头来，叹气道：“白小姐，咱们非要这么吓他吗？”

白静柔终于下定决心，把鸡腿放进了嘴里大嚼，含糊不清地说：“不吓他，他能让我们去？”

轲强想了想问：“白小姐，你还听见了些什么？说清楚点，咱们既要去静安寺，得做好准备。”

其他几人也目视于她。

白静柔眯着眼睛享受美食，“二公子见鬼了，而且还是女鬼，更是美艳非凡、闻所未闻、妖艳妩媚的女鬼！就和阎罗要娶的新娘一样美。”

她说完，舔手指。

众人皆眼巴巴地等着下文。

她舔完，站起身来，“走吧！”

轲强怔了怔，“这就完了？白小姐，你倒是说清楚点！”

白静柔眨着眼看他，“这还不清楚？”

苏雅文冷冷地说：“别理她，故弄玄虚！小轲，咱们去了那里自然知道了。”

白荃英点头，“妹子就是这样，拿鸡毛当令箭，我从小到大不知道被唬了多少次！”

苏益宣只是笑了笑，“有静柔姐在，一定能查清那女鬼是怎么回事，是吗？”

轲强说：“不行，不行，你们不能就这样去，我得向四少请示！”

白静柔就说："去吧，去吧！我们在路上等你。天色还早，谨诚有不少特产，咱们去逛逛。"

她说着挽起苏雅文的手。

两个姑娘双目放光。

轲强只得反复叮嘱，又约好了在哪个地方碰面，这才去打电话。

轲强穿过几条小巷，从一家人的后门进去，往后望了望，见无人注意，一闪身进了后门。

他走进堂屋，一名中年人迎了上来，问："轲爷？"

轲强问："打个电话，给我摇四少那里。"

中年人将他迎进后面那间小屋，说："都按四少的吩咐，窗子墙壁重新弄过，加了层厚棉，房门口加了水龙头。"

屋子里有两个人坐在电报机边，窗子密不透风，钉上了层厚厚棉胎。

轲强点了点头，还不放心，"去门口看着些。"

中年人说："轲爷放心，这个地方只有一条小巷直通到这里，有我们的人守着，没有人能接近。"

轲强这才进屋，合上房门，接过那便衣递过来的电话，皇甫沫华在那边已经等了一会儿了，只问："怎么样？"

"一切顺利。"

皇甫沫华"嗯"了一声，似乎在想什么。

电话那头没什么声音，轲强知道，四少谨慎，他一个人在房间，不由得犹豫着说："四少，咱们就这么进去，只怕会有危险。"

话筒那边没有声音，就在轲强等得越发忐忑时，才听那边说："我有安排。"

轲强屏着的一口气这才松了下去，看着电话筒半晌，忍不住说："白小姐那边……"

话筒那边只传来了挂断电话的声音。

轲强看着电话半晌，递回给那话务员，拉开房门走了出来，望了一眼天空，轻轻叹气，走了出去。

夕阳西下，苏雅文和白荃英大包小包地提着，跟着背着手边往前走边四处望，欣赏风景的白静柔等爬石阶。

走了两步，白荃英就不干了，不好叫板自己的妹妹，瞪苏益宣，“小宣，过来拿东西！”

苏益宣忙走过去，正想接手，苏雅文一伸手，拿了过去，冷冷地扫了白荃英一眼。

白荃英忙又伸手接了过来，体贴道：“雅文，我就是换换手，略作休息，你都提了这么多了，哪能再提？”

苏雅文语气冷淡，“知道就好。”

苏益宣说：“我提两件，我提两件。”

白荃英换了一张脸孔，“不用！”两手提起两边大包，胳膊上鼓出两块肌肉来，见苏雅文没注意，松了下来，无精打采地跟了上去。

古寺阴森森的，夕阳慢慢落了下来，白色台阶似乎也变得阴暗了许多，白荃英打了一个寒战，也顾不上卖帅了，紧跟几步走近白静柔身边，低声说：“妹子，你有没觉得这地方透着股邪气？一走上来，阴风阵阵，嗖嗖地直往脚底钻。妹子，有好地方不住，咱们来这里干什么啊？说好了的，只是出来散散心的！”

白静柔说：“你不喜欢，你别跟着啊。”

白荃英看了眼前边提着两大包东西行走如飞的苏雅文，恋恋不舍，“妹子，你明知故问，你以后嫁了皇甫沫华，咱们白家只剩我一个人了，孤零零的，你就不想你大哥找个好嫂子？”

白静柔顺着他的视线看苏雅文，回头再上下打量他，一声不吱，往前走。

白荃英怒道：“妹子，你什么意思？鄙视你大哥？”

正说着，庙门口到了，门口守卫似乎知道有人来，走进去通知人。

皇甫少安从庙门口迎出，向几位拱手，“白小姐，你们来得可真早，轲强也到了。”

说完，他一挥手，几名兵士接过了几人手里的大包小包，把他们往门内迎。

白荃英甩着手问：“小轲早来了？说好在山下汇合，他倒好，一个人早到。”

皇甫少安笑吟吟地看着白静柔，“这你可误会小轲了。他啊，生怕这庙里条件不好，委屈了白小姐，事先上来查看。这不，知道白小姐喜欢睡丝绸被褥，特地叫人拿了来换。”

果然，两个抱床褥的士兵自方丈房里出来。

白静柔就笑，两眼弯弯，只说：“二公子真体贴。”

皇甫少安也笑了，“什么都瞒不过你，没错，这是我让人准备的。”又慢吞吞地看了她一眼，“谨城虽地处闭塞，但消息或多或少会传至这里，原来白小姐的本事大得很。”

轲强自门内走出，听到这话，不由得一凛，他知道皇甫少安是什么样的人，和老督统一模一样的性格，向来是顺我者昌，逆我者亡，这种带着威胁的话语一出，代表他已经不满。

他紧走几步，正想打个圆场，却见白静柔凑上前几步，把手里提的牛皮纸袋塞进了皇甫少安手里，说：“好重，帮我提一下。”

皇甫少安脸色变幻，十分精彩。

白静柔伸手欲拍他的肩，因为个子矮，拍不到，拍到他胸口，大眼睛成了弯月，“二公子，你终于知道我的好了？所以，你放心，我一定能帮你找出你那个红颜知己。”

说完，她蹦跳着跑向了方丈房。

皇甫少安看着她后背上跳动的大辫子发怔。

轲强走过去，接过他手里的牛皮纸袋，一股食物的香味扑鼻而来，他默默地把纸袋子收到背后，以免皇甫少安看了心烦，闲扯道：“二公子最近公务忙吗？”

皇甫少安回过神来，“还好，四弟什么时候到？”

“四少忙得很，只怕还要十多天，你放心，一定赶得到的。”

庙里似乎真的有些阴冷，皇甫少安虽身穿厚厚的军服，也忍不住缩了一下肩膀，“那就好。”

“白小姐这个人就是好奇心重，等她在这里玩够了，就会去府里的，你放心。”轲强说。

“娘一心想看老四媳妇，这下子可要多等几天了。”皇甫少安无奈地说。

轲强笑了笑，没接他的话。

皇甫少安想了想，看了他一眼，“小轲，当年……你们怎么就这么走了？这么多年，也没个音信，四弟他……是不是还怪爹？”

轲强停了停脚，继续往前走，“四少当年才多大，怎么还记得？太太去世，他就是觉得家里再没亲人了，于是想出去散心，我只好陪着，哪里想到就遇到了人贩子，把我们卖到了那里，还好没卖去南洋，只卖到租界……”

这些事，皇甫少安都调查清楚了的，微笑着点头，“还好你们命大。”

轲强说：“四少也想清楚了，督统当年也是不得已，谁知道二太太会得那种病？”

两人抬起头来，看着远处一个独立小院，院门紧锁，前边杂草丛生，锁头锈迹斑斑。

“那地方还关着？”轲强问。

一回头，却见皇甫少安双眼发直，浑身僵硬，轲强拍了他的肩膀一下，“怎么了？”

皇甫少安面色奇异，“你，你刚才看到一个披红罩头的女人了吗？”

轲强摇头，“没有。”

“穿了身黑色旗袍，旗袍上绣了红花，披着一个红罩头，就在那院子前面，一晃而过。”

轲强再回头，见到的却只是杂草，摇头，“没有，哪里会有人？二公子，您看那些草，哪像有人踩过？”他担心地问，“二公子，您是不是身体不适？”

皇甫少安定了定神，笑了起来，拍他的肩膀，“吓吓你，看你还像不像以前那么胆小。”

轲强舒了一口气，“二公子，外出这么多年，小轲我什么没见过？”

皇甫少安点头，“想起以前，小轲你还真是胆小得很，蛇也怕，鬼也怕。倒是四弟，从小胆子就大，我们淘气，想吓他，反倒被他吓了。”

轲强垂头，再抬起头来，却一脸的不以为意，“说起来我还真要多谢您呢，要不是二公子那时锻炼了我的胆子，在外边哪能什么都不怕？”

皇甫少安“呵呵”笑了两声，“小时候不懂事，现在想起来，真不应该。”

轲强跟着哈哈，“二公子还记着以前的事干什么？我都差不多忘了。”

皇甫少安脸色松了下来，和轲强闲扯了两句，向他告辞，说有军务要办理，晚上再请他们吃饭，轲强笑着应了。

皇甫少安就招了两个兵士来，让他们守在这里，匆匆离去。

轲强看了看那独门独院，背手慢慢往回走，走进方丈室，见白静柔坐在蒲团上参禅，有模有样的，一张小脸板得严肃，“哈”的一声笑了，“白小姐，后悔进来了？现在才求神拜佛迟了吧？”

白静柔把左眼揭开一条缝看了他一下，“小轲，小心点儿哦！这座庙不正常啊！这里面有千年女妖，专吸取男人精气，小轲探长，你正当盛年啊！”

轲强充耳不闻，蹲在她身边，虚心求教，“行了，现在你可以说了，二公子到底怎么回事？”

白荃英凑过来，抬头望了眼屋外，战战兢兢地说："妹妹，你别吓我，咱们这儿有两个正当盛年的大男人！"见苏益宣拿不赞同的目光看他，"还有一个没成熟的大男人！"

白静柔把盘着的双腿伸开，坐在蒲团上，笑眯眯地说："刚才在茶馆，不是有个兄弟在近卫营当兵的人吗？小轲你走后，他们还是说了，昨儿晚上啊，皇甫少安床头发现了一只女人手，断的！他让人搜了一整晚，近卫营这些士兵，一晚上没睡，可什么也没查出来。"

轲强站起身来，皱眉，"这倒是个奇事，二公子我是知道的，最上进、警醒的一个人，睡觉枕头底下都放一把枪。督统从小请名师教他习武，等闲十几个人近不了他的身，有谁能神不知鬼不觉地放只断手在他枕头上？"

"还有，皇甫少安来静安寺，据那人说，是为了寻找一个女人，前几天一到，把静安寺前前后后都搜遍了，专找女人藏身的踪迹。"白静柔侧着头望他，"小轲，你知道他找的是哪个女人吗？"

轲强摇头，"我也不知道。"

白静柔站起身来，"说的也是，你怎么知道呢？你和四少那么小就出去了，还被人贩子拐卖出去。"她又叹气嘟囔，"四少真可怜……这里的人好像提都不愿意提起他，他们一个是天之骄子，一个却被人弃如敝履，怎么能这样？"

轲强知道她在说什么，沉默了下来，隔了许久才说："白小姐，谢谢你。"

"谢我做什么？"白静柔侧脸看他，眼眸里能反射出他的影子。

轲强说："我知道，你给了二公子一个下马威，是为了替四少出口气，可不用这样的，四少早放开了，你瞧，现在连皇甫家都不敢小瞧了咱们四少。"

白静柔下巴生出一丝红润，看他，"小轲，四少事儿忙完了吗？"

轲强垂头，避开她明亮的眼眸，说："快了快了，很快他就和咱们会合了。"

白静柔双眼放光，背过身子假装看窗花，"我才懒得管他。"

白荃英偏过头插嘴道："不坦白！假模假式！"

苏雅文抿着嘴笑。

苏益宣却只静静地望着，背过身去，整理桌子。

她在迷雾之中奔跑，树影婆娑，浓雾扑面而来，冰冷阴凉渗入骨中，四周寂静无声，只听得见她自己的脚步声，清晰可辨。

这个世界，只剩下她一个人了？

其他的人去了哪里？

她尽了全力去倾听，除了脚步声，却只有她自己的心跳，只有寂静与泼墨般的浓雾。

她想要记起些什么，脑子却一片空白。

周围没有声音，只有她自己沉重的粗喘一声接着一声，雾越来越浓了，水汽粘了她的鬓角，让她头发湿答答的，她看见有水滴自发角滴落，却听不见水声。

浓雾就像海绵般吸走了所有的声音。

忽地，她看见前面有人，白发白须，是爷爷，她高声叫着："爷爷，爷爷……"

他在浓雾之中拄着拐杖，还是以往的样子，嘴唇在开合，似在向她讲些什么，她却听不见，一点儿声音也没有。

他的身体往后退了去，浓雾在他面前开合，遮挡住他的须发。

她急出了一身冷汗，拔脚疯狂地跑，听见自己的胸拉风箱般响着，可他还在后退，她都能看得清他焦急的神情了，可依旧听不见他在说什么。

为什么？

为什么她最得意的听力在这时什么用都没有？为什么她听不清爷爷的话？

爷爷像被黑雾吞噬，她只来得及拉住他的衣角。

白静柔忽然从床上坐起，满头都是冷汗。窗外，风呼呼地吹着，把雾气吹进房内，使得她的枕头潮湿不堪。

原来是一场梦。

她下了床，走到窗前合上窗户，声响却惊醒了苏雅文。

"小柔，怎么了？睡不着？"苏雅文揉着眼睛坐了起来。

白静柔坐回到床上，抱起膝盖，缩成一团，"雅文，我梦见爷爷了，可我听不见他说话，我看得清的，他想告诉我什么，可我听不见。"

苏雅文移坐过去，揽住了她，"小柔……"

"都过去这么多日子了，孟获良失踪后再也找不到，凶手怎么查也查不出来，连杀人动机我都不知道。我想，爷爷一定在怪我了，所以，他才会托梦。"白静柔头埋在膝盖里，声音模糊。

"怎么会，白老先生最疼你了……"

两人正说着，忽地，不远处传来一声怒叫，撕心裂肺般，声音破空而来，在寂静的夜里传出老远，似乎震得窗外的树枝都在微微颤抖。

苏雅文微微一怔，白静柔抬起头来，从耳朵里取出了棉花，仔细听了听，脸上现了丝微笑，“二公子那边又出事了。”

“什么事？”

白静柔脸上有丝神秘微笑，丢了句：“匪夷所思之事。”

苏雅文就不问了，只说：“咱们在人家地盘上，你可别太过分。”

白静柔双眼成了月牙儿，“敲竹杠这种事我一向不屑于做的，当然了……”

“送上门的不敲白不敲！是吧？”苏雅文补充。

白静柔把手指放在唇边，示意她安静，数道：“十、九、八、七……”

刚好数到一，敲门声响起，“白小姐，睡了吗？有件事，想麻烦你……”

是轲强的声音。

白静柔和苏雅文相视一笑，两人赶紧穿好衣服，拉开门，轲强和皇甫少安站在门外，两人一脸紧张。

“轲探长，有事？”白静柔打着哈欠说。

轲强迟疑地看了她一眼，斟酌着问：“白小姐，你有没有听到什么？”

白静柔偏着头看他，“你是指那声像乡下泼妇发现丈夫偷食发飙的尖叫之前还是之后？”

轲强瞧了一眼皇甫少安，想要劝白静柔“尖叫”就是“尖叫”，咱前边别加这么多词形容行不？如以往一样，不知从何劝起，只好忽略，“尖叫。”

白静柔摊手，“那没听见，我睡觉时塞住耳朵的，不过……”她意味深长地看了皇甫少安一眼。

皇甫少安沉着脸站在轲强身边，冷冷地说：“白小姐有话就说。”

白静柔看着自己的指尖，“那声泼妇发现丈夫偷食的发飙尖叫之后，当然还有些声音，往左边长廊跑了去，进了一个房间，至于哪个房间，我知道，可我不想说。”

皇甫少安脸色铁青，“白小姐，你最好说出来，今晚之事，可不是普通玩笑……”

白静柔眼睛一眨，“二公子想怎么着？想把我抓回去严刑逼供？”

皇甫少安手摸到腰间，眼神冰冷。

轲强忙拦在两人中间，好声好气地道：“白小姐，你就别卖关子了，再这么拖延下去，那凶手可就逃了。”

白静柔却不理他，从他身侧斜着身子望向皇甫少安，大眼睛弯弯的，“二公子，凡事嘛，都得有代价的，天下哪有免费的午餐？”

轲强总算明白过来了，怔了半晌说：“白小姐，二公子也是自己人……”

白静柔看自己的手指尖，慢吞吞地说：“既然是自己人，价钱给你打八折，每问一次一百大洋，今儿就收你八十。”

皇甫少安看了她半晌，忽然间笑了，眼睛却微微眯起，“价钱公道，好，你说。”

白静柔对他眼底露出的寒意视若不见，从两人身边挤了出去，“走，看看现场。”

轲强一见皇甫少安想要发怒，忙拦住了，“白小姐，你先把长廊上跑走的那人说说。”

白静柔摇头，“那不行，看了现场我才好说。”她又开始开合起布袋子的盖子，“我只听到了脚步声，这个人跑进房间就不出来了，一时半会儿也不会出来，我听着呢！”她指了指耳朵，“他走不了的。再说了，二公子房间里的那件东西，是不是他放的还另说，二公子是想查出近几天发生的事的始作俑者，还是只想知道长廊上跑走的人是谁？”她停了停笑眯眯的，“我可不能保证长廊上跑走的人是你的副官还是真正的疑犯。”

皇甫少安沉着脸看她，“白小姐有办法查出来？”

白静柔点头，拉长了声音，“只不过……”

苏雅文和轲强互望一眼，各自了然，这是要加筹码了。

皇甫少安似乎也意识到了，“查出疑犯，价钱当然不止一百大洋。”

白静柔笑了，伸出三根指头。

“好，三千就三千。”皇甫少安神情烦躁，往外走了去。

白静柔看着他的背影发怔，“有钱啊，有钱得很。”

苏雅文了解她颇深，把她竖着的三根手指压下，“小柔，你想说三百的吧？又后悔不如说三万？”

白静柔含笑不语。

几人走到皇甫少安的住处，那里早已戒备森严，两列士兵严防死守，更有不少士兵弯腰在院子里各处搜索。

走进内室，染血的被单胡乱堆着，鸳鸯戏水的双人枕左边，端端正正地放了一个人头，脖颈断裂之处，流出来的鲜血把枕头都染红了。

白静柔有些畏缩，看了那人头一眼就不再看了，问苏雅文，“雅文，看出什么来了没有？”

苏雅文直接走到枕头前仔细察看，“一个女人的头，年纪嘛，二十来岁，长得挺漂亮的，卷发。”

“脖子，脖子是用什么割断的？”白静柔问。

“这我可看不出。”

皇甫少安阴着脸说：“用一种锯子，和那条胳膊一样。”

士兵上前，提来了一个箱子，箱子里正是用石灰保鲜的一截胳膊。

白静柔探头看了一眼，缩了回去，“拿走拿走。”

苏雅文拿起胳膊看了看，“手指上还涂了豆蔻，保养得极好，十指纤纤，食指有硬茧，硬茧有软化迹象，以前常做针线活儿，后来不做了，就只能看出这么多。”

说完，她到外面找水洗手。

白静柔叹道：“是个年轻女人啊！”

皇甫少安见她看都不看那只胳膊一眼，脸色顿时不好看了，“白小姐，我看你也查不出什么来，把长廊跑走的那人告诉我算了。”

白静柔定定看了他半晌，忽然一笑，慢吞吞地说：“二公子，这个女人，我不用看的，因为我知道，她死得冤枉。我想，这事儿你也心知肚明，我劝你啊，好好儿安葬了她，入土为安的好。”

皇甫少安浑身一颤，望向她脑后，眼底现了丝惊惧，忽然之间，拔出枪来，对准了她。

白静柔吓得抱头蹲下，语无伦次地说：“好了好了，说话就说话，我不该多管闲事讽刺你，开枪干什么？”

话音未落，枪声响起，震得她耳朵都聋了，她摸了摸身上，没有痛感，抬起头来，却见皇甫少安越过她往窗外直奔而去，又开了两枪，回过头来，狠狠地盯着她，一把握住她的胳膊，“说，你听到什么没有？有没有人走过来？快告诉我！”

他双目赤红，眼神凶狠，双手却在颤抖，把白静柔吓得不轻，摇头，“没有，没有！哪有脚步声？”

他松开了她，踉跄后退，“是她，她回来了，回来找我了。”

众人面面相觑，轲强上前扶住他，“二公子，到底怎么回事？”

皇甫少安茫然地看着他，“小轲，我又看见她了，是翠玲，你还记得吗？她穿着撒着红花的黑色旗袍，盖着红盖头，旗袍是我替她买的，我答应她，会娶她过门的……可是，她那样的身份，我怎么能？怎么能……”

他抱着头，缓缓蹲了下去。

轲强松开了他，眼底闪过一丝异光，沉默不语。

众人闻言，皆望向窗外，哪有半个人影。

白静柔见苏雅文自门外走了进来，忙问：“雅文，你在外边，看见有人了吗？”

苏雅文莫名其妙，“你是指士兵？”

“不是，一个穿黑底红花旗袍的女人，还披着个红盖头。”白静柔问。

“没有，外面除了士兵之外一个人也没有，看花眼了吧？这黑灯瞎火的，一个女人怎么会出现在这里？”苏雅文拿了块手帕出来擦干净手上的水。

白静柔脸上也现了丝惊怕，“难道真有鬼？”

皇甫少安身子一震。

白静柔转头问轲强：“小轲，这翠玲是谁？”

【第十三章】

穿红色嫁衣的女人

怎么会？小轲探长，你想我说的有没有道理，你瞧，二公子无缘无故见到那红盖头女人是怎么回事都没弄清楚，你先把这件小事告诉他，不更让他烦恼？

轲强慢慢走了过去，直视枕头上的断头，伸手用指尖轻轻拈开挡住她面颊的发丝，脸上似喜似悲，“原来她就是翠玲，她和我们一块儿长大，是太太身边的小丫鬟，我和四少出去时，她才九岁。”

皇甫少安眼睛发直，“十八岁那年，她被爹收了房，成了我们的二娘，我真不明白，爹为什么要这么做，他都五十多了，有我们兄弟四个，难道他还不满足？”他似乎压抑太久，想把一切都说出来，“我请示过他了，我要娶翠玲，可他还是收了她，她成了我的二娘，我能怎么办？”

轲强略一想，就明白了，试探着问：“二公子，这以后，您还和翠玲有来往？”

皇甫少安垂下头去，“翠玲是个好女人，是我不好，是我不好。”他看了一眼枕头上的人头，似乎极为害怕，收回了视线。

轲强叹息着说：“二公子，她既然已经是您的长辈了，您……怎么能如此？”

皇甫少安面颊微微抽动，看着衣袖上的一点血迹，眼神之中有奇异的神色，“我只想劝她，劝她好好当爹的姨娘，可她不肯，我不敢再见她，只好求爹调我到外驻防，两年没有回来。可回来的时候，她却已经不行了，生了重病，治不好了。有天夜里，自己上吊死了，翠玲她，她是个烈性子的女人，在嫁给我爹时，就想死了。”

轲强眼底似有水光滑过，只轻轻拍了拍皇甫少安的肩膀，问他：“后来又是怎么回事？您怎么会看见穿黑旗袍的女人？”

他眼角扫过白静柔，却见她只看着那扇半开的窗户，收回了视线。

“翠玲死后，我不想回家里住，就来静安寺住几天，想清静清静。再有，静安寺有些稀奇古怪的传言，我也想趁这机会查个清楚，替爹分忧。可没有想到，来的第一晚，半夜醒来，就看见了那个披红盖头的女人站在窗外。一开始我只以为有人搞鬼，可是，那个女人出现得次数越来越多，有时白天也出现了。直到前天晚上，她的胳膊出现在我的枕头上。”皇甫少安手指插进头发，抓自己的头皮，“她为什么要这样？是在向我报复？怪我不能坚持娶她？可那是我爹啊，我能怎么办？”

轲强不知道怎么劝他为好，只轻声叹息，一回头，却见白静柔推了苏雅文往枕头边走，她自己不敢看，从苏雅文身后探出半个头来，看一眼断头，又缩回去，再看一眼，再缩了回去。

整个一缩头乌龟。

轲强因故人惨死，心里悲伤，也不由得被她弄得哭笑不得，只好问：“白小姐，你看出什么来了？”

白静柔问苏雅文，“雅文，她，她头上是不是秃了好大一块？”

苏雅文仔细看了看，“是的，头顶一大块黑斑，倒像是长了疮，这是鬼剃头？”

“难道她就是阎罗王这次要娶的鬼新娘？被阎罗看中，要娶为新娘，所以她才穿上了生前最喜欢的新嫁衣来看你，希望你能救她？她真可怜，老是被自己不喜欢的人强娶，唉！”白静柔推着苏雅文离开枕头。

轲强等了半晌，以为她会有什么高见，想不到来了这么一句，大失所望，“白小姐，你也相信这些东西？”

白静柔无辜睁大双眼，说：“信，怎么不信？解不开的谜还是归结于鬼神的好，免得自寻烦恼。”

她推了苏雅文往门外走。

皇甫少安似记起一事，抬起头来，“白小姐，你不是说……”

白静柔一拍脑袋，“哎，差点忘了，在像泼妇发现丈夫在外偷腥发飙尖叫声之后，我的确听到走廊里有人快速往客房跑了去。不过，跑进去之后，是一阵狂呕，后来我一想，应该是二公子身边的副官看不了这情形，又不好自毁形象当着那么多人的面丢脸，所以，只好躲到自己房间里吐完了再出来。”

皇甫少安眼睛红肿，却无可奈何地苦笑，“白小姐真会开玩笑。”

皇甫规把她说得神乎其神，却原来只有这么个本事，不过比常人听觉灵敏而已。

白静柔认真地说："欠我八十个银元，先记在账上哦。"

说完，她推着苏雅文出去了。

轲强见皇甫少安心烦意乱，也不好怎么劝，安慰了两句，无话可说，告辞出来。想了想，觉得白静柔这姑娘肯定隐瞒了什么！于是，他还是向两位姑娘的住处走了去。

两人回到住处，白荃英和苏益宣才穿好衣服过来了，惊问："刚才听到两声枪响，发生什么了？"

白静柔说："你们俩还真是天塌下来当被盖。"

白荃英撇嘴，"妹子，这可不怪我，咱们风餐露宿那么多天，好不容易有个正常的地方睡觉了，还不把以前欠的觉补回来？除了那两声枪响，昨晚上我睡得还真不错，这地方清静得很，什么声音都没有，妹子，你睡得好吗？"

白静柔懒得理他。

苏益宣见两位姑娘面色古怪，问："姐，发生了什么事？"

"阎罗王的新娘子出来了，二公子又看见了那盖红盖头的女人，而且啊，他枕头上发现了个人头，鲜血淋漓，把他吓得不轻。"苏雅文顺着白静柔的语气说。

白荃英打了个寒战，摸着胳膊说："妹子，你是说，那截胳膊之后，又出现了人头？还放在二公子的枕头上？我的妈啊！这还真是鬼新娘？妹子，这地方不安全啊！"

苏雅文挑眉看了他一眼。

他语气淡淡的，"再不安全，也要查清楚才走，有我们两兄妹在，什么弄不清楚？"他一揽苏益宣的肩，"小宣，你说是吧？"

苏益宣只微微点头，暗自沉思。

几人正讨论得热烈，轲强走了进来，白荃英松开苏益宣迎了上去，"轲探长，有什么要我帮忙的，尽管说。"

轲强把白荃英拨到一边去，走到白静柔身边，"白小姐，这下你该说了吧？那声尖叫之后，你到底听到了什么？"

白静柔托着下巴看他，笑，"轲探长，行啊，还真猜了出来？"

轲强慢吞吞地说："和白小姐在一起久了，脑子好像好使了。"

白荃英不甘寂寞，伸头过来，"轲探长，你这表情我知道的，我就被我妹子这么锻炼了十多年，终于百毒不侵。”

轲强表情不变。

白静柔伸手把桌面上的布袋子拿了过来，开合着盖子，轻声说：“我没有骗你们，在那声尖叫之后，跑到房间里狂呕的那个人，的确是二公子的副官，可在狂呕之后，他还说了几句奇怪至极的话。”

几人渐渐聚拢，围站在她的四周，聚精会神地听着。

她却从椅子上站起，在屋子里踱起步来，仿佛在思索当时那话的真实。

轲强忍不住了，“到底什么话？”

白静柔抬眸看着窗外，明亮的大眼睛染上层隐忧，“我也不知道是不是真的，也许我听错了？”

几人互相望了望，脸上皆露出奇色，他们都对她知之甚深，很少见她有这么拿不定主意的时候。

苏雅文说：“你先说说看？”

白静柔重回椅子上坐下，想了想才说：“那位副官狂呕之后，屋子里传来了杯子摔破之声，后有头撞墙的声音，然后他才喃喃地说，不能怪我！不能怪我的！又说，对不起！再后来，他打了盆水，洗了起来，似乎要把身上的什么东西洗干净，又打了好几盆水，一直洗。这还不奇怪，我还听到了一种奇怪的声音，似乎是一种噗噗声，他在屋子里好久，直到有士兵来叫他，他这才出去了。”

“噗噗声？”轲强说，“这是什么声音？”

“像有人在你耳边吹气。”白静柔想了想说。

白荃英看了一眼窗外，一脸惊怕，“妹妹，你越说越离谱了，你可别告诉我，这是鬼吹气？”

苏益宣忽然在白荃英耳边吹了一下，吓得他跳了起来，苏益宣这才静静地问：“静柔姐，是不是这样？”

白荃英怒，“小宣，不带这样的啊！人吓人，吓死人的……”他又对白静柔说，“妹子，像吗？”

“有点儿像，又有些不像。”白静柔说。

“这就奇怪了，副官在屋子里干了什么？”轲强思索着说。

他一回头，却见白静柔大眼睛定定望着一个方向，忙示意几人安静。

屋子里静得让人窒息。

一盏茶工夫，她这才动了，却又把那布袋子开合不停，良久不语。

轲强实在忍不住，问她："白小姐，有什么发现？"

白静柔抬起眼眸，定定地看着他，"轲探长，这位翠玲，你相熟吗？"

轲强垂下头去，复又抬起，"小时候我们常在一起，长大之后，再没相见，后来发生了什么，我也是从二公子嘴里才知道的。"

白静柔眼睛眨也不眨，大眼睛里似乎发着冷光，"轲探长，皇甫少安也在洗澡。"

轲强一怔。

白荃英就笑了，"这怎么回事？副官洗，当头的也洗，男人大丈夫的，几滴血而已，沾上什么不干净的东西了？"

见其他人全都表情严肃，他讪讪收了笑容。

苏雅文轻轻地说："是不是因为那颗断头上的血迹染到了他们身上？"她垂头，看着自己的手指发怔。

"血迹嘛，有什么大不了的。大男人一个，带兵打仗的，这么爱干净？又不是娘儿们！"白荃英忍不住发言。

苏益宣却皱眉想着。

轲强想了想问白静柔："白小姐，你想到了什么？"

白静柔微微皱起眉头，"我们被皇甫少安请进那放着断头的房间时，他的神态语气就十分不正常。他是带兵之人，什么死尸没有见过，可他对那个人头，却极为害怕，我记得人头上的鲜血似乎染脏了他衣服的一小块，可能他原来不觉，后来看见了，他就再也没用手去碰那染血之处。"

白荃英就说："有钱少爷就是这样的，爱干净，嗯，有个新名词叫洁癖！"

轲强慢慢地说："那个人头也不正常，翠玲是一个月前死的，早埋进棺材里了，可你们看，枕头上满是鲜血。"

白静柔看了他一眼，"轲探长查过？"

在她大眼睛的逼视之下，轲强只觉无所遁形，他移开视线，"找几个近卫兵问了一下。"

苏雅文说："人头有可能被冷冻起来，再行解冻的，所以才会有血水，但也不可能，人死之后，两三天就血液僵硬凝固，不可能有那么多血水。"

轲强说："苏小姐是说，那些血水并不是人头上原有的？是人为弄上去的？这我倒没注意。”

“那股腥味就不太对，太过新鲜，我想，人头断裂处加的是其他动物的血，是鸡血、猪血之类。”白静柔说。

轲强愕然，“二公子吓得不轻，我得告诉他。”

“慢着！”苏雅文和白静柔异口同声。

“怎么了？”

苏雅文说：“轲探长，这件事还没查清呢！不用着急，你瞧，二公子现在那样的情况，已经被吓得不轻，你告诉了他，他一定暴跳如雷，到时候打草惊蛇就不好了。”

白静柔点头，“对对对，一点小发现不用说，等我们全弄清楚了再由你来告诉他，才会让他恍然大悟，对轲探长你感激涕零！”

白荃英更是双眼发光，“对，妹子说得对。”

苏益宣只是嘴角含笑，默默看着白静柔。

轲强忽然间开窍，慢吞吞地说：“你们是想让二公子多被吓吓吧？”

白静柔睁大了眼睛，一脸无辜，“怎么会？小轲探长，你想我说的有没有道理，你瞧，二公子无缘无故见到那红盖头女人是怎么回事都没弄清楚，你先把这件小事告诉他，不更让他烦恼？”

轲强想了想，居然无话可说，只得点了点头。

苏雅文忽然间说：“也许，那放置人头的人，想要的，就是那血水染身造成的效果。”

众人皆沉默了下来。

屋子里忽然间静得让人压抑。

白荃英不明所以，冷风吹过，胳膊起了层鸡皮疙瘩，他摸着胳膊说：“雅文，到底怎么回事？你说明白一点。”

苏雅文幽幽地说：“不知道为什么，看见那颗人头顶端的秃斑，我忽然想起了一种病。这种病，一开始只有些小红疹，伤口渐渐扩大，发黑变硬，就变成了那毒疮的模样，病人后来慢慢地全身溃烂，有些连五脏六腑都会烂了，却还不会死，全身恶臭，一天天地拖着，直拖到最后一口气。”

白荃英听得直吸凉气，打了个冷战，“苏小姐，你说的是什么病？”

“梅毒。”苏雅文神情冷淡。

白荃英缩了缩脖子，不出声了。

"如果真是那种病，二公子和那位副官不停地洗澡就解释得通了，这种病一旦染上，那可是不得了的。"轲强眼里闪过一丝痛苦，"翠玲怎么会得这种病？不会的，她一向洁身自好！苏小姐，你不是说，染病者身上会起红色疹子吗？那条胳膊上什么都没有。"

苏雅文垂下头去，"这就是奇怪之处了，她胳膊上皮肤完好无损，可头顶那处溃烂却像极了梅毒疮口，已经发黑炭化了，正常人染病，是从身体接触之处。"

白静柔忽地抬眼看了她一眼，明亮眼眸能照得见她的影子。

苏雅文似有所感，猛然一惊，低声说："如果不正常呢？"

几人忽然间沉默了下来，脸上露出骇然之色，思之极恐。

只有白荃英不明白，左看右看，想问，却被屋子里的气氛压住，口齿动了半晌，到底没问。

隔了良久，轲强才轻轻问："翠玲她到底经历了什么？所以他们才这么害怕？他认为她是回来找他的？"

白静柔双目闪烁，看了他一眼，收回了视线，慢慢说："我想，她身上出了什么问题，也许只有皇甫家的人知道了。"

"对，皇甫规，他是当医生的，又是自己人。"轲强说。

"他也回来了？"白静柔问。

"回来了，昨天还找人联络过我，打听我们住在哪儿呢。"

"那只能请轲探长去问问了。"白静柔说。

轲强匆匆离去。

苏雅文把两个男人赶走，坐到白静柔身边，问她："小柔，你怎么了？你如果不喜欢，咱们就不住在这儿，怎么无精打采的？"

白静柔垂头坐着，手指无意识般在布袋子上划，"雅文，我也不知道，只是觉得压抑得慌，不想再查下去，这件事其实和我们无关的。"

苏雅文一怔，站起身来，"也好，这事透着一股诡异，让皇甫少安自己去扛。"她看着白静柔的头顶，"我们这就向他辞行？"

"可我也不想住进皇甫家去，唉！"白静柔皱着脸说。

"我们下山，随便找个旅馆住，等到了四少，参加了寿宴，马上回去，估计四少也不想留在这儿的。"苏雅文说。

说着说着，她就往门口走，见白静柔没动，“咦”了一声问她：“小柔，走啊？”

白静柔瞪圆了眼，“去干什么？”

“向皇甫少安辞行啊！”

白静柔左顾右盼，眼珠子滚来滚去，叹气，“可这件事这么奇怪，不弄个清楚，我心底百爪挠心啊！”

苏雅文呆呆地站在门口半晌，过来拧她的胳膊，“你耍我？”

白静柔一声尖叫，指着她的手说：“雅文，你摸过那胳膊，洗手了吗？”

苏雅文也呆了，赶紧跑出去端盆，取了肥皂来洗手。

皇甫规正往山上走，看见了寺门，脑子里出现白静柔瞪得溜圆的大眼睛，嘴角不由得微微上翘，轻轻笑了起来。

轲强走在前边，回头见到，一怔，“大公子，怎么了？”

皇甫规就问：“小轲，你们为何非要住进这里？”

“大公子也听说了静安寺发生的事？”

“嗯，听说过，传得可神了。”

“大公子信吗？”

皇甫规“哈哈”笑了两声，“世上鬼神之说都是人为，哪能当得了真？”

轲强也笑，“大公子从国外学医回来，接受的是新思想，哪会相信这些，倒是我多问了。”

两人走上台阶几步，皇甫规想了想问：“白小姐心情还好吗？”

轲强瞧了他一眼，说：“有四少陪着，比以前好了许多。”

皇甫规敏感得很，垂下头去，又抬起头来，笑了，“四少有她陪着，却也少了份无趣。”

说话间，两人已到寺门口，有士兵迎接两人进去，直接把他们带到皇甫少安的住处。

两人还没到门口，就听门里一声怒吼：“你们说什么？怎么也不拦住？”

轲强闻言，忽有了种不祥预感，来不及向皇甫规解释，直走进去，就见何副官一脸倒霉相垂头站着，嘴里嗫嚅道：“二公子，我们怎么能拦得住他们？”

见轲强来了，皇甫少安说：“你来得正好……”

轲强就急问：“二公子，白小姐他们干什么去了？”

皇甫少安一怔，苦笑，“你还真挺了解他们，他们啊，今儿一大早也不知道怎么绕过了我的巡逻队，不见了踪影，只留了张字条，说要开棺验尸。”

轲强差点蹦了起来，“什么？”

皇甫规一脸不明所以，“开什么棺，验什么尸？”

皇甫少安垂下头去，轻声说：“是翠玲的尸体。”

“翠玲？”皇甫规似乎终于想了起来，“是娘身边那个小丫头？她死了？什么时候的事？”

皇甫少安不想再提起翠玲，只拍了拍他的肩膀，走回椅子边坐着。

轲强只好上前把静安寺发生的事略微向皇甫规说了个大概，当然把白静柔听到的略过不提，皇甫规顿时感觉事态严重，皱眉说：“他们是怎么知道翠玲埋在哪儿的？”

何副官身子微微一缩，抬头看了皇甫少安一眼，只好承认说：“是，是，是我说的。”

皇甫规奇了，“何副官无缘无故说这个干什么？”

皇甫少安冷冷地说：“你问他！”

何副官说：“也不算我说的，白小姐三猜两猜猜出来的。”

在皇甫少安手下当副官，当然得口齿伶俐，三下五除二地把事说了个清楚。

何则心底惦记着皇甫少安昨晚上可能睡得不好，一大早便去寺里厨房吩咐带过来的厨娘做些开胃小菜给皇甫少安当早餐。才走到厨房门口，白静柔自长廊那头走了过来，他以为她也来找吃的，打了个招呼：“白小姐，寺里的饭菜吃不惯？”

白静柔上下打量了他一眼，抽了抽鼻子，后退一丈来远，“何副官，您请，您先请。”

何则一怔，举起袖子闻了闻，勉强笑，“白小姐这是怎么了？我身上有什么味儿吗？”

白静柔离他远远的，捂鼻，“你从那种地方来，怎么也不洗干净点？”

“寺里简陋，客房又久无人居，确实有些霉气，白小姐见笑了。”何则上前，欲解释。

白静柔再后退两步，双手把半边脸盖住，只剩下一双大眼睛露在外边，“不是霉味，是股腐尸味，何副官，天亮才回来吧？从山边过来的？”

何则当然否认，“没有的事，我哪儿都没去，从自己住处来的。”

白静柔侧脸看了他一眼，大眼睛眨了两下，说：“那里是后山，甚少有人过去，也不知那个山洞怎么样了？有没有被杂草掩住？”

何则闭紧双唇，心里骇然，不知道她怎么知道的，当然打死也不承认。

白静柔远远绕过他往厨房走，叹气，“何副官，皇甫少安有你这样尽心尽力的副官还真有福气，什么都替他想得周到，怎么样，那树下的坟墓没人动过吧？真奇怪，没人动过，尸体怎么跑出来了？”

何则听到这里，哪里还忍得住，“白小姐，你跟踪我？”

白静柔幽幽地看他，“我哪有那空闲工夫？二公子向我提了提的，说把她安葬在一片翠荫当中，听着风吹叶落，也应了她的名字翠玲，你们二公子啊，真是个痴情人。”

何则见她都一清二楚了，还有什么好瞒的，跟着点头感慨：“是啊，那棵榕树长势极好，翠姑娘是最喜欢花草的……”

白静柔倚厨房门口看他，很随便的样子，问：“最大的那棵？”

何则一怔，看清她嘴角噙了丝微笑，这才知道上当，赶紧闭紧双唇，摇头否认。

白静柔塞了张字条给他，转头就走，嘴里嘀咕道：“还真是最大的那棵。”

何则打开字条一看，吓得魂飞魄散，赶紧向皇甫少安禀报。

听何则说完，皇甫少安又生气了一回，一个茶杯就砸了过去，“被人三两句就骗得什么都说了，你说，你这个副官当得称不称职？称不称职？再问上两句，你是不是把老子内裤的颜色都告诉人家？”

两个大男人面面相觑。

何则不敢避开，硬生生受了那一茶杯，任由茶水自胸前流下，垂头认错道：“二公子，是卑职不对，是卑职上当了。”

皇甫少安拔出枪就想崩了他，皇甫规忙劝道：“少安，这也不是什么军机大事，白小姐他们就喜欢闹着玩的……”

皇甫少安“啪”地把枪放回桌上，看着何则就心烦，挥手让他滚。

轲强倒是摸着鼻子想笑，心说有此感觉的可不止你一人，但此等场合只好强忍住，一脸忧心忡忡，“二公子，那张字条呢？”

皇甫少安指了指桌上。

何则忙把字条递过来给他，轲强打开一看，上面赫然写着：开棺验尸。

轲强急了，“还真去验尸了？那墓在哪儿？”

皇甫少安犹豫了一会儿才站起身来，“我带你们过去吧。”

等他们来到后山那棵大榕树下，墓已经被挖开了，两个年轻男子在坑下挥锄猛干，白静柔手里拿根树枝挥来挥去，垂头不知道和苏雅文说些什么。

轲强暗觑皇甫少安的脸色，知道他看见白静柔比看到何则还要烦，小跑步向前说：“大公子，我去问问情况，看看他们进行到什么程度了。”

皇甫少安停住了脚，看着树下，脸色不好。

皇甫规踱到他身边说：“少安，白小姐为人虽然有些胡闹，但也是为了查清翠玲身上发生之事，少安，你别怪她。”

皇甫少安哼了一声，也不往前走了，停了下来，拿根烟出来抽，皇甫规就陪他站着。

“大哥，这次回来，不回去了？”皇甫少安问。

“爹随我，如果我不回去，就在省城开间诊所给我，还没想好。”皇甫规说。

“嗯，还是你好，想做什么就能做什么。”皇甫少安拿手指弹着烟灰。

皇甫规苦笑，“少安，爹对我没有期望，所以才任由我的性子来的，他知道我不像你。”

皇甫少安皱着眉头猛吸一口烟，“是吗？”见他视线老往白静柔身上落，冷冷地说，“大哥，白小姐和沫华是一对儿。”

皇甫规收回视线，淡淡地说：“少安，也许是在国外待得久了，明白世事无常的道理，未来的事，难说得很，尤其是婚姻。”

皇甫少安就侧脸看他，“喝过洋墨水的人到底不同。”

皇甫规挥手把飘到眼前的烟拨散，问：“少安，你跟那翠玲又是怎么回事？”

皇甫少安脸色古怪地看他，“两年前我写信给你，告诉你爹娶了个翠姨娘，你都忘了？”

皇甫规吃惊地说：“翠姨娘就是翠玲？”

皇甫少安把烟丢下，一脚踩熄烟头，怔怔看着脚下，“你倒好，爹娶妾，你在国外；他的妾死了，你还在国外。家里发生了什么都不知道，这样也清静。”

皇甫规有些尴尬，“我对咱们家的确关心得太少了……”他迟疑地问，“听轲强说，翠玲仿佛身上有病？”

皇甫少安脸色灰败，“嗯”了一声点头。

“是什么病？”

“不清楚，她自杀之前就已经病入膏肓了，那时我在外驻防，后来才知道那病让她痛苦不已，这才自杀的。”

两人正说着，轲强急步走过来说：“空棺，真的是空棺！里面什么都没有！”

皇甫少安愕然，一掌击在了树上，紧咬双唇，“我就知道！”

“少安，你知道什么？”皇甫规问。

“看来，这具尸体下葬之时就被人盗取了。事发之时，二公子其实也来查看过这坟墓，见坟头上的青草依旧浓密，没有被人动过的痕迹，所以只怀疑自己床头出现的东西是有人假借别人的尸体而为，是吗？”

皇甫规回头，就见白静柔不知道什么时候已经走到了自己身后，嘴角不由得上扬，“好久不见，白小姐。”

白静柔大黑眼珠子到了眼角，斜着看他，“皇甫医生，好久不见。”

皇甫规直视她，凑近了看，认真地说：“白小姐，你眼睛是患上了上斜肌功能不强引起了内旋转眼斜啊。”

白静柔一怔，“什么意思？”

皇甫规严肃，“眼斜病。”

轲强差点笑出声来。

白静柔把大黑眼珠向上翻得没了，只露出眼白，以示鄙视。

皇甫规一脸担忧，“病得还挺严重的，白小姐，你最近有没有高热或脑子被撞了？或许因此使得视神经受压，让你指挥眼睛转动的视神经失灵？这病得治，年纪大了，可就难治了……”

白静柔怔怔看了他半晌，只好把眼珠子摆正，“你才脑子被撞，你们全家脑子都被撞了！”

皇甫规赞许道：“眼睛还有的治，但最怕患上这污言秽语症了，这可是种精神病……”

白静柔眼睛眨巴半晌，头一次无可奈何，只好懒得和他计较，转头对轲强说：“棺材里什么都没有，但陪葬物品倒是摆放整齐，还有几件手镯玉钗等，可以排除是盗墓贼所为。依我看，在翠玲去世之时，趁着尸体没有腐烂，就有人把她盗走藏了起来，拿冰块防腐，然后一件件拆分，又一一现身于二公子身边。”

她不理皇甫规，皇甫规也不在意，插嘴：“什么人这么无聊？”

白静柔看手指，当他说的话是耳旁风。

轲强看了一眼皇甫少安，“此事是针对二公子而来，至于为什么，倒猜不透了。”

皇甫少安神情阴郁，“我也不知道。”

轲强说：“尸体倒还罢了，奇就奇在二公子看到了那位鬼新娘，这是怎么做到的呢？怎么能做到无声无息现身？难道这世界真有冤魂？”

皇甫规早听轲强说了静安寺发生的事，表示赞同，“有白小姐在，少安依然看见了那披着红盖头的女鬼，这可真是奇事。”

轲强也吹捧，“这世上如果说有什么事瞒得过白小姐的，那只有鬼神了。”

皇甫少安脸色发青，抬起眼来，看着树林深处，忽然从喉咙里发出一声狂叫，牙关似乎都在咯咯作响，抬起手指向远处，“又，又来了。”

几人回过头去，却只见翠荫浓密，青草如毯，哪有半个人影。

皇甫少安却盯着那处，咬牙切齿，“是的，是我做的，你死缠着我，我能怎么办！”

他想拔出枪来，一摸，枪却没有带上，他仿佛失了倚仗，眼睛发直，步步后退，直退到一棵大树树干边，背抵上了树干，这才惊醒，突发一声尖叫，孩子般掩住了脸，呜咽着一转身，往小路上跑了去。

“二公子！”“少安！”皇甫规和轲强赶紧跟上。

白静柔怔怔站着，看了看天，又看了看树丛，“没什么东西啊？”

苏雅文等围了上来，“二公子怎么了？”

白荃英和苏益宣把坟堆重埋上了，拍打着身上的土也走了过来，说：“女人债，皇甫少安惹上了女人债，这是肯定的！像我，爬了个女人的墙头，就惹了一身腥，差点成了替死鬼！二公子嘛，嘿嘿，麻烦大了。”

苏雅文意外看他，“什么麻烦？”

白荃英一脸胸有成竹，“至于什么麻烦，当然得我们来查了，妹妹，是吗？”

苏雅文撇嘴转过头去，见白静柔还呆站在那里，问她：“小柔，你怎么看？”

白静柔缓缓转过头来，“什么？”

苏雅文吓了一跳，失声惊呼，“小柔，你怎么了，也见鬼了？”

她慢吞吞地说：“雅文，其实我听到了些东西的。”

苏雅文一怔，问：“你听到了什么？”

白静柔定定地看着她，忽然一笑，“雅文，这闹鬼事件，其实已经可以结案了。”

苏雅文还没说话，白荃英倒跳了起来，掐腰，“结案了？要结案了你还让我们挖坟？”

苏益宣也怔了，“静柔姐，我都还没弄清是怎么回事呢！”

白静柔垂头看着脚尖，有风拂面而过，三两根散发划过她的面颊，投下些许阴影，她说：“轲强他们回来了。”

果然，脚步声响起，轲强和皇甫规跑了过来，看见几人，神态奇异，“怎么又回到这里了？少安回来了吗？”

几人顿时感觉阴风阵阵，白荃英转到了白静柔身后，左右望，咽着口水，“你，你们可别吓我，别告诉我遇上什么鬼打墙了。”

轲强说：“那倒不至于，只是我们跟着二公子追了过去，他跑来跑去，转了几个弯又回到了这里，我们跟了过来，却没见人影，真是奇怪。”

皇甫规说：“这里树多林密，我们或许跟丢了？”

“也许吧！”轲强目视白静柔，“白小姐，你刚刚说什么？这案子结了？”

白静柔手指放在了布袋子上，开开合合起来，“这案子嘛，说容易也容易，说不简单也不简单，我终于弄清楚了那天何副官回到屋里时，那噗噗声是什么。顺藤摸瓜，倒是搞清楚了到底发生了什么，整件闹鬼事件，不过是利用了人的惯性思维，装神弄鬼而已。”

她眼睛如黑色琉璃一般，树荫的浓影映在她的眼底，深得如两湾幽潭，似乎能把人的五脏六腑照得清楚。

【第十四章】

人吓人，吓死人

确实够吓人的，坟头没被挖开，尸体却会飞，还一块一块地飞，飞到人的枕头上，半夜醒来，枕头上出现一只断手，断手还罢了，一个断头，和你脸对脸，嘴对嘴……

白荃英首先叫了起来，“妹妹，我不懂，前几分钟你还在说什么都没听到，是鬼神作怪呢。”

白静柔慢吞吞地说：“确实，这桩案子奇怪得很，当皇甫少安看见那旗袍新娘子时，我没有听到脚步声，也没任何外人进入的迹象。可今天看到这副空棺，我才恍然大悟，一切好像都明了起来。就如这副空棺，坟头长满了杂草，没有人动过的痕迹，看似毫无破绽，但实际上，棺材里的人下葬时就被人偷走，利用了一个时间差，造成了恐怖诡异的假象。出现人的胳膊之时，皇甫少安和我们一样想法，认为有人盗尸吓人，一定就自己来查看过坟墓，见坟头青草完整，没有人动过的痕迹，就认定不可能如此；出现人头，何副官再来这里查看，更证实这想法。如此，出现的尸体残块，就成了第一吓。”

白荃英点头，“确实够吓人的，坟头没被挖开，尸体却会飞，还一块一块地飞，飞到人的枕头上，半夜醒来，枕头上出现一只断手，断手还罢了，一个断头，和你脸对脸，嘴对嘴……”他打了个寒战，“咦……三年都睡不着了！”

苏益宣问：“静柔姐，这第二吓呢？”

“穿黑底红花旗袍披红盖头的女子，就是第二吓了。”白静柔说。

众人皆点头，苏雅文说：“也够吓人的，静安寺原本就有些稀奇古怪的传说，庙里的和尚全都走了，晚风一吹，再出现个飘忽不定的红盖头女人，咦……”

她摸了摸胳膊。

轲强问：“白小姐，你怎么看？”

白静柔说：“披红盖头的黑旗袍女子，我原只想着肯定是外面的人扮鬼吓人，只仔细听着外来的脚步声，却忽略了原来应该有的脚步声。比如说士兵的皮靴，我们身边的几个人，我第一次遇到皇甫少安撞鬼，是在众目睽睽之下，他忽然看见窗子有人影，据他说，就是那个披红盖头的女人，我却什么也没听见，更让他惊恐不已。可当时窗外并非没人，相反地，何副官、他的贴身侍卫，都在屋外，可他们穿着统一的皮靴，我只听见了皮靴声，所以认定屋外没人，可实际上，应该说是没有陌生人。”

白静柔还没说完，白荃英挠头怔怔地问：“妹妹，你又来了，故作神秘，长篇大论，把人的头都绕昏了，请直接说，谁干的！”

轲强等互相看了看，无可奈何。

皇甫规想了想说：“我知道了，白小姐，你是说装神弄鬼的是少安身边的人？可少安的侍卫营是千里挑一的，都是从我们的老家人之中挑选，一向忠贞不贰。”

白静柔慢悠悠地说：“大公子，我只说出推测结论，至于其中原因，就要你们自己内部调查了。”

轲强听得心痒难熬，见他们东问西问扯个没完，怕继续扯下去，猴年马月才知道结果，直视白静柔，“白小姐，你说起了何副官屋子里的噗噗声，一定不是无的放矢，此件事和何副官有关？”

白荃英一拍手，“对，就是何副官！要不就是他身边的其他侍卫，都有可能！要不然还有谁能神不知鬼不觉地放断手人头在皇甫少安的枕头上？妹子，对吧？”

白静柔说：“哥，你真厉害，都猜出来了，那我也不用说了，反正你们也不喜欢听故作神秘的长篇大论。”

众人面面相觑，齐刷刷怒瞪白荃英。

他赶紧向白静柔作揖，“妹子，妹子，我错了，没看到电影结尾，我不应该剧透的。你请说，那噗噗声是什么？到底是不是何副官？”

“当时何副官的反应极为奇特。第一，在进入二公子房间看到那断头之后回去呕吐，还洗澡换衣。一开始，我还以为他对那断头有所接触，身上沾了断头上的血水，后来细想了一下不对，断头放在了枕头上，他只有一个机会接触到，那就是把断头放在枕头上时。”白静柔说，“当时他身穿藏青军服，血迹染到了身上一点都看不出来，而他，是皇甫少安最信任的人，更清楚皇甫少安的作息时间，所以，他才是把那断头放在枕头上的人。”

皇甫规不敢相信，“不对啊，白小姐，即使是何则做的，少安就一点也没察觉？还有，你又说他半夜亲自去查看翠玲的坟墓，以调查事实真相，这不互相矛盾吗？”

轲强哼了一声，“这倒不难解释，何则一向擅长察言观色，第一次出现断手，皇甫少安亲自查看过坟墓，这次不等他开口，何则自己去办了，在皇甫少安面前讨得了好，又能声东击西撇清自己。”

苏雅文也点了点头，“人心难测，他这么做，只尽了一个当副官的本分。”

白静柔慢吞吞地说：“当然不止他一个人了，而是几个人，听从某个幕后人的指使，用翠玲之事把二公子吓破胆，至于原因嘛，唉……天下熙熙，皆为利来；天下攘攘，皆为利往。二公子处于皇甫家这么个位置，眼红的人多啊！”

轲强听得嘴角直抽抽，“噗噗声！你还没解释噗噗声呢！”

白静柔说：“这就是第二个可疑之处了，后面我再想了一下那噗噗声，一直没能想明白。后来半夜之时，桌上烛火一下子被吹灭，我才明白，原来那噗噗声是烧纸扯风声，何则当时在烧东西，也许有人打扰，我没听见他划火柴的声音，所以才一时半会儿没想出来。”

白荃英大失所望，“就只是烧东西？妹妹，你以前没听过？还猜了这么久？”

白静柔瞪他，“还想不想听下去？”

白荃英双手合十，“妹妹，我又错了，您继续说……祖宗！”

白静柔说：“何则烧东西的时候为避免烟雾、火光冒出，放在一个特制的铁桶里烧的，就像南方人拿来烧纸钱的那种铁桶，风能从下边风口冲入，燃烧极为干净。”

轲强问：“他烧的到底是什么？”

白静柔说：“我事后偷偷进他的屋子看过，铁桶里只剩下了灰烬，但我猜，很可能就是装扮成女鬼的东西。”

白荃英说：“不对啊，妹妹，刚才皇甫少安还被吓得魂都丢了，你说那东西被何则烧了，那刚才是什么吓着了他？”

“这个嘛，我也不知道，但我只知道……”白静柔拉长了声音说，“这世上最恐怖的事其实不是遇鬼，而是你周围所有熟悉的人联合起来一起搞鬼，这才是天底下最可怕的。”

众人各自想了想，皆沉默了下来。

白荃英摸着手臂说："说得我鸡皮疙瘩都起来了，妹妹，你说的真没错！咱俩熟吧，你如果联合雅文啊、小宣啊，这么吓我，我还真不如死了算了。"他停了停说，"这叫什么，这叫众叛亲离啊！世上还有什么值得信任的？"

皇甫规脸色发白，勉强说："白小姐，不会的，少安平日人缘不错，对下属也不苛刻，怎么会有人这么对他？"

白静柔说："是吗？他真那么清白？那我问问你，大公子，你真不知道翠玲是怎么死的吗？不知道她得了什么病？"

她抬起头来，眼眸里映出了他的影子，混着周围翠浓的树叶，如暗色翡翠。

皇甫规忽然有些吃不消，移开视线，"听说过一些，但那时，我的确在国外，信纸上写的东西，经过几个人口耳相传几经辗转，也许颇有失真。"

"不，是你不愿意相信罢了。"白静柔收回视线。

轲强就劝道："大公子，事已至此，你就把事情说出来吧，查出此事的真相，才能帮二公子摆脱噩梦。"

皇甫规想了想说："一年前，我收到了奶娘写来的信，说爹又娶了二娘，是娘身边的一个丫头，当时我没太在意，顺手把信丢到一边。过了几个月，奶娘又提起了那位翠姨娘，她知道我学医，问起了我一种病，说翠姨娘无缘无故地感冒发烧，很长时间都没好，还说她头顶长了个疮，擦什么药都不好，问我她到底得了什么病？单凭信上说的，我哪里能做出判断，只让她请当地医生看。后来嘛，她就再也没有提起她的病，只提及翠姨娘死了。回国之后，我问过奶娘，奶娘支支吾吾，却还是偷偷告诉我，翠姨娘得了梅毒，自杀死了。"

白静柔问："依皇甫医生所见，如果病人病原自头顶开始，这是个什么情况？"

皇甫规脸色沉重，"这个……我不知道，也许头顶最先开始接触病原？"

苏雅文冷冷地说："也许是有人把梅毒脓液注射进了她的头顶。"

皇甫规垂下头去。

风吹叶卷，阳光避进浓荫之间，似乎忽然间有阴风阵阵而过，风声掺杂着隐隐的呜咽，让人遍体生寒。

隔了许久，也没有人说话，白荃英到底忍不住了，"不会吧！谁会这么恶毒？"

他左右望望，却没有人答他的话。

只有树叶，随风飘落，似乎在为树下那无辜枉死的女子默哀。

几人看着皇甫少安的侍卫队簇拥着他渐行渐远，不由得齐声叹气。

“这算个什么事？把我们丢在这里，他就不管了？”白荃英气哼哼地说。

轲强拍着车厢盖说：“好了，二公子还留了辆车给我们，咱们先回镇上，找间酒店住下再说。”

苏雅文一回头，见白静柔看着侍卫队的背影笑，拧她的胳膊，“小柔，你老实说，他当时是不是就躲在树后边听着？”

白静柔侧过脸看她，笑而不答。

苏益宣说：“这还用问吗？难怪皇甫少安这么急着赶回去！他肯定猜到那幕后主使是谁了，回去清理门户。”

轲强摇头叹气，知道皇甫家是个什么情况，也不好多说。

苏雅文却回头，看着山上那座孤寺，轻声说：“翠玲真可怜，死了之后还不得安宁。”

白静柔垂头看着指尖，“我看不对，她死得虽然冤枉，但总算有人替她出头，她在天有灵，也会愿意出具尸体来替自已鸣冤。”

白荃英就问：“妹妹，你说这个人会是谁？”

白静柔大眼睛光芒流转，“皇甫少安心中想的人和真正做这件事的人恐怕不是同一批人。天下攘攘，皆为利往，有人想祸水东移，有人想替天行道，但这和我又有什么关系呢？这么复杂的事要靠哥哥你啊！”白荃英捂头，很头痛的样子，“又来了，又开始绕了！”

其他几人却只互相看看，沉默不语。

轲强坐进了驾驶位，白静柔跟着坐上副驾驶位置，其他几人上了车，合上车门，白静柔就从车座位底下拿出个纸包来，打开一看，眉开眼笑。

车子里顿时满是甜香，其他两人还没什么，白荃英首先说：“来一块，来一块。”

白静柔宝贝般抱着，“这是给我的。”

车里的人都笑了起来。

白荃英撇嘴，“有了老公忘了哥，小气！”

轲强说：“四少两天后到。”

白静柔嘴巴含糊不清，眼睛却灵活地眨着，“就，就只带了包点心来，真没意思。”

轲强点头，“对，没意思，我就这么禀报给四少听。”

众人又笑。

白荃英撇嘴，“假模假式，真没意思！”

轲强开车到了镇里，找了间酒店安排她们住下，又独自开车出去了。

还是那条小巷，轲强把车停在了小巷外边，左右望了望，才往巷子深处走了去，迎上来的还是那位中年人，却使了个眼色，示意他自己去西厢房。

轲强推门走进，见皇甫沫华正坐在屋里抽烟，喜出望外，“四少，您来了？”

皇甫沫华“嗯”了一声，指着面前椅子让他坐下，丢了根烟给他。

轲强自己点燃了，狠狠吸了一口，吐了口气说：“真让人解气，他也有吓成那样的时候！”

皇甫沫华眉头并没舒展，淡淡地说：“他向来自信，知道了真相，不知道怎样恼羞成怒。”

轲强弹了一下烟头，“是啊，想当年……”

皇甫沫华看了他一眼，他停住了，把烟送进嘴里又狠吸一口。

“她怎么样？”窗子关着，屋里烟雾缭绕，两个人却全无察觉，皇甫沫华问。

轲强怔了怔，醒悟过来他问的人是谁，回答：“好得很，可我觉得，白小姐仿佛知道了什么。”他把她说的那两句话说了出来。

皇甫沫华轻轻笑，身子后仰，舒适地靠在椅子上，“有人想祸水东移，有人要替天行道？她知道的，怕是那位替天行道的人！算了，她知道就知道了吧。”

轲强点头，眉飞色舞，“四少，果然，咱们选的人好，白小姐也聪明，知道什么该说，什么不该说，分得清是非黑白。”

皇甫沫华垂下眼眸，屋子里的烟雾使他脸孔朦胧不清，“她啊！重情。”

两人同时沉默下来。

轲强又吸了一口烟，问他：“四少，您准备什么时候现身？”

皇甫沫华语气冰冷，“我如果现身，他们会提前防备，再等等吧！”

他站起身来，从桌子上拿了鸭舌帽戴上，拉开门往外走，中年人在门口守着，忙哈腰说：“四少，车子在后巷。”

皇甫沫华嗯了一声，停住了脚，似乎有些迟疑，回头叮嘱道：“让她别乱来，还有……叫她小心些。”

轲强弯了弯嘴角，点头，“四少，您放心，我一定把她保护得好好的。”

皇甫沫华皱眉看了他一眼，这才去了。

轲强也跟着走了出去。

苏雅文一回头，就对上了两个大眼睛，吓了一跳，“你什么时候来的？走路无声无息，是猫吗？”

白静柔把两个眼珠对到眼睛中央，“雅文，你还不说？”

苏雅文转过头拿梳子梳头发，从镜子里看她，“说什么？”

“皇甫少安当着我的面拔枪打窗子外面，说又看见了那披红盖头的女人，你当时在外边洗手，那一次，是你做的吧？”白静柔说。

“你真会猜，我和他无冤无仇，吓他干什么？”苏雅文回头皱眉看她。

白静柔把糖塞进嘴里，“好吧，就当我胡说，可除了你之外，我实在想不出谁有那么好的身手了。当时在窗外我的确没听到什么动静，可皇甫少安看到的不可能是假的。”

苏雅文失笑，从她手里拿了块糖优雅地咬了一小块，“原来我们的白神探也有不知道的时候？”

白静柔慢吞吞看了她一眼，说：“我不知道的多得很。”

苏雅文对着镜子梳头，把厚厚的流海盖在额头上，说：“你知道了什么也不会说吧？”

两人同时沉默了下来，苏雅文放下梳子回头看她，伸手握住了她的手，“好吧！小柔，我先告诉你，你猜得没错，我确实接了单生意，让我在静安寺做点小动作，我只收钱办事，是谁找的我，我可不知道。”

白静柔只睁着眼睛看她。

苏雅文站起身来，从长衣袋子里拿出一封信，递给她，“全写在里面了，事成之后，钱打到英国人开的银行账上，我发电报去问了，钱已经到账。”

白静柔打开信封看了半晌，又把信举高了对着光看，“真奇怪，为什么叫你来做？还知道你有一副好身手？”

苏雅文说：“当时我找借口出去洗手，那纸扎的美人身就放在草丛里，我举高了往窗口一晃，皇甫少安吓得半死，连开两枪，还好不是要我自己穿旗袍站在窗口，要不然，可真变成鬼了。”

“对，当时我们全都面对门口，只是皇甫少安正对窗口站着，所以，只有他看见了。时间还真掌握得刚刚好，可纸扎的东西和真人到底不同，皇甫少安认不出来？”

苏雅文耸耸肩膀说：“这我就不知道了，我只收钱办事，办的又是这种大快人心的好事，何乐而不为？”

白静柔思索了半天，想不通，也就不想了，说：“也许皇甫少安心中有鬼，被吓得狠了，所以脑子有点问题？真真假假，假假真真，很可能有时候是真人扮的，有时却是假人，以至于他看到了黑旗袍女人就吓得半死。”

苏雅文摸出银制烟盒拿出根女式香烟来，拿出个小巧的打火机点燃了，吸了一口，吐了个烟圈出来，说：“也许吧！我估计，何则烧的那东西，就是那个纸人。好了，我的事你都知道了，该说说你瞒下的事吧？这一次在寺里，几次三番你都大失水准，怎么回事？”

白静柔把手从纸包上移开，拿手帕慢慢擦拭手指上的残余糖渍，“雅文，我好像听到了音乐声。”

苏雅文一怔，坐直了腰，“音乐声？怎么回事？”

“第一次听到，是何则在屋子里烧东西的时候，一下子有，一下子又没有了。”

“所以那次你没听见他擦火柴？”苏雅文恍然大悟。

“对，后来，有时半夜响起，有时却在中午，总是响一下子就没了，一段段的，就好像有人正在弹奏风琴，可那风琴出了故障，我都怀疑我自己是不是听错了。”白静柔说，“只不过，这两天却没有听见了。”

“这可真奇怪，难道真有什么阎罗娶新娘，小鬼抬着一路往黄泉走，所以沿途奏乐？还有时间限定？阎罗娶亲之后，乐声不再响起？我们普通人听不见，只有你这种耳朵极为灵敏的人才能听见？”苏雅文说。

白静柔不以为然，“我要能听见鬼奏乐，那一天到晚吓都被吓死了。”

苏雅文挑眉看了她一下，“那可难说得很，在我们这些普通人看来，你那耳朵，就是只鬼耳朵！能听到地狱里发出的声音。”

白静柔眉毛挑得老高，得意得很，嘴里却淡淡地答：“过奖了。”

两人东拉西扯，商量着去哪儿玩，把一包点心吃完了，这才下楼去。白荃英和苏益宣在楼下等得正不耐烦，见两人下来如释重负，正好这时，轲强开了车过来，于是，几人商量着一起去游玩，可对谨城到底不熟，就把店小二拉来问这里哪里好玩。

店小二眉飞色舞地介绍了南庭山上的桃花林，“现在正是桃花开的季节，漫山遍野都是桃林，可好看了，南庭山对外开放，准许私人上山游玩，你们现在去正好。”

轲强手里头事儿多，却有些不愿意，说：“一个小山坡有什么好看的，桃花开得再多，哪有我们那儿洋公馆的花多？”

邻座老者听了，却有些不愿意了，“小伙子，你这就不懂了，南庭山的景致，哪里是别处可比的，你不知道吗？那里是咱们官姓的私山，官氏祖宗宗祠所在之地，官家几辈子花钱在上边可不止一点半点，从南宗之时开始，官家祖祖辈辈就住在那里，光灵壁山的奇石假山，就有不少，那可是几百年前的东西！”

“官家？您老是说纺织大王官家？他们的祖居在这里？”苏雅文问。

老者看了她一眼，很有几分自豪，“当然了，你们算是来对了，这一个月南庭山全面对外开放，你们可以随便上山游玩，过了这段时间可就没这好事了，南庭山封山，不准外人进入。”

说起官家，旁边几位坐着饮茶的人也谈兴大浓，一年轻人脸露向往，“听说官玉绯回来了？”

另一学生模样的人冷冰冰地说：“她虽然是咱们的同学，可人家在天上，和咱们可不同。”

“她才不会那么想！”

“你有胆子就叫你爹提亲去，看人家会不会让狼狗赶你出来！”

年轻人讪讪垂下头去，不知道咕哝了句什么，不出声了。

“人家啊，只瞧得上皇甫家的，可惜，那一位早不知所终。”学生脸露向往喝了口茶说。

“别说了！”

桌上沉默了下来，各自垂头喝茶。

白荃英也跟着喝了两口忍不住道：“妹妹，他们说的也许不是四少？”

白静柔慢慢喝了一口茶，看着茶盏说：“南庭山你们到底去不去？”

“去，当然要去了。”白荃英说。

轲强想不到出现这个结果，无可奈何，只好点头，苏雅文两姐弟当然没有意见。

几人三下五除二吃完早点，正要起身，店小二却领了个中年人来，哈着腰说：“先生、小姐，这位是皇甫家的李管家，是来找诸位的。”

李管家是个瘦长、脸表情严肃的人，恭恭敬敬递上了请柬，直了腰说：“白小姐，我们太太有请，请您南庭山一叙。”

白静柔怔了怔，“你们消息还真灵通。”

李管家略带自得语气，“诸位来到了皇甫家的地盘上，咱们什么都不知道，哪里是待客之道？”

几人看李管家那倨傲的样子，各自好笑，皆觑白静柔。

轲强心中有数，就问：“李管家，太太在南庭山？”

李管家把视线落到了轲强脸上，笑了，“是小蝌蚪啊，都这么大了！对不住，乍一看还没认出来。是啊！太太的老习惯还是没改，桃花开的时候，总喜欢去官家住上两天。”

轲强脸都绿了。

白荃英看热闹不嫌事大，“李管家，您现在还叫咱们轲探长小蝌蚪？”

李管家一怔，微微仰头说：“对不住，叫惯了。”

白荃英笑了两声，“小蝌蚪长大了，再怎么着，您也应该改称呼叫大青蛙才显得你们皇甫家的体面啊。”

李管家的脸顿时也不好看了，他从眼角斜他，“您说笑了，眼看天色不早，诸位请尽早决定，咱们的车在外面等着呢。”

白荃英收了笑容，冷漠地看他，“李管家，皇甫家真是体面周到，请柬才到，车子就来了，这是不去也得去？我们就不去，请你空车回去！”

李管家一脸睥睨，“对不住，诸位是四少的客人，我们太太才这么关心，皇甫家请客，还没有人说不的，诸位如果真不去，我也只好空车回去禀报太太了。”

几人面面相觑。

白荃英“噌”的一声站起来，撸袖子指门外，“走，你赶紧走！”

李管家哼了一声，拂袖转身就走。

白荃英往他背后“呸”了一声。

轲强倒有点奇怪，心说白静柔安静得异常，朝她看去，就听她慢吞吞地说：“李管家，你这么回去，你们太太不太满意哦。”

李管家身子一顿，转过身来，“白小姐，您不愿意去，我一个下人，有什么办法。”

他口气软了许多，头依旧微微昂着。

白荃英忙阻止，“妹妹，你别真的要去吧？我是不去的，什么样的下人就有什么主子，可见他们那太太的厉害！”

李管家脸色不变，只从鼻子里哼出些声音来。

轲强垂头喝茶，苏雅文姐弟俩也跟着端杯子，各自交换眼色，都读懂了其中意思：太太厉害，这一位也不差啊！

白静柔站起身拍了拍衣服上并不存在的灰尘，走近李管家身边，状似无意般说：“李管家，太太打牌输了钱，心情不好，你空车回去，她心情怕更不好了，算了，免得李管家为难，我们就跟你走一趟吧！”

被她一双黑色眼眸盯着，李管家无来由地身上出了层冷汗，嘴唇颤了颤说：“四少厉害。”

众人秒懂。

他以为四少也调查了太太的行踪。

轲强感叹，这种反击还真是快准狠。

李管家把高昂的头垂下，哈腰领着几人往车上走，走到车边替几人拉开车门，殷勤介绍起来：“南庭山的桃花林与别处不同，光品种就有十几种。碧桃、绛桃、绯桃，洒金碧桃等，从浅红到深红，重瓣到单瓣，一眼望去，美不胜收……”

白静柔脸带笑意听着，拉家常，问：“李管家，太太昨晚输了一千块钱？你这个的月赏钱看来遥遥无期了，我同情你，但我也穷，没钱赏你。”

李管家脸顿时绿了，“你，你连这都知道？”

回去得赶紧汇报给太太听，身边人看来要来一次大调查了。

几人看他一脸紧张，皆各自垂头暗笑。

【第十五章】

四少的青梅竹马

官玉绯见她懵懂无知幼稚得很，心底更加不满，皇甫沫华那样的人，只能是门当户对的姑娘才能配得上，这位白小姐身材单薄，面貌稚嫩，哪里是个能当得起事儿的？

南庭山桃花开得真不错，假山奇石也玲珑趣致，南庭山幽静，几人跟着李管家走进亭子间，亭子里坐满了人，大部分是女人，桌子上插了开得正艳的桃花，有几位年轻男子坐在另一边聊天，看到他们进来，大都微微点头，含笑打了声招呼。

侧边角落里的麻将声就停了，有个女人吩咐："替我一下，老四的朋友来了，我得去看看。"

她穿了一件西式翻领藏青旗袍，笑着走了过来。

坐在正中榻椅上的一个年轻女人也站了起来，含笑说："你们可来了，早叫二哥去请了，谁知道你们却偏偏要住在外边。"

说着，那年轻女子上前握住了白静柔的手，亲切地说："这位就是白小姐吧？"

白静柔不喜欢别人这么亲近，又不好意思抽回手，眨着眼点头，问她："您是？"

周围人都笑了起来。

那位从麻将桌上退下来的中年女人就介绍："这位嘛，是官家三小姐，官玉绯，要不今天请你们过来呢，就为了凑个热闹。今天啊，是她生日，你们是老四的朋友，大家年纪差不多，应该能谈得来。"

轲强说："这位是太太。"

白静柔就知道，这就是皇甫家大太太江沁月，她保养得极好，耳朵上两颗玻璃种翡翠使得她洁白的面颊映上了两点粉绿，眼角却不见丝毫皱纹。

官玉绯却是姿容艳丽，打扮时髦，身材前凸后翘，白静柔略自卑，垂眸看了一眼自己。

除了这两位，其余的一个也不认识，但如以往一样，在亭子中略微站了站，听他们说上几句，大致的身份就能猜得八九不离十。

原来亭子里的人，都是和江沁月相熟的，麻将桌上是她的手帕交和娘家妹妹，手上、脖子上戴得珠光宝气。年轻男子，是她娘家的两位侄儿。

另外几位，就是官玉绯玩得好的同学，打扮和苏雅文差不多，素净许多。

官玉绯热情，拉着她的手不放，让她掌心暖烘烘的像火烤着，让她浑身冒汗，眨眼求救苏雅文。

苏雅文上前，含笑拉了官玉绯的另一只手，一通嘘寒问暖自来熟，官玉绯这才把白静柔放了。

皇甫太太笑容亲切，谈兴大浓，有她在的场合，仿佛永远都不会冷场，她先是介绍了亭子里的几个人，和白静柔想的差不多。

介绍之后，就说起南庭山的桃花，开得真是姹紫嫣红，有几株是从国外运来的，花了老多的钱，又说起官家在后山开了一片地出来，准备建个马场，现在已经略具雏形了，从英国运来的马也到了。她笑吟吟地对几人说："老四从小就喜欢骑马，看见马路都走不动了，老爷偏也纵着他，每次骑马都抱着他骑，这一晃都这么多年过去了，玉绯马也骑得不错。哦，对了，白小姐，你会骑马吗？"

白静柔才刚把一颗瓜子摆进嘴里，皮儿还没吐出来，怔了。

官玉绯就说："白小姐，别怕，我来教你。"

皇甫太太意犹未尽，"玉绯啊，跟英国人学过骑马，在英国读书时还参加过他们那里举办的赛马！白小姐，你要想学骑马，跟她学就对了。"

官玉绯双眸含笑，又想拉白静柔的手，白静柔把掌心的瓜子摊给她看，她这才缩了回去，"白小姐，你来就好了，等隔几天四哥来了，咱们一块儿骑马。"

白静柔大大抓了一把瓜子捏着，此时才把嘴里的瓜子皮吐了出来，十分之淡定，"不行不行，我骑马不行，从没学过。"

官玉绯面颊放光，亲热道："不怕，有我教你呢！你是四哥的朋友，也就是我的朋友，四哥马骑得那么好，没理由你不会。"

苏雅文见她们逼得紧，想上前帮忙，可她身手行，这种含枪夹棍斗嘴皮子的功夫，她还真不太擅长。左右看看，三个大男人更没法指望，正想撸袖子强上。

白静柔偏着头看官玉绯，大眼睛弯成月牙儿，挑了一颗瓜子慢慢摆进嘴里，“他呀，从不要求我这，要求我那的。不过呢，倒是陪我吃了几回马肉，官小姐你知道马肉是怎么做的吗？”

官玉绯脸上的红光瞬间褪下，掩嘴，一脸震惊，颤声想说点什么指责的话，想及陪吃的是四少，话不太好接，眨眼向皇甫太太求救。

皇甫太太挥着帕子笑，“讲笑了，讲笑了，白小姐，你真会说笑，老四还有这嗜好？再说了，这马肉有什么好吃的，酸不拉几的。”

白静柔状若无意，“是啊，有点酸味，但健壮的小马驹味道好，四少带我去，指定要用刚成年的小马驹做。”

苏雅文放心了，把袖子理好了，也嗑起瓜子来。

官玉绯脸色惨白，转头，拿帕子出来掩嘴。

皇甫太太也不好怎么打圆场了，只好又说起了桃花，说桃花白静柔没意见。总的来说，只要让她静静地嗑瓜子，不惹到她身上，她们说什么她都没意见。

皇甫太太把南庭山的桃花树一株株数过去说了个遍，从品种到栽种，最后总落到了价钱上，白静柔左手从右手里拿瓜子嗑，偶尔两声惊叹，“啊，真贵！玉绯，你们家真有钱。”

这就够了。

纵使皇甫太太再见多识广，口齿伶俐，也有点冷场。

官玉绯从马肉里缓过神来，插言道：“白小姐，离开餐还早着，要不，我领你们去周围逛逛？”

白静柔先看了眼掌心，见手掌空了，抓了把瓜子塞满，笑眯眯地说：“也好。”

皇甫太太就叫她的两个娘家侄儿陪轲强他们三个大男人。

她们走，苏雅文当然也跟着，学白静柔的样儿，捏把瓜子在手里嗑。

三人走进桃花小径，皇甫太太早把桃花什么的介绍完了，官玉绯再老生常谈未免太矫情，无话可说，耳边两位女人嗑瓜子的声音就特别大，让她特心烦。

走了几步之后，她停了脚步，转头对苏雅文说：“苏小姐，我和白小姐有话说，能借个方便吗？”

苏雅文看了眼白静柔，转身，走到另一边的桃花树下嗑瓜子去了。

官玉绯也不装了，看着白静柔说：“白小姐，你能停一下手里的瓜子吗？”

白静柔吐了瓜子皮看她，说：“官小姐，你请说。”

官玉绯挺直了腰背，居高临下看她，“白小姐，听说你父母双亡？最近爷爷又去世了，你大哥才从牢里刚放出来？”

白静柔点了点头，偏头看她，“官小姐，你对我真关心。”

“白小姐怕是不知道我们官家了，官家是做纺织业的，如今又引进了日本的新机器生产织花布，白小姐身上穿的青袍也是我家的布做的呢。”

白静柔垂头看自己身上，瞪圆眼睛诧异道：“真的？这我还真不知道。”

官玉绯见她懵懂无知幼稚得很，心底更加不满，皇甫沫华那样的人，只能是门当户对的姑娘才能配得上，这位白小姐身材单薄，面貌稚嫩，哪里是个能当得起事儿的？

她家世和普通人相比的确不错，但比起自己来可差得远了。

官玉绯决定给她上一课，轻声说：“别看四少现在风光，是巡捕房的华人捕头，但和皇甫家的家业相比，那算得了什么？无根无基在外打拼哪里比得上回到家里继承家业？皇甫伯父如今仕途顺利，皇甫家家大业大，现在对他另眼相看，这可是一个重回皇甫家的好机会，白小姐，你说呢？”

白静柔偏头边看她边嗑瓜子，“官小姐，不明白……你直接说吧，要我怎么办？但我事先说明两点，第一，让我为了四少的前程着想，放弃和他来往，那是不可能的，第二……”她略害羞地笑了笑，“以后我们如果真成了一家人，我也不会同意娶妾的。”

官玉绯闹了个大红脸，跺脚，“你真是不懂事得很，我跟你说了半天，你就一点没听进去？”

白静柔直愣愣地看她，“请你再说清楚点儿。”

她一双明晃晃的大眼睛真切地看着自己，官玉绯嘴唇嚅动半晌，觉得千言万语就在嘴边，可就是出不来。

白静柔挺体贴的，“官小姐，要不你再想想，想清楚了再说，在此之前，我估计你也不太愿意见我，我们到那边走走，别打扰你思考。”

官玉绯眼睁睁地看她走远，嘴角抽动了半晌，总算抽出一声冷笑来，跺脚，离开。

苏雅文身前已经有一大堆的瓜子壳了，看她走近，拍干净掌心的壳，恭喜道：

“小柔，你又成功替我们制造了一个敌人。”

白静柔怔了怔，回头丈量一眼刚才说话之处，“雅文，你怎么知道？”

苏雅文撇嘴说：“用得着听吗？官玉绯刚才那样子，是个人都可以看出来她在你这里碰了壁去。”

白静柔把额头散发拨向脑后，成四十五度角仰望天空，感慨：“唉，我这个人怎么就这么才智非凡呢？有时候连我自己都有点佩服自己。”

苏雅文抽着嘴角拍了她一下，“先别忙着佩服，你好像忘了我们现在可是在人家的地盘！”

白静柔满不在乎，“放心，官玉绯不像我这么小气，和人吵架之后一定不给那人饭吃，她识大体得很，招待我们的规格，只会高不会低！”

苏雅文心存迟疑，“真这样？你别弄得我们连餐晚饭都混不上，空着肚子下山！”

白静柔笑眯眯保证说：“不会，不会的。”

两人走进花厅，却一个人也没有，面面相觑半晌，白静柔喃喃地说：“还真去吃饭不叫上我们？”

苏雅文嘴角直抽，“小柔，你别光想吃行不？我看像是发生了什么事？”

她一眼看到外边走过的下人，忙叫住他，“这里的人呢？”

那下人面带喜色，“有客人来了，他们到门口迎接。”

白静柔怒了，“我们来这里，站起身来的也只有两三个，是谁这么大排场，居然要你们全体出动去半山腰？”

下人不以为然，“那怎么相同？小姐，你如果想去，我给你们带路。”

白静柔撸袖子，“去，怎么不去！”

两人跟着下人走了不到百步，白静柔忽然停下了脚步，脸微微发红，顺着她的目光往前看，苏雅文就明白了，撇嘴，“出息！”

皇甫沫华被一群人簇拥，翩翩而来。

铁青色的西装衬着满山姹紫嫣红，醒目得很。

苏雅文回头看了白静柔一眼，摇头叹气，避到一边去。

白静柔停了下来，看他越走越近，莫名心跳加速，就觉得自己身上衣服颜色太过暗淡，和脚上鞋子不太配，胡思乱想之间，他就到了她的面前，手指掠过她面颊上的碎发，“胖了。”

白静柔眨巴眼抬头看他，气道：“我饿了。”

他眉毛清俊，根根发光，向上挑起，微微地笑了。

那一瞬间，白静柔只觉有道光亮自脑中爆开，似乎自己已飘在了云端，忍不住也想笑。

她当然得强忍，淡定严肃，“四少什么时候来的？”

皇甫沫华伸手，摸了摸她的头前刘海，没有回答。

皇甫太太热情洋溢，“老四啊！咱们别站着了！走走走，回客厅去，休息一会儿。”

官玉绯也说：“对啊！表哥，我还得感谢你，今天是我的生日，你特意赶了过来。”

两人视线都没落到白静柔身上，直接无视到底。

白静柔此人哪会不报复的，嘟嘴委屈告状：“四少，您瞧，您来了，她们就来半山腰迎接，我们来了，她们从麻将桌上欠起身打招呼，我觉得吧，她们不喜欢我。”

众女人脸色顿时都不大好看。

官玉绯勉强说：“白小姐误会了，您是四少的朋友，我们怎么会不喜欢？”

白静柔偏头看她，眨巴大眼睛，唇齿欲动。

官玉绯暗叫不妙，她和许多大家闺秀的女子打过交道，但这一位显然不按常理出牌白痴得很，把告状当成家常便饭，她可别把两人刚刚在桃花树下的对话在这场合说了出来。

那她成什么人了？

官玉绯忙上前挽白静柔的胳膊，“白小姐，我向您道歉，是我们招待不周。”

白静柔轻声说：“官小姐，你冷吗？怎么浑身打哆嗦？”她回头问皇甫太太，“太太，让人拿件衣服来吧！官小姐冷，别着凉了。”

皇甫太太一怔，见官玉绯脸色青白，以为她真冷，让小丫鬟拿了个披肩来，白静柔亲自接过，拿来披在官玉绯身上，还叮嘱道：“冬春季节交替，容易着凉。”

官玉绯直犯恶心，可也只好微笑道谢。

白静柔还不知足，眯起眼睛问皇甫沫华，“你瞧，我懂事吧？”

皇甫沫华嘴角含了丝微笑，看她，又揉了把她额前的散发，“以后你只要关心我就行了。”

白静柔没想到他任自己胡来，略感愧疚，“可你老不在，我也关心不到啊！”

“以后会在。”皇甫洙华说。

两人旁若无人，让周边人等实在看不下去。

官玉绯掌心的手帕都快绞烂了。

连轲强身上也起了层鸡皮疙瘩。

皇甫太太赶紧招呼道：“来来，去厅里坐坐，站在外边干什么？”

进了大厅，厅里早安排妥当，摆了好大一个桌子，上满佳肴，香气扑鼻而来。皇甫太太充分发挥了她左右逢源的热情周到，虽然皇甫洙华一餐饭没说上十个字，但也宾主尽欢。

晚饭过后，众人四散坐在厅里聊天，皇甫洙华被皇甫太太娘家那几位侄儿缠着，吹嘘拍马。白静柔知道皇甫洙华一时半会儿不会完了，左右看了看，寻苏雅文说话，看见门口衣服一闪，似乎是她穿的衣服颜色，马上跟了出去，来到长廊外，却没见人影。

白静柔闭上眼睛听了听，听见脚步声往后山花园处而去，心说这丫头太不要脸了，在这里跟人约会？

想及此，她好奇心大起，寻着脚步声往前跟了过去。

月光倾下，白天颜色浓丽的桃花成了灰黑之色，淡淡的花香却依旧随着晚风阵阵袭来，白静柔弯腰轻手轻脚地走，听得见虫儿舒展翅膀，花朵自树梢缓缓飘落，脚步却忽然间消失了。

她缩在假山后等了半晌，那声音却仿佛从来没有出现过一般，她有些愕然，尽了耳力去听，却依旧什么也没有。

这是她从来没有遇到过的，心就慌了起来，赶紧从假山后跑了出来，四顾而望，却只见风吹花落，月色无声。

浓浓暗色似乎像棉花般吸走了脚步声，让她几乎感觉她刚刚听到的似乎是幻觉。

她张皇四顾，紧张地唤出声来：“雅文，苏雅文，你在哪里？”

忽然之间，花影一动，她看到了衣服一角，心里直骂苏雅文装神弄鬼，跑了几步瞅准方位，一把抓住了那人的衣角，嘴里说：“哈，看你往哪儿躲！”

白静柔却忽觉不对，那人怎么会这么高大。

她抬起头来，他垂目而视，俊朗的容颜映着夜空中珍珠般散落的闪闪星辰，浓眉大眼，华贵非常。

她惊得后退两步，转身想跑，却被他一把抓住，“小柔，好久不见。”

“你，你放开我！这，这里到处是人，只要我叫一声，他们都会来了，你能跑得了？”白静柔扒拉着他的手，尖声说。

“你不会喊的。”孟获良没有松手，轻声说。

“我当然会喊！”她扯高了嗓门，却看清他眼底那浓浓的郁色，紧锁的眉头聚成了一团黑影，她咽了口唾沫，“孟获良，你老实告诉我，你来干什么？”

孟获良拉住了她的手，一带，将她紧紧地固定在怀里，“小柔，咱们先出去再说。”

白静柔拿脚踢他，拿牙咬他，“我不跟你出去，快放开我！”

他没有放，禁锢着她，胳膊像铁一样，“小柔，你不想知道那场爆炸是怎么回事了？”

白静柔略停了停，拿手指继续抠着他，“四少都弄明白了，是截刀帮搞的，把你娘送的礼品盒换成了炸药，所以爷爷才会死。”

她指尖感觉到了濡湿，垂头一看，他手背处已经被她抠出血来了，他却似乎一点感觉都没有。

她心里莫名愧疚，停了下来。

他在她头顶轻轻叹息，却没有说话，半抱半拖拉着她往前走，“那些话，是皇甫沫华告诉你的吧？”

白静柔挣扎不开，嘴里说：“他说的怎么了？”

车道之上，停了一辆小车，他抱着她往车里塞，这时她才醒悟过来，尖声叫了起来：“来人啊，来人啊！”

远处灯火辉煌，似乎有人提着灯笼赶来，可车子已经发动，轮胎与地面发出刺耳的摩擦声，忽地转头，往前驶了去。

回到车里，孟获良就松开了她，想及孟获良此人的思虑周全，车门当然是锁上的，她也不挣扎了，回头瞪他，“你到底想干什么？”

孟获良微微一笑，“小柔，来谨城这么久，还没好好儿四周逛过吧？走，我请你吃饭。”

“不吃，我饱得很。”白静柔翻了个白眼。

“谨城还有一处好地方，你一定没去过，那里名叫十八巷子，一条主巷，横生出十八条小巷来，小巷里好东西可多得很，咱们去那里好不好？”

白静柔拿眼横他，“那地方适合逃跑吧？”

孟获良轻笑一声，“你想法可真奇怪，既然皇甫沫华已经查出爆炸是截刀帮的人做的，我为何要逃跑？”

白静柔哼了一声，“谁知道你干了什么龌龊事？没干为何这么长时间踪影不见？你就是心虚。”

孟获良静静地看她，忽然间叹了口气，“小柔，有时候你真是聪明，但有的时候，还真傻得可爱。”

白静柔听了这话就烦，烦得不得了，把头扭到一边看夜景，不打算理他。

车子向前滑行，街道两边开着门的店铺不多，偶尔三两个人挑着卖空了的担子急匆匆地往回赶，点灯人拿了长长的竹竿把挂在檐前的灯笼取下，点燃了，再挂上去，寂静的夜里，灯火一盏盏地亮了起来。

“夜半醒来红烛短，一枝寒泪作珊瑚。”孟获良轻声地吟。

白静柔依旧趴在车窗上。

“宝烛夜无华，金镜昼恒微。”孟获良再吟。

白静柔气了，回头怒视他，“你要干什么？到底要干什么？”

孟获良慢吞吞地答：“这两句诗，第一句是描写诗人酒醒之后，看到蜡烛流泪，化成多姿珊瑚；第二句却写的是妻子早逝之后，诗人看着夜晚的烛火，也失去了往日的光华，铜镜似乎也终日暗淡无光。小柔，你瞧，在你的眼里，烛光闪烁，一盏盏亮起，却是美不胜收，在我的眼里……”

他轻声吁气。

白静柔气不打一处来，“这和我有关吗？你还没结婚呢！妻子怎么就死了？”

黑暗之中，孟获良眨动眼眸看着她，忽然间悠悠叹了口长气，“你说的没错，我还没娶妻呢，只不过……”他声音沉沉，“没娶，妻子却跑了，不知道要怎么样才能追得上，没有她的日子，对我来说，却也是宝烛无华，金镜无光。”

白静柔滞了一下，声音低了下去，手指摸上了布袋子上的扣子，“我都跟你说了，咱们俩不合适，以你的条件，一定能另找个更好的！”

孟获良淡淡地说：“曾经沧海难为水，除却巫山不是云。”

白静柔撇嘴，懒得理他，又把头转向窗外去，转动脑子想法子逃走。

车子停在了十八巷子里，孟获良说：“里面不好停车，咱们就在这里下车吧！”

白静柔等着他给开车门。

孟获良笑了笑，“车门没锁。”

白静柔轻轻一推，果然，那车门直接开了，她后悔得想撞墙，走下了车，还在一直后悔。

人潮鼎沸的夜市，冒着蒸汽的蒸笼，各种食物的香味混合成奇异而古怪的诱人香味在空气中飘着。

白静柔跟着孟获良往前走，垂头看地面数步子。

“你瞧，谨城是两省交会之处，自古以来又是军事要道，所以，这里聚集了四面八方的人，小吃更是各省各市的都有，全聚在了十八巷子里……”

“是吗？我还饱着呢，不想吃。”白静柔踢着街面上的石子说。

“比如说陕西的腊汁肉夹馍、千层油酥饼、四川的夫妻肺片、糖油果子、南边的蜜汁叉烧包，紫菜蛋卷……”孟获良边走边指着小摊上的食物如数家珍，“比如说这糖油果子，糯米外面裹了一层浓糖，色泽金黄，闻起来有焦糖香味，外边裹了一层白芝麻，一口咬下去皮脆内软，甜得舌头都要化了。”

白静柔悄悄地咽了一下口水，冷笑，“这种甜腻腻的东西有什么好吃的？”

“是哦，你长大了，不喜欢小孩子的甜食了。只不过，我倒有些怀念咱们小时候一起偷糖吃的时候。”孟获良掏出两个角子来，买了两串糖油果子。

白静柔从鼻子里哼出一声，又咽了口口水。

他看了她一眼，状似无意般把那两串东西在她面门处转了一圈收回，说：“你不吃的哦？”转而放进自己的嘴里。

白静柔灵敏地闻到了那股他说过的焦糖味道，拿眼角扫着他把那糖果子塞进嘴里慢慢嚼，屏气死忍，心说我闻都不闻了还不行吗？

孟获良吃了两个，忽然“哎呀”一声，看着衣袖，雪白的衣袖粘了糖汁，白静柔幸灾乐祸得很，他却忽然手一伸，把剩下的那个糖果子塞进了白静柔的手里，“帮我拿一下。”

他摸着口袋拿出块手帕来，擦拭袖子上的糖汁。

擦完了，却忘了把那糖果子收回，白静柔当然不会主动说。

两人继续往前走，孟获良是个认真的人，继续介绍起两边的小吃来，白静柔有一搭没一搭地听着，等走至街尾，才发现自己手里举着的糖油果子只剩下了根棍子。

她看了眼孟获良的后脑勺，忙把那根棍子静悄悄地丢在了角落里，还把嘴抹了两抹。

期待孟获良忘了那个她说了不吃的糖油果子。

他还真忘了，继而又买了许多其他吃食，自己拿不下了，就塞进白静柔的手里。

既然那么多，吃上一个两个他也不会发觉，所以，白静柔用鄙视而高高在上的眼神看着他幼稚地买，静悄悄地拿上一两个顺便塞进嘴里。

吃多了就想睡觉了。

白静柔走着走着，有些犯困了，头一点一点跟着走。

“十八巷子，原来没有这么多人的，这两天人特别多，你知道为什么吗？”孟获良忽然站定。

白静柔鼻尖差点撞上了他的后背，怒冲冲地说：“不是皇甫家老爷子大寿吗？”

孟获良转过身来，看了她半晌，失笑摇头，“你还真什么也不知道，真对不起你那双灵敏的耳朵。”他慢吞吞地说：“有时耳朵再灵敏也没用的，如果别人不说，你还是不会知道。”

白静柔感觉受到了深深的侮辱，一把抓住他的衣袖，“你又知道什么？”

“皇甫家在谨城来说，是几百年的世家大族，他们家啊，规矩多，即使到了现在这社会，也沿用了以前那老一套挑继承人的办法。上一届家主六十岁之时，就会在大寿时挑出下一任家主来，皇甫端一共有四个儿子，除了老三深居后院之外，其余的人想必你已经看过了？你说，皇甫沫华来这里，只是为了替他爹祝寿？”孟获良淡淡地说。

“四少压根不稀罕那些东西！他才不会争呢！哪像你！”白静柔气急败坏。

孟获良哈哈笑了两声，“皇甫沫华在租界确实做得不错，但是……”他慢吞吞地说，“一个小小的租界总捕头哪比得上一方大员？”

白静柔哼了一声，“你别以己度人，四少现在好得很！”

“据我所知，皇甫家大公子皇甫规是个医生；皇甫二公子皇甫少安最近也不知道怎么了，屡屡出错，被皇甫端当着许多下属的面训斥责骂；至于皇甫三公子皇甫奇患病一直没有好；剩下的还看得过去的，就只有皇甫沫华了。小柔，你一向聪明，你来给我分析分析，这一切是偶然还是必然？”孟获良说。

“你怎么说都可以，反正我不会相信！”

“你看这十八巷子，一个月之前开始，就陆续有全国各地的商人小贩等赶了过来，因为他们知道，皇甫家挑选了继承人之后，就会摆上上千桌的流水席，整个十八巷子都会被铺满，所有的小贩商客都会被征召，他们在这十几天赚的钱足够他们全家人好好过上几年，这还只是皇甫家财富的一角。”

“有钱了不起吗？四少也有钱得很！”白静柔说。

“有钱的确没什么了不起，可你知道皇甫端还是新任西南督统吗？皇甫家的继承人，如不出意外，是要继承皇甫端的官职的。”孟荻良慢吞吞地说。

白静柔停下了脚，转头看他，“你到底想说什么？你不是要告诉我，那场爆炸是怎么回事吗？”

孟荻良抬眼看她，说：“皇甫家虽然是百年大族，但祖上传下来的财富并不多，据我所知，皇甫家财力大盛，是近十几年来的事，也就是皇甫端娶了妾室孙品秀之后的事，而孙品秀就是皇甫沫华的亲娘。”

四周虽然热闹非凡，嘈杂吵闹，白静柔却忽然感觉身上有些发冷，仿佛有股冷气自脚底钻入，瞬间遍布全身。

“你在暗示什么？”她冷冷地问。

“皇甫端在那一年大发，孙品秀却死因成谜，听说后来，死在了静安寺里，别说厚葬了，连一口薄棺材都没有，甚至连葬礼都没有，皇甫沫华也就是那一年失踪的。”孟荻良说。

“这个我知道，但那么多年了，他也没弄懂当时是怎么回事，他回到皇甫家，就是为了查清当年之事！”白静柔说。

“真的吗？”孟荻良笑了。

“当然是真的，他从不瞒我！”

孟荻良忽然伸出手去，揉了揉她额前的散发，“小柔，你真可爱。”

白静柔一巴掌把他的手打开，冷笑道：“我知道，你在暗示我四少有许多东西瞒着我，和我定亲也是有目的的！可我就是喜欢他，怎么了？”

孟荻良脸色一暗，呆呆看了她半晌，慢吞吞地说：“小柔，我怕你被人辜负。”

白静柔心头有股火往上冒，“孟荻良，你别在这儿枉做小人了！”

孟荻良收回视线，轻轻地叹了一口气，看着半空悬挂着的月亮，半晌，“小柔，据我所知，当年同一时间获得极多财富的，还有孟家和白家。十多年前，我家只有三间小小的杂货铺，那一年过后，我爹忽然间开始和海外商船合作，囤积大量舶来货，开了好几家百货公司，这才将家族生意扩展极大，而白家……”

白静柔的心扑通扑通直跳，尖声说：“我家怎么了？我家可不算有钱！”

孟荻良说：“是啊，确实不算，那个时候，你爹去世，你娘远走海外，白家没做什么生意，守着祖上传下来的家产度日，这么多年了，小柔，你可缺过钱花？你哥哥花天酒地，可曾缺金少银？白老爷子每年大寿，酒席是最好的酒楼大厨做的吧？”

白静柔哑口无言，怔了半晌说：“我们白家原来就有钱。”

孟获良幽幽看了她一眼，“那场爆炸当中，我娘死了，你爷爷死了，孟白两家老一辈的人都死了，他们或许知道当年的真相，我真应该感谢那幕后之人，没有赶尽杀绝。”

“那是截刀帮，是截刀帮做的！”白静柔说完了才发现，自己的牙关在咯咯作响。

孟获良却没有回答，只看着她不语，忽然间轻轻叹了一口气，“小柔，你知道巩爷是谁吗？”

天色晚了，山风吹来，所以才极冷的。

白静柔心底里忽然间有如冰丝划过，她抱住了胳膊，摇头，“不知道，我也不想知道。”

孟获良再看她半晌，“小柔，真希望你永远能这么快活。”

白静柔冷哼，“就是你不想我高兴！”

孟获良慢吞吞地说：“小柔，你记住，有些事情，如果有人有心瞒你，你也会听不到的。有时候，欺骗你的往往是了解你的人。”

白静柔抬起眼眸直视他，“就像你把我骗出来一样？哼，我才不信。”

孟获良没有说话，只深深地看她。

【第十六章】

孟获良的真话

姑娘，你还不知道那狐狸精的故事吧？这树里的狐狸精啊，喜欢上了树下看书的书生，可书生是有未婚妻的，到最后，她成全了那书生和那未婚妻，却把自己封在了这棵树里，一辈子守护着那书生一家。

街道上嘈杂声渐渐变小，夜市上的闲人也抵不住夜寒露重，慢慢地散了，小贩在收拾着摊子，只有那些实在没地方去的，还在街上徘徊，却也是哈欠连天。

路过的行人有些奇怪地看了一眼在街心相对而立的两名年轻人，又匆匆离开。

白静柔被他看得不自在，说："孟获良，你全都说完了吧？我要回去了！"

孟获良看了她半晌，摇头，"不行。"

白静柔背手转身往前走，"不行就不行，孟获良，你还真想让我一辈子跟着你不成？"

"如果真能这样，那倒好了。"孟获良淡淡地说。

白静柔停下了脚步，偏头看他，忽然一笑，"你别想了！"

她心底却暗暗担心，也不知道这孟木头抽什么风，搞这么多事出来？

接下来的几天，孟获良真带她到处游玩，把谨城周围都走遍了，他是个认真、古板的人，显然做了不少功课，连块砖都可以说出匪夷所思的传说来，让白静柔大开眼界，倒也不觉时间过得慢。

"这棵树，可不是一般的树，南宋年间，有一天晚上，有位书生在树下就着月光看书……"孟获良开了个头。

白静柔打断他的话，慢吞吞地继续说道，"月光如水，洒在书生身上，书生眼涩得很，正略感饥饿疲惫，此时，从树后转出一个美艳非凡的女人，手里提了瓦罐……”

孟获良一怔，“小柔，你来过这里？”

白静柔怒冲冲瞪他，“孟木头，你已经说了三个美女遇书生的故事了，我能不知道你说什么？还有别的、新鲜的吗？”

孟获良轻笑一声，摸鼻子，走上前几步，摸着那树干说：“这一个不同的，你看这树，长得郁郁葱葱的，生机盎然，听老人们说啊，这里面依然住着那个狐狸精……”

白静柔撇嘴。

旁边晒太阳的老人凑过来，“姑娘，你别不信，前几日晚上，打更的老刘走到这里，倚着这树歇脚，就听到里面有声音，好像女人在唱歌。姑娘，你还不知道那狐狸精的故事吧？这树里的狐狸精啊，喜欢上了树下看书的书生，可书生是有未婚妻的，到最后，她成全了那书生和那未婚妻，却把自己封在了这棵树里，一辈子守护着那书生一家。”

他指着前面那大宅院。

白静柔看见匾额上的“官府”两个大字怔了，“这是官家？”

老人略鄙视，“姑娘外乡来的吧？居然不知道官家？”

白静柔怔怔地问：“官家不是在南庭山吗？”

老人不愿意和她说话了，“南庭山是官家的分支别院，这里是官家的祖居。小姑娘，跟你说你也不懂，官家的房子多着呢！别看皇甫家现在掌握着咱们这一方水土，可只有官家才是咱们谨城唯一的世家大族。”

白静柔转头问孟获良，指他，“孟木头，你把我带至这里来什么意思？”

孟获良轻轻拨开她的手指，走到那棵树边，把耳朵贴在了树干上，“这里面真有一只狐狸精住着？”

对孟获良，白静柔多少有些顾忌，哪里敢把他当白荃英般揉搓，气呼呼地看了他半晌，憋出一句话，“哼，我要走了，什么狐狸精不狐狸精的，不关我的事。”

孟获良直起腰来，指着官府门前，“咦？官府门前居然停着辆别克？”

铁青色的小车在阳光的照耀之下发着幽幽蓝光，白静柔瞪了他一眼，心却忽然间一跳。正无措间，孟获良往前走了去，状似无意，“别克很多的，谨城好几家大户都有的。走，前面还有个有趣的地方，去看看。”

白静柔跟着他往前走，耳力却不由自主运到了极致，寻找着那特有的嗓门。

孟获良却似不觉，带头往前走，介绍两边正开着花的树，“你瞧，这里是官家的后巷，但住着的也是官家三代内的亲戚，所以这巷子打理得极好，两边种了不少花树……”

白静柔哪有心思听他说这些，听着听着，忽然间站住了，走到一株紫玉兰旁，站定不语。

孟获良只当不见，静静等着，含笑站在紫玉兰前，摘下一朵紫玉兰来，在手上把玩。

不知道过了多久，白静柔才回过头来，脸上露出奇怪的神色，回头看他，“孟大哥，我听见了。”

孟获良手捏紧花枝，随即缓缓松开，“听到了什么？”

白静柔慢吞吞地说：“我知道孟大哥带我来这里为了什么了，四少也来了官府，是吗？”

孟获良深深地看她，点头，“没错。”

白静柔抬起头来，灿烂的花朵映在她的眼睛里，使她的眼眸添了绚丽色彩，让孟获良有一时间的恍惚。

“四少真在里面，和官玉绯在一起。”白静柔慢吞吞地说，“孟大哥选的这个地方很好，离他们待的地方很近，让我刚好听得清清楚楚。”

孟获良被揭穿了，有些尴尬，“小柔，我不想让你以后都被蒙在鼓里。”

“你知道他说了什么吗？”白静柔脸色奇特，似喜似嗔。

孟获良勉强地问：“说了什么？”

“官玉绯问四少，出去这么多年，还记得她吗？”

“他怎么说？”

“四少说，还记得，只是作为个小时候的玩伴记得。”白静柔看着他，“四少不喜欢多说话的，不像有些人……”

“为什么不继续听下去？”孟获良笑了，花树的阴影投在他脸上，现出奇特的神色，“小柔，你在害怕？”

白静柔怒冲冲地说：“我也想听，可他们走了！进了另一间屋子，关上了房门，我听不见！”

孟获良愉快地笑，似乎在欣赏着白静柔的恼羞成怒，“原来小柔也有弄不明白的时候？”他慢悠悠地说：“小柔，你失踪了，皇甫洙华没派人来找你，却去拜访了官玉绯，他小时候的玩伴，你认为这正常吗？”

白静柔只冷笑，“孟木头，你就是这样，把什么人都往坏处想，以为每个人都跟你一样。”

孟获良看着她，忽然间又叹了口长气，只说：“走吧！”

那眼神让白静柔火冒三丈，“孟木头，别以为你自己才是聪明人，其他人全是傻子。”

孟获良忽然拉住了她，贴在墙角处，说：“小柔，等等。”

白静柔却已经看见了，皇甫洙华和官玉绯走出了官府，官玉绯仰着脸看他，脸上带笑，他微微垂头，也在笑，阳光自屋檐处斜斜地倾入，照在两人脸上，让他们的脸发着光芒。

忽然之间，她不敢听，不愿意听，可声音还是断断续续传入她耳里，“玉绯，拜托你了。”

“放心啦，华哥……”

她唤他华哥？自己从来没有唤过他的小名，只是随着众人四少四少地叫，白静柔看着脚下那根耷拉着头的小草，忽然间想哭。

可声音还是不留情地传进了她的耳里，“华哥，谨城就这么大，白小姐会找到的……”

“她啊，小孩子脾气，玩累了就会回来了。”

“也是，听说她本事大得很。”官玉绯微笑着说道。

她成了他嘴里的小孩子？

白静柔移过脚去，一脚踩倒了那棵耷拉头的小草。

汽车发动的声音传来，又渐行渐远。

孟获良看着倚在墙头的白静柔半晌，忽而又叹了口气，“小柔，谨城说大不大，说小不小，他如果想找你，早就找到你了，可他没有空，他忙其他大事。”他转过身去，似乎很艰难才能说出口，“如果是我，绝不会这样。”

白静柔却忽然间笑了，站直身子，歪着头看他，“孟木头，你知道我为什么不喜欢你吗？就因为你这样，什么事都想个理由，事无巨细、打理清楚，管得我喘不过气来。四少这样就挺好的，什么都是任我来，我想干什么就干什么，他信我，我也信他！”她慢吞吞地说：“他来见官玉绯又怎么样？”

孟获良如受重击，后退两步，好一会儿煞白的脸色才恢复正常，“小柔，在你心底，他什么都是好的，是吗？”他再慢吞吞地看她，“你真就这么信他？你想想，他有事求官家，他能用什么来交换？官玉绯想要的，又是什么？”

白静柔仰头看他，大眼睛映出了他的影子，“我知道的，可四少有四少的原则，他不会乱来的。”

孟获良苦笑了起来，“小柔，他真幸运。”

白静柔忽然间不耐烦起来，“孟木头，你让我看的我也看了，所谓的狐狸精的故事我也听了，你还想干什么？”

孟获良摊手，“好，我送你回去。”

白静柔倒是愕然起来，围着他转了一个圈，“孟木头，你没别的坏主意憋着？”

孟获良无可奈何地说：“小柔，在你心底，孟大哥就是这样的人？”

白静柔略尴尬，眨巴眼睛。

忽然间，钟声就响了起来，一下下地从南边传了下来，传至白静柔的耳朵里，使她的耳朵嗡嗡作响，她抬起眼来，就只见孟获良嘴唇一开一合，却没有声音发出。

她只觉前所未有地惊恐，尖叫出声。

终于，钟声袅袅，慢慢停了下来，她才听见孟获良紧张地问：“怎么了小柔？你怎么了？”

声音纷至沓来，她又听清了四周的嘈杂吵闹，甚至于虫鸣风吹。

“我听不见，刚才我听不见了。”白静柔说。

孟获良愕然半晌，“这是半夜十二点的钟声，是官家自己祖庙敲起来的，官家每有一位过生日，那天半夜就会敲响大钟。”

既然能听见了，白静柔也不打算和他再待下去，说：“你不是说送我回去的吗？”

孟获良却停着没动，深深看着她，“小柔，你能答应我一件事吗？”

“不答应。”白静柔干脆拒绝。

“那我就不送你回去了，等你什么时候想答应了，再送你回去！”孟获良淡淡地说。

“你先说说看。”白静柔吸口气忍着不一巴掌拍到他脸上。

“钟声响起，你就听不见了这件事，你能不告诉别人，连皇甫沫华都不能告诉吗？”孟获良说。

白静柔愕然，凭本能地想唱对台戏，可她看清了他眼底浓浓的、如墨汁般的忧郁，仿佛在眼眶里蔓延隐藏，让她无来由心中抽痛。

她想了想说："好吧！"

孟获良似乎松了一口气，"小柔，我也不知道你这是什么原因，外国科学也许有解释，但这件事，关乎你的性命，你一定要保守秘密。"

瞧，又唠叨了！

白静柔在心里直撇嘴，但她知道孟获良此人性情坚毅，不顺着他的意思答应，他绝不罢休，她只好连连点头，"行了，行了，我任何人都不说行了吧？"

孟获良怔了怔，停了下来，脸上现出一丝尴尬，"小柔，我知道我没资格关心你，但我只希望，你要小心些，以后活得好好儿的，别让我看到你不开心、不快乐，只要这样，孟大哥就高兴了。"

白静柔哼了声说："只要你不出现在我面前，我就高兴！"

孟获良深深地叹了口气，沉默地看着她。

白静柔有些后悔，垂头嘟哝道："孟大哥，你也是，你一定会找到真正喜欢欣赏你的人的。"

孟获良又静静地看了她半晌，"走吧，已经过了半夜十二点，如果是以前，我把他的孙女儿拐出来半夜不回家，白爷爷非拿拐杖揍我一顿不可。"

白静柔想笑，却心底发酸，吸了吸鼻子，"是啊！"

车子在巷子那头静静地停着，他们来到车前，白静柔却忽然停了脚步，"孟大哥，你走吧！"

孟获良望了远处一眼，明白过来，苦笑，"他终于找过来了？"

白静柔点头，"孟大哥，你瞧，他并不像你说的，也不像官玉绯想的。"

孟获良只伸出手，抚平她被夜风吹乱的头发，"小柔，好好照顾自己。"

他弯腰钻进了车子，车子驶远，渐渐不见踪影，巷子那头，轲强带了几名便衣一脸惊喜地跑了过来。

她看着他们越走越近，浓墨般的黑夜里，青砖碧瓦染上了黑色。而他们，仿佛也蒙上了层墨色，让她甚至分辨不清他们是人还只是影子。

几人跟着皇甫太太走进大厅，见大厅光线昏暗，天鹅绒的窗帘垂落，暗红色的宝椅上身穿军装的老人正闭目听几名属下说着什么，见他们走进，挥了挥手，那几个朝皇甫太太点了点头，悄无声息地出去。

皇甫太太收了脸上的笑意，神情变得谨慎，趋上前去，柔声说：“老爷，这是老四的未婚妻和她的几位朋友。”

老人掀开眼皮看了白静柔一眼，皱了皱眉，“官家的？”

皇甫太太脸色尴尬，略抱歉地看了白静柔一眼，“不是，是白小姐。”

“哦？官家不是挺好的吗？怎么又冒出个白家的？”老人说了两句，似乎有些气喘，皇甫太太忙把茶几上的杯子递过去给他，他就着皇甫太太的手喝了一口，摸着拐杖，似乎没摸到，那拐杖“乒”的一声跌在地上。

皇甫太太忙弯腰扶起那拐杖，将它塞进老人手里。

“老四呢？”老人说。

“他啊，临时有事，要我领着他们先过来拜访您，安排住处。”

皇甫太太小心地解释。

老人哼了一声，“他真肯回来？”

“回来了，还去了南庭山，真是临时有事，这才要迟一点才回的。”

老人冷冷地说：“他一个租界巡捕房的小捕头，有那么忙吗？”

皇甫太太不好回答。

老人就掀起眼皮看了白静柔几人一眼，“安排他们住下吧！”说完挥手。

几人面面相觑，苏雅文生怕白静柔一冲动，说出什么不当的话，伸出手去，悄悄握住了她的手。

皇甫太太更抱歉了，又不能违逆，只好弯腰说：“好吧！”

她领了几人出来，来到长廊外，几人同时吁了口长气，白荃英更忍不住了，说：“妹子，早知这样，咱们来皇甫府干什么？住在外面还自在！”

皇甫太太神色尴尬，“白小姐别在意，咱们老爷子就是这样性子的人，不爱说话，但你们放心，既然进了咱们皇甫府，你们有什么想要的、想吃的，告诉小丫头就行了，绝短不了你们的。”

皇甫太太亲自将几人领到客房住下，又仔细吩咐小丫头好好招待，这才赶着去安排寿宴之事了。

等她一走，白荃英都憋好半天了，“妹子，还好四少以后要回租界的，这你们日后真成了，回这里住，我对皇甫端老头儿有点担心。”白静柔皱眉，“担心什么？”

白荃英说：“就凭他刚才不把咱们，特别是不把你放在眼里的那股子劲，以后啊，我估计妹子你和长辈的关系堪忧。”

众人皆笑。

“胡说！我就那么小肚鸡肠？你还是我哥吗？”白静柔瞪他。

白荃英转头问苏益宣，“小宣，你对妹子最了解了，你说，妹子会不会这样？”

苏益宣好脾气地笑，“静柔姐是有点报复心，但她还是尊重长辈的。”

白荃英哈哈了两声，撇嘴，“溜须拍马，她放的……气都是香的！”

轲强倒觉有点对不住大家，说：“白小姐，要是你觉得不舒适，咱们还是回客栈住着，等四少忙完了一起进府。只是我想着，在南庭山咱们都被人钻了空子去，皇甫府到底防守严密一些，四少就这两天没空。”

白静柔摇了摇头，“不用，这里挺好的。”

前所未有的和顺语气倒让几人同时互相望了望，颇感意外。

苏雅文当然得问清楚的，等屋子里只剩下她们两个女孩了，她扯了白静柔坐下，直接问：“孟荻良跟你说了些什么？”

白静柔说：“那天是你吧？”

苏雅文眼神闪烁了两下，“孟荻良可怜，求到我的头上，要我邀你出来聊聊。我想吧，你们算是一起长大的，你摆了他一道，也得给人家一个交代吧？这不，他没把你怎么样吧？”

白静柔说：“确实没有，可他也没说什么。”

苏雅文侧脸看她半晌，“小柔，我只是觉得，皇甫沫华和孟荻良，你得对他们公平一点儿。”

白静柔抬起眼睛，慢吞吞地说：“雅文，我如果能够将就，就嫁给孟木头了。”

苏雅文一滞，沉默良久才说：“小柔，我知道这一次我做得不对，孟荻良想见你，我应该明白告诉你就行了，不应该骗你。可你瞧，如果告诉你，你会见他吗？”

白静柔站起身来，走至窗边，看着窗外已升至梢头的明月，迷茫得很，“我也不知道，一看见他，我就想起爷爷的样子，是孟伯母把那盒炸弹亲手递给了爷爷，虽然孟伯母也死了，可我就是不想见孟家人。”

苏雅文轻轻叹息，却不知道说什么好。

白静柔转过身来，眼睛眨也不眨地望着她，“雅文，是不是这世上，也有我听不到的秘密？”

苏雅文略尴尬，“你在怪我引你出来时故意吓你？”她摊手，“这可不能怪我，我不这样，哪引得起你的好奇心？这才能让孟获良神不知鬼不觉地接近你啊。”

白静柔神色茫然，“你瞧，真有我听不见的时候。”

她这般惶惑，却是苏雅文从没见过的，一时有点不安，解释道：“小柔，说穿了这也没什么，咱们俩熟，对你知根知底，你听力不凡，但心神不定的时候听力下降得厉害，所以那个时候，我只不过玩了一个魔术而已。”

白静柔低声说：“不，雅文，我没有怪你。”

苏雅文知道她对自己生了嫌隙去了，暗暗后悔，上前揽了白静柔的肩头，“小柔，咱们多年的好姐妹，我只这件事对不起你，以后不会了，以后无论谁求我，我都直接告诉你，绝不再装神弄鬼。”

白静柔看着她，扑哧一笑，大眼弯弯，“雅文，吓着你了吧？看你以后还敢不敢骗我。”

苏雅文瞪着她，伸手掐在了她的胳膊上，“死丫头！”

白静柔却沉默了下来，手放上了布袋扣子，一下一下地开合，“雅文，你说，我是不是一个胡闹的人？”

苏雅文侧头看了她一眼，摸出根细长的女式香烟来点上，笑了，“有时确实很胡闹，你呀，也只有四少受得了你，孟木头管得了你！”

“你能不能别提孟木头？”

苏雅文吸了口烟，吐出烟圈，妩媚地笑，“死心眼儿的丫头，依我看，管得住你的男人才适合你。”

白静柔偏头去看她，“雅文，你对四少有偏见。”

苏雅文手指一顿，抬眸看了她一眼，迅速垂下，弹了弹烟灰，“你的事，你自己认为行就行，我才懒得理。最多你最后被人休了，没人收留，我来收留就行了。”

白静柔嘟起了嘴，“雅文，你怎么和孟木头一样？”

“怎么一样了？他对你到底说了什么，让你魂不守舍的？”苏雅文再吸一口烟，“你不愿意说就算了。”

“也没说什么，只是我见到了官玉绯，和四少在一起。”白静柔慢吞吞地说。

苏雅文哈哈一笑，拿手指轻点白静柔的额头，“吃醋了？少见啊？”

“什么吗！我就是有点心酸，我被人劫走，他也只派轲强找我。”白静柔嘟哝。

苏雅文站起身来，左手抱着右手，手指间青烟袅袅，她斜眼看白静柔，“你早就知道四少不同孟木头了？他有自己的事要办，不会像孟木头一样什么时候都以你为中心的！真受不了你，孟木头什么都依着你，把你放在心尖上宠着，你又说透不过气来，四少略微不理你了，你又受不了，你到底要男人怎么样？”

“他为什么不能自己来找我？”白静柔说。

苏雅文失笑，拿手指点她的额头，“因为他知道你本事大啊，而且，他还知道，劫走你的是孟木头。”

白静柔眼睛闪闪发光，抱住苏雅文，高兴，“他知道？你告诉他的？他知道我没有危险？”

苏雅文把烟举高，“行了，行了，我跟你说实话吧，四少一开始也紧张，手里的事什么都扔下广派人手去找你，是轲强劝了他，我告诉他是孟获良劫了你去，他这才让轲强接手，去办自己的事了。”

白静柔想了想，松开了她，重重地坐回了椅子上，生气，“他什么意思吗？孟木头再怎么着也和我有过一段，他一点也不吃醋？”

苏雅文被她变来变去的脾气弄得哭笑不得，“小柔，你到底想要他怎样？”

白静柔仰头看她，收回视线，一开一合着布袋子，“雅文，我也不知道。”

苏雅文垂头，白静柔纤细的肩膀在灯光下似乎不经一握，她看着白静柔的发顶半晌，把手里的烟弹出窗外，缓缓走过去环抱住她的肩膀，无来由心底发酸。

白静柔把头靠在她的肩头，“雅文，爷爷去世之后，我总觉得脚不能落在实处了，老在空中飘着，不知道什么时候，你们会一个个离我而去。”

她在苏雅文的肩头蹭了蹭。

苏雅文心中莫名柔软，“哼”了一声道：“说吧！又想让我帮你什么了？”

白静柔腼腆地然笑了起来，吞吞吐吐地说：“雅文，你本事大，能帮我查查四少现在在哪儿吗？我问轲强，他神神秘秘的，也不告诉我！我听也听不到。”

苏雅文冷笑一声，把她一把推开，“我说呢，原来想男人了！”

白静柔脸色一红，眼珠从左滑到右，斯斯文文地拽了一句文：“晚凉多少，红鸳白鹭，何处不双飞？”

苏雅文一口口水呛进了气管里，差点被呛死，指着她咳个不停，好一会儿才喘过气来，叹道：“小柔，为免你的闺怨寂寞，看来我不得不走这一趟！”

白静柔面不改色心不跳，点头，“雅文，如此重任，舍你其谁？”

苏雅文无可奈何地说道：“你总得告诉我四少的大概方位吧？”

白静柔正想说她听来的一些小道消息，门口却传来了敲门声，两人对望一眼，苏雅文去开门，就见轲强满脸是笑站在门口，越过她往屋里望。苏雅文侧身让他进来，很识趣地说：“好了，这下用不着我了，我回去补个回笼觉。”

轲强倒一怔，“什么用不着？苏小姐，你打算去做什么？”

苏雅文眼眉上挑，拉长了声音：“偷……心啊！”

白静柔一把把她推了出去，“滚！”

“唉！过河拆桥哦。”苏雅文笑着走远。

轲强摸着头不明所以，心说这两个女人一个都不能惹，还是糊涂些的好，不该知道的别问，转头朝白静柔说道，“白小姐，我带你去一个地方。”

白静柔矜持而冷淡地回答，“去哪？不想去，累了，想睡。”

轲强急了，只好说了实话：“白小姐，四少在后巷子里等你。”

白静柔从鼻子里哼出些声音来，走回去坐在椅子上，掸掸衣服，“这里不是他家吗？让我们先住进来，自己不回，鬼头鬼脑，这算怎么回事？”

轲强只好说：“白小姐，一开始不都跟你解释了吗？四少这次回来，一则为了祝寿，二来也为了搞清当年夫人去世的真相，他不好马上住进来，在外面方便调动人手。”

白静柔拉长了声音，“谁知道啊，说不定这只是借口，青梅竹马在外等着呢！”

轲强这才明白过来，失笑着摸摸鼻子，“白小姐，你不愿意去就算了，我去回禀四少，让他别等了。”他边说边往门外走，嘴里还嘀咕道，“可怜的四少，连觉都不睡，好不容易抽出点儿时间来，可人家不领情，有什么办法？”

白静柔见他说走就走，不带一点犹豫的，气急败坏，“轲强，你，你，你……”

轲强侧头看她，先茫然，后恍然，“白小姐，我，我，我……我明白了，你让我回来时给你带羊肉串？”

白静柔“哼”了一声说：“谁叫你带了？你带回来的还能吃吗？我自己去买！”

轲强拿出两个银元，很诚恳地说，“白小姐，有钱吗？我这儿有。”他把银元递给她，像顺便提起的样子，“对了，四少就在烤串儿摊子旁边站着，你如果有空，就去看看他，和他打声招呼。”

白静柔接过那两个银元，淡淡地道：“那可难说，我很忙的。”

轲强表情平静，“是啊！我也知道白小姐忙得很。所以，你能顺便就顺便，不能就算了，最多让四少白等一场。”

白静柔侧头扫了他一眼，撇嘴，仰头去了。

后巷之中。

白静柔慢慢停下了脚步，左右望了望，巷子尽头，烤羊肉串的新疆人卷着舌头招呼着客人，孜然的香味弥漫在小巷里，可除了那羊肉摊子，却空无一人。

她忙倾尽耳力去听，听见了小汽车轮胎摩擦地面急速开走的声音。

他真的等不及离开了？

她呆呆地看着巷子尽头，眨巴眼睛半晌，抹了一把脸，决定把失落转化为食欲，走到烤串儿摊旁边，拿出两块银元，“烤肉串，来几串。”

新疆人一怔，紧跟着喜笑颜开，大着舌头说：“姑娘，正好，这剩下的全是您的了。”

他从摊位底下拿出好大一桶穿好的羊肉来。

等白静柔吃得双唇肿起，满脸通红，新疆人也看不下去了，迟疑地说：“姑娘，剩下的您还自己吃？”

白静柔恶狠狠地吸气说：“吃，怎么不吃？”

“小姑娘，您是不是遇到什么事了？这么吃下去可不成的，我看啊，您长得这么好看，男人稀罕着呢！大把人排队等着向您提亲，您要是实在找不到，不如嫁到我们新疆去？新疆的小伙子高又壮，个个能骑马！能开枪……”

白静柔撸了个串儿入嘴，吃得高兴了，“行，您老有介绍？”

“我有八个儿子，您要看得中，哪一个都成。”新疆人哈哈大笑，乐得胡子一翘一翘的。

白静柔也“哈哈”笑了两声，得意忘形，一失手，手上的辣椒抹在了眼睛上，顿时眼泪哗哗地流。她眼也辣，嘴也辣，忽然间辣从心起，悲从心来，弯腰抱臂，缓缓蹲了下去。

他为什么就不肯等一等呢？

一时半会儿都不愿意等她？

难道在他的心底，什么都比不上他的大事？

“小姑娘，小姑娘，您怎么了？”耳边是新疆人的惊慌大叫。

她含糊地说：“没什么，辣子进眼睛了。”

脑子被辣得嗡嗡作响，她此时才有点后悔，吸着鼻子站起身来，面前递了块洁白手帕，烤肉串老板还有这么洁白之物？她接过那手帕就往脸上擦，擦干了泪水，才发现面前的人俊眉秀眼，长身玉立，目光凉凉的，眉头皱着，拿不赞同的目光朝她看。

她转过身，想起自己肿胀的双唇，发红的眼睛，后悔莫及。

新疆人拿了两块银元，推着小推车回家，卷着舌头笑，“小姑娘，咱们说的话还算数，他不要您了，我那八个儿子您随便选……吐鲁番的葡萄甜又大，新疆的小伙高又壮啊……”

他似乎很烦恼，不知道拿她怎么办，拿出根烟叼进了嘴里，又取了下来，揉碎了弹进路边草丛，“你……只一会儿工夫，你，你怎么成了这样？”

她吸着气，又辣，又委屈，眼泪汪汪，又不敢转过身来，“我以为你走了。”

他一怔，“我没走，有点事到巷子外去办。”

她纤细的肩膀微微颤动，从后面看，她耳朵都红了，想及她刚才那张脸，像个红眼小兔子一般，他伸出了手，在她肩膀半寸之处停住了，却又慢慢收了回来，把手放进口袋里。

“我听见你的汽车声了，以为你走了。”她哈着气吸鼻子说。

“傻瓜。”他轻声笑，手指在口袋里弯曲，却没有离开裤袋子。

“我心底空得慌，所以想吃，心想吃完他的羊肉串就好了……”她把那手帕揉成一团在脸上抹，“可我越吃，心越空，怕你就这么走了，再也不回来了。”

皇甫沫华垂头看她，深深凝视，叹了口气，“怎么会？”

他手指摸到袋子里冰凉的烟盒上，紧紧捏住。

她却一转身，还没等他反应过来，她就环住了他的腰，“四少，我不管别人叫你华哥也好，是你的青梅竹马也好，他们说什么我都不信，我只信你。”

【第十七章】

白静柔的心思

路还是那条小路，两边的树木花草因无人打理依旧杂乱疯长，可皇甫奇觉得，今天的路顺了很多，两边的花草也好看顺眼了许多。

她在他怀里微微抽动，他闻到了那股辣椒味儿，混着甜香的胭脂，像扑了痱子粉的婴儿，似乎脆弱得一下子就会化了。他手指离开了袋子里的烟盒，慢慢放在了她的肩头上，手指到处，那种软而湿润的触感直钻进了心底，他说：“不会的。”

似乎听到这三个字就够了，她吸气笑，“我就知道，孟木头就只会乱猜。”

“他对你说了什么？”皇甫沫华眼睛微微眯起，待目光转至她的肩头，又变得柔和。

“哪说什么，说我们三家财产来历不明。哼！要他这样算，这世上许多人都值得怀疑了。”白静柔说，靠在他怀里，听着他的心跳，平稳得很，没有一丝波动。

他只回答：“当然了。”

她就放心了，辣意过去，又吃饱了，犯起困来，“四少，你什么时候回皇甫家？我一个人住在那儿，好无聊的。”

“你哥他们呢？”皇甫沫华抬头，看见巷子尽头的门口有人影一闪，垂下眼睛，只看她的头顶。

“他们有什么意思？”她头在他胸口拱了拱，找个舒服的位置靠好。

“再过两天吧，查得差不多了。”

“我也帮不上你，对了，轲强告诉你了吗？静安寺里真有怪声……”白静柔说。

“知道，我这两天去了趟寺里，却没听见什么……”皇甫沫华迟疑了一会儿，慢慢把她从怀里拉开，轻声说，“你先回去，有什么事轲强会告诉我的。”

白静柔依依不舍地睁大眼睛看他，“四少又有事了吗？”

她眼底的失望让他几乎不能自持，手指放进袋子里，胡乱地摸着里面的烟盒，含糊地答：“很快了。”

白静柔笑了，咧开了红肿的双唇，“好，一言为定。”

车子无声无息地开了过来，便衣打开车门迎着他，他匆匆上车，合上车门，看见她蹦蹦跳跳往巷子深处走，长长的发辫拍打着后背，忽然间深深吸了口气，头似乎痛了起来，只说：“走吧！”

这日下午，白静柔到处找苏雅文找不着，听丫鬟说她和苏益宣出去找什么医生了。她知道这是苏雅文为了苏益宣的病又四处寻找偏方去了，一个人无聊，在皇甫府花园瞎逛，想摘朵花回去插瓶，遇见官玉绯和两个丫鬟摘牡丹花，这等情敌相见，分外眼红的场合，以白静柔的脾气，当然是不会躲的。

可她没走两步，耳里有感，似听到有声音传来，一转头拐进了假山角落里。

她选了个好角度，从假山空洞之处往外瞄，等看得清楚，却吓了一跳，那位就是皇甫三公子？从不露面的皇甫奇，他怎么这么瘦？

她屏息静气地往假山洞望去。

一位骨瘦如柴的青年手推所坐的轮椅缓缓行来，脸上瘦骨嶙峋，两只眼睛黑幽幽的，极大，他拿了朵花递给官玉绯，“玉绯姐，这朵好，正衬你今天的衣服。”

官玉绯不接那花，只说：“阿奇，你病没好，出来干什么？”

皇甫奇收回了那花，放在鼻端闻，“玉绯姐从不来我家的，是听说四弟要回来了，这才来的吧？四弟可真幸运。”

他转动轮椅，往前走了一步，官玉绯后退一步，拉开距离，勉强笑，“你胡说什么？你们家老爷子六十大寿，给所有人都发了请帖，我怎么不能来了？”

皇甫奇就不往前逼近了，呵呵笑道，“玉绯姐，我都成这样了，还能对你做什么？”

鲜艳的牡丹衬着青年那诡异的笑容，让躲在假山后的白静柔不由自主打了个寒战。

官玉绯敷衍了两句，匆匆离去。

皇甫奇看着她的背影出神，隔不了一会儿，也推着轮椅往回走。白静柔就绕了一个圈，偷偷地跟着他。

他一路走去，身体似乎极差，推两步就歇一歇，花园小路沙砾制成，极难行走，好几次轮子陷进了沙子里，他却不找人帮忙，只自己使劲儿推。

有丫鬟路过，却也只缩着脖子避到一边去，假装没看见。

白静柔越看越奇怪，于是兴致勃勃地跟着。终于，轮椅来到颇为平整的水泥小路之上。皇甫奇轻松了许多，便把轮椅越推越快，最终拐了两个弯消失了。

皇甫奇皱眉推着轮椅往前走，从身体旁边拿出一面小镜子往后看了看，发现看不见后边跟着的人了，便笑了笑，继续往前。

她的眼睛真大，满脸稚气，老四看中的是这样的女人，可真奇怪。

府里的人知道他时日无多了，都小心翼翼地待他，不敢惹，也敬而远之，怎么这个丫头倒跟了上来？

推了两步，轮椅似乎卡住了，他一推，轮椅纹丝不动，他停了下来，伸开左手，瘦长的手指没有半点血色，皮下青筋暴出，却怎么也握不拢去，这种情形，一个月内频繁出现，有时候早上起床，他整个背都是僵的。

他吸气，缓缓等那股僵硬过去，却感觉轮椅动了起来，女声热情得很，“我来，我来！”

他回头，白净的脸，大眼睛里映出了自己的影子，骷髅一般，对比如此明显，他知道自己的可怕，手指的僵直缓和了，一把抓住她的手腕，往她身上靠去，“不如你再帮帮我？”

连府里的丫鬟都不愿意接近他，官玉绯更避之不及，她一定会尖叫。

可预期的尖叫没来，相反地，额头上贴了个温软小手，“咦？你有点发烧呢。”

他额头还真烫了起来，顿感恼火，“摸什么摸？”

他已经很久没和人接触了，几乎忘了那种感觉。

白静柔摸了他又摸自己，“确实有点烫，喂，你住在哪？我送你回去。”

“你送我？”他怔怔地反问她。

他的小院，成了无人光顾之地，娘给府里当差的加了一倍的银钱，也没人愿意照料，他的朋友、同学，以往围在他身边三少三少叫的，已经有大半年不见踪影，有时他看镜子里的自己，都恨不得砸了那面镜子。

意气风发的皇甫三少不应该躲着让人可怜，所以，他出来了，欣赏那些人脸上的惊惧恐慌。

她眼盲吧？看不见？

“对，你轮椅不是坏了吗？我看啊，你的手也没力。”白静柔很自然地拿起他的手端详了一下，“病越来越重了吧？”

她淡定得很，像在跟他聊吃饭喝茶。

皇甫奇听惯了身边人那欲言又止的语气，从没见有人这么直白地谈起他的病，而且还当着他的面，他感到很新奇，问：“你不怕我？”

“怕，长得这么稀奇古怪。”白静柔吧嗒着嘴，“但我对所有让我感到害怕的东西都好奇。”

她嘴里嚼着糖吧？一边怕一边吃糖？

皇甫奇觉得面前这女人脑子怕出了问题。

她似乎感觉到了他的注视，从布袋子里拿出颗糖来，剥开了，往他嘴里凑，“吃点？”

皇甫奇避开，摇头，“医生不让吃。”

白静柔撇嘴，上下打量他，“你还能活多久？”

皇甫奇一股气从心底冒出，忽然间遍体舒畅，一伸手，把那颗糖塞进嘴里。

“沿小路往前推就是你的住处，是吗？”白静柔问。

皇甫奇嚼着糖点头。

“嗯，路修得不错，特意为你修的吧？”白静柔再问。

皇甫奇冷淡地说：“只修到中院。”

“嗯，怕你跑出去吓人？”白静柔侧头看他，很认真地说，“的确挺吓人的。”说完，又从布袋子里拿了颗糖出来塞嘴里。

皇甫奇摊手，她看了看袋子，很舍不得，但还是递了颗给他，“不多了。”

皇甫奇伸手抢过，放进嘴里咬，学她，咬得咯蹦响，“小气。”

白静柔捂着布袋子说：“这是节省，你这种泡在钱堆里的人是不懂的。”

路还是那条小路，两边的树木花草因无人打理依旧杂乱疯长，可皇甫奇觉得，今天的路顺了很多，两边的花草也顺眼了许多。

皇甫太太气得手直哆嗦，她没有想到，才几天工夫不到，那几个伺候的下人就如此疏忽怠慢，屋子里冷冰冰的，连主人不在屋里了都不知道。

“全都拖下去，发卖了！”皇甫太太厌烦地说。

她有好久没来看皇甫奇了，每次来，看到他一天天消瘦，一天天行动不便，她都心疼得睡不着觉，这么一个比老二还要聪明机灵的孩子最后怎么变成了这样？

还好她总共生了三个。

那两个不会让她失望。

周围找了，那孩子也不知道去了哪里，她更厌烦了，这孩子怎么这么让人不省心？知道自己身体这样，也不好好爱惜，尽给人添麻烦，如果老爷知道，又是一场风波。

“找，赶紧找，少爷推着轮椅，能走去哪儿？”皇甫太太厉声说。

忽地，隐约的笑声从院门口传了来，听清那声音，皇甫太太一怔，愕然回顾，那是老三？

门口，女子推着轮椅走进，皇甫奇脸上笑意渐渐收了，冷淡下来，“娘，你来干什么？”

皇甫太太看了他一眼，几步上前，夺过他手里的糖纸，气急败坏，“谁让你吃糖的？医生说了，不让你乱吃东西！你们一个两个的，为什么不看好少爷？”

她故意望都不望白静柔。

皇甫奇垂下头去，默不作声。

皇甫太太心就软了，低声说：“阿奇，我不是说你，我知道你也苦，可医生说了……”

皇甫奇抬头，面色清冷，“娘，医生的话，还有用吗？”

皇甫太太手足无措，“你怎么能这么说？你会好的……”

皇甫奇苦苦地笑，“娘，连你和爹都已经放弃我了，还说这些有什么意思？”

皇甫太太哑口无言。

“娘，你以后不想来就别来吧，让我自己照顾自己，也挺好的。”皇甫奇推了轮椅向前走。

“阿奇，你胡说什么，娘怎么会不愿意来……是谁，谁对你说了闲话？”皇甫太太挂不住脸。

皇甫奇停了停，叹口气，回头对白静柔说：“你不是想看看我的住处吗？还不来？”

白静柔就走到皇甫太太跟前，“太太，我去了啊！”

皇甫太太正发呆，没理她。

白静柔在她跟前走了个来回，再说："太太，我去了啊。"

皇甫太太烦得很，"白小姐，你怎么回事，去就去吧！"

白静柔腼腆，"太太一直好像看不见我，只好多打几个招呼。"

皇甫太太半张嘴愕然。

皇甫奇就笑，"白小姐，你走不走啊？"

"来了来了。"白静柔说。

皇甫太太几乎都忘记了他怎么笑了，每次来，她只记得他的脸越来越瘦，越瘦就越阴冷，她越不想看，看他一次，花好几天才能把那情形忘记。可今天他又笑了，却是对那么个无关人等，皇甫太太自己想想都想笑。

今日她却舍不得走了，觉得这院子不像以前那么难以忍受，所以，她想了想，也跟着走了进去。

一走进来，她又被气得不行，白家这姑娘怎么回事？袋子里那么多糖？

她紧走几步，想把糖从皇甫奇手里夺回来，可没走两步，她又听见了笑声，就慢慢停下了脚。

"这都是你做的？"白静柔摸着桌上的木雕小房子等，拿起来惊叹，"不像啊，你不是快死了吗？怎么能雕出这么好看的东西？"

皇甫太太又急，这孩子怎么说话，也不知道顾忌！她紧张地看着皇甫奇。

皇甫奇哈哈笑，"快死了就不能雕了？"

"能！多雕几个，你死了后这东西成了大师作品，可值钱了。"白静柔说，还问皇甫太太，"太太，您说呢？"

皇甫太太想要呵斥她，可见了皇甫奇脸上的欢欣，只有点头，"是啊，阿奇，你就多雕几个。"

"这个是手枪？"白静柔拿起另一个木雕制品。

"是德国勃朗宁手枪，原想帮爹制一些土枪出来，可没有想到……"皇甫奇轻声说。

皇甫太太却因这话想起了久违的记忆，想起老三比老二不差的才智、更胜一筹的聪明，更曾经让老爷起了心思培养，不由得黯然神伤。

她默默地走了出去。

却看见皇甫少安和两名士兵怒冲冲而来，忙叫住，"少安？"

皇甫少安看见她，怔了怔，勉强打了声招呼，"娘，你怎么在这儿？"

“我来看看你弟弟。”皇甫太太说，“你今儿怎么有空？也来看你弟弟？”

皇甫少安咬牙切齿道，“看他干的好事！”

皇甫太太愕然，“怎么了？”

皇甫少安一挥手，一名士兵拿出个布袋，从袋子里扯出个布绢制的人偶来，递给皇甫太太看，她看了一眼，捂着胸口说：“拿走拿走，什么东西，这么邪气！”

竹子撑起的人偶，穿了黑底红花旗袍，眉眼似乎都是活的，看得皇甫太太的心扑通扑通直跳。

士兵把那人偶收进了布袋子里。

“哼！娘，您不知道，这就是我那好三弟做的，您儿子我被这东西吓了好多天了！”皇甫少安冷冷地说。

皇甫太太不同意，“少安，你查清楚了吗？你三弟都这样了，怎么能做这种东西？再说了，他无缘无故害你干什么？你是军人，一个人偶把你吓成这样？”

皇甫少安怒气冲冲，“娘，您还护着他，除了他，咱们家谁能做这种东西？”

皇甫太太更不同意了，“单凭猜测，你就能冤枉你弟弟？他虽然病着，可也是你爹的儿子，可不许你欺负他！”

皇甫少安气极，“娘，您让他出来，我们对质！”

“这东西，是我做的。”皇甫奇推着轮椅从屋子里出来。

皇甫少安“唰”地从腰里拔出手枪，指着他，眼神凶狠，“果然是你！”

皇甫太太几步拦在枪口处，握住枪管往自己胸口送，“你打，你打，你先打死我算了！”

皇甫少安额头青筋乱跳，腮帮子咬得极紧，手直颤，隔了好半晌才把枪收回，“娘，就您偏心他！”

皇甫太太哼了一声，“一个假人，能把你吓成什么样？你弟跟你开个玩笑而已。”

皇甫奇慢吞吞地说：“这可不是开玩笑，就想让他反省反省，翠玲也是人，不是什么东西，由不得他随便作践！”

皇甫少安又想举枪，皇甫太太早冲过去握住了他的手腕。

皇甫少安没奈何，只好松手，指着他冷笑，“皇甫奇，你老实告诉我，你还做了什么？你到底想干什么？这一切是不是你幕后主使！”

皇甫奇看着他摊手，“二哥，你看看我现在的样子，我还能做什么？心中没鬼，如何能被吓着？是你自己自作孽不可活，关我什么事？”

皇甫少安惊疑参半，看了他半晌，忽然转头对在一边无所事事，正在嚼糖的白静柔说："白小姐，你说，他还做了些什么！"

白静柔咽了一口糖，怔了，"二公子，这就奇怪了，我怎么知道？这不是你自己查出来的吗？"

皇甫少安走了几步，逼近了白静柔，眯起了眼，"白小姐，我知道你有很多事没有告诉我，静安寺里发生的事，他这个瘸子一个人怎么能做得了？你说，还有谁？"

他的手抓向白静柔的双肩，白静柔后退几步，缩到皇甫奇身后去，"你，你，你都知道了，还问我干什么？"

皇甫太太哪能让皇甫少安伤害皇甫奇，狠狠地瞪了白静柔一眼，只好上前拦住，"少安，你消停些，你又不是不知道你弟弟这个情况？他怎么能害你？"

白静柔从皇甫奇身后探出头来，又迅速收回，把自己藏得严实点，"就是，就是，他一个半死的人哪能调动你身边那些人？"

皇甫少安停了下来，眼神中有一瞬间的恍惚，喃喃说："没错，没错……"

皇甫太太跺脚，"少安，你别乱想，这件事咱们再好好查查。"

她去拉皇甫少安的衣袖，他却一缩手，避开了，目光奇异，"娘，您告诉我，还会有谁？"

皇甫太太脸色煞白，身子微微发颤，"少安，你别乱想。"

"我明白了，我明白了……"皇甫少安转身就走，两个士兵行了个军礼，也跟上。

皇甫太太在他身后喊了两声，"少安，少安？"眼睁睁看他越走越远，她回过头来死盯白静柔，"白小姐，你怎么回事？想干什么？"

白静柔眨巴着眼，"我怎么了？"

皇甫太太气得直哆嗦，"白小姐，你说你怎么了，说这些莫名其妙的话干什么？少安原本心思就重，你这么一来，是想让我们皇甫家家宅不宁吗？"她冷冷地注视着她，脸上有丝恍然，冷笑道，"我明白了，明白了，老四这次回来，看来不光是替他爹祝寿了。"

白静柔愕然，"伯母，您的话我可越来越听不懂了。"

皇甫太太"哼"了一声，脸色冰冷，"听不懂不要紧，你告诉老四，他娘当年之事，他报复，冲着我来，我不怕！"

白静柔捂嘴，震惊，“皇甫太太，四少他娘怎么了？跟我说说？”

皇甫太太连声冷笑，伸手抚着鬓发，“白小姐可真会装。”

说完，她转身就走。

白静柔望着她的背影，脸色不好看起来。

皇甫奇略担心，“白小姐，你别在意，我娘就是这样的人，等解开了误会，也就好了。”

白静柔叹气，忧伤，“解不解开误会倒是次要的，伯母掌管整个皇甫府的内务，今晚的点心夜宵只怕没有了。”

皇甫奇“哈”的一声笑出声来，“白小姐，除了吃，你还想什么？”

白静柔瞪大眼睛愕然道，“民以食为天，不想吃想什么？再有，天黑了，你快别笑了，吓人！”

皇甫奇又笑。

苏雅文一把拉住嘴里哼着歌儿十分高兴地走进院门的白静柔，“说，你哪儿惹皇甫太太了？前两天咱们要什么有什么，今儿个是要什么没什么！她身边的大丫头对咱们视而不见了！咱们几个，现在要口茶都没有！”

白荃英点头，指着自己的嘴唇，“妹妹，你看我的嘴唇，干得都起裂纹了！从早上到现在，一口茶都没有，妹妹，咱们几个除了你之外，都是安分守己的，你到底怎么惹她了？快去道歉！”

白静柔见苏益宣在苏雅文身后微微笑，直接避开他们，问：“小宣，你的病有的治吗？找到那医生没有？”

苏益宣笑容不改，叹口气说：“找到医生也没用，咱们先要被渴死了。”

白静柔眨了两下眼睛，眼珠子在眼眶里转了两下，“呵呵”笑了两声，问：“轲强呢？”

“谁知道他干什么去了，一大早不见人影。”白荃英唉声叹气，“他吃饱喝足了回来，哪会管我们？”

白静柔拍着胸口道，“我来管！”

几人互望了一眼，异口同声，“你？”

白静柔也不出声，走进内室，鼓捣了半天，夹了包东西出来，又直走了出去。

几人各自思量，也不知道她想干什么，只好跟在她后头出去。

她走到主院，来到皇甫家正厢房处，打开那包袱，东拉西扯地扯出两个竹竿，左右手各举竹竿一条腿，扯出一条横幅来，站在院子中央不动了。

等看清那横幅上的几个大字，几人脑子如被雷劈，惊得目瞪口呆。

“抗议，抗议，皇甫家宾客有吃饭喝水的权利！”

白静柔一脸严肃手举竹竿，有阵风吹过，吹得那横幅哗哗作响，她衣角飘飞，很有几分“风萧萧兮易水寒”的苍凉。

白荃英首先竖起大拇指，“还是妹子有办法。”

苏雅文上前劝也不是，不劝也不是，干脆小声念着：“我看不见，看不见，看不见。”

苏益宣跟着念，“我也看不见，看不见，绝对看不见！”

大丫鬟走出主院，看了一眼那条横幅，显然从来没遇到过这种情况，实在不知道怎么办才好，回头往屋里跑，绣花鞋都给绊掉了一只。

扫地的、打杂的，闻到风声，从各个角落里出来，对她指指点点。

白静柔视若不见，脸半仰着，眼望空中浮云，一脸悲怆苍凉。

皇甫端扶着小丫头的手走出大门，看到的就是这种情形，即使他再身经百战，老奸巨猾，脸上也呆滞了半晌，才问：“这是怎么回事？”

苏雅文等人见闹大了，赶紧准备词儿上前打圆场。

却只见白静柔把条幅一收，瞬间变脸，由苍凉转而甜得腻人，“伯父，听说新捉了好大一篓子螃蟹，您只一个人吃？一个人有什么意思？正巧我们没吃东西，来陪陪您？”

皇甫端望了她手上的条幅一眼，“哼”了一声，“字写得真丑。”扶了丫头的手往屋子里走，再“哼”，“还不进来？”

苏雅文等想不到这也行，迟疑半晌这才跟上，白静柔早扶皇甫端的胳膊与丫鬟一起一左一右地进去了。

果然，桌子中央摆了好大一盆螃蟹，熟透了，姜、醋、蒜都已经准备好了。

偌大的桌子边，只摆了一张椅子。

见几个人进屋，几个丫鬟的脸上一脸的吃惊，老爷吃饭，从不喜欢和人一起，连太太和少爷们都独自开餐的。

她们显然不知道怎么办才好，还是白静柔提醒，“加几双筷子，搬几把椅子来。”

她们这才齐齐地转头向皇甫端请示，皇甫端点头，她们各自去办了。

皇甫端在椅子上坐了，阴着脸看她，冷淡地说，“白小姐真是一点委屈也不肯受，太太事忙，略有疏忽，也值得你这么劳师动众的？”

白静柔认真地说：“伯父，天大地大，吃饭事大，其他的事我都可以勉为其难接受，唯独这吃饭不行。”

丫鬟们搬了椅子来，她坐下了，其他几个左右看看，只好统一行动，也坐下来。

皇甫端从茶几上拿了杯茶来，端在手里，微微闭眼。

屋里光线昏暗，坐在对面椅子上的白家丫头穿了件浅色袍子，一双眼睛显得更大，在黑暗中似乎幽然有光。

她拿起小钳子钳开螃蟹，蘸醋吃，边吃边点头，“不错啊，膏似凝脂，肉质细腻，好，好吃啊！”

她吃了一只又一只，还招呼其他人一起吃，一眨眼几人干掉了桌上大半螃蟹。

白荃英跟着附和，吃得兴起，还吟诗两句：“孰知腹内空无物，蘸取姜醋伴酒吟。”

直至剩下最后一只了，皇甫端再怎么泰山崩于前而面不改色，也咳了一声。

白静柔正夹向最后那只，怔了怔，手腕一拐，夹到了皇甫端面前的碗里，说：“伯父，这东西您不稀罕，经常吃的。我们见识少，所以吃得兴起，忘了给您留了，见谅。”

皇甫端看着孤零零躺在盘子里的独一个螃蟹，再看白静柔眨巴个不停地眼睛，再咳一声说：“你，呵呵，你们，真是挺饿的。”

众丫鬟面面相觑，皇甫老爷今儿个脾气真好，对他那几个儿子从没有这么着过。

其余三人则垂头剔牙。

“是啊！”白静柔拿手帕出来抹嘴，“伯父平日在家的时候，喜欢看书吗？”

三人愕然，互使眼色，白荃英坐在她旁边，忍不住拉她衣角，示意她吃完就走，别捋老虎的须。

白静柔把衣角自他手里抽回，表情不改，笑看皇甫端。

皇甫端沉脸皱眉，垂头喝茶。

白静柔自问自答道：“我猜，伯父平时喜欢看书写字吧？还喜欢欣赏字画？”

皇甫端吹着茶水浮叶说：“老人嘛，都喜欢这些。”

意思你那小聪明不叫聪明，说的只是概率而已，快别在我面前显摆了。

他略微知道有关于这小丫头的传言，老二就曾经说过，说老四的这个未婚妻不简单，但对他这种见惯了大场面的人来说，再不简单的人和家世相比又能怎么样？家族可是一个人背后无可替代的支撑。他是知道她的家世的，白世周的孙女儿嘛，如果是以前，还能有点用的，只可惜后来，老白家渐渐成了孤寡门户。

再加上以往的恩怨，老白家可不能和皇甫家联姻。

官家枝繁叶茂，老四如果能攀上，倒是一大助力，能帮皇甫家走得更远。可惜了，老四也不知道怎么想的，就这么放弃了官家，他的继承人，还是只能在老二和老大之中选了。

枉费他对老四一番期望，以为他在外多年，成就一番事业，眼界不同，想不到还是眼界小，和他那娘一样。

皇甫端脑海里忽出现了那女人的身影，面颊不由自主地抽动。

他不经意地扫到了她手边那包袱，两根竹竿露在包袱外。哼！选这么个二五不着调的丫头做妻子，对他以后的事业没一点帮助，怎么能撑得起皇甫家一大家子的家业？

皇甫端垂头饮了一口茶，又吹了吹浮叶，嘴角下沉。

堂屋里沉默得让人窒息。

苏雅文暗暗地担心，又扯了扯白静柔的衣角，白静柔纹丝不动，她也无可奈何。

沉默当中，白静柔用筷子蘸着醋，边吃边问："伯父，您的腿开始痛到膝盖了吧？我瞧着，您那药吃了没效啊！晚上睡不着觉，喝点花茶好，我爷爷每次睡不着觉，就喝花茶，您要配方吗？加点……我要想想，爷爷也风湿痛，茶里加了好几种草药进去，能缓解疼痛，您那茶不行，越喝越睡不着，也不止痛。"

她咬着筷子侧脸，从他手上的茶看到他的脸，又收回视线，继续拿筷子蘸醋，吧嗒嘴，"你们家的醋真好吃。"

大大的眼睛映出了他苍老的影子。

皇甫端再端着，手却颤了两颤，溅出两滴茶来，他把茶放下，垂下眼皮，"茶喝了只能提神，哪能让人睡觉的？"

人老了，精神不好，近些日子腿更痛了，整晚整晚地睡不着，可哪有人会关心这些？

"当然有……"白静柔站起身来，走到皇甫端身边，指手画脚。

看着皇甫端兴致勃勃地领了白静柔去他私藏库房参观，被遗忘在饭厅里的三人面面相觑，隔了半晌才反应过来，三人这是在不经意间又被落下了。

三人在屋里丫鬟们的注视下无聊枯坐，等了好半天，也没见白静柔出来，只好告辞。

白荃英眯眼避过射到眼皮上的阳光叹气，“我妹子这人就是这样，有了新人忘旧人。”他凑到苏雅文身边说，“雅文，你放心，我就不会。”

苏雅文冷笑，“你是旧人不忘，再添新人。”

白荃英尴尬地笑。

苏益宣回头望了眼屋内，脸色温柔，“不对，是静柔姐有一种让人温暖的力量，让人不由自主地想要亲近。”

白荃英点头，“对，小宣说的对！我看啊，四少这下可放心了，老头子也接受咱们妹子了。”

正说着，皇甫少安一身便装过来，笑问：“什么事这么高兴？”

白荃英嘴快，“和你爹吃了餐螃蟹，你爹拉着我们家小柔去库房欣赏藏品了。”

皇甫少安笑容浅浅，“是吗？我还想找爹有事商量呢。”

白荃英说：“那你可得等等了。”

正说着，白静柔嘴里哼着小调手指上转着个绳子挂着的东西走了出来，皇甫少安一眼看见她手指头那抹翠绿，笑容渐渐收了，“白小姐，爹送了你什么好东西？”

白静柔手指一停，一个翠白相间的翡翠蝉儿停在掌心，“就这个，好看吧？我瞧伯父挂在笔套上，挺好看的，但他一个男人，挂这东西不伦不类吧？于是伯父就送给我了。”

皇甫少安看着她掌心那抹翠绿，脸色异样，再看了看，点头，“这确实是女人用的好东西，是个发饰，白小姐好好儿收着，别弄丢了。”

说完，他看了屋里一眼，一甩袖子，转身离开。

白荃英拿起那蝉看了看，“老坑玻璃种翡翠雕成，妹子，这真是好东西啊！价值不菲，你怎么哄到的？”

苏益宣心细，却问皇甫少安，“二公子，您不是要找皇甫老爷吗？”

皇甫少安往后摆了摆手，一言不发，走得飞快。

几人回到了住处，桌子上点心已经加得满满的，茶也热气腾腾地呈上来，每个丫鬟笑靥如花地迎上来，三人皆如做了一场梦，不约而同向白静柔伸了大拇指。

轲强匆匆走了进来，见几人谈得高兴，就问：“发生什么高兴事儿？我不在的这段时间，白小姐又干了什么好事？”

白静柔朝天翻了个白眼。

白荃英把手上把玩着的那玉蝉递给轲强，兴致勃勃地说，“你瞧，你瞧，这是皇甫伯父送给我妹的，好看吧？”

轲强接过，仔细看了看，将它递了回去，说：“好看，你们先忙着，我还有事。”

白静柔一怔，“轲探长，你这不才进门吗？还有什么事？”

轲强勉强笑笑，“刚才才想起还有件事没办完。”他说着转身离去。

即使迟钝如白荃英也发现不妥了，把玉蝉抢过来对着灯光看，“妹子，这是个什么稀罕物件儿？为什么他们一看见这东西脸色都变了？”

白静柔摇头，“我怎么知道？”

几人面面相觑。

【第十八章】

皇甫府谋杀案

见几人来到，军医散开，众人视线落到了那桌子上，却如遭巨震，桌子上端端正正摆着一个人头，却正是皇甫端的，只见他白须白发，双唇微张，双目圆瞪，似乎还是平时发怒的样子，可脖子下端流出的鲜血却已染红了下面的白布。

巷子里的车子没熄火，皇甫沫华一抬眼，见轲强走近，停了下来，皱眉等他走近，轲强沉脸拉开车门坐了进去，说：“四少，白小姐可能有危险。”

皇甫沫华夹着烟的手停了停，“怎么了？”

“老爷把那只玉蝉送给她了。”轲强皱紧眉头说。

皇甫沫华没有说话，青烟在他指尖冉冉上升，他缓缓收拢手指，把香烟狠狠地捏成一团。

轲强瞧了他一眼，“莫非老爷真的欣赏她，真的已经从心底认定了她？四少，那我们……”

皇甫沫华表情冷淡，带着丝丝寒意，“那又怎么样？”

轲强沉默下来，车子里的气氛静得让人窒息。

“白小姐不明所以，以为那只是个普通的玉蝉，在手指上圈着玩耍，我估计过不了半天，这玉蝉的消息就会传遍皇甫府，太太如果知道……”轲强忧心忡忡。

皇甫沫华松了方向盘，从袋子里摸出烟盒，想要点燃一支烟，看了前边一眼，烟叼在嘴上不动了，趴在车头前笑吟吟看着他的，可不就是白静柔？

轲强忙下车，尴尬招呼：“白小姐，你怎么来了？”

白静柔笑嘻嘻地坐进车子，取过皇甫沫华嘴里的烟，重放进盒子里，“想知道你来干什么，很难吗？”

皇甫沫华看了轲强一眼，轲强微微点头，到巷子尽头替两人把风。

皇甫沫华把烟盒收过来放好，说：“你……”

白静柔歪着头看他，忽然移了移，侧身过去，揽住了他的一条胳膊，把头靠在他身上嘟哝，鼻子抽了抽，“吃饭了吗？又是馒头的味道。嗯，还有红薯味，老吃这些行吗？今天我们吃了螃蟹呢。”

皇甫沫华胳膊一动，她巴得更紧，他只好用另一只手来握方向盘，问：“螃蟹好吃吗？”

“好吃，又大又肥，刚捉的，你爹那人好说话得很，吃完了也不说我，还送给我一只玉蝉。”她举起手，玉蝉吊在了她的手指头上，莹玉有光，衬得她手指更加白皙透明。

他看了一眼，收回视线，“既然是他给的，好好收着。”

她侧脸看他，忽然间笑了笑，慢吞吞地说：“四少，这只玉蝉，好像是个不得了的好东西呢！我听见有人议论它了，说‘老爷怎么把这东西给了她’，四少，你说奇怪不奇怪？”

皇甫沫华看着前方，“没什么意思的，一点小东西，他给你，你就收下，明天我送份大寿礼回他就行了。”

白静柔在他胳膊上蹭了蹭，“四少，我知道你事多，可我什么忙也帮不上。”

“别听他们的闲言碎语，实在听不下去，就塞住耳朵。”皇甫沫华把另一只手打横过去，摸了摸她的头。

“是吗？”白静柔离开他的胳膊，坐直了，轻声说，“伯父还让我对你说，你这次能回来，他很高兴呢。”

皇甫沫华手指在方向盘上停住，轻轻笑了两声，“我能带你一起回来，也很高兴。”

白静柔侧头看了他一眼，又瞬即收回视线，垂眼看着布袋子，手指无意识般地将布袋子开合，“是吗？伯父这几天看《隋唐演义》，还画了幅画儿，画得可真好，给我看了，可我又不认识那画画的什么……”

“多年不见，爹还有这爱好？”皇甫沫华手摸上了衣袋里的烟盒。

“是啊，伯父问起了你，问你在外边好不好。我怎么知道，我才认识你不久。”白静柔嘟囔。

皇甫沫华笑了起来，正视于她，“小柔，有些事，你不用理那么多的，咱们不属于这里的，等爹大寿过后，咱们就回去。”

他手指停在她头顶半晌，缓缓落下，抚过她的大辫子，理了理她鬓角的碎发。

白静柔侧过脸去，就着他的手掌蹭了蹭，“我也不喜欢这里，他们老在背后说你坏话，说你好像不是皇甫家的人，又说你这次回来，就为了坐享其成的！”

皇甫沫华想缩回手，从倒后镜看了她一眼，却停住了，摸摸她的脸，“别听他们的。”

白静柔半仰脸看他，笑，“我说也是，咱们在外边，什么都好，干什么要回来？”

光线自车外射进，照在她脸上，她的脸似乎发着光，连上边的汗毛都根根分明。一双眼眸，映出了他的影子，他偏过头去，看车子前边，含糊地嗯了一声，“你先回去吧，明天就是大寿了，我们在这儿待不了几天的。”他想了想说，“有什么想吃的又不容易坏的，让轲强打包带回去也是一样。”

白静柔就笑了，弯了眼眸，“还是四少最了解我了。”

她推了车门下去，站在路边向他挥手，他看着她脸上明媚的笑，如满树灿烂花开，忽然间头又痛了起来，他掐了掐眉心，踩了油门，往前而去。

“啊，出事了，出事了……”一声女人的尖叫忽然间刺破夜空。

紧跟着，噼噼啪啪的枪声响起。

脚步声嘈杂，窗外似乎传来了隐约的火光，“轰”的一声，有炸弹爆炸的声音传来。

苏雅文一下子从床上坐起，却看见白静柔早已坐起来了，两人对望一眼，各自瞧见了对方脸上的震惊。

苏雅文赶紧问道：“发生了什么？”

白静柔看着手指尖的棉花，摇头，“太远了，我只听见了尖叫。”

“砰砰”敲门声响起，白荃英唤道：“妹子，妹子，你们还好吗？”

苏雅文赶紧过去开门，白荃英和苏益宣急匆匆地走进来，“主院出事了，有人袭击主院，你们这里没事吧？”

“没有，是什么人？”苏雅文问。

“听说是北方新任督统林泽夫的人。”白荃英把打听的小道消息告诉两个女人。

苏益宣也点头。

隔了一会儿，轲强也过来了，见几人完好无损，舒了口气，“你们可别乱走，外边乱着呢，枪炮不长眼。”

白荃英赶紧问：“是林大帅派人袭击？”

轲强点头，“为争夺遥城那县城，两边已经打了许多场，这次趁着大寿，又派了刺客刺杀，主院也不知道怎么样了。”

白荃英见他一脸忧心忡忡的样子就说：“看来这场寿宴吃不上啊！到时可别红事变成白事！”

屋里人齐齐瞪他，他只好闭嘴。

苏雅文回头问白静柔：“小柔，听到些什么？”

白静柔摇了摇头，“只有枪声、脚步声，咱们这里离主屋太远，什么都听不到。”她侧耳皱了皱眉，“他们来了。”

“谁？”

“有人来请我们了。”白静柔说。

果然，过了一会儿，长廊昏暗，军服凛凛，有一队人自长廊那头而来，几名士兵拥着位穿军服的军官，众人乍一看，还以为是皇甫少安，等走得近了，那军官面孔自被光线照亮，才发现是皇甫规，不由得都吃了一惊。

他紧皱眉头，表情阴沉，目视白静柔，“白小姐，请跟我走一趟。”

白静柔走近两步，左右望了望，便收住了脚，惊疑不定地说，“皇甫规，出了什么事？”

白荃英打斜一步护住了白静柔，挺胸，“皇甫规，你想干什么？我妹妹犯了什么事？”

皇甫规此时仿佛才忽然醒悟，抱歉地说：“对不起，我没说清楚，并不是白小姐犯了什么事，而是我们有事想请教白小姐，想借助白小姐敏锐的感知弄明白一些事情。”

白荃英吁了一口气，却不移开身子，“我妹子去哪儿，我们都要去！”

皇甫规点头，“那当然，诸位也算是有见识的，到了那儿，也许能看出些不妥来。”

他嘴里这么说，却一挥手，那一列士兵就呈扇形包围了几人，手握上枪柄。

白荃英首先不干了，叫道：“怎么？怎么了？把我们当犯人吗？”

“抱歉，府里发生袭击事件，仍有余党潜伏府内，未曾捉拿，这里离主院稍远，为诸位的安全考虑，不得不如此。”皇甫规语气冷淡。

白荃英还想吵闹，苏雅文说：“咱们听大公子的。”

苏益宣悄悄地走到白静柔左侧，护住了她，轲强见状便走到了她右边。

一路沉默无语，来到主院，却只见到处人影憧憧，穿着军服的士兵列队于长廊之上，更有几名表情阴冷的便衣来去逡巡，在草丛、假山之间寻找着什么。

几辆军用摩托车停在院子里。

众人惊疑不定。

苏雅文悄悄地问白静柔：“他们在找什么？”

白静柔表情凝重，眉头微皱，似在想些什么，闻言只看了她一眼，说：“进去就知道了。”

苏雅文很少见她这样，更添几分担心，视线不经意地落到轲强身上，却见他摸上了腰间，她不由得一怔，于是收回视线，悄悄垂下衣袖，摸上了手臂上缠绕着的一把小刀。

众人走进正屋，却见屋子正中的宝椅之上，盖了一块白布，白布上头，正缓缓渗出血来，几名军医打扮的人面色凝重地在一边似乎商量着什么，他们身前，临时摆上了一个木桌子，桌子之上，摆了一些医疗器械，其中一名军医正拿着钳子钳着什么。

左边的小室，却传来了一声痛呼，“轻点！”

一个军护提了药箱急匆匆地跑进来。

气氛如此凝重，几人更是莫名紧张起来，都向或许已经听出内情的白静柔看去，却见她也是面色凝重，脸色发白，眉头轻轻皱着，连双手似乎都在微微发抖。

见几人来到，军医散开，众人视线落到了那桌子上，却如遭巨震，桌子上端端正正摆着一个人头，却正是皇甫端的，只见他白须白发，双唇微张，双目圆瞪，似乎还是平时发怒的样子，可脖子下端流出的鲜血却已染红了下面的白布。

白荃英首先拦在白静柔身前，“妹子，别看。”

白静柔却绕过他走至桌前，呆呆地看着那人头，怔怔地，隔了半晌才说：“为什么会这样？”

皇甫规脸色也不好，亲手拿了白布把人头盖住，忍着悲痛说：“今儿半夜发生的，我赶来的时候，已经是这样了，那些刺客闯进内室，父亲正坐在桌前看书，被人从后面割断了人头，二弟也被他们打了一枪，正中胸部，现在正在左边小屋里疗伤。”

“刺客捉到了吗？”

皇甫规用指尖掐了一下眉心，“没有，但击毙了两个，北方人打扮。”

白静柔没有出声，只抬头看着屋顶，屋梁映在她的眼里，光影斑斑。

苏雅文说：“这桩刺杀看来简单明了，大公子叫我们来干什么？”

皇甫规语气冷淡，“父亲住处，防卫森严，平日里明处守卫三班轮流上岗，暗处便衣有五人之多，那些刺客都能无声无息潜入，刺杀父亲，一定有人里应外合。”

白荃英马上冷笑道，“大公子，你这是在怀疑我们了？还讲不讲道理？我们就这么几人，熄灯之后没人出去，再说，我们才来了几天，对你们皇甫府根本不熟，怎么可能里应外合。”

皇甫规舒缓了语气，却依旧冰冷，“住进皇甫府的人都有嫌疑，不光针对你们，近日父亲准备大寿，住到客房的办货商人也不少，甚至于下人、丫鬟等，也有可能与外人勾结，他们同样也被人严加盘查了，因我们相熟，这才对你们网开一面。”

苏雅文语气极淡，“我想，那些办货商人住得离主屋远，我们却离得更近，才更加值得怀疑吧？”

皇甫规不置可否，却是默认了。

堂上气氛原本就凝重，此时更添几分肃杀。

白荃英气极了，掐腰，指着皇甫规骂道，“我们现在就要走，离开这鬼地方，看你们谁敢拦！走，我们走！”

皇甫规一挥手。

“咔咔”声响起，围着他们的士兵齐刷刷地拉开枪栓，对准几人。

他只语气冷淡，“白少爷，家中发生如此剧变，还望你能谅解，别让我们难做，最终弄得刀兵相见，不可收拾！”

白荃英梗着脖子还想再闹，苏雅文说：“大公子说得在理，我们理当配合你们调查，查清真相。”

正在此时，皇甫少安被两名士兵扶着，从旁边小屋走了出来，他身上缠满绷带，双目红肿，一脸悲愤，显然哭过，向几人略微点头，转向皇甫规，“多谢大哥主持，要不然，真不知道该怎么办！”

他说了两句，就咳了起来，胸前的绷带开始流血。

军医模样的人忙劝，“二公子，您伤及肺部，可千万别说话了。”

皇甫规扶他坐下，“少安，现在还说这些干什么？”

皇甫少安一把挥开军医的手，双目赤红地看向书桌，接着又转向那白布蒙着之处，流出泪来，“如果我早做准备，爹怎么会这样？都怪我来迟了，知道那情报，我就马上带人赶来，想不到还是晚了。”

他悲痛至极，情绪难平，说着说着嘴角流血，狂咳不止。

皇甫规忙劝说：“少安，你别这样，父亲遭到如此之事，我们哪位能想得到？这怨不得你，你身上有伤，可不能再这么下去了，以后之事，还得由你来主持。”

皇甫少安双目怔怔地流下泪来，吸着气说：“大哥，我哪里还有脸……父亲的事情查清之后，我自然要引咎辞职，皇甫家，以后就靠你了……”

皇甫规眉头皱得极紧，“少安，你胡说什么？我一介医生，哪能做这种事？”

此时，轮子滚动声起，两名兵士推了皇甫奇进来，倒让两人的争执停了，皇甫奇一脸懵懂，直接问道：“大哥二哥，发生了什么？爹怎么了？”

皇甫少安想回话，皇甫规摆手止住，皱着眉头，“怎么回事？谁把消息传了出去？三弟，你来干什么？”

皇甫奇却已看到了白布上浸出的鲜血，猜了出来，削瘦的手微微颤抖，指着那儿询问：“爹，是爹？”

皇甫规慢慢点头。

皇甫奇急促喘气，脸色紫胀，双眼翻着，半张着嘴急促地喘气，皇甫规急了，急叫道：“军医，军医！”

医生过来，手忙脚乱地替皇甫奇急救，这才让他慢慢缓了过来，却是脸色苍白如鬼一般。

几人这才知道，原来皇甫端遇刺之事还瞒得密不透风，并没有几人知晓，难怪皇甫太太都没到场。

皇甫奇才到，皇甫太太等几位女眷马上尾随而至，堂内顿时嘈杂吵闹起来，皇甫规反复叮嘱，陈清利弊，但哭泣声还是隐隐传来。

堂上一阵混乱。

几人眼见如此，也帮不上什么忙，聚在屋角商量，白荃英当然是愤愤不平得很，差点和监视他们的几个士兵起了冲突，轲强却满脸担忧。

苏雅文见白静柔长时间没有说话，有些担心，“小柔，你是不是知道了什么？”

白静柔垂头看着地面，轻声说：“我只是想起了伯父生前的样子，昨儿个他还在和我们一起吃螃蟹，今儿个却已经天人永隔了，其实他虽然不爱说话，却是个很寂寞的老头子，不知道为什么，他让我想起了我爷爷。”

苏雅文轻轻叹息。

“白小姐，家父生前，不知道还对你说过些什么？”皇甫奇摇着轮椅过来，脸色依然不好。

白静柔摇头，“也没说什么，都是我说得多，他一般不说话的，就连这只玉蝉，都是我向他要的。”

她摊开掌心，把那只玉蝉给皇甫奇看。

皇甫奇却没有接，喃喃地说：“他改变想法了，连这只玉蝉都给了你。”

白静柔收回玉蝉，说：“是吗？”

皇甫奇点头，“是的，一定是，爹已经原谅四弟了，想让他回来。”

白静柔只垂头看着地面。

她沉默少语，几人也不知道该怎么问下去，堂上的哭声却渐渐停了下来，想必皇甫规的反复相劝起了效果，几人也沉默了下来。

轲强想过去察看事情进展如何，于是说：“白小姐，我去瞧瞧，看他们查得怎么样了。”

白静柔忽然抬头，直直地看着他，“轲强，你能把皇甫规叫来吗？”

灯光照在她的脸上，使她的脸呈现少见的异色，轲强不由得心底一跳，点头，“好。”

他去了，几人想问，白静柔却又垂头看地面，手指摸上了布袋子的盖子，开合起来。

难言的静默当中，轲强领了皇甫规过来，他的脸色越发不好了，眼睛微微红肿，显然刚才陪皇甫太太流了不少泪去，见是白静柔要求见他，他才忍着烦躁问：“白小姐，怎么，有事？”

“大公子，那件凶器找到了吗？”白静柔抬头，眼睛里映出了他的影子。

“没有。”听她问这个，皇甫规打起精神回答。

她点了点头，又垂下头去，手急促地开合着布袋子的盖子，似乎下定了决心，再抬起头来，“大公子，我已经知道这件事情的来龙去脉了，请问，现在的皇甫家，是由你来主持吗？”

众人皆惊，皇甫规疲惫顿消，“你说什么？”

“妹妹，你不是开玩笑吧？”白荃英更是叫出声来。

白静柔却是定定地看皇甫规，一动不动，再问一句：“大公子，皇甫家，现在是由你来主持吗？”她想了想，似乎不知道如何开口，但还是问了，“大公子，现在你手里有多少兵权？”

此话一出，众人顿时遍体生寒。

皇甫规意识到了事情的严重性，皱紧眉头，“皇甫府内部的侍卫，我可以调动七成左右。”

白静柔吁了一口气，“那就好，请大公子把相关人等都请到大堂上吧，包括伯父贴身伺候的丫鬟，第一个发现异常，尖叫起来的那位，以及……”她停了停说，“提供宴席上食材的那几位商人。”

皇甫规点了点头，奇怪地扫了她一眼，自去操办。

灯光调得明亮了一些，照在大堂众人的脸上，他们悲痛的脸似乎增添了些别的颜色，皇甫太太眼眸红肿，被一个丫头扶着，有气无力地问：“阿规，怎么了？是不是有什么发现？”

皇甫规回答：“娘，白小姐说这案子已经有眉目了。”

皇甫太太扫了白静柔一眼，皱眉闭目再睁开，“她？阿规，你爹虽然死得冤枉，但咱们也不能乱来，随便什么人的话都信，她懂什么？”

“娘，听听她怎么说也好。”皇甫规说。

皇甫太太靠在椅背上，一脸疲惫，“随便你，你想怎样就怎样吧。”她转头关切地问，“少安，你要是倦了，就去歇歇。”

皇甫少安捂着胸口哑着嗓子低声说：“没事，娘，我也想听听，白小姐一定有她独到的见解的。”

皇甫太太伸出手去，拍了拍他的胳膊。

白静柔脸色发白，手抚上了布袋子的盖子，一下一下地开合，眼神却扫向了堂上众人，似乎在想怎么说，却终于下定了决心，抬起头来，“大公子，那个您一直在派人找，却没有找到的凶器，我知道是什么了。”

堂上众人都向她望了过来，皇甫规紧张地问：“是什么？”

书桌之前，尸体已被人清走，椅背上却还留着些许血迹没有清理干净，白静柔走到椅子边，手指在靠背椅上抚过，指着桌子对面，“你们请看，皇甫伯父的书桌，像许多人家的书房摆设一样，是正对着门的，但有所不同，在书桌后面，一人高的地方，却开了个气窗。”

皇甫规点头，“没错，爹不喜欢窗子多的屋子，当初修建时，特意吩咐这间书房不开窗的，但为了通风，只在墙壁最高处开了气窗。”

“皇甫伯父被人割喉而死，是二公子第一个冲进来发现的吧？”白静柔转过头去，忽然问。

皇甫少安似乎扯到了伤口，露出不适的神情，听了问话，只点了点头，“对。”

“二公子当场看到了刺客？”白静柔再问。

“没错，可惜我来迟了，那刺客已然行凶完毕。爹，爹的头已被割了下来，他见势不妙，向我开了一枪，自门口逃走，后被院子里的守卫击毙。”皇甫少安回忆起前事，神情有些激动。

皇甫太太责怪地说：“别说那么多话，又扯开伤口就不得了了。”

白静柔视若不见，再问：“二公子亲眼看见了那人割喉吗？”

皇甫少安一怔，脸上现了思索之色，“我进来时，他从桌子前站起身来，手里提着，提着……”

他悲愤得似乎说不下去了，手捂胸口急咳。

皇甫太太怒斥白静柔，“你怎么回事？东问西问干什么？”又忙叫军医替皇甫少安检查。

一阵忙乱之后，众人这才想起站立于堂前的白静柔，皆向她望去，她却表情不动，静静看着那气窗，脸色平静。

皇甫规就问：“白小姐还有什么想问的，问我就行了。”

白静柔似回过神来，垂眼，“没什么了。”她停了停，缓缓地抬起头来，黑黝黝的大眼睛发着微光，“我想，不光是凶器，连怎么杀人的，也清楚明白得很了。”

“二公子不已经说了，老爷是被人用刀割喉而死的？”

“就是，都清楚了的东西，她还在这里重复一遍干什么？嫌我们事不够多吗？”

众人窃窃私语。

苏雅文暗暗着急，走近了她。

白静柔则气呼呼地说：“你们急什么，话还没说完呢！”

皇甫规双手虚按，那些嗡嗡声才停了下来，他想了想问：“白小姐特意提了出来，是有不同的意见？”

白静柔直视皇甫少安，“我之所以反复询问二公子当时的凶杀真相，是为了确定一件事，那就是……”她手指离开布袋，直指皇甫少安，“他是不是在撒谎！”

皇甫少安怒站起来，却扯动伤口，表情痛苦，“你说什么？”

白静柔大大的眼睛垂落，“事实证明，二公子的确言不符实，因为，皇甫伯父根本不是被刺客割断脖子而死！”

此言一出，堂上顿时鸦雀无声，连皇甫太太都瞪圆了眼睛，狐疑不已。

皇甫规却皱紧眉头，只挥了挥手，门口便衣点了点头，去安排什么了。

皇甫少安气得冷笑，“好，白小姐，你倒说说，我爹是怎么死的！我怎么撒谎了？”

白静柔说：“皇甫伯父遇刺之后，一直没有找到凶器，因为二公子的证词，他一直在说刺客割断了伯父的脖子，所以，大公子派人四处寻找凶器，目光一定落到了匕首、刀子一类的东西身上，大公子，你说是不是？”

皇甫规眉头皱得更紧，点了点头，“确实如此。”

白静柔抬起眼睛，众人这才发现，她的眼睛映着灯光，似乎发着幽幽暗光，仿佛所有人的身影都在她的眼里，一览无遗。

皇甫太太心底隐隐不安，拿手揪住了胸口的衣服，说：“你快说，老爷是怎么死的？”

白静柔垂眼，再抬头，“皇甫伯父并非死于刀器割喉，却是有人趁他昏睡，拿极细的钢丝套住了他的脖子，钢丝穿过气窗到了外边，连上了摩托车车轴，摩托车开动，快速向前冲去，钢丝一下子切断了伯父的脖子，让他迅速死亡！而外边的人马上收回钢丝，使其从气窗之中消失，因此，凶器才消失得无影无踪。”

此话一出，满座震惊。

皇甫太太更是掩嘴，身子摇摇欲坠。

有军医喃喃自语，“难怪督统的伤口切面是斜斜向上的。”

皇甫规却亲自来到气窗之前，垫高双脚看了看，脸沉如水，“窗子上确实有道刮痕。”他暗暗挥手，几名便衣悄无声息进了屋子，手抚上腰间武器，监视屋内之人。

皇甫少安却一点也不惊慌，淡淡地说：“白小姐，就凭你的一番猜测，怎么说都行了！白小姐是四弟的人，这么胡编乱造，不知有何目的？白小姐，你要找出证据来让人信服才行啊！”

众人嗡嗡低语起来。

白静柔脸色微微发白，眼睛却似发着冷光，“凶案发生之后，大公子迅速控制了现场，我想，任何人不准进入，那所谓的刺客也已伏诛，一切仿佛都天衣无缝，没有任何人身上染了鲜血，一切都推到刺客身上，因此，也没有人能被怀疑，但我想，那卷钢丝，一定是特制而成，可以快速收拢卷合，成为一小团被人藏起。”

众人皆面面相觑，惊疑不定。

正在此时，皇甫奇“啊”了一声，似想起了什么，迟疑地说：“前段时间我做了一个小东西，用来收风筝线的，里面有轴承，可快速旋转收回线，可风筝线软，那东西只能用在较硬的线上，我后来认为那东西没有什么用，就丢到一边去了，那东西前几天失踪了，会不会被人拿走，用在了这上面？”

白静柔问：“请问三公子，那东西有多大？”

皇甫奇比画了一下，“一个小小的铁盒子，没多大。”

白静柔闭上眼一会儿，忽然睁眼转身，指向门口一名侍立士兵，“就在他的衣袋里！”

那士兵转身想逃，早有几名士兵上前按住了他，搜索到他的左边衣袋，果然从中搜出了一个小小的圆盒。

皇甫规接过那圆盒，皱着眉不知道怎么打开，皇甫奇取了过来，按了中央一个圆钮，揭开盖子，却见里面果然蜷了一成圆饼状的铁丝，他拿来手帕擦过铁丝，细长的血痕赫然显现。

皇甫规冷冷扫向皇甫少安，“少安，你怎么解释？”

皇甫少安捂着胸口咳了两声，流下泪来，“我来到爹的房间，爹的头就被那刺客提着，他手里拿了匕首，我这才以为爹被他割喉，这误导了大家，是我对不起爹，对不起大家，是我的错，都是我的错。”他瞧向白静柔，流露感激，“白小姐，多亏你查清了爹被害的真相，白小姐，谢谢你。”

皇甫规微皱的眉头有些松开了。

皇甫太太舒了口气，“少安，当时情况混乱，也不能怪你，哼！都是那些刺客闹的，混淆视听，差点上了他们的当！”

轲强喃喃地问：“可他们为什么要这么做？这可真是奇怪得很，照道理来说，这些刺客既然闯了进来，用枪或者刀来杀人，岂不是更方便？弄得这么复杂，难道刺客事先就做了准备？”

白荃英恍然大悟状，“对，对，就是这个道理，二公子，你说说，他们为什么这么做？”

皇甫少安皱紧眉头捂着胸口，“也许那些刺客就想让我们互相猜忌，引发内乱吧。”

皇甫太太冷冷地扫视着他们，“哼”了一声，“白小姐，你们什么意思？到底想干什么？我们皇甫家乱了，对老四好处可大得很！”

白静柔说：“太太，您说这话可奇怪得很，我们现在谈论的是伯父被人杀害的真相，这和四少有什么关系？难道说这其中的疑点，您就不想弄清楚？”

皇甫太太胸膛起伏，闭了闭眼，“好，你说，我倒要看看，你还能说出什么话来。”

白静柔脸色略略发白，眼光停在椅子上半晌，才收了回来，手指无意识地摸上了布袋子扣子，“那凶手之所以采用这么复杂的杀人方法，依我所见，其最大的原因，就是想控制杀人时间，凶手或许知道刺客今天会闯进皇甫府，知道大约的时间，但他不知道那些刺客具体什么时间来，会在哪一刻闯进皇甫伯父的房间，因此，才筹划、设计了这场谋杀。”

皇甫规脸色阴沉，“白小姐是说，这是一个极为高明的栽赃之法？”

白静柔点了点头，“凶手一定知道，杀害皇甫伯父事态的严重性，即使伯父死了，如果一旦查出是谁在幕后指使，那人的身家性命一定遭到极大的威胁，为了避开杀人嫌疑，收获杀人之后最大的利益。因此，伯父才会事先被人弄昏了过去，用钢丝套在脖子上，在刺客冲进屋子的瞬间，外边有人用摩托车发力，割断了伯父的脖子。”

皇甫太太冷冷地问：“白小姐认为这个人会是谁呢？”

场上忽然间沉默下来，似乎堂上每个人的呼吸声都轻了许多。

白静柔抬起头来，眼光扫视着诸人，每个人只觉她的眼睛似乎发着淡淡微光，似乎能将人的灵魂摄走。她收回眼光，垂头看地面，“伯父之死，看似天衣无缝，无迹可寻，让人查无可查，可实际上那真正幕后凶手还有一处疏漏之处，那就是以伯父的警觉，他从不会相信任何陌生人。所以，想要接近伯父，在伯父脖子上套上钢丝，那人只能亲自动手，伯父被害之时喝了一杯红茶，可你们看，地上依旧有红茶水渍。我想，那幕后凶手想必在红茶里下药，而伯父昏迷之时似乎意识到了什么，将红茶连同茶盏向那人泼去，同时从抽屉暗盒里取出一物，向那人掷去，想要自保，却因为药力发作，力气变小，那物伤了凶手，却没有对凶手造成致命伤，但那器物上染了鲜血，凶手只好把那东西临时藏好，走出屋外。此时，若有下人问起，他只需说伯父累了，想要休息就行了，而从临长廊的窗户看去，皇甫伯父的确似乎是靠在椅子后背上在休息，我想，这也是伯父平日里常有的行为，因此没有引起任何人的怀疑。”

堂上一片寂静。

却有位小丫鬟轻呼了一声，众人向她望去，她脸有惊慌之色，缩头垂目。

皇甫规问：“小兰，你看到了什么？”

小兰脸现恐慌，拼命摇着双手，“没，没有，大公子，我没有看到，什么也没看到。”

皇甫规逼上前去，一把提起小兰的衣领子，“还不快说！”

小兰脸色紫胀，却似恐惧得至极，咬紧了牙关摇头，“我不知道，大公子，我真的不知道。”

她双眼一翻，竟昏了过去。

皇甫规松手，任她软倒在地，抬头看白静柔，“白小姐，依你这么说，那东西应该还在那人身上？”

白静柔点了点头，“没错，因为那只是个小小铁器，一连串的事件接二连三发生，让人忙于善后，加上那样的铁器在伯父的桌子里有好几件，没有人发现铁器丢了一件，而凶杀案渐渐往他期望的方向走，松了口气之余，他也忘了袋子里的那样东西了。”她说着，忽然指向左边不远处，“你瞧，他正想把那东西丢在地上！”

“叮”地传来一声响，众人往那里望去，却见一个多角多刺之物跌在了地上，却正是皇甫少安所坐椅子之旁。

皇甫规冷冷瞧他，“少安，这你又怎么解释？”

【第十九章】

最后的赢家

他挥手，门外忽然间兵士军靴响起，几列人马逡巡往复，把整座院子包围了起来，几名兵士刚想反抗，旁边士兵手脚齐动，将他们撂倒在地。

皇甫少安脸色未变，“我听白小姐解说案情，听得入迷，但忽然白小姐就指向了我这边，我刚反应过来，这东西就被丢到了我的椅子边。”他眼眸微微眯起，“大哥，看来老四手下，能人众多啊！”

皇甫太太拿眼扫着白静柔，“老大，少安说的没错，咱们可真得查清楚些，这所有猜测，都是白小姐一人之词，白小姐不知有何居心，处心积虑想把此案往少安身上引？”

皇甫规无可奈何地望了眼皇甫太太，皱着眉头，沉默无语。

轲强说：“皇甫太太，您说这话可就不地道了，什么叫白小姐往二公子身上引？她可没点名道姓说二公子。”

白荃英附和说：“没错，真的假不了，假的真不了，二公子心里没鬼，你们怕什么？”

皇甫太太冷哼一声，“除了白小姐之外，有谁看见这东西是从哪儿来的？”

堂上众人皆互相看了看，相对摇头。

皇甫规从士兵手里接过了那铁器，手指刚想摸上铁器边缘，苏雅文说：“别，大公子，这东西几个棱角打磨得锋利无比，仔细别弄伤了手。”她小心拿了个手帕出来，包住铁器，两根手指拿着仔细瞧了瞧，吁了口气，“还好，这东西上面并没有蘸毒。”

白荃英问：“这是什么？”

苏雅文把铁器放进了盘子里，说：“这是种东洋暗器，名字叫手里剑，看这东西……”她数了数说，“有八个角，应该是八方手里剑。”

皇甫规走到书桌前，拉开抽屉，又拿出几个同样的暗器来，沉思道：“爹喜欢收集兵器，想必这是他近日收来的。”

皇甫太太抹着眼泪说：“收集这么些东西有什么用？还是保不了自己的性命！”

皇甫规黯然命士兵拿走那些东西，见白静柔垂头站着，灯光从侧面打在她脸上，使她的脸更加苍白透明，似乎连细小的青筋都能看得清楚。

他心底升起一丝抱歉，轻声说：“白小姐，多谢你了，这件事，我们一定会查个清楚……”

白静柔抬起头来，眼睛似乎把一切光线都吸收了进去，黑得惊人，“大公子，你忘了吗？伯父用这暗器伤了那人，暗器形状奇特，那么，那人身上的伤口也会与别的不同，暗器可以是别人投掷栽赃，伤口一时半会儿可没有那么容易处理，那可不是枪伤！”

皇甫规惊疑不定，视线却不由自主扫向皇甫少安，见他脸色忽然变了，心凉了半截，“白小姐说的没错……来人！”

话未说完，皇甫少安从椅子上站起，冷笑起来，“大哥，你真要听信人言，弄得我们兄弟反目不成？”

“请二弟出示胸口伤痕，以正视听。”皇甫规语气冰冷。

皇甫太太拦在了两人中间，厉喝，“你们俩干什么？老大，你不信你二弟，信这个女人？”

皇甫规失望地看了看皇甫太太，又望向皇甫少安，“少安，白小姐只是说出事实，并没有实指于你，你如果心里没鬼，何不把胸口伤处亮出来？”

皇甫少安忽地一声长笑，又忽然收住，冷冷看他，“没错，白小姐推测得一点没错，是我把钢丝套进了老头子的脖子，又让人发动摩托车勒死了他，可那又怎么样？你知道他怎么对我的？他不配为人父！”

他挥手，门外忽然间兵士军靴响起，几列人马逡巡往复，把整座院子包围了起来，几名兵士刚想反抗，旁边士兵手脚齐动，将他们撂倒在地。

皇甫规惊问：“少安，你想干什么？”

皇甫少安淡淡地说："大哥，我劝你还是出国，老老实实当你的医生去，别掺和家里的这些事了。"

咔嚓声接二连三地响起，士兵拉动枪栓，对准厅内众人。

皇甫太太初时慌乱无比，却瞬间冷静下来，"老大，少安说的没错，你爹已经死了，事已至此，咱们只有大事化小，小事化无，皇甫家还得由少安来主持……"见皇甫规并不退让，她左右寻找，找到皇甫奇，尖声说，"阿奇，阿奇，你劝劝你大哥，咱们皇甫家不能乱，不能散！"

皇甫奇脸色奇怪，唇齿欲动，似乎想劝，却轻叹一声，垂眼看着地面。

皇甫少安却从士兵手里接过手枪，指向皇甫规的脑门，"大哥，你真要咱们皇甫家再死几人不成？"

皇甫规后退一步，眼瞳微缩，"少安，你知道，我从来不想和你争什么的，好，我答应你，我出国去，但他们，你要放了。"

皇甫规眼睛扫着白静柔等几位。

皇甫少安笑了起来，收回手枪，"大哥，难怪你只能学医了，斩草除根的道理都不懂？我放了他们，他们在外边胡说一通，你以为咱爹的老部下能放过我？"

皇甫规回头看向白静柔等人，"不，他们不会说的，他们都是四弟的朋友，都是自己人。"

"你当他们是自己人，他们可没当你是自己人！"皇甫少安越发笑得冰冷，"四弟让他们住进皇甫府，为了什么，难道大哥现在还猜不到？爹已经死了，大哥如果不想皇甫家四分五裂，他们都得死！"

他走到几人跟前，来到白静柔面前停下，"白小姐，果然名不虚传，我千防万防，还是防不了你，离得那么远，还是让你听到了摩托车发动的声音。"

"摩托车发动的声音原本没有什么，可如果轴承上系上了东西，就会刺耳得很。二公子，你的谋杀，确实天衣无缝，可我还想问问，为什么？难道就为了翠玲？"

"翠玲，翠玲？"灯光照射之下，皇甫少安脸色青白，目光却是悲伤而凶狠，"翠玲是我喜欢的人，可他偏偏要娶她，娶了她之后又不珍惜，我心疼翠玲，可怜翠玲，这才犯下大错，翠玲怀上了身孕，她只能自杀，翠玲是为我而死的！这能怪我吗？他是我爹，他那么多女人，为什么不能让让我？"

皇甫太太震惊得后退几步，"翠玲，你都是为了翠玲？她怎么配得上你？我都给你找好家世身家都能配得上你的好姑娘了，你却不知抽了什么风，一定要娶翠玲，我这才向老爷建议，让他收了翠玲，让你死心的！家里什么人的话你都不听，我的话你也不听，你只怕老爷，如果不这样做，你还有什么前程！”

皇甫少安一怔，脸上有一丝脆弱闪过，表情却瞬间冷凝，“娘，都过去了，算了。”

皇甫太太掩面轻泣。

白静柔眼睛眨也不眨地看着他，“翠玲阻了你的前程，所以，你才在她头顶注射进了梅毒脓液，使她染病，让她绝望自杀？伯父只要稍微露出些对你的不满，你就布局周密，痛下杀手？”

皇甫少安忽地向前，冷冷地瞧她，“白小姐，你的四少又好得了多少？你来到这里，难道是偶然？白小姐，你们就快死了，临死之前也得想想清楚才行，是给谁人当枪使？”

白静柔静静地迎上他的视线，“你心中没鬼，又怕什么让人揭穿？”

皇甫少安看她半晌，“哈哈”笑了两声，声音苦涩，“白小姐，原来你和翠玲也差不了多少，都不能带眼识人。白小姐，他们不把我逼到走投无路，我怎么会杀他们？翠玲怀有身孕，想和我私奔，我的前程全在这里，我怎么能私奔？她要挟要把此事告诉父亲，我只是为了阻止她而已，心想如果她病了，就不会想那么多了，可爹是怎么对我的？我替他立了那么多功，打下江山，他知道了此事，就想换我下来，换上一个做医生的！甚至还考虑了老四！一个从小就离经叛道离开家的人！连爹都不喊的人，他甚至怕我反抗，派人弄出那么多事来，想在静安寺吓死我！这是当爹的人应该做的吗？”

皇甫规吃惊地说：“你认为静安寺之事是爹做的？”

“不是他还有谁？还有谁能调动我身边的侍卫？”皇甫少安冷冷答，“大哥，他每天都在看《隋唐演义》，看杨广弑父杀兄，夺父妾室的故事，他把我当成了杨广，要除之灭之，既然如此，我就成为杨广！”

他表情狰狞，面上肌肉微微颤动。

“原来心中有鬼的人，看什么人都是鬼。”白静柔轻声说道。

皇甫规脸色痛苦，轻轻地闭眼。

皇甫太太轻声说：“少安，都过去了，你爹既然去世，咱们且将他放下，咱们好好儿过行吗？少安。”

皇甫少安视线扫过皇甫太太，隔了良久，冷淡地点了点头。

“你说伯父甚至考虑到了四少，是不是因为这个玉蝉？”白静柔摊开掌心，那通透翠绿的蝉儿卧在她掌心。

“对，不错！”皇甫少安忽然声音拔高，挥手踱步，“你知道这东西是送给谁的吗？是送给未来主母的！很多年前爹得到这东西的那天就告诉我们，以后我们兄弟几个谁成了家主，谁的媳妇就能得到这个！可他给了你！凭什么？凭什么？”

他额头青筋暴出，眼神凶狠，吓得白静柔步步后退，苏雅文和白荃英抢着上前拦住，他这才停了下来。

白静柔眼底露出悲哀之色，慢吞吞地说：“可这种玉蝉，皇甫伯父有好几个，他给我的，是腹部有条石纹的。”

她把那玉蝉翻转，果然，翠绿的肚皮底下，一条长长的石纹赫然显现。

皇甫少安脸色有一瞬间的愣怔，“不可能，他说了，这个只能给家主的夫人！”

“我想……”白静柔声音放低，“也许情况是这样的，多年之前，伯父只得了一个玉蝉，他顿感新奇、贵重，因此才随口许下了这个诺言，但几年过后，伯父可能又得了好几只这样的玉蝉，也许请了工匠制作，也许从古董商那里买来的，在他眼里，这玉蝉已经不是很贵重的，所以才把这品相最不好的随手送给了我。”

皇甫少安看了她半晌，脸色渐渐变得冷硬，“这件事是我误会了爹，可静安寺那件呢？他为什么派人吓我？”

皇甫奇推着轮椅上前，“不，二哥，静安寺的事，不是阿爹做的，是我，只是我一个人！和爹没有关系！那纸人是我做的，你的卫队也是我买通的！”

皇甫少安瞪圆眼睛，难以置信地挥手，“不，不会是你！你一个人可以办得到？”

皇甫奇点了点头，“对，是我，二哥，你忘了吗？翠玲不光和你一起长大，也是和我一起长大的，十岁之后，我开始发病，只有翠玲不嫌弃我，对我始终如一。对我来说，她像我的姐姐，她自杀的前一天晚上，把什么都告诉我了，我只想替她讨回公道，让你略微对她有点愧疚之心，可你，你想到哪里去了？”

他说完，剧烈咳嗽起来。

皇甫少安上前，一脚踢在他的轮椅之上，轮椅侧翻，皇甫奇自椅中滚落，皇甫少安指着他，双目赤红，“你胡说，你怎么能收买我的卫队？”

皇甫奇侧躺在地上，脸上露出奇异的笑容，“二哥，你的卫队并不像你想的那么铁板一块的。还有，二哥，爹虽然死了，但你即使杀了我们所有人，都阻挡不了悠悠众口。二哥，爹一向看重你，把什么都交给了你，我们兄弟三人，哪一个有你这么威风？就连大哥，爹也只是让他当了医生而已，你还有什么不满足的？为什么要谋害爹？”

皇甫少安面上肌肉微微颤动，冷冷地看着他，忽然大笑起来，“他对我好？你知道我是怎么一步步熬出来的？他让我当了三年小兵，不让我告诉那些人我是谁，你知道那些杂碎是怎么对我的？”他挽起袖子，胳膊上的伤口狰狞丑陋，“那一次，我被他们打得半死，胳膊差点被卸了，只换回他一句，‘没用的东西！’。好！我要有用，我一个个地处置，让那些杂碎一个个消失，就这样，这才换了个小小的连长，我不在乎了，不在乎我是不是姓皇甫。好，他让我有用，凡是阻挡我的人都要消失，这样才能算有用。果然，我除掉了阻挡我升职的一切可能，他的视线终于落到了我的身上，准许我告诉别人，我是他的儿子！可我不稀罕！皇甫算什么？他算什么？所有一切，都是我自己得来的！”

他挥着双手，双目赤红，忽然抬枪对准皇甫奇，“你以为你病了就苦吗？你只需要躺在家里，吃药，看病，他们一个个都怕得罪你，生怕惹了你，爹给你请那么多好的医生，而我……”他拍着自己胳膊上的那道伤痕，“我胳膊断了的时候，只有他们那些草班子军医替我治！伤口发炎，没有药物，后来长了蛆虫，我这条胳膊差点废了！可他不准我提皇甫这个姓，我只能咬牙忍着！”

皇甫太太失声流泪，“就是那年是不是？那年你大半年没有回家看我，就是那年！少安，你怎么不对娘说呢？你爹真狠心。”

她上前几步，想抚摸他胳膊上的伤口。

皇甫少安一伸手，挥开了她，冷笑，“告诉你有用吗？爹会听你的？咱们是什么？都只是爹手里的棋子，我告诉了你，你再向爹哭诉，爹只会认为我是个没用的东西！只会向你告状！是个娘儿们！大哥怎么去学医的，你不知道吗？老四胳膊是怎么伤的？他为何要逃出去？娘，你难道不知道？俗话说虎毒不食子，他比老虎还要狠！”

皇甫太太掩面抽泣。

皇甫规怔了怔，叹了口气，“少安，我不是当兵的料子，只有去学医，爹这样的安排，我很满意，我从没想过和你争些什么。”

“对，你从不和我争，但你天生得天独厚，你是长子！”皇甫少安声嘶力竭，疯狂地挥手，“你知道吗，我害怕啊！害怕从他眼里看出失望，害怕他认为自己当初的决定是错的！还有他手下那些老家伙，我不干点成绩出来，那些老家伙就会提起你来！我这些年的努力就会一文不值！我能干什么？除了带兵，我还能干什么？你能当医生，能开诊所，舒舒服服地就能让人尊重，而我呢？我只有杀人，不停地杀人！”他说着说着，眼里流出泪来，“你当初去学医，不就是因为你小时候把厨房准备用来做菜的兔子偷偷抱走还替它治伤？爹认为你成不了大器，所以才把你送了出去！我不想成为像你这样的失败者！”

皇甫规叹气，无话可说。

白荃英喃喃地低语：“真贪心，想要这个，又想要那个！什么都想要！是吧？妹妹？”

白静柔却低头看着地面，轻声问：“四少的胳膊受过伤吗？”

白荃英摊手，“谁知道？他弄伤的？”

皇甫少安一回头，冷然看他，他忙一缩头，摆手，“我什么都没说，什么都没说！”

皇甫少安“哼”了一声，回过头去，挥着手枪自上而下指着皇甫规，“你瞧，只要有一点风吹草动，老家伙就让你参与军事。”他冷笑，把枪端得笔直，“你什么都不用干，老家伙又想把我换下来了！让你也穿上军装，顺手就给了你那么高的职位，你穿这身，你配吗？来人，把他的衣服给我剥下来！”

两名士兵上前，伸手想除去皇甫规的军服，皇甫规冷冷地说：“我自己来！”他除下军服，丢在地上，“少安，你错了，爹并没有想让我来取代你，爹这次挑选继承者，西北军和南军都派了刺客入城，爹让我回来，只不过想故布迷阵，保护你而已。”

“胡说！你还在替他说话！”皇甫少安先是怔了怔，紧接着大叫，枪指着他，手却在微微颤抖。

皇甫规走过去，把侧翻的轮椅扶好，抱起皇甫奇放在椅子上，“少安，周围本没有鬼，这都只是你心中的鬼啊！就因为这个，你就谋害了爹，你自己说说，这样对不对？”

皇甫少安双目发红，眼角渗出泪来，却大声说道：“我怎么不对？是他告诉我的，这个世界弱肉强食，我不狠，别人就会对我狠！他所有的一切，都是从别人手里抢来的，我再从他手里抢回来，有什么不对？”

皇甫规默默地看他半晌，“少安，他对不起别人，可他是咱们的爹，他没有对不起你！他一心栽培你，其中或许做错了些事，但这都是一心为了你好，你为什么这么想不开？”

皇甫少安面上的肌肉微微颤抖，眼里发出凶光，“一切都太迟了，你们得死，你们全都得死！大哥、三弟，你们也想咱们皇甫家能长久下去是吧？你们放心，我不会辱没皇甫这个姓的！”

他腮帮紧咬，枪指住了两人。

皇甫太太忽然冲了上去，拦在他们之间，疯狂大叫：“少安，你疯了吗？他们是你的兄弟，你想杀他们，先杀死我！”

皇甫少安冷冷地说：“娘，你让开，我已经杀了爹了，不在乎再弄死你！”

皇甫太太身子一缩，眼睛里露出害怕而吃惊的神色，“少安，你魔怔了吗？我是你娘啊……”

皇甫少安的身子都在颤抖，手里的枪却一动不动地对准了他们，“爹说过了的，成大事者，心要狠，你们不死，我就会死了！”

“不，少安，他们不会说的，对不对？阿规？阿奇？”皇甫太太绝望回头。

皇甫规两兄弟垂下头去，沉默无语。

皇甫太太满脸紧张，嘴唇哆嗦着回头，“你瞧，少安，他们答应了，他们不会追究，就当你爹是那些刺客杀死的，咱们对外也这么宣布，由你来继承你爹的一切，你看好不好？”

皇甫少安手慢慢垂下，“你们真能保证？”

皇甫奇一动，皇甫太太伸手掐住他的手腕，连连点头，“对，你们快说啊！”

皇甫规抬起头来，点了点头，“我们都听娘的。”

皇甫奇想挣脱皇甫太太的手，张嘴欲说话，却被皇甫太太一把捂住，急出一身冷汗，皇甫太太对皇甫少安说：“少安，你瞧，他们都答应了，他们对你构不成威胁的。阿规是医生，他日后还是会去开诊所，阿奇身体又是这样。”

皇甫少安冷冷地看了他们半晌，这才缓缓收回手枪，皇甫太太身子一软，瘫倒在地。

白茎英见他眼光扫向这边，紧张起来，“妹子，怎么办？怎么办？我们这次死定了。”

白静柔却抬眼看向轲强，神情奇怪，“轲探长，我们应该怎么办？”

轲强回头，不知道怎么的，表情却有些尴尬，“别急，白小姐，咱们等着就行了。”

白静柔“哦”了一声，垂下头去，没有出声。

白荃英不懂，急了，“妹子、轲强，你们倒是想个办法啊！看，他就要向我们动手了！”

苏雅文与苏益宣聚过来，也紧张得浑身冒汗。

皇甫少安冷冷看了他们一眼，“处死！”

士兵们拉开了枪栓。

正在此时，长枪围立之下，轲强忽然说：“快，蹲下！”

几名士兵动作起来，向身边的人扫了过去，几声枪响之后，士兵们混战成一团。

白荃英早把白静柔拉得蹲下，想拉苏雅文又不敢，只好大声，“雅文，趴下，趴下。”

轲强早拔出手枪，警惕地望着四周。

几人正埋头蹲于地上，只听得头顶上枪声四起，就有两个士兵弯腰跑过来低声说：“轲爷，别担心，蔡旅长都安排好了。”

轲强就问：“皇甫少安呢？”

“带着残兵正往后院撤退。”那士兵说。

几人松了一口气，白荃英抬头转动眼睛朝轲强看，“轲强，怎么回事？”

轲强扫了垂头站立的白静柔一眼，不知道怎么的，有些心虚，解释：“你们进了皇甫大院，四少怎么会不派人保护周全？”

白静柔略略抬头，又瞬间垂下，手指摸上了布袋子，“是吗？”白荃英高兴起来，拍着轲强的胸膛，“还是你小子想得周到，四少也不错，有当我妹夫的资格了。”

轲强看了眼沉默无语的白静柔，说：“咱们还是跟着他们尽快离开这里，皇甫少安不止安排了这么些人，等会儿打起来了，流弹乱飞，可不是好玩的。”

白静柔此时才抬头，眼睛眨也不眨，定定看他，“皇甫规和皇甫奇呢？”

“混乱之中，我也不知道他们跑去哪儿了，不过刚才看见皇甫规推了皇甫奇往长廊那边走，你放心，蔡旅长不会对他们怎么样的。”轲强避开她的视线。

白静柔“哦”了一声，眼睛之中似乎有丝水光滑过，可等轲强仔细看去，她却又垂了眼眸。

轲强心底不安起来，暗暗盼望四少行动快点结束。

几人被士兵护着走出堂屋，来到长廊之上，远处枪声炒豆子一般急骤地响着，到处硝烟弥漫，几具士兵的尸体横在假山之上，身上枪洞处还有鲜血缓缓流出。

在硝烟弥漫当中，枪声渐歇，士兵们开始收拾残局，此时，一行人从远处走了过来，他们军服笔挺，有几位军官模样的人，却簇拥着其中一人，在朦胧的烟雾中越走越近。

渐渐地，他的面容显现出来，冰冷清俊，却正是皇甫沫华。

轲强赶紧迎了上去，向他行礼，“四少！”

皇甫沫华点了点头，越过众人，视线落到了低头站立的那纤弱人影上，他走向了她，牵起她的手来，迟疑地问：“你……你还好吗？”她抬起头，黑黝黝的眼睛映出他的面容，看得他心中微凉，她却迅速低头，“还好。”

皇甫沫华忍了心中的慌乱吩咐道：“清理余党，一个都不准放过！”白静柔又抬头看了他一眼，轻声对苏雅文说：“雅文，我头有些晕，你扶我进屋吧！”

苏雅文一摸她的手，只觉她的手冰凉入骨，纤细的手指似乎都在微微颤抖，不由得着急，低声问：“小柔，怎么啦？”

白静柔轻声说：“你扶我进去就行了，别，别惊动别人！”

苏雅文心底一凛，看了一眼被几名军官围着商量善后的皇甫沫华，点了点头，“好。”

等皇甫沫华和蔡旅长等商量、安排好了善后之事，一回头，站在那里的纤细人影已不见踪影，他怒问轲强，“她呢？不是叫你看着她的吗？”轲强正和几个便衣说话，怔了怔过来，“刚才还在这儿的。”叫了士兵过来问，“白小姐呢？”

士兵立正回答：“白小姐和苏小姐回房休息了，她们不让我们跟着！”

皇甫沫华冷冷地扫了他一眼，迈步向前走，轲强紧跟几步，又不好拦着，只好边走边说：“四少，皇甫少安被人救走了，如果他和三军会合……”

皇甫沫华一下子停住了脚，皱眉，“怎么会这样？”

蔡旅长这时也得到了消息，一脸凝重地过来，“四少，西北方面知道谨城突变，只怕也会乘虚而入。还有，谨城出现一股不明身份的杀手，咱们好几个自己人都被暗杀了。四少，这等时候，疏忽不得啊。”皇甫沫华望了远处的房屋一眼，停住了脚，手指捏紧裤缝，又缓缓松开，低声吩咐轲强：“你，派人好好看着她。”

轲强点了点头，“放心，四少。”

皇甫沫华这才一回头，迈开步子和蔡旅长等商量去了。

苏雅文打发走了白荃英和苏益宣，回过身来，却只见白静柔素白的面颊微微发光，眉头轻轻地皱着，眼角似乎有粒珍珠般的水珠滑下，不由得暗暗吃惊，上前拉了她的手说：“静柔，多亏了四少，咱们才脱离了危险。”

白静柔抬起头来，定定地看着她，“雅文，我如果想离开这里，你会跟我一起走吗？”

苏雅文低下头去，手指无意识地滑过被面。

白静柔偏头过去，声音似乎是小猫在呜咽，“你不会，是吗？”

苏雅文轻声说：“小柔，益宣的病找到了位老中医，他说能治好益宣……”

白静柔只看着窗外，“是四少安排的？”

苏雅文点了点头。

白静柔回过头来，垂目看着桌面，“他安排得真好，真好啊！以前爷爷告诉过我，说小柔啊，你别这么自信，你听到的不一定是真的，我还不相信。今天，总算相信了。雅文，皇甫规死了，皇甫奇也死了，他们死的时候，皇甫太太一直在求饶，求他，她撕心裂肺地叫着，他们都是你的兄弟，他们没有得罪你，你杀了我，杀了我吧。你娘的事都是我一手操办的，都是我散发的流言，让老爷以为她是个巫女，让我给你娘偿命！可他只说了两个字，处死！那两个字那么冰冷，枪声响起，我再也听不到他们的声音了。”

大颗大颗的眼泪从她的眼睛里涌了出来，滴在被面之上，瞬间被吸了进去，她纤细的肩膀微微颤抖，细细的手指捏紧了被子。

苏雅文伸出手去，想抚上她的肩头，却缓缓收回，勉强地说：“小柔，也许你听错了呢？”

白静柔抬起头来，明亮的大眼睛里如有碎星滑落，“雅文，你早就知道了，是吗？”

苏雅文气息一滞，隔了半晌，才轻轻点头，“四少这也是不得已而为之，皇甫家情况复杂，如果不快刀斩乱麻，内战将会一触即发，小柔，你……”

白静柔垂下头去，慢吞吞地说：“雅文，道理我都懂，所以，我不想再查下去，不想再参与这些事了。他的世界，我原本就不该掺和进来的，也许，我一开始就错了，救了大哥之后，就应当老实本分地远离他，这样……”她迟疑了半晌，轻声说，“这样，也许爷爷就不会死！”

苏雅文看着她的神态，暗暗吃惊，“小柔，你是在怀疑？不，不会的！”

苏雅文结结巴巴地说："他没有这个必要！"

白静柔没有抬头，"谁知道呢？我不想再追究下去了，只想离开这里，也许这样，对我们大家都好一些。"

苏雅文满脸为难，似乎下定了决心，"好吧！趁着混乱，咱们走。"白静柔摇头，"不，雅文，你留下来吧！益宣的病不能再拖了，你去叫哥哥来，我和他走。"

苏雅文点了点头，走至门口，又有些迟疑，"小柔，你真不听四少解释？"

白静柔抬起头来，眼睛里映出了窗棂的影子，"雅文，当世界没有了秘密，其实有时候那滋味并不好受。"

苏雅文忽觉一股酸意自心头涌起，直蹿脑门，窗前的少女茫然而无助，小小的身子在晨光中微微颤抖，苏雅文有一瞬间的恍惚，仿佛那笼罩在她身上的光晕似乎在将她同化，她也既将化成光和影一般，消失得无影无踪。

苏雅文忍了心慌拉开门往外走，兵士成列在她两旁走过，年轻的脸上全是得胜之后的喜悦。

她站在长廊尽头半晌，双手在裤缝处开合捏紧，最终，还是向皇甫沫华的办公处走了去。

等皇甫沫华随她急匆匆地赶来，推开那道房门，门内却已空无一人。

白荃英把枪扛在肩上，拉了白静柔一把，"妹子，走得够远了吧？脚起泡了吗？要不，咱坐黄包车？"

白静柔摇了摇头，"不用，得快点到火车站。"

白荃英正了正军帽说："妹子，我可真弄不明白了，咱们为什么要偷偷的走？把雅文都丢下了？"

"哥，你别问了，总之，咱们尽快离开就对了。"白静柔抹了把额头上的汗说。

"好，好，妹妹，你说什么都是对的，反正我听你的，皇甫家发生那样的事，我也觉得皇甫沫华不是个好东西，咱们别掺和，以后啊，哥重新给你找个好夫婿！"白荃英说。

两人找了间客栈进去借宿，谨城大乱，来往军人极多，他们穿的军服正是蔡旅长部队的，因此并没有引起任何人怀疑。

到了晚上，白静柔才敢把头发放下，长长的发辫却有了股馊味，她想了想，让白荃英找店老板借了把剪刀来，一咬牙，正要剪了它，白荃英吓得急忙冲上来拦阻，

“妹子，妹子，你这是干什么？这可是你从小留到大的辫子！你忘了自己发下的誓言了？头可断，发不可不留！爷爷也说了，说小柔还是留了辫子好看。”

白静柔慢慢放下了剪刀，“爷爷？”她吸了吸鼻子，“爷爷真这么说过？”

白荃英点头，“当然了，妹子，我真弄不明白你了，皇甫家那些破事，关咱们什么事？咱们用得着这么慌慌张张、改头换面地离开？没错，皇甫沫华这次看起来的确是心狠手辣了些，但咱们又没得罪他，你还帮了他不少忙，咱们就正大光明地告辞，他还会怎样？”

白静柔抬起眼来，眼神中有一丝迷茫，“哥，我也不知道，我只是害怕，害怕再在这里多待些时候，不知道会发生些什么，不知道自己会知道什么！以前我以为这个世界对我没有秘密最好了，可现在才知道，对我来说，有些秘密，还是别知道的好！这个地方，我不喜欢！真的不喜欢！”

她声音微微发抖，双手无意识般地抱住了自己。

白荃英虽然心大，但也从没看见她这副样子过，怔了怔说：“妹子，好，你不喜欢咱们就不待了，走，马上走！”

白静柔眼睛泛起了水光，“哥，谢谢你。”

白荃英越发不安起来，挠着头说：“妹子，你到底听到了些什么？你这样子可真让我害怕。”

忽然间，白静柔脸上神情凝重起来，她站起身来，推开后窗往下看，白荃英也跟着往下看，却见几十个穿军服的人缩在墙角，成四面包围之势把整座客栈包围了起来。

白荃英吃惊地问：“妹子，怎么回事，你怎么什么都没听见？”

白静柔脸色苍白，赶紧拿了包袱往外走，两兄妹走至长廊处，就看见便衣四处活动，行走如风，正挨个推门查看客栈房间。

两人闪躲着走到后门，后门处也有便衣看守，专门查看年轻男女，两兄妹就知道这是在找他们了，互望一眼，只好退了回来。

“怎么办？妹子？要不，咱们就正大光明走出去算了，咱们又没犯法。”白荃英说。

白静柔无奈地看他，“哥！”

“那怎么办？到处围得水泄不通的！”白荃英摊手，又嘟囔，“妹子，你怎么就听不到他们的声音呢？”

白静柔说：“他们经过特殊的训练，刚才，咱们谈话之时，有人不停地敲着钟，我想，那可能就是为了掩盖他们的脚步声的。”

白荃英吃惊了，“真奇怪，没几个人知道你听不得敲钟声的，你也就随口告诉了我，当时还有雅文在？”

白静柔扭过头去。

他醒悟过来，“是，是雅文？她怎么会？她也被收买了？对，一定是为了她弟弟的病！”他似乎感觉到了事情的严重性，再问，“妹子，外边那些人，也是皇甫沫华派来的？他为了对付你……对付咱们，专门训练了那些人？”

白静柔睁大了眼睛看他，忽然间，眼睛里涌出了大颗大颗的泪水，“哥，哥，你别问了，别问了好吗？”

她拿手背抹着眼泪，那眼泪却如水龙头被打开了，倾泻而下。

白荃英手足无措，“好，好，我不问了，妹子，你也别伤心……”他似乎不知道用什么话来劝她，只好拿了块手帕出来递给她，“妹子，你别伤心，皇甫沫华是这种人，咱们不理他，离他远远的，可……咱们现在怎么办？”

白静柔却没有擦拭眼泪，只用手绞着那手帕，“我不知道，我真的不知道……”

她耳朵嗡嗡的响，外边的敲钟声又一下下连续不断地响了起来。

忽地，白荃英看着门口，随手拿起个矮凳子举高了，顺手一拉，门边的人闪了进来，他正想顺手砸下，却看得清楚，吃了一惊，“孟获良，你……你怎么打扮成这样子？”

他戴了一顶帽檐压得低低的草帽，身上穿的却是客栈小二的衣服，膝盖上两个极大的补丁，衣服上有可疑的油渍。

他一把拨开了白荃英，往白静柔处走了两步，“小柔，从隔壁走。”

白静柔抹干眼泪站起来，“孟大哥，可，可这里都被包围了。”

孟获良深深地看了她一眼，“我知道他迟早会回到谨城的，所以，这个地方，我做了些布置，刚好，这家客栈不久前我买了下来。”

白静柔垂头“哦”了一声。

白荃英赶紧问：“孟大哥，怎么走？”

孟获良拉开门左右看了看，向两人招手，门口有小二等着，一行人跟着他往厨房而去。

【第二十章】

诡异的静安寺凶案

井沿之上，趴着一个男人，身穿短打粗布衣服，脸色发青，身体僵直，更可怕的是，他头上花一块黑一块的，前半边头发更是掉了个干净，露出苍白肌肤。

孟获良边走边解释说：“厨房有道暗门通向隔壁民居，再通到华庆楼的店铺之上，他们想要封住所有出入口，得把整条街都封住才行。还好皇甫沫华初来乍到，到底行事谨慎，不想闹出太大的动静。”

来到厨房，店小二拉开了放满碗筷的橱柜，打开暗门让几人进入，又合上橱柜，对孟获良说：“老板放心，他们不会找到的。”

孟获良点了点头，拉低帽子，带着两人东弯西拐地来到街面之上。

三人离那客栈已经隔了好几条街了，但依旧有一行行兵士脚步急促地往客栈赶。

客栈传来几声枪响，白静柔忽然间脸色煞白，白荃英握住了她的手，“怎么？妹妹？”

白静柔轻声说：“刚才那位小二哥死了。”

“什么？皇甫沫华还是不是人？连他都杀？”白荃英怒声道。

“不，不是他动的手，是蔡旅长的人。”白静柔低声说。

孟获良脸色也不好，看着她，“小柔，无论是谁下手，一切缘由皆有因果，如果这场内乱没有开始，这一切都不会发生。”

白静柔沉默地低下头去，“孟大哥，你说的没错。”

白荃英看见几辆军车鱼贯而过，紧张地问：“孟大哥，看这架势，他们没在客栈找到人，还真想把这里封了？咱们去哪？”

孟获良想了想，注视白静柔，“小柔，其实这些日子我一直在调查这一切事件的缘由，你爷爷的死、我娘的死，还有皇甫家为何出现内乱，前些时候我跟你提过，我们三家之间的关联……”他似乎难以启齿。

白静柔抬头看他，眼眸反着微光，“孟大哥，你说吧，我都想明白了，有些事，想避也避不开的。”

孟获良却斟酌了起来，皱着眉头想了半晌才说：“其实这一切的缘由，却是因为当年孙品秀救了一个人而起，最后却落到了静安寺内，要不这样，小柔，我们先去静安寺，到了那儿，你一切都会明白了。”

白荃英急了，“去静安寺？我们现在最好马上买火车票离开这里吧？去那里干什么？”

白静柔垂下头去，低声问：“孟大哥，孙品秀最后死在了静安寺，咱们三家人，是不是对不起人家？”

孟获良脸色犹豫，迟疑半晌才点了点头，眼神却沉重至极，“小柔，远不止对不起那么简单。”

白静柔身子微微一颤，手指捏紧了布袋子，隔了良久才微微点头，“好，我跟你去。”

孟获良轻轻叹息了一声，目光茫然道：“小柔，其实这些天来，我一直在想，该不该把剩下的事告诉你，你以前那么快活，知道了之后，还会快活吗？有时候无知一些，其实会活得更快乐些的，可我知道，即使我不告诉你，你自己也会知道的，你有那么一双灵敏的耳朵，迟早，那些污秽、隐私都会传进你的耳里，还不如由我来告诉你……”

阳光自屋檐倾下，照在白静柔的头顶，使她头顶的发际线清晰起来，头发根根分明，她手指在布袋子上缓缓松开，“孟大哥，我不怪你。”

白荃英勉强说道：“干什么说得这么严重？到底发生了什么？”

白静柔伸出手去，握住了他的手腕，定定地看着他，“哥，咱们去静安寺。”

白荃英视线落在她和自己交握的手上，他看清了她眼神中的惊惧，如他这般天塌下来当被子盖的人也隐隐觉察到了一股不安的情绪，他反握住了她的手，拍胸口，“妹子，别怕，有哥呢！以前老是你提醒保护我，关键时候，我来保护你。”

白静柔扯了扯嘴角，露出个比哭还难看的微笑，道：“好的，哥。”

苏雅文看了看门口站着的两名士兵，理了一下衣领，她换上了新发的女式军服，墨翠般的颜色把她的眼眸染得极深，她轻轻推开书房的门，屋内的男子背对着她坐着，拿了个酒杯轻轻地摇，把酒缓缓倒进嘴里。

他依旧发如墨染，眸如点漆，冰冷的肩章将他的面颊衬得俊朗非凡，混着酒后的红晕，英气逼人。

苏雅文迟疑着走近两步，轻声问："四少，找到小柔了吗？"

皇甫沫华目视酒杯，看着杯中的液体，轻声说："苏雅文，你有没有试过，明知道某些东西注定要失去，怎么抓也抓不住的，你却费尽了一切心思，只想把她留得再长些？时间再长些，总在想，也许下一个瞬间，情况就不同了呢？也许下一秒，事情会出现转机？可有的时候，你拼命地合拢双手，流沙却越来越细，总是会从手指缝里滑落……"

苏雅文怔怔地看着他的侧脸，心中忽涌起股酸意，扭转过头去，轻声说："当然有。"

"不，你不会有的！"皇甫沫华笑了起来，半仰着头，眼眸灿若有光，"你怎么会有？那种得而不到，人明明还在眼前却只能眼睁睁看着渐行渐远的感受，你怎么会有？那被噩梦惊醒，她已消失无踪的感觉，你怎么会有？"

苏雅文手指捏紧衣角，手背上隐隐有青筋显现，"四少，您别着急，小柔走不到哪里去的，火车站我们已经布防了，每个路口也都有人防守。"

皇甫沫华转过身去，怔怔地看着窗外，"你知道我做了多少防范吗？为了不让她听见听清真相，为了这一天的成功，我从美国请来心理医生协助我控制心跳呼吸，只希望能瞒着她，让她无所察觉。我原以为，永远可以瞒下去的，只要瞒着，她就会在我身边，我们也能像普通夫妻般白头偕老，举案齐眉，可到了最后，却还是瞒不住，什么也瞒不住……"

他清俊的脸现出从未有过的惶惑，这是苏雅文以往从没见过的。

她心中忽然生出了股悲凉，上前两步，伸出手去，想抚上他的肩头，可手才伸出去，却又悄悄缩回，"四少，小柔如果知道了当年之事，说不定可以原谅之后发生的一切，事情一定会有转机的。"

皇甫沫华倏地转身，眼神发亮，如溺水之人抓住最后一根稻草，"对，你说的没错，她会原谅我，是吗？"

苏雅文偏过头去，眨着眼睛，把眼里的酸涩眨得没了，点头道，“小柔这个人我了解，她是最心软不过的人了，当年她大哥发病时那么对她，她都原谅他了，她一定会原谅四少您的。”

“对，对，对！你说，她现在会在哪儿？”

苏雅文心底悲凉更甚，说：“益宣正带队四处搜寻，他细心，肯定会找到的。”

“是吗？”皇甫沫华在屋子里踱了两步，扬声唤人进来，一迭声地命令下去。

苏雅文站在旁边良久，看着他飞扬的眉头，坚毅的嘴角，轻轻地叹了口气，默默地退出了那间房。

静安寺。

夜幕降临，几只飞鸟自远处飞来，停在了树丫上的巢穴之中，浓浓的夜色如泼墨般倾下，将尚有几分鲜亮颜色的屋瓦染成了灰色。

白荃英凑到孟获良身边问：“老孟，这地方怎么阴森森的，前些时候来，还没这么阴森啊？这一进来就觉得有股凉风直往脖子里钻，你到底让我们见什么人啊？”

孟获良转头看向白静柔，说：“最近天气转凉了，有点冷，小柔，你把这件衣服披上。”

他递过来一件长衫。

白荃英接过了，递给白静柔，“对对，小柔，女孩子可不能受凉，老孟，你让我们坐了老半天了，到底怎么回事，那人还没来？”

孟获良也有些疑惑，“阿财去叫了，应该快来了，这大半个月，他一直住在这里。”

白荃英拿脚蹭了一下青砖地面上的青苔，“这地方还能住人？”

孟获良笑了笑，“我这几天也住在这里。”

“怎么，你没地方去吗？”白荃英问。

“谨城那么个情况，我哪有地方能去？”孟获良把头上的帽子摘下，放在桌子上，看了白静柔一眼，微微叹气，“还好这地方清静，自上次皇甫少安带兵在这儿驻扎之后，普通老百姓不敢前来，而那些传说，又阻止了一些无关闲人前来窥探。毕竟，那些传说到底让人心生恐惧，所以，这个地方反倒是谨城最安全的。”

白静柔手指在布袋子上滑来滑去，只沉默不语。

白荃英见她心情不好，便也不说话了。

正在此时，纷乱的脚步声响起，窗外，似乎有无数飞鸟自树梢骤然飞起，呀呀叫着冲向夜空。

气喘声传了过来，阿财跌跌撞撞地冲了进来，嘴半张着，腿直打哆嗦，“少爷，出事了。”

几人一下子站起。

孟获良惊问：“出了什么事？”

阿财咽了口唾沫，结结巴巴地说：“少爷，我，我，我照您的吩咐去叫那个人来，可到了他的住处，到处找也找不到，后来我就出了门四处寻找，终于，在后院找到了。他，他死在了那口枯井边！死，死得太……太可怕了！少爷，这地方真的很邪门……”

他额头上冒出豆大的冷汗来，喉结不停地上下滚动，腿脚却哆嗦着，要扶着门框才能站稳。

没等他说完，孟获良倏地站起，往门外冲了出去，白静柔两兄妹忙跟在后面。

孟获良脚步飞快，拐了一个弯就不见了踪影，白荃英急了，“孟大哥，老孟，等等我们啊……”

孟获良头都没回。

白荃英转头问白静柔：“妹子，这怎么回事，你听到什么没有？”

白静柔摇了摇头，“我想，那个人应该已经死了很久了。”

“也不知道孟大哥让我们见什么人，还没见着就死了，那个人一定很重要，瞧孟大哥紧张的样子。”白荃英说，“到底是什么人呢？”

前边出现了两条岔道，白静柔静默一会儿指着左边一条，“往这边走。”

两人转过几条长廊，就看见孟获良站在一口枯井旁边，皱紧眉头看着井沿。

井沿之上，趴着一个男人，身穿短打粗布衣服，脸色发青，身体僵直，更可怕的是，他头上花一块黑一块的，前半边头发更是掉了个干净，露出苍白肌肤。井沿边缘，散落着一些黑色发状物，脸色发青，眼睛凸出瞪着前方，嘴角有白色不明物体。

白荃英吃惊地说：“这，这个人的头发掉光了，好像被鬼剃了头一样，妹子，难道说阎罗王又要娶亲了，又在替新娘收集头发做发髻？”

白静柔向后缩了一下，偏过头去不看那尸首，问孟获良，“孟大哥，你让我们见的就是这个人？他是谁？”

孟获良目光奇怪，“小柔，你真认不出他是谁吗？”

白静柔一怔，再把视线移到那人脸上，仔细地看了两眼，惊讶地说：“不对，他，他是李成章，怎么会在这里？孟大哥，你把他找来干什么？”

白荃英也上前仔细地看，点头，“对，对，是李成章，这小子我也见过，死了的样子真可怕，一时半会儿认不出来。”

“小柔，你还记得你哥那桩案子，李成章在里面充当了什么角色吗？”孟获良问。

白静柔想了想说：“哥的那案子，后来查清是巡捕房内鬼做的，和李成章没什么关系，我估计，很可能李成章在我哥的案子中想浑水摸鱼，后来没有得手？”

白荃英也点头，“对对对，李成章这人就是突然出现的，和截刀帮有些关系！”

“我找到李成章的时候，他正被人追杀，左胳膊中枪，所以，我带他来到这里养伤。”孟获良说。

“你是说，李成章也来了谨城？”白静柔问。

孟获良点了点头，“没错，而且早就来了，我感觉他有事，我反复盘问他，他却什么也不说，只告诉我，让我找你过来，找到了你，他才和盘托出。”

“李成章不是截刀帮的人吗？巡捕房审出是截刀帮的人操纵杀了我爷爷，他有什么会想告诉我？”白静柔眉头微微蹙起。

“我把他安排在这里，和他住了好几天，反复试探于他，也把巡捕房的结论告诉了他，他只是冷笑，终于透露出一句话……”孟获良停了停，似乎想着这句话该不该说出来。

白静柔抬起头来，大眼睛幽幽发着暗光，“孟大哥，你说吧，事已至此，还有什么不能说的？”

“那一天我带了些酒来，他多喝了几两，这才说了出来，我摸不准他说的是不是真的。”他似乎下定了决心，学着李成章的口气说，“巡捕房那些杂碎，胡说我们截刀帮的人干的！截刀帮的人怎么会杀巩爷？”

“什么？”白静柔脸上的血色一下子褪了下去，整张面孔如白玉般雪白，浑身微微发抖。

白荃英急了，“妹子，妹子，你想到什么了？别吓我！”

白静柔抬起头来，眼睛定定地直视着孟获良，“他真的这么说？”

孟获良点了点头，“我也怀疑这句话的真实性，可后来我反复试探于他，他却再也不承认说过这话了，只是让我来找你，说见到了你，就什么都说出来！”

“所以你上次才会问我，知不知道巩爷是谁？是吗？”白静柔轻声问，“孟大哥，其实你心底早有了答案，是不是？”

孟获良垂头不语。

白荃英却不明白，追着问：“小柔，小柔，你倒是说清楚些，什么巩爷？爷爷和他有什么关系？”

白静柔抬起头来，看着远处黑黝黝的树梢，夜色更浓，天上云彩如墨染了一般，使她的眼睛如暗黑深渊，她轻声说：“那一次，皇甫沫华和我去百国酒店查李成章，他们在房间里说话，提到了巩爷，说他们所知道之事向巩爷汇报……”她把当时从房间里听到的一五一十说了出来。

白荃英听着听着，脸色也渐渐变了，“妹子，李成章在这儿，如果他说的那句话是真的，是不是代表着……代表着……”

他迟疑不决，却始终没能说出心中猜测。

白静柔垂头，“我也不知道，哥，我不知道。”

白荃英觉得有股冷汗自背脊升起，慢慢蹿至全身，使他额头都渗出汗来。

两兄妹同时看向死在井沿上的李成章，有风吹来，卷起了井沿边那黑色发状物，团团滚着来到白荃英的脚边，竟使他失声跳脚，惊慌失措，“走，妹妹，走，我们离开这里，别再查了！”

那黑色团状物滑过白荃英的脚底，被风吹过，滚向远方，像真有人召唤着奔向无边地狱。

“不，哥，已经轮不到我们做主了。”白静柔睁大双眼看着远处，檐角的风铃被风吹动，丁丁零零地响，一列士兵忽然自林边显现，带头的却是位中年军人。

他们迅速靠近，包围了几人，枪栓拉开之声响起，更有几位便衣人影在树干之中若隐若现。

中年人一眼看到井沿边的死人，冷冷地说：“孟获良，你潜进谨城，杀人越货，还有何话可说？”

“蔡旅长，孟某一个普通老百姓，要劳您大驾亲自带兵捉拿，可真是孟某的荣幸。”孟获良语气讥讽。

蔡旅长充耳不闻，转头望向白静柔，语气放缓，“白小姐，您被姓孟的挟持，可把四少吓坏了，四少得到消息，派我尽快赶来救白小姐出困境，您没事就好。”

他上前一步，白荃英伸手拦住，“干什么？干什么？你们想干什么？”

蔡旅长停住了脚步，皮笑肉不笑地看他，“白公子，您是客人，我们不会把你们怎么样，只是请白公子别碍我们缉拿凶手！”

白静柔摇头，“不，蔡旅长，这位死者，并非有人杀害而死，你搞错了，你不能带孟大哥走！”

蔡旅长“哦”了一声，语气放缓，“白小姐，死者就在这里，据我方人员汇报，孟获良和这位死者一直居住在山上，死者生前并没见任何人，今日凌晨，孟获良独自下山，晚上回来，这个人就死了，凶手除了他，还会有谁？白小姐，如今四少接手谨城事务，诸事都会秉公办理，还望白小姐体谅四少。”

孟获良冷笑道，“皇甫沫华还真是事无巨细，安排周到，我自以为藏身隐秘，想不到在他眼里，却是一览无遗。”

蔡旅长脸上露出自得的微笑：“孟公子可不是小人物，来到谨城，我们怎么能不密切关注？”

孟获良腮帮现出几根青筋，握紧双手，眼神冷漠。

白静柔语气轻淡，“蔡旅长要说到做到才好，别擅自做主，辱没四少名声，如果我能证实此人并非孟大哥所杀，蔡旅长可不能以莫须有的罪名扣人！”

蔡旅长冷漠点头，“那是当然，白小姐是四少的贵客，我怎么敢当着白小姐的面乱来？”

白静柔如没听见他语气之中的暗示，来到井沿边，探出身子，朝黑洞洞的井口望了去。

她半边身子斜出井口，摇摇欲坠，白荃英忙上前拉住她的左胳膊，提醒，“妹子，小心点，别跌下去。”

孟获良也暗自担心，往井沿边走了两步，两名士兵却横枪拦住，他只得停了脚步。

白静柔收回身子转身问孟获良，“孟大哥，这井里还有水吗？”

孟获良点了点头，“井里有水，但很少，而且深得很，要想打水，要用很长的井绳才行。”

“你们这几天在山上，喝的都是这井里的水吗？”白静柔再问。

孟获良怔了怔，点头，“我在山上待得不久，每次都是吃完饭才回来的，因此，只是偶尔喝李成章煮好的开水。”

蔡旅长明白过来了，“白小姐是怀疑这井水被人下毒？”

白静柔说："是与不是，要打一些井水上来看看才行。"

蔡旅长就吩咐两名士兵吊了绳子下到井内，打了井水上来，又让别人捉了两只老鼠，试毒查验。

白静柔把那水浸在馒头上喂给老鼠，那老鼠却始终活蹦乱跳，并无异常。

蔡旅长冷冷地瞧向孟获良，"孟公子，你瞧，有白小姐帮忙验证，这查也查过了，证实井水并无问题，无论此人是怎么死的，只好请你回去协助调查，查出死因才行。"

孟获良咬牙不语。

蔡旅长挥手，一士兵上前，拿出手铐，想铐上孟获良的手腕。

白静柔拦在中间，说："不，不对，不会是孟大哥杀的！"

蔡旅长叹气，"白小姐，是不是凶手，总得经过查证才行，我们将疑犯暂时羁押，等查清事情，如果不是孟公子做的，自然会放他自由。"

白静柔抬眼看他，大眼睛反射出他的影子，语气清冷，"现在我就可以证实孟大哥并非杀人凶手。"

蔡旅长摸了摸鼻头，"白小姐，您这样不好吧？不顾事实，扰乱公务，您虽是四少的贵客，可也不能如此罔顾事实，一心护着故旧，这要是传至四少耳里，四少会怎么想？"

白静柔淡淡地说："蔡旅长不必一顶顶大帽子压下来，我只需再做一个检验，如果依旧验不出来，就依蔡旅长的！"

蔡旅长无可奈何，摊手，"好，白小姐可得说话算数。"

孟获良和白荃英互相望了望，眼底同时流露出担忧之色来。

院角之处，有一处杂草丛生之地，有一些篱笆胡乱地围着，那处土地明显松弛，好像是以前静安寺的僧人们种菜之处。

白静柔走向那块菜地，拨开草丛，弯下腰仔细寻找，不一会儿，从地上拔起了一棵青菜模样的植物，她端详许久，转身问孟获良，"孟大哥，你们住在静安寺里，平时李成章是自己煮东西吃吗？"

孟获良点了点头，"李成章不方便外出，一次性买了许多食物上山，平时是自己煮东西吃的。"

白荃英问："这是什么？"

"这是棵莲花白，也就是咱们俗称的卷心菜。"白静柔说。

"怎么这么小一棵？我记得咱们以前吃的卷心菜挺大棵的。"白荃英虽然对厨房里的东西不熟，但到底认得这种最常见的菜。

“那是因为李成章把较为大棵的卷心菜全都吃了，只剩下了较小的。”白静柔指着菜园子，示意他们查看，“你们瞧，这里，这里，这里，都只留下了菜帮子。”

蔡旅长也跟着查看，点了点头，“确实如此，白小姐的意思，这种卷心菜有问题？”

孟获良却摇了摇头，“不对，这卷心菜我也吃了，我怎么没事？”

蔡旅长意外地看了他一眼。

白静柔说：“这就是吃多，或者吃少的问题了，我想，李成章不像孟大哥一样经常下山，这些天都住在静安寺，他带了许多肉食类食物上山，却不方便带青菜之类的东西。一来青菜容易坏，不好储藏，二来嘛，青菜的体积大，也引人注目，所以，你们来到静安寺，只带了主食。”

孟获良点了点头，“确实如此，前几日李成章还抱怨天天吃这些东西，吃得胃痛，后来他见寺里有现成的锅碗，就开始做饭了，也不知道他从哪里弄来了小葱青菜之类的，我还以为他下山买的呢，现在看来，是从这菜园子里摘的！”

“没错，李成章住在这里有十多日，一直吃的是山下带上来的肉食，所以一直没有什么问题，直到他开始煮食这些野生野长的蔬菜。”白静柔说，“他和孟大哥不同，孟大哥只是偶尔吃一两餐这种菜，他却是每天都在吃，所以，到了最后，身体之内毒素爆发，终于让他死于非命，我想，他的头发掉了那么多，并不是什么阎罗娶新娘，想要假发来替新娘做发髻，只不过是种中毒的征兆而已。”

孟获良恍然大悟，“我有好几天没上山子，可那天下山，我就觉得李成章精神不太好，对，对，那时候他捋了一把头发，就掉了好几根！”

白荃英赶紧把那棵莲花白从白静柔手里拿过，丢了出去，“妹子，有毒的东西还拿着干什么？”

那棵莲花白翻滚着撞到了墙边。

蔡旅长摊手，“白小姐，这可难办了，我听您这意思，吃这东西要吃好多天才能确定是否因它而中毒，您说得虽然精彩，但凡事总得依据事实才行，我总不能因您一面之词，就放孟公子离开。”

白静柔抬起眼睛看他，“蔡旅长，其实因为吃莲花白中毒的，不只是李成章一个人。”

她眼睛反着幽幽暗光，看到蔡旅长的眼里，却让他略觉尴尬，仿佛自己心中所想，在她眼里一览无遗。

“还有人吃这东西中毒的？好，白小姐，请您说说是什么人？”蔡旅长说。

“蔡旅长不觉得奇怪吗？这菜园子荒废许久，但依旧有菜留下来生长，按道理来说，这种莲花白长在这里，如果没人打理，会渐渐被老鼠之类的动物吃光，它却没有。其实动物有时候比人更加敏锐，我想，原本生长于此的老鼠或许早就啃食过这种菜了，却发生了不好之事，所以，它们知道这些菜有毒，这才不再啃食，使其能茂盛生长。可李成章的到来，使常年不开火的静安寺又开始有饭菜香味传出，却吸引了极远处的其他动物，它们却不知道这里的莲花白是不能吃的……”白静柔边说边绕过院墙断壁，往墙角寻了去，几人忙跟上。

走过没多远，就听见了一种奇怪的哼哼声，时断时续。

白静柔停在了假山洞口处，指着里面说：“就是这里，它们昼伏夜出，一连好几天啃食菜园子里剩下的那些莲花白，却没有想到，把自己送进了鬼门关。”

两名士兵弯着腰爬进去，不一会儿，扯出两个动物来，是山中常见的野猪，却有气无力，精神不振，身上黑色的毛秃了好几块，其中一只，早已死去了。

白荃英叫了起来，“真和那姓李的死得一模一样！真是那莲花白有毒，蔡旅长，这下你无话可说了吧？”

蔡旅长沉默不语，隔了良久才似下定了决心，冷淡地说：“白小姐的推论精彩，确实让蔡某大开眼界，但对不起，命案事大，孟公子还是得跟我们走一趟。”

“蔡旅长，你什么意思？说过的全当放屁？”白荃英怒声叱骂。

蔡旅长脸色淡漠，对他的指责充耳不闻，只对白静柔说：“白小姐，蔡某是军人，只服从四少之命，白小姐有什么想说的，亲自向四少说明吧！”

白静柔手伸过去，捏紧了布袋子。

白荃英大怒，“你连我们都想扣押？”

“白小姐，四少对您另眼相看，您可不能辜负了他的一片真心。”蔡旅长语气更淡，挥了挥手。

两名士兵上前，替孟获良铐上了手铐。

他又向白静柔摊手，“白小姐，车子已在山下等着了，您请。”

白静柔定定地看着他，摇了摇头，“不，我和哥不会去的。”

蔡旅长一怔，“白小姐，别让我为难……”

白静柔笑容冰冷，“蔡旅长，你为不为难关我何事？你告诉四少，我们还在这个地方待一个晚上，让他自己来。”

蔡旅长一脸为难，“四少暂时没空，白小姐，要不您多等几日？”

白静柔冷漠地看着手指头，“他确实没空，今天是和官家定城下之盟的大日子吧？蔡旅长如果还不快回去帮他，官家和西南军结盟，四少该怎么办？”

蔡旅长悚然看她，“白小姐都知道？”

“记住，我只等他一晚，请蔡旅长把这院子四周的暗哨撤走，要不然，蔡旅长只能带我的尸体回去了。”白静柔从布袋子里拿出一把手枪，对准了自己的额头。

白荃英和孟获良同时惊呼，“妹子（小柔）别做傻事！”

蔡旅长脸色阴沉，看了她半晌，缓缓后退，“好，我答应白小姐，也请白小姐守信。”

他一挥手，士兵上前，解开了孟获良的手铐。

白静柔看他退走，缓缓拿下手枪，此时才身子微微发颤，扶着小树干站定。

孟获良扶住了她，“小柔，你何必如此，我跟他们去其实也没什么的，谅他们不敢乱来。”

白静柔摇了摇头，轻声说：“不，孟大哥，我不敢让你这么冒险，我怕你跟着去了，就像爷爷，像皇甫奇他们一样，再也回不来了。”

白荃英咽了口唾沫，“妹妹，你真的一点也不相信皇甫沫华了？他真那么可怕？”

白静柔茫然抬头，说：“哥，我也不知道，但我只是隐隐感觉，他是我遇到的最可怕的人，直到现在我才明白，我以为清楚懂得的那个人，那个在我心中善良、美好的男子，其实并不存在。”她眼睛之中泪光闪烁，却仰头不让眼泪流出来，“那个人，只是我的幻想罢了。”

两人同时沉默了下来。

白荃英轻拍她的肩头，“小柔，他是什么人咱们弄不清楚就算了，可你瞧，你哥我还在，里子面子都一样，实打实的！”

孟获良想开口，却不知道说什么好，只微微叹气。

夜风萧萧，风吹得树叶哗哗作响，有飞鸟受惊掠过树梢，却似乎舍不得树上的同伴，在天空盘旋良久，又飞落而下。

白荃英看了看黑乎乎的四周，头皮发麻，“蔡旅长在山门那里肯定安排了人，妹子，我们还是被困在了这里，你说该怎么办？真等他们一晚才走？”

白静柔回过头看着那口枯井，蔡旅长办事仔细，已经让人把李成章和那两头野猪移走了，她皱眉看着井沿，轻声说：“孟大哥，你查过我们三家的往事，一定知道孙品秀生前的死状是吗？”

孟荻良点了点头，“谣言虽然很多，但分析起来实际上都差不多，她临死之前，头发也是一缕缕地掉光了，神志不清，还出现了幻听之象。”

“你是说，她听到了地底传来的音乐？”白静柔脸在夜幕之下如瓷器般洁白。

“的确有这种传言，我找了好几位以前住在这里的僧人，他们都这么说，孙品秀死时已经疯了，皇甫端每隔两三天就来看她，但每次来，都被她咬牙切齿地咒骂。”

“她骂了些什么？”白静柔问。

“说也奇怪，她的喉咙后来仿佛发生了问题，没有人听得清她骂些什么，这是第一处让人觉得奇怪的；还有，每次皇甫端来看她，总是不让任何人靠近这座小院，有几次，有僧人还看见他的随从背了好几袋子东西出去，这是第二个让人觉得奇怪的地方。”孟荻良脸色迟疑。

“还有什么？”白静柔问。

“寺里的僧人开始得怪病，仿佛也是那段时间的事，自孙品秀死后，还偶尔有人贪图这里方便，在这儿免费住宿，但住的时间长了，总会发生鬼剃头事件，现在看来，是吃了这些有毒的蔬菜的原因？”孟荻良说。

白静柔忽然抬起头看他，眼睛里映出了浓翠的树叶影子，“孟大哥，我也听见过音乐声。”

“什么？”白荃英大声说，“真的？什么时候的事？”

“我们曾经在这儿住过几晚，皇甫少安被人装神弄鬼惊吓的时候，那几晚，我听见了。”白静柔说。

孟荻良沉思起来，“那阎罗王娶亲的传说看来并非空穴来风了，不只是小柔你，在这里住宿的人应该也有耳朵灵敏的，在特定的时间听到过这种音乐，因此才有那样的谣言传出，再加上鬼剃头的传说，使得这里成了人人惧怕的场所，没有人再敢接近。”

白荃英想了想问：“小柔，现在你有听见音乐声吗？”

白静柔摇了摇头，“没有，什么也听不到。”

孟荻良说：“关于音乐，还有一个可怕之说，说是孙品秀手里有一个音乐盒，那个音乐盒被人施了咒语，音乐盒放到谁那里，那个听了音乐的人就会发生不幸，孙品秀是巫女的流言越传越盛，而正是由于这个传言，孙品秀被皇甫家的人送入了庙里，那个音乐盒却不知所终。”

“那个流言，是皇甫太太传出去的，而皇甫端则利用这流言，顺势将孙品秀关进了静安寺里。我想，那里面的音乐曲子应该极少有人听过，所以才能传出那种流言来。”白静柔轻声说。

白荃英缩了缩肩膀，“妹子，这东西这么可怕，咱们还是别碰了，赶紧想办法下山，躲过蔡旅长的人，咱们走得远远的，别理这些事了。”

孟获良看着她，“小柔，我听你的，你说怎么办？”

白静柔垂头，良久才抬起头来，“孟大哥，我想知道爷爷是因为什么而死。”

白荃英嘴唇动了动，到底没有再出声。

“现在李成章死了，他想告诉我们什么，我们也没法知道了。”孟获良声音沉重。

“李成章上山，是否带了什么东西？”

孟获良醒悟过来，往厢房急走，走了两步停了下来，皱眉看着门口，却只见房门洞开，房间里被翻得乱七八糟的，杂物零乱地丢在地上。

“蔡旅长细心得很，房间都没有放过。”孟获良说，“也不知道他们是否找到了什么。”

白静柔定定地看着门口，“果然，他的手下，怎么会有弱兵？”

白荃英却早已冲进了屋里，翻找起来，“也许有他们没有发现的东西？”

白静柔只摇了摇头，垮着肩膀靠在廊柱之上。

孟获良也没走进去，只陪她站定。

夜幕更浓，月光自树叶缝隙间洒下，使得地面铺上了一层碎银。

似下定了决心一般，白静柔转头看他，“孟大哥，咱们走吧，离开这里。”

孟获良吃了一惊，“小柔，你不等四少了？”

白静柔摇头，“不，他不需要我等。”

孟获良想了想说：“李成章死了，这里找不出什么线索，白爷爷之死，还得从外部着手，如果能找到一两个李成章的手下也许更好。”

白荃英缩着脖子点头望向周围，“妹子，天黑了，这地方真是阴气森森得很，我们早该走了，走吧，走吧！”

孟获良说：“我知道一条小径，从静安寺后墙通到山下，也许蔡旅长没在那儿设防。”

白静柔点了点头，三人悄悄往后墙而去。

【第二十一章】

白荃英之死

白静柔点了点头，加快脚步往前走，孟获良紧跟着她，两人从静安寺的后门重新回去，白静柔却直奔后院李成章的住处，推开门走进，厢房一如既往地杂乱不堪，却没有找到白荃英的踪迹。

蔡旅长向轲强招了招手，轲强西服笔挺，端着酒杯走近，“怎么？蔡旅长？”

“四少有空吗？”蔡旅长问。

大厅之内，皇甫沫华半垂着头，接过了官玉绯手里的杯子，放在旁边的侍者手里，向她做了个邀请的手势。音乐声起，一对对男女下到舞池，开始跳舞。

轲强摇了摇头，“谈得正要紧，官家条件苛刻，还好有官小姐在其中说和，但我估计今天晚上都难有空闲。”

蔡旅长急了，低声说：“白小姐那边出事了。”

轲强手一颤，红酒差点倾泻出来，“不是叫你好好盯着他们的吗？怎么回事？”

“白小姐执意不肯回来，寻了条小径准备遁走，虽有便衣跟着，但如没有四少指示，实在不知道该不该拦。”蔡旅长满脸为难。

轲强在地上踱了两步，抬头看了眼舞池中的人，下定了决心，“你等着，我去向四少汇报。”

见轲强小心谨慎的模样，蔡旅长暗暗称奇，抹了把冷汗暗自庆幸自己在静安寺没做出什么出格之事来。

他几年前开始就和四少接触，但这些日子才真正了解了他，对他心悦诚服之际，却又暗生警觉，此人虽然年轻，但心机之深，生平少见，可千万别因为白静柔这姑娘生了嫌隙。

他在小客厅刚喝了一口茶，门就被大力推开，他抬头一看，忙站起身来，恭敬地说：“四少？”

皇甫沫华皱眉看他，“她在哪里？”

蔡旅长忙道：“派便衣跟着，那条中路蜿蜒曲折，估计一时半会儿还下不了山。”

皇甫沫华沉默了一会儿，“她不肯跟你回来？”

蔡旅长说：“不肯。”轲强抬头看了他一眼，蔡旅长内心暗惊，说话更加谨慎，“四少，白小姐一时间想不开而已……”

“她是不打算回来了。”皇甫沫华垂眼，轻声说。

蔡旅长背后出了层冷汗，再次庆幸静安寺自己的行为没有大的失当，“四少，他们走的那条小路出名地难绕，大白天稍不留神都难以走出去，您放心。”

皇甫沫华没有出声，走到椅子边，双手扶住椅背，望向窗外。轲强赶紧跟了过去，低声问：“四少，咱们既已到了这种地步，总要得出个结果才行。”

皇甫沫华依旧沉默，良久才似下定了决心，“叫苏秘书进来。”

轲强忙走出去叫苏雅文。

皇甫沫华向后挥了挥手，蔡旅长也走了出去。

白荃英身子一斜，差点摔倒，孟获良一把拉住，“小心些！”

“老孟，你别是带错了路吧？咱们走了这么久，怎么还在这里？”白荃英问。

孟获良也不确定起来，“不对啊，白天我走过这条路，依照现在这速度，早应该下山了。”

白静柔闭上双眼，良久才睁开，却摇了摇头，“除了虫鸣，听不到什么。”

白荃英跺脚，“坏了坏了，一定走错了。”他咽着口水望四周，“小柔，要不咱们先回去，等天亮了再走？”

“往回走更难，要不我们在这儿等等。”孟获良抬起胳膊看了一下手腕，“现在四点钟，再隔两个时辰天就亮了，天亮了再走，容易一些。”

白静柔点了点头。

三人寻了块干净的大石头坐下，孟获良想弄点干柴点火，但想及或许会惊动山下之人，就没有动手，见白静柔倚在树干上头一点一点地打瞌睡，于是脱下身上的大衣，盖在她身上。

白静柔微微睁开了眼，见是他，便轻声说："孟大哥，今晚上真安静啊！除了虫鸣声，什么也听不见。"

孟获良点了点头，坐在她身边，"小柔，你睡一会儿吧！我替你守夜。"

白静柔摇了摇头，"我睡不着。"她偏过头去，见白荃英往树林子里走，问他，"大哥，你干什么？"

白荃英回头看她，"我去树后方便方便。"

白静柔"哦"了一声，"你小心点。"

月光倾下来，把树枝的阴影投在她的脸上，孟获良替她把大衣衣领合上，又把自她额前垂落的头发拨开，见她睡眼惺忪，迟疑地说："小柔，要不你在我身上靠靠？"

白静柔侧过脸看他，眼睛里映出了他和月光的影子，她忽然间笑了笑，"孟大哥，这件事过后，我和哥想去国外留学，也许很多年后才能再见到你了，孟大哥，那个时候，想必你已经娶妻生子了吧？"

孟获良心中一阵刺痛，"小柔，你为什么这么说？你是想，是想……"他艰难开口，"从此之后，我们再也不见了吗？"

白静柔转过脸去，看着那轮渐渐沉下去的明月，眼眸之中有星辰般的光芒，"孟大哥，这辈子，我只怕要孤独终老了。"

孟获良转过身子，握紧她的双肩，"小柔，我不许你这么说，除了皇甫沫华，你心里就一点都没有其他人？"

白静柔垂下头去，"孟大哥，我累了，好累，好累，从没感觉这么累过，以前我听到了很多不该听的秘密，其实那时就觉得做人真累，什么时候都得戴上一副面具，人前一套话，人后又是另外一套，我以为我能遇上一个对我没有秘密的人，可实际上，他才是那个最大的秘密，孟大哥，我不想再解密了。"

孟获良松开了她，站起身来，背对着她，"小柔，我真羡慕皇甫沫华，起码，你给了他机会，你曾经想过了解他，我呢？你从来都不给我机会！"

白静柔仰脸看他，"孟大哥，对不起。"

他转过身来，眼角似有光华一闪，声音带了些许湿意，"小柔，你错了，我这辈子，如果所娶非人，将永远不会娶妻生子。"

白静柔愕然看他，良久才垂下头去，轻声叹息，"孟大哥……"

忽然，她停了下来，头偏向一边，倏地站起，"哥，哥……"

孟荻良惊问："白老弟怎么了？"

白静柔脸色迟疑，"我哥好像叫了一声，往那边跑了去。"

孟荻良顺着她手指的方向看，奇怪地说："那是静安寺方向，他走回去干什么？"

白静柔脸有些发白，拔脚往回路上跑了去，孟荻良忙跟上，两人急奔了许久，才看见前边人影一闪，白静柔唤了一声哥，那人回过头来，却正是白荃英，他向他们招了招手，却没等他们，一个拐弯，不见了踪影。

那边有几条岔道，孟荻良不知道往哪边走，转过头问她，却见她凝视一处，皱紧了眉头，知道她正在倾听，只好等着，却只见她眉头越皱越紧，忙问："小柔，听到了什么？"

白静柔抬起头来看他，眼睛幽幽反光，"孟大哥，我哥去了一个奇怪的地方。"

孟荻良心中一跳，"什么奇怪的地方？"

"那个地方，好像在静安寺，却又比静安寺远一些，真奇怪，他的脚步声怎么这么奇怪？"白静柔说，"他到底跟着什么去的？"

月光之下，她的面孔越发显得苍白。

孟荻良只觉寒风阵阵，"不好，小柔，白老弟可能有危险。"

白静柔点了点头，加快脚步往前走，孟荻良紧跟着她，两人从静安寺的后门重新回去，白静柔却直奔后院李成章的住处，推开门走进，厢房一如既往地杂乱不堪，却没有找到白荃英的踪迹。

孟荻良见她茫然站在屋子中央，安慰说："小柔，静安寺就这么大……"

白静柔忽然推开他往门外跑，直跑出了这院子，往左边的小径奔了去。

孟荻良来不及跟上，等他赶到时，她已站在了那座废弃的独门小院之前，呆呆地看着门口。

门洞大开，锈迹斑斑的锁头掉落在石阶下边，压倒的小草一路向屋里而去。

"白老弟去了这里？这是孙品秀生前住过的地方，他去这里干什么？"孟荻良站在她身边，大惑不解。

白静柔走了几步，来到门口，有些迟疑该不该走进去，孟荻良推了推门，那半扇洞开的门一下子打开，露出屋里残破的景象，倾斜的椅凳，打破的瓷壶，断了的桌椅，青砖地板之上，一行蜿蜒的脚印直通向侧门。

孟荻良扬声叫了两声："白老弟，白老弟？"

屋子里寂静无声。

“孟大哥，你看茶几上！”白静柔目光奇怪，看着那茶几。

孟获良顺着她的视线望去，却见茶几上放了一个音乐盒，那盒子却是干干净净的，两人正在发怔，那音乐盒外面的钥匙缓缓转动起来，盖子打开，小小舞台升起，上面或坐或立的仕女怀抱乐器，在舞台上慢慢地旋转，与此同时，一曲悲伤的旋律自音乐盒中传了出来，听得让人几欲落泪。

“这个，是那个音乐盒？是什么人放在这里的？”孟获良上前仔细观看。

白静柔却没有上前，嘴角微微露出丝苦笑，“孟大哥，我知道我哥去哪里了。”

孟获良看着那行脚印，“白老弟进了内室？”

白静柔点了点头，又摇了摇头，“是，也不是。”

她终于迈开脚步，往屋子里走了去，却步子迟疑，犹豫不决，走到内室门口，她停顿良久，看着那消逝在大衣橱边的脚印，似乎听到了什么，终于下定决心，拉开了那衣橱的门。

孟获良却捧起了那音乐盒，跟着她走进室内，发现衣橱的异样，吃惊地说：“原来这里面另有乾坤？”

白静柔点了点头，侧脸看向窗外，窗边一线晨曦撕破了黑幕，露出鱼肚白的天空，她喃喃地问：“孟大哥，现在是几点钟？”

孟获良看了看手表，“四点半。”

“上一次听到音乐声，也是这个时间。”白静柔推开橱柜的暗门，走了进去。

白荃英似乎听到了声音，从转台上缓缓旋转的木笼子里站起身来，隐约看到远处的熟悉人影，涕泪交加，“妹妹，妹妹，快救我，笼子，笼子就要合上了。”

巨大的木制舞台上，十几个木雕仕女手捧乐器或舞或奏，齿轮“咔咔”声中，那木制的笼子正缓缓缩小，笼子里，闪着寒光的刀刃向中央集中。

白荃英尽量把身子缩成一团，却已是目光涣散，惊恐至极。

白静柔双手都在哆嗦着，看了一眼白荃英，再回转身来问孟获良，“孟大哥，这是什么？你一定查过，是吗？”她视线落到了孟获良捧着的那音乐盒上。

她双眼睁得老大，水光泛起，浑身在微微颤抖。

孟获良轻轻叹息，举起音乐盒，对比着那个巨大的木制旋转台，“你瞧，除了中央那个笼子，它们是不是形状一样？连仕女们站立的方向都是一样的？我找了许多的资料，在一本失传已久的古书中倒是查到了一些东西，这种机关，是一种音乐机关，名叫弦乐醉，也是一道门户，出自一个非常喜欢音乐的皇帝，为了收藏他的珍宝，他曾经让匠人制作过这种机关。你瞧，台上的仕女每人拿着一个乐器，她们手腕关节接连下面的齿轮，人如果一走上去，齿轮转动，乐器敲响，成为一首曲子，只有在曲子的某个音节走上舞台，和着那音乐的节拍，踩着特定的步伐，才能走到中央，扳下中间那跳舞的仕女的手臂，才能打开密室的门，我想，白老弟一定是误跑了上去，触发机关，这才被关进了笼子里。”

“哥，哥他不能被关进去的！”白静柔抹了把汹涌而出的眼泪，咬了咬牙，祈求地看着他，“孟大哥，你知道怎么走吗？怎么才能让它停下来？”

孟获良一阵心痛，却无可奈何地摇头，“这种东西失传太久，我查了很久，也只查到了它的工作原理，到底怎么运作的……”他举起了那个小音乐盒，“我想，只有它的主人孙品秀才知道，这个小音乐盒发出的乐声，也许就是打开这个机关的关键。”

“咔咔”声中，笼子又在向中央合拢，白荃英惊恐地看着那些越来越近的刀刃，挥着双手，嘴里喃喃，“我不想死，不想死……”

白静柔看着他，嘴唇咬出血来，却放柔了声音，“哥，哥，你别怕，你不会死的，有小柔陪你呢！”

白荃英的视线不能聚焦，睁大了双眼茫然四顾，“谁，是谁？谁在叫我？”

孟获良也看出不妥来，惊问：“小柔，白老弟是怎么了？”

白静柔吸着鼻子流泪：“哥，哥小时候受过刺激，他不能被关进笼子里的，他，他，他的病会复发的！”

孟获良急了，“这可怎么办才好！我去！”

他急走两步，却被白静柔拉住了袖子，她摇头，“孟大哥，你不行的，我来。”

她从孟获良手里取过那音乐盒，把钥匙插了进去，旋转到尽头，闭上眼睛听了起来。

孟获良看着她素白的脸挂着的两道泪痕，伸出手指，挨近她面颊良久，看着眼泪滑至脖颈，却缓缓收回。

一曲终了，她倏地睁开眼睛，轻声说：“我明白了，音乐盒的曲子和那首相比，有细微不同，每句都有一处比那首降了半个调，我想，音乐转调之时，应该就是步子掉转之时。”

说完，她便往木制转台边走。

孟获良急了，拦住她，“小柔，这怎么行？步伐怎么走你也不知道，光知道调子，你如果上去，被困在里面怎么办？”

白静柔抬头看他，眼睛映出了他的影子，“孟大哥，你忘了，我听得见啊！里面机关启动，我会听见的，一定能避开去。”

“不行……”

“孟大哥，我哥的病如果再复发，就没得救了，所以，爷爷才会什么都不管他，这才保了他这么多年的平安，我们家，只有我和哥两个人了。”白静柔眼睛里涌出大颗大颗的泪滴。

孟获良心底涌起阵阵心酸，一松手，她却已经迈上了那木台子。

音乐声断断续续地响着，仕女僵直着的手腕敲着面前的乐器，纤弱的少女一步步走进了仕女群中。

她身如柳摆，脚下却如在跳舞，脚尖把木地板敲得咚咚响。

孟获良掌心冒着冷汗，看着她走到了舞台中央，慢慢地扳下了那舞蹈的仕女的手臂。

笼子慢慢往周边退了去，刀刃离开了白荃英的身子。

木制的转台却向两边打开，露出了里面黑乎乎的洞口。

白静柔没有理，只慢慢向白荃英靠近，轻轻唤，“哥？”

白荃英缓缓抬头，看着她，忽然站起身来，挥手大叫，“我是将军，你们是什么人？全都是土匪！绞死，全都绞死！”

他冲上几步，一把掐住了白静柔的脖子，脸色曲扭，目光疯狂。

白静柔脸瞬间紫胀。

孟获良大惊，正想冲上前去，身子却瞬间被人制住了，轲强扭着他的胳膊，一脚踢在了他的膝弯处。

皇甫沫华从他身边掠过，往转台上冲了去，几拳几脚，将白静柔从白荃英手里救了出来，他轻拍她的背部，“你，你还好吗？”

白静柔缓了口气，一把推开了他，趴在台子上喘气。

皇甫沫华站在她身后良久，握紧的双手松开又握紧，却只怔怔地看着。

苏雅文瞧了他一眼，悄悄绕过了他，蹲在了白静柔的身边，“小柔，小柔，你没事吧？”

白静柔抚着脖子站了起来，视线越过她望向白荃英，他已经被两名便衣控制住了，却依旧在他们掌中挣扎，双目凶狠。

她收回视线，定定地望着苏雅文，“这下你满意了？苏雅文，你做这些的时候，良心会不会不安？他是你的朋友，我们都是你的朋友！你明知道我哥最听你的话了，所以你才能引他进入陷阱。但是，你有没有想过后果？你明明知道我哥有病，你却还这么做！到底为了什么？”

苏雅文缓缓站起，垂下头去，“对不起，小柔，我没想到会这样。白，白大哥一定能治好的。”

白静柔视线滑过她，到了皇甫沫华身上，笑容冰冷，“四少，门已经打开了，您还不下去瞧瞧？”

皇甫沫华上前一步，眼神如点墨一般，“小柔，我，我……”

她却没有再望他，转头看向了那黑乎乎的洞口，声音轻得似乎听不清楚，“这里面到底有什么？要劳动四少如此大费周章，费尽心思地引了我打开它？原来，我在四少心目中的价值，就是打开这道门，从知道我的听力能帮你开始，四少一直就在筹划这一切吧？”

皇甫沫华嘴角微微抽动，腮边肌肉咬了出来，颈上一根青筋轻轻跳动，他看了她半晌，闭了闭双眼，“下去吧！”

便衣拿出蜡烛来，把蜡烛点燃，拿绳子慢慢悬挂而下，见火苗未熄，点了点头，“可以下去。”

白静柔动都没动，站在孟获良身边，冷淡地说：“四少，我的任务既已完成，请您放我们离开。”

皇甫沫华直视于她，却一挥手。

两名便衣拿枪指住了孟获良。

“不行，你们一起下去！”皇甫沫华语气更冷。

苏雅文握住了白静柔的手腕，“小柔，你下去看看吧！看过了，就什么都明白了。四少他也是不得已而为之，我，我之所以帮他，也有不得已的原因……小柔，是我把白大哥引进来的，是我不对，你别怪四少。”

白静柔一甩，抽回了自己的手，垂下头看着手指，“我还能不去吗？”

孟获良冷笑起来，“原来如此，皇甫沫华，你真是机关算尽，对他们如此，对小柔也如此？”

皇甫沫华站在洞口，语气平淡，“没错，为了这一天，为了能解开多年前的谜团，我的确什么事都做得出来。”

孟获良气得说不下去，想从两名便衣手里挣扎出来，“小柔何其无辜，你为什么这么对她？”

皇甫沫华忽然转身，双目赤红，视线停在白静柔身上，上前两步，“无辜？你以为这里有无辜的人吗？你以为，你为何能这么容易打开这乐声机关，弦乐醉这个名字，你当真一点都不记得了？”

白静柔震惊抬头，后退两步，“你说什么？你到底在说什么？”

孟获良大怒，“皇甫沫华，你别胡编乱造，小柔和这些有什么关系？”

皇甫沫华忽然转身，冰冷地说：“押他们下去。”

几名便衣上前，推搡着孟获良与白荃英下去，走到白静柔面前，没有动手，当头那位只冷冷地说：“白小姐，请。”

白静柔一言不发，跟着往下走。

巨大的地下室里，分好几个房间，里面和上面却差不了多少，零乱地摆放了无数的箱子，有些箱子空了，有些箱子却敞着，里面放了些器皿、古玩。

地上零星地散落着无数珠子，像是被人野蛮扯断的。

便衣早已把几个房间的门打开了，看了其中一个房间，走到皇甫沫华身边汇报，“四少，是那里了。”

皇甫沫华点了点头，慢慢往那房间走过去，守在门口的便衣把房门缓缓推开，垂目，“请四少节哀。”

房门打开，房间里面，并列摆了满满一屋子的棺材，从左自右数过去，有五个之多。

皇甫沫华双目泛着泪光，“她是哪一个？”

便衣迟疑半晌，指着边上那个木质新些的，“夫人应该是那具，棺材盖被推开了少许！想必，想必……”他似乎也不知道该怎么说，“棺材里的人曾经想要逃出。”

众人听得脸色煞白，白静柔更是浑身都在颤抖。

皇甫沫华急步走进，“扑通”一声，跪倒在地，头伏在地上，良久没动。

屋里静得吓人。

不知道过了多久，他才缓缓站起身来，回过头去，目光落在白静柔身上，“你知道这些棺材里躺的是谁吗？是巩爷派截刀帮的人亲手吊死的父子四人，是孟常青设计逼死的一家子，是皇甫端夺了钱财后还要夺其性命的他的妻子！”

白静柔步步后退，摇头，眼睛里却瞬间聚满了泪水，“不，不会的，不会的。”

“不会？”皇甫沫华冷笑，“你知道这一切缘起如何吗？缘起于十多年前的那个晚上，三个好友郊外踩青，见此处风景极好，就来此借宿逗留，那时静安寺由一个俗家弟子打理照顾，因无香火，早已把静安寺当成普通民居，把他的儿子、女儿接来此处照料养大。他热情好客，与那三个人言谈甚欢，原本无事，可那个月，正是十月，三个年轻人中的一位年长的，带着他的女儿，等他们回去之后，他女儿告诉他，在寺里的每个晚上，她都听到了音乐之声，她记忆力极好，把那乐曲全曲哼唱了出来……音乐机关每年十月的几天会自动旋转，发出音乐声。”

白静柔的身子瑟瑟发抖，她忽然间想起了许多年前发生的事，那时候，她父亲还活着，有一次，他和朋友聚餐，她非吵着要去，父亲只好带着她去了，回来之后，和以往许多次一样，她说听到的许多奇闻、小事。

她听到的东西那么多，于她来说，这只是件普通得不能再普通的事，她随口说出，转眼就忘，那么多她能听到的东西，那么多声音，她怎么还会记得那首小小的曲子？

她当时确实哼唱了出来，还告诉了爷爷，对他说：“这曲子可真难听。”

爷爷当时皱紧了眉头，一脸严肃，像在想着什么。

“那三个年轻人不认识这曲子，可那年长的公子家里却不是一般的身份，他有一个极厉害的长辈，江湖人称巩爷，以前做过些盗墓之事，更是所谓截刀帮的帮主！”皇甫沫华冷笑，“他一听那首曲子，就听出不同来，和孟公子一样，查出那首曲子是个爱好音乐的皇帝所作，用在了他所藏宝藏的机关之上，那皇帝聪明至极，为了吸引人来破解这曲子，他又留了破绽，每年十月的几天音乐机关会自行启动，发出乐声，因为十月月中，是他最宠爱的妃子的生日。那长辈意识到，静安寺非同寻常，一定有一个极大的秘密存在，从此，那一家子的悲剧便开始了……”皇甫沫华闭了闭眼。

“三个人知道了这天大的好消息，当然联手合谋。姓孟的擅长谋划，知道那家主人喜欢孩子，又有一手好医术，姓皇甫的家里有个生病的孩子，于是，让他带了孩子假借让其看病的缘由接近那家人。果然，那家主人性格善良，尽心尽力替他医治，可也仅此而已，其他的却什么也打听不出来，正在无奈之际，那家人的小女儿却被姓皇甫家那男子的俊美容颜吸引，对他莫名亲近，姓皇甫的家里虽然已有妻室，但如此良机，当然不会放过，他承诺娶那女子过门，像对正室一样对她，那家主人极爱女儿，无奈之下只好答应。婚后几年，他一直在打听静安寺的秘密，可正因为如此，引起了那家主人的警觉，他警告女儿不能向女婿透露一星半点内容，又让三个儿子去警告他。那三个人怎么会甘心？在他们旁敲侧击之下，知道所有秘密的姓孙的人都告诉了那小女儿，于是一不做二不休，在那家主人大寿之时，截刀帮帮主亲自带人上门，灭了他们满门，可那帮主有个良心尚未泯灭的儿子，就是那三个人之中年长的那位，他终于于心不忍，前去通知那家人，却哪里知道，杀戮之中，那帮主误杀了自己的儿子！”

白静柔身子摇晃，头一阵阵地昏昏沉沉，“我爹是被我爷爷杀死的？他，他不是自杀？”

孟获良扶住了她，朝皇甫沫华怒声说：“你这么说，有什么证据？”

皇甫沫华掩下眼帘，“是非公道，自在人心，这些事虽然沉寂已久，但如果想查，还是查得到的。李成章死之前，是想重新打开这里，获得剩余的宝藏，可他哪里想得到，到了最后，还是守护着这里的那些泄漏出去的毒物取了他的性命。没错，孙家只剩下了孙品秀一人，皇甫端把孙品秀送到这里，日夜逼问，甚至拿他们的孩子来要挟孙品秀，她终于把打开这密室的方法说了出来。”

他平静地述说，似乎在说别人的故事，可眼眶却渐渐濡湿。

苏雅文说：“为了这里面的东西，皇甫端丧尽天良，把四少带到了孙品秀面前，威胁她如果不打开密室，就把四少一刀刀地在她面前凌迟，四少胳膊上，如今还留着两道深长的疤痕。”她几步上前，忽拉起皇甫沫华的胳膊。

皇甫沫华一收手缩回，众人却早已看得清楚，两道深长的疤痕像两道极为丑陋的蚯蚓自他手腕之上延伸上去，直没进衣袖。

那两边伤痕竟如飞龙一般。

“原来，他的胳膊是这么伤的？难怪皇甫少安会这么说。”白静柔喃喃道。

“孙品秀告诉皇甫端打开机关的秘密，他却还不相信，和白老爷子商量，将他那听力非凡的孙女带来这里，果然，他那孙女不负所望，竟然听出了机关转动之时稍微响动异常之处，避开了那泄漏出来的毒雾，让孙品秀想要同归于尽的愿望落空了。白家、孟家、皇甫家顺利得到这密室的大部分珍宝，他们以为尽得密室秘密，将已经疯了的孙夫人封进棺材里，又起出她四位父兄的尸首，将他们一起藏在了这房间里！”苏雅文说，“我想，他们之所以这么做，也是因为心里害怕，怕有人终于查起这一家人的失踪，牵涉出这其中的秘密。”

她面带同情望向了一脸煞白的白静柔，“小柔，你爷爷对你们虽然慈爱，可他的确做了许多你们不知道的事。”

白静柔踉跄着后退，却撞到身后人身上，那人嘴里喃喃道：“将军，我是将军，我要杀了你们！”

她回头，白荃英用陌生而凶狠的目光看着她。

她紧闭双眼，眼泪却止不住地涌了出来，“没错，我们白家的人，或许真的结仇太多，老天爷都不帮我们。阿爹死了，哥和我也被人绑架过，哥回来之后，就落下了毛病，他经常发病，发病了就追我，不停地追，手上不是拿着刀子就是拿着棍子。那一年，他又发病了，一棍子打在了我的头上，醒来后，大半年的时间，我什么都不记得了。”她仰起脸看着皇甫沫华，“你，你告诉我，爷爷是不是你杀死的？我哥被人冤枉杀人，是不是你设计的？”

皇甫沫华冷淡地说：“我抛出了那箱珠宝，就引来了你爷爷的人追查，他查出那箱东西的出处，派人追杀我，那时候，你为何要救我？如果那一次我死了不就更好？”

白静柔目光茫然，眼泪却汹涌而出，“爷爷派人刺杀你，手术中他派人断的电？所以，你以牙还牙？孟太太手里那装了炸弹的寿礼，是不是你派人送的？”

他双目微微泛红，似乎没听见她的质问，“可你救了我又怎样？该死的人一样要死！他虽不是我亲自动手，却也死于我启动的这场计划，孟太太是真的下定决心和你爷爷同归于尽。因为，她知道你爷爷下手杀了她的丈夫孟尝青。三家分了那财宝之后，孟家生意越做越大，白、孟两家终于又起冲突，你爷爷再次下手，暗杀了孟尝青！孟获良，你查了这么多，连这个都没查出来？”

孟获良默默垂头，“原来如此，难怪我娘不愿意我娶小柔，很多次她都提起了阿爹生前和白老爷子似乎有冲突！”他抬起头，“但具体阿爹是怎么死的，是四少告诉阿娘的吧？”

皇甫沫华点头，冷冷地说：“是的，是我派人说的，你娘对你爹痴心一片，知道真相的那一刻起，就决心替你爹报仇了。”

孟获良脸色一片煞白，“四少真是好手段！我们所有人只是你棋盘中的一颗棋子，你只需移动一颗，其他棋子就会厮杀不休，任你调遣，皇甫少安如此，我娘如此……可你把小柔当成什么了？为何这么对白荃英？”

皇甫沫华表情不动，“白荃英之事，纯属意外。”

白静柔看着他的脸，他还是往日模样，面目俊冷，眉如远山，可她只觉他的脸在她面前慢慢模糊掉了，只余一团朦胧，她轻声问：“四少，下大雨的那一日，你提着东西来白府求婚，是真的……真的……”她哽咽着说不出话来，“是真的想娶我，还是想探查白府实情？”

皇甫沫华目光之中没有一点暖意，“白静柔，你以为呢？”

白静柔却笑了起来，大眼睛依旧弯成两弯月牙，原本可爱而喜庆的表情，看在众人眼里却无比悲凉，“我明白了，四少，原来一直以来，你从没喜欢过我，一切都是我的自作多情，想必，想必和我在一起，你会控制心跳，控制呼吸，模拟过无数次吧？让我以为，以为……”月牙儿一般的眼睛之下，泪水如珍珠一般滑落，“你是喜欢我的，因为，我知道真心喜欢的人会有怎么样的心跳，怎么样的呼吸，却没有想过，原来一切都可以伪装。他们，他们都告诉过我，你听到的不一定是真的，我从来不信，原来，是我太自信了……”

皇甫沫华垂了眼神，双手在身躯两边握得极紧，手背上的青筋微微跳动。

苏雅文上前，“不，小柔，不是这样的……”

皇甫沫华举起手来，阻止了她，他直视白静柔那张布满泪痕的脸，“你以为，在你一手毁了我娘，毁了孙家之后，我还会喜欢你？”

白静柔肩膀一缩，双手环抱自己，“不，我不知道啊！我不知道我听到的东西，原来有些是不可以说的，是要人命的，我真的不知道啊！”

孟获良怒斥：“皇甫沫华，你疯了吗？小柔那时候那么小，她怎么会知道利害？”

皇甫沫华眼角肌肉微微抽搐，他闭了闭眼睛，低声说：“所以，我不想怪她，可，我怎么能喜欢她？怎么能？”

白静柔闻言抬头，定定地看着他，良久苦笑，茫然四顾，从他的脸上滑到了孟获良的脸上，再落到白荃英身上，看着他，“哥，哥，咱们怎么办？爷爷做错了事，我没办法怪他们，哥，你说我们该怎么办？”

白荃英垂头看着她，侧着脸似乎想起了什么，焦灼的眼神有瞬间的清醒，“妹妹，你说什么？”但转瞬之间，他双目又开始游离，仿佛面前站了无数看不清的恶鬼，“来啊，你们来啊！我是将军，我要杀了你们！”

两名便衣差点掌控不住他，忙死死按住。

白静柔绝望地收回视线，看向苏雅文，“雅文，你早就知道了一切是吗？你一直在帮他，你协助他让我哥进了这陷阱？你，你为什么不对我说实话？为什么要这样设计我们？难道说，我们多年的相识之情，不如他的一句话，我们之间的情义一文不值吗？”

苏雅文一脸愧疚，“小柔，对不起。”

“不，是我不好，我为什么要长这么一双耳朵，听了那么多不该听的东西，害死了那么多人，是我活该。”她忽然蹲了下来，拼命地去揪自己的耳朵。

苏雅文上前两步，紧紧抱住了她，握紧她的双手，“小柔，不是的，不是的，这只是造化弄人而已，你没有错，没有错的。”

她转头望向皇甫沫华，目带乞求，皇甫沫华却转过身去，背对两人。

白荃英却似乎又清醒了，“妹子，妹子，你干什么？你别这样，你这样，我该怎么办？”

白静柔颤抖的身体渐渐平静下来，她缓缓直起身来，看着皇甫沫华的背影，“四少，我都想明白了，你这样对我，原来是情有可原，我竟然，竟然连怪你都没有资格，爷爷去世了，孟伯母也死了，我爹爹也得到了他应有的惩罚。四少，你如果还认为不够，我只有把我自己的这条命给你了。”

皇甫沫华隔了良久才说：“不用，此事，到此为止吧！”

白静柔抹了把眼泪，轻声说：“四少，如今一切真相大白，我想，你该拿的东西，该报的仇，想必都已经报了，你既然放手，不想找我们报仇了，能否放我们离开？我，我们保证，从此之后，我和哥再也不出现在你面前。”

皇甫沫华脊背僵直。

苏雅文上前两步，却终没有说出话来。

“不，不行！”隔了许久，他才说，“白家的大部分财产，是从孙家拿去的。”

白静柔一怔，“四少准备怎么办？”

皇甫沫华转过身来，眼眸墨黑如漆，“我知道，白老爷子把所有的东西都留给了你，要想顺利接收，只有我们成婚！”

“成婚？”白静柔瞪圆了眼睛，“不行！”

皇甫沫华只缓缓转身，吩咐：“把这些东西全都抬出去！”

【第二十二章】

最后的救赎

银色月光自屋顶破洞处倾泻而下，铺在她的身上，使她全身如镀上了一层银粉，她的脸颊如玉石般泛着微光，微光之中，她似乎被月色凝成的精灵，让人想收藏起来，好好守护。

苏雅文推门走进来，见皇甫沫华背对着她看着窗外，便轻声问：“四少，都安排好了，婚礼的消息散发出去，小柔的情绪还算稳定，您别担心。”

“雅文，她这辈子，也不会原谅我了吧？”皇甫沫华说。

“四少何不告诉她所有实情？告诉她您并没有处死皇甫奇和皇甫规，只是把他们送去了国外？”苏雅文说。

皇甫沫华垂头，看着手里的酒杯，“雅文，我怕我告诉了她，或许我就没有借口让她再留下了。她会去找他们，会离开这里，避得远远的，我知道，她做得出的。”酒杯里晃动的液体映红了他的眼睛，“即使让她以为我要接收的是白家的财产，只要她能嫁给我，误会又怎么样？”

他轻轻叹息：“误会就误会了吧！”

苏雅文心里阵阵发酸，看着面前这个男人，却不知道怎么劝下去，只好说：“白荃英已经送到医院去了，那两个医生是最好的……”

话音未落，敲门声忽然响起，便衣急匆匆地走了进来，低声向皇甫沫华汇报：“四少，白荃英疯病发作，趁人不备，跳楼而亡，我们，我们没能拦住……”

皇甫沫华倏地站起，“你们还对谁说过此事？”

便衣结结巴巴，“没，没有，就我们自己几个人知道，来的路上讨论了一下……”

皇甫沫华怒瞪了他一眼，拉开门冲了出去，苏雅文也紧紧跟着，忽然想起一事，回过头来问便衣，“苏益宣在哪？”

便衣想了想说：“这几天令弟好像都和白小姐在一起。”

“不好！”

她紧跟着也追了出去。

苏益宣和白静柔站在蒙着白色被单的尸体前边，担架之上，白荃英静静地躺着，表情平静，犹如生前。

苏益宣缓缓地盖上了被单，说：“静柔姐，咱们走吧！”

白静柔却没有移动脚步，呆呆地看着裹尸的白布，“小宣，现在哥也死了，这世上，真的就只剩下我一个了。”

她的眼睛反射出白色布单的影子，目光中一片苍凉。

苏益宣说：“不，姐，你还有我呢，我陪着你。”

“小宣，四少替你找了极好的大夫，你的病有望治好，你留下来吧！”白静柔说。

“静柔姐，你是不是都知道了？”苏益宣看着她。

“知道什么？什么我都不想再追究了，爷爷是做了错事。”白静柔垂下眼睛，手摸着布袋子的扣子，一开一合。

“静柔姐，我不知道的，不知道那东西是用在白爷爷的炸弹上，他们只说，只说要一个计时器，我就给他们做了一个。”苏益宣满脸的后悔。

“你瞧，你也是无心之失，而我的无心之失，让好几个人都死了，爷爷死了，也许这是他该得到的报应。”白静柔怔怔地看着床架，“可是，哥又何其无辜？他从来没做什么坏事，他们为什么要利用他？为什么连他都要离我而去？”

她怔怔地掉下泪来，眼泪一滴滴流下，浸湿了白色布单，又被那棉制纤维瞬间吸走。

苏益宣沉默地站着，却不知怎么安慰才好。

“小宣，你回去吧！我想一个人静静。”白静柔说。

“不，静柔姐，我知道，我都知道的，你准备离开了，躲得远远的，再也不回来，再也不见我们了！我都知道，姐姐背叛了你，皇甫沫华背叛了你，正因为他们，白大哥才会死的！可我没有，我会一直在你身边的，你瞧，你托人偷偷买的船票，我也买了一张，我陪你一起走，咱们一起。”苏益宣从袋子里拿出一张船票来。

白静柔怔住了，“小宣，你何必如此，你要是走了，你的病怎么办？”

“静柔姐，没有人陪你，你孤身一人远走海外，你会寂寞的，而我，你如果走了，我也会寂寞，那般地寂寞，要那么长的命干什么？”苏益宣眼角有水光滑过，“静柔姐，你就让我陪着你吧！我就当你的弟弟，永远的弟弟，好吗？”

白静柔刚止住的泪水又汹涌而下，她看着他，却无法不答应，只点了点头，“好。”

苏益宣松了口气，脸上微露出些欢容来，说：“静柔姐，你瞧……”

话音未落，白静柔神情凝重起来，说：“小宣，他们来了，咱们走吧！”

苏益宣点了点头，两人自后门离去。

尽管严密封锁消息，皇甫沫华未婚妻婚礼前潜逃，被其从轮船上捉回的小道消息还是通过各种渠道在坊间流传，皇甫家那场大变又在私底下议论起来，便有几股小势力暗潮汹涌，可都被皇甫沫华的雷霆手段镇压了下去。

轲强一路走来，不停地有人向他打招呼：“轲主任……”

轲强点头示意，走到走廊尽头的房间里，苏雅文站起来，向他点了点头，“轲强，怎么样？”

“医院传来的消息不理想，白小姐一直昏迷不醒。”轲强叹着气坐下，看了她一眼说：“你也别怪四少，苏益宣犯下如此大罪，程序上来说，是要在稽安司多留些日子的，不过你放心，四少不会把他怎么样，关几天就放出来了。”

苏雅文垂头，“是小宣不好，我怎么敢怪四少？他年轻气盛，不知进退，是该多受些教训，不是他撺掇、协助，小柔怎么会变成这般模样？大夫是怎么说的？”

轲强想了想说：“大夫说病人除了胸口受伤之外，精神受了极大的刺激，如果她自己不愿意醒来，那就永远也不会醒了。”

“轲强，我能去看看她吗？”苏雅文乞求地看着他。

轲强犹豫半晌，下定了决心，“好吧！四少虽然极为生气，但如果白小姐醒了，比什么都好，趁着他出去了，我带你过去。”

轲强带着苏雅文自长廊走过，一路驾车，来到医院，走进医院大门，便衣迎了上来，低声说：“轲主任，四少来了。”

轲强站住了脚为难地看着她，“苏小姐，要不，我们改天再来？”

两人正想往回走，却另有一名便衣自台阶上走下，急匆匆地小跑到轲强跟前，“不好了，轲主任，白小姐不见了，四少在上面发好大的脾气，您快去劝劝。”

轲强忙跟着他往楼上走去，来到楼上，就听一声枪响，有人捂着胳膊跌跌撞撞地跑了出来，轲强见是守卫这里的护卫队长，暗暗吃惊。

苏雅文却推门走了进去，一眼看见空了的床铺，惊问：“四少，小柔是怎么走的？”

皇甫沫华脸色阴郁，“啪”的一声把手枪放下，“有人接应，半夜离开的。”

“怎么可能？防卫这么严密，也让她逃了出去？”苏雅文说。

“她连远洋轮的票都有本事弄到，其他还有什么不可能的？”皇甫沫华怒声说，他看了轲强一眼，见他似乎想起了什么，拿起手枪指他，“是不是你？”

轲强惊出一身冷汗，知道那件事过后，皇甫沫华越发控制不住自己的脾气，但凡有一点关于白静柔的风吹草动都会让他失了方寸，更何况她回来没几天，又莫名其妙地失踪了？

他忙说：“四少，下面的人汇报，皇甫奇和皇甫规到美国之后，并没回到诊所，近月以来不见踪影，我想，会不会和这些事有关？”

苏雅文吃惊地问：“你是说他们根本没上去美国的轮船？”

轲强说：“我的人是看着他们上船的，但上船之后，有没有半途下船就难说得很，他们两人虽然山穷水尽，但到底是皇甫家血脉，如果有人私底下帮助，要想做点手脚，容易得很。”

“他们回来想干什么？还想东山再起？”苏雅文沉吟道，“再者，他们找上小柔干什么？那密室已经打开，里面没什么东西了，难道想用小柔要挟四少？”

轲强迟疑道，“不会吧？他们和皇甫少安不同，和小柔关系尚可，何必如此？”

皇甫沫华沉默半晌，抬起头来，“除非他们还有我们不知道的原因。”

苏雅文想了想说：“他们带着小柔，想必也走得不远。”

轲强看了皇甫沫华一眼，“四少，我这就去查。”

皇甫沫华点了点头。

苏雅文看着他的背影，想劝劝他，无数话涌到嘴边，却怎么也说不出口，到末了，只悄悄地走了出去，替他合上房门。

白静柔虚弱地笑了笑，接过皇甫奇递过来的水，向他道谢，她慢慢地喝下了那杯温水，看着那几个房间，地下密室光线昏暗，虽然皇甫规点燃了火把，可照不到的角落依旧昏暗，房间门洞开，放置棺材的那间屋子已然空空如也。

皇甫奇见她看那里，咳嗽着紧了紧大衣，说："白小姐，不得已请您帮忙，把您从医院请了出来，请见谅。"皇甫规过来，替他扣上大衣扣子，担心地望了望四周，"也许那是谣传，这里真还有其他密室？真有那本医书？"

皇甫奇摇头："我也不知道，但父亲慎而重之写在纸上的东西，应当不会错的，父亲身体那么好，近几年却百病缠身，骨骼和我的一样，也扭曲变形，走路都要拄拐杖，我想，这一定事出有因。"

白静柔喝完了那杯水，却像极怕冷一般，把带着暖意的杯子握在手里取暖，"阿奇，你还记得当年皇甫伯父带你来找孙先生看病之时，他说了些什么吗？"

"他说这是种娘胎里带出来的病，但有药物控制，会缓解病情，他给我配了好多服药，后来，爹和他反目，那药就断了。可没有想到，爹从孙品秀遗留的音乐盒中得到一张字条，那是姓孙的写下的，这才知道咱们这病是家族遗传。他隐隐知道了爹不安好心，于是下药，把这种病的隐患加深，使爹的病提前发作，爹知道的时候已经晚了。孙品秀已经死了，孙品秀却不想皇甫沫华也日后病发，临死之前，终于留下了遗言，说这密室之中还有一间密室，里面装的全是医书，其中就有能治愈这种奇病的方法。"皇甫奇身子僵直，坐在轮椅之上连动嘴说话都极为困难，说着说着，嘴角流下了涎液。

皇甫规拿出手帕，替他抹干净嘴角，神态凝重，"白小姐，我查过我们皇甫家的病例，我们家的男人确实有这种病史，但一般是在七十岁之后才会犯上这种病死去，可不知道怎么的，到了我爹这一辈时间提前了十年不止，阿奇更为离谱，他才三十岁，就已经病入膏肓了，我想，这一定和孙家有关，也和孙家下的药有关。"

他伸出手指，摊开来，左手小指尾却已弯曲变形，"你看，近一年以来，我的手也变成这样了，拿不了手术刀了，白小姐，四弟送我们离开，我们并非不想走，而是走不了。"

他目视于她，"白小姐，你一定不想四弟日后也患上此病吧？"

白静柔垂眼看着杯子，下定决心，"好，我帮你们。"

皇甫规吁了一口气，"多谢白小姐。"

"只不过，你得告诉我，当初你们是怎么走脱的？"她微微皱眉，"我明明听见他想要杀死你们。”

皇甫规轻轻地叹息：“白小姐，当日四弟确实下了命令，可奇怪的是，那些人全是向空中放枪，娘却因此吓得精神错乱，没几天就郁郁而亡。少安却是罪有应得，我想，因为爹当众宣布娘和孙品秀在家里地位一样，娘妒忌之心发作，当年也做了不少对不起孙品秀的事，所以四弟才会这般处理的吧？”

皇甫奇艰难地转动脖子看着她，“白小姐，我们家真的对不起他们，小时候，我们老欺负四弟，有一次少安把他推进了蛇洞里，那是春天，正是三月三的日子，他吓得在洞里拼命大叫，可我们几个在洞边上哈哈大笑，他在洞底待了一整天才被副官救了上来，满嘴都是鲜血，都是他咬断蛇头所致。那一日起，我和大哥才意识到我们错了，也意识到四弟他不是一般人，不敢再惹他。在他五岁那年，爹带他去看静安寺的二娘，回来时胳膊上缠满了纱布，从此之后，他再没有开口叫一声爹。后来，二娘去世，他失踪了，爹也从没提起过他……是我们先前没把他当成皇甫家的人的，也难怪他虽姓皇甫却从不当自己是皇甫家的人。”

皇甫规双目泛红，“尽管如此，四弟依旧给我们留了一丝余地。”

皇甫奇却是直盯着白静柔，“白小姐，四弟从小就苦，独自在外打拼更苦，我们几家上一辈子的恩怨，如果能够忘记，就忘了吧！”他艰难僵硬地举起手腕，“终其一生，我都在生死之间挣扎，什么都想得明白，看得明白了……”

白静柔已然泪流满面，却缓缓摇头，“我和你们不同，我忘不了的，我看到他，就会想起大哥是怎么死的。”

皇甫规和皇甫奇互看了一眼，暗暗叹息。

白静柔站起身来，放下了杯子，走到屋子正中央，那里是洞口的位置，一轮明月从破败的屋顶照射下来，将光影投在屋子中央，仿佛地下也有一轮圆圆的明月。

她缓缓地蹲了下去，将耳朵贴在了地面上，隔了许久才站起身来。

皇甫规充满希冀地看着她，“怎么，听到什么没有？”

白静柔皱眉说：“奇怪，我听到了水声，那声音极小、极小，却不是很真切，还有，外面的那个音乐机关不是被毁了吗？为什么还有木琴声断断续续地响？”

皇甫规高兴地说：“这说明底下一定还有东西！”

他也蹲下去，拿手去拍那青砖地板，却没有听见什么，失望地站起身来，“底下是实心的。”

皇甫奇僵直地转过头来，“或许不在那里。”

白静柔从布包里拿出了那个音乐盒，“这首曲子的木琴声是在第四小节，那声音反复地出现，一定有原因的。”

她闭上了双眼。

皇甫规两兄弟忙也紧闭双唇，屏息看着她。

她忽然间开始移动脚步，往左走了两步，再往右走两步，脚步如有节奏，像是空气中有首无声的舞曲正在播放，她偶尔停下舞步，闭目倾听，再往前走。

银色的月光自屋顶破洞处倾泻而下，铺在她的身上，使她全身如镀上了一层银粉，她的脸颊如玉石般泛着微光，微光之中，她似乎是月色凝成的精灵，让人想收藏起来，好好守护。

直到皇甫奇拉了他一把，皇甫规才收回视线。

她忽然停住了脚，停在屋子左侧边，“原来如此。”

“怎么？白小姐？”

“这是一个双重音乐机关，转台之上的音乐舞台，是明面上的机关，能打开上面的暗门。这里，又是另外一个舞台，却隐藏在青砖地板之下，没有什么 没有乐器，我想，底下应该由无数个类似于音乐盒的齿轮机关组成。上面的转台已经开启，地底下的音乐机关也已启动，一上一下，一明一暗，等待着有人打开它，可一般人打开了上面藏着钱财的密室，却哪里知道底下另有乾坤？”

白静柔忽然斜走两步，双腿齐踏，地底传来了“咔咔”声，伴随着隆隆声，屋子中央的青石砖忽然裂开，尘土向裂缝处倾落，裂缝越来越大，等那隆隆声停了，皇甫规点燃火把，照向洞口，三人惊得目瞪口呆。

厚重的石板之下，却是一个极大的溶洞，微弱的光线下，也可见地底下石蔓、石花遍布。钟乳石、石笋林立，一条残破的索桥连接在一个巨大的石笋之上，石笋显见被人为磨平了，上面放了一个暗红色的箱子。

潺潺的流水声从地底隐隐传来。

看见那箱子，皇甫规极为高兴，“一定就是它了，我去。”

白静柔一把拉住了他，“你看那箱子周围。”

皇甫规忙举高火把查看，却见那箱子也放在一个转盘之上，几十个缩小的仕女拿着乐器或坐或立。

皇甫奇推着轮椅也过来了，吃惊地说：“白小姐，那上面也是同样的乐声机关。”

白静柔点了点头，“只有我能听得到音乐节拍中的不同，还是我去吧，再说了，这索道只怕不能承受皇甫大哥的重量。”

皇甫规看了看那深不见底、石笋林立的洞底，担心地摇头，“不行，白小姐，这太危险了。”

“不会的，皇甫大哥，你忘了吗？我听得到的，听得到木质腐烂的声音，也听得到脚踩上去断裂的声音。”

皇甫规还有些迟疑，白静柔却已走上了索桥。

两兄弟掌心出了层冷汗，紧张地看着她走远。

索道在摇晃，破碎的木板接二连三掉落了下去。

可她在索道间跳跃，如一只初生的小鹿，轻盈自若，直到她走上了那巨大的石笋，两人这才松了一口气。

箱子被打开了，白静柔拿出了里面那本线装书，向两人挥舞，皇甫规高兴地应：“白小姐，快回来……”

可就在这时，异变突起，她的脸色忽然变了，带着惊惧和恐慌，她大声喊着、挥着手，向两人说着什么。

皇甫规视线往下，那个巨大的石笋中央处冒出白色尘土，尘土滚滚而上，遮掩住整个石笋。

“不好，那石笋要断了！姓孙的还是做了防备，想必早就斩断了石笋大部分根部，如果有人站上去，力量稍微改变，石笋就会倾倒。”皇甫规惊道。

“不只如此，大哥，那些灰尘含有某种有毒物质，你瞧……”皇甫奇僵直着手指向壁沿。

壁沿处，无数老鼠壁虎之类小动物的尸体铺了满满一层。

“大哥，你还记得我们花园中央那座假山石吗？那也是座石笋，十多年前，爹不知道从哪里弄来的。”皇甫奇说。

皇甫规忽然明白过来，“你是说，石笋也是从这里运出的？”

“我们猜得不对，这个地方，爹也来过，只不过他和二娘反目之后，二娘把医书重新放到这里，封上了这道机关，爹以为那箱子不重要，就没有再进来过，却没有想到，那里面的医书才是真正的财宝。”皇甫奇咳了两声，捂住了嘴。

皇甫规却看着渐渐被浓尘掩盖的石笋，一咬牙，走上索桥，可还没等他动步，“啪嗒”一声，索桥木板折断，他的脚陷了下去，身子往下掉，他忙一把抓住边缘，皇甫奇急推轮椅，伸手拼尽全力拉住了他，这才拉了他上来。

“不行，大哥，你救不了她了。”皇甫奇说。

索桥开始剧烈摇晃，桥上的木板接二连三往下掉了去，烟尘滚滚，她的身影笼罩在了尘雾之中，两人正感绝望，却有道黑影忽然蹿过，忽然间撞开了他们，往索桥上冲了过去。

“四少，督军！”后面呼叫连连。

两人回头，却看见苏雅文和蔡旅长等人急奔过来。

浓尘笼罩之中，皇甫沫华的身影在索桥上忽隐忽现，却转瞬间被浓尘掩盖。

白静柔捂紧口鼻，她闻到了空气中那股焦灼的尘雾味道，也看见了木台四周死去的小动物尸体，感觉到地底之下的震动，更听到了那石柱子内部组织的层层腐朽断裂。她向索桥走了两步，石笋却剧烈地摇晃起来，她身子一滑，跌倒在地，竟然往石笋边缘滑了去，等她起身，半边身子却已悬挂在了石笋外边，双手却握紧了突出来的石块。

石笋一震，她只觉自己的身子往下一滑，空气中传来了隐隐的空鸣，底下，一定深不见底。

就这样要死了吗？要和爷爷、大哥见面了？

怀里的书硬硬的，硌得胸口生疼生疼。

可惜了，不能把这本书送过去了。最终，她也不能救任何人，就像她不能救爷爷，不能救大哥，也不能救他。

她的视线模糊起来，握紧石笋的手酸得很，仿佛不是自己的了。

她想，也许，这就是老天爷对白家人的惩罚，对爷爷所做之事的惩罚了，对她无心之过的惩罚。

老天爷最终还是公平的，让她用自己的性命来补偿这一切，可惜的是，她最终还是没办法救任何人。

“咔嚓”声响起，她的耳朵嗡嗡地响，从地底传上来的声音让她的鼓膜震动着，她几乎听不到任何声音了。

身子似乎又往下滑了一寸，她握紧的那块坚石也在松动，身边的石块往下掉落，却很长的时间都听不到落地之声。

手指已经没有力气，她仰头看着上面灰尘弥漫之处，算了吧！就这样吧！

她松开了手指，闭上了眼睛。

可预想之中的身子往下倾落却没有到来，手臂一紧，似乎被什么东西牢牢地握住，大力拉扯之下，她看清了那人熟悉的面孔，紧闭的双唇，坚毅的面颊，尘雾弥漫之中，他的脸那般不真实。

她想，她是不是出现了幻觉？

他是来救她的吗？

却听他声音冷峻："抓住这个。"

他把连着绳子的木棍子塞进了她的手中，弯下腰，把绳子捆在她的腰间，她视线下移，这才发现，他腰间也捆着绳子。

"绳索连在那头的石笋上，你抱紧我，我们荡过去。"皇甫沫华说。

石笋剧烈摇晃，白静柔站立不稳，一下子撞进了他的怀里，他居高临下地看着她，眼睛漆黑，如最黑的夜空。

忽地，碎裂声接二连三地响起，她只觉自己的身子飞起，被他拥进了怀里，林立的笋尖在她脚下滑过，深渊里烟尘滚滚，她却只看见他泛青的下巴，漆如点墨的眼睛，甚至看到了他长长的眼睫毛。

砰的一声，两人撞到了石壁之上，她这才清醒，却听上面有人大叫："四少、白小姐，快点，快点……"

他垂头看着她，"小柔，你要好好儿的……"

她茫然不解，抬头往上，不远处映入眼帘的，却是轲强惊恐万分的脸。

苏雅文趴伏在地上，挥舞手臂大叫："四少，四少，你不能这样。"

便衣沿壁而下，徒劳地想接近他们。

忽然间，她又能听到声音了，听到的却是他割断绳子的声音，而上面的绳索在一缕缕地裂开。

他身子向深渊里急速沉了下去，眼睛却始终凝视着她，仿佛要将她牢牢映在脑海里。

浓尘掩住他的面颊，他似乎微笑了一下，朝她笑，清俊隽永，如释重负。

绳索却在牵引着她，把她往上拉起。

两人越离越远，越离越远。

他被深渊黑暗吞没，而她，被嘈杂的人群围拢。

直至到了地面，白静柔依旧不明白，坐在地上喃喃："他为什么要这样？为什么要这样？"

苏雅文跌坐在地，流着泪大声说："绳子要断了，你不明白吗？绳子承担不了两个人的重量，要断了……”她挥手抹着眼泪，“他宁愿自己死，也不愿意你受到任何伤害，白静柔，我真恨你……”却又一把将白静柔抱住，失声痛哭，“不，我不恨你，你是他最喜欢的人啊，也是我最喜欢的人……”她在她脖颈处哽咽，“我，我甚至都生不起妒忌。”

蔡旅长派了几百人下到溶洞底寻找，却什么也没找到，相反，有许多士兵染上莫名的怪病，出来休养了好几天才慢慢恢复。

那根巨大的石笋彻底断了，那木箱子里的藏书永远埋在了地底，除了白静柔拿出的那本。

皇甫规仔细研究那本书所写的内容，终于研制出一种偏方，算是缓解了皇甫奇的病情，让他的病情不再恶化。

而使他们生病的罪魁祸首，居然是放在皇甫奇院子旁边花园里的那根石笋，石笋含有一种矿物，和密室里那些有毒灰尘同属一类，灰尘散发，通过空气传播，吹到了皇甫奇的院子，使得皇甫奇病情更重，而经常去那院子的人，或多或少也有不同症状，却轻许多。

而巧合的是，那矿物更能加深引发皇甫家家族之病，他们都猜错了，姓孙的并没有下毒害皇甫家人，害他们的，只是他们自己贪欲引发的一系列连锁伤害。

孙品秀知道那石笋的厉害，却没有提醒皇甫家人，她自己的儿子也在那儿长大，她到底害怕儿子最终也犯病，最后留下了这个治病线索。

皇甫规把那石笋拿到国外某研究室检查，查出里面有一种叫铊的物质，含有剧毒。

那个石笋，被皇甫家人处理了，深埋在了地底。

时光倏忽而过，一转眼过去三年。

白静柔坐在茶铺里百无聊赖地听着曲子，街道上，一队学生举着标语、喊着口号走过，远处传来隐隐的枪炮声。

茶馆里，穿着长衫老师模样的人口沫横飞，满脸激动，“小鬼子算什么，死死地被堵在了山脚下，铁面司令亲自带着人从山谷冲出，枪声忽起，大刀挥下，小鬼子的人头切菜一般往下落！”

几桌子的人听得如痴如醉。

“李先生，你亲眼见过？”

“当然了，他指挥人马之时，手臂扬起，那两道长长的伤疤像两条火龙！”李先生表示不屑。

“我也听说了，你们知道吗？皇甫军大败了好几场，最后那一战，被小鬼子围得水泄不通，是铁面司令带人马从左翼包抄，救皇甫军于危难之中，所以啊，皇甫规带着残部投靠了他！”

“你说他为何脸上蒙了半块铁皮？未免影响仪容。”

“只要能杀鬼子，救我中华，你管他呢！”

正说得兴起，杯子碎裂声起，众人转头，见一个姑娘似乎有急事，向门外跑去，失手打碎了杯子也不在意，于是继续说了起来。

店小二却急了，“白姑娘，白姑娘，你打碎了杯子，得赔！”

隔壁包厢里却走出一个推着轮椅的人，顺手抛了个银元给小二，看着她的背影叹息：“她终于知道了，小轲，你说怎么办？”

他旁边站着的那位身着长衫的年轻人摊手，“我怎么知道怎么办？”

那轮椅上的年轻人指着茶馆里埋头吃点心的那位长衫先生，“这人不是你安排的吧？”

轲强摇手，“不是，不是，我哪有这闲工夫。”

长衫先生抬头往这边望来，扬手打了个招呼。

皇甫奇哼了一声，“四弟脸被毁了，就不敢过来见人，哪像个男人！”又朝他看了一眼，“还要你搞阴谋诡计！”

轲强尴尬地笑着摸了摸鼻子，“四少性格是内向一些，有什么办法，所以我们才能帮就帮了。”

外边又有学生挥着标语走过，轲强脸色严肃起来，“四少现在处境也颇为艰难，希望白小姐去了，可以替他减轻一二。”

皇甫奇点头，“是啊！”他欣慰抬头，“他们两人双剑合璧，一定会好。”